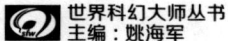

世界科幻大师丛书
主编：姚海军

贝拉亚

［美］洛伊斯·比约德 著 李 毅 译

四川科学技术出版社

BARRAYAR by LOIS MCMASTER BUJOLD
Copyright: ⓒ 1991 by LOIS MCMASTER BUJOLD
This edition arranged with THE SPECTRUM LITERARY AGENCY
through BIG APPLE AGENCY,INC.,LABUAN,MALAYSIA.
Simplified Chinese edition copyright：2018 SCIENCE FICTION WORLD
All rights reserved.

图书在版编目（CIP）数据

贝拉亚／［美］比约德 著；李 毅 译
成都：四川科学技术出版社，2008.3（2018.9重印）
（世界科幻大师丛书／姚海军 主编）
ISBN 978-7-5364-6372-1

Ⅰ.①贝… Ⅱ.①比…②李… Ⅲ.①科学幻想小说－美国－现代
Ⅳ.①I712.45

中国版本图书馆CIP数据核字（2007）第168500号
图进字：21-2017-30

世界科幻大师丛书
贝拉亚

出 品 人	钱丹凝
丛书主编	姚海军
著　者	［美］洛伊斯·比约德
译　者	李　毅
责任编辑	宋　齐
封面绘画	赵恩哲
封面设计	施　洋
版面设计	施　洋
责任出版	欧晓春
出版发行	四川科学技术出版社
	四川省成都市槐树街2号出版大厦　邮政编码：610031
成品尺寸	140mm×203mm
印　张	11.25
字　数	240千
插　页	2
印　刷	四川省南方印务有限公司
版　次	2008年3月成都第一版
印　次	2018年9月成都第二次印刷
定　价	40.00元

ISBN 978-7-5364-6372-1

■ **版权所有·翻印必究** ■

■本书如有缺页、破损、装订错误，请寄回印刷厂调换。
　厂址：四川省眉山市彭山区彭祖大道南段135号　邮编：620860

致中国读者

1982年，我在美国中西部的一个小镇开始写作我的第一部小说（也是"迈尔斯"系列的第一部）。那时的我无论如何也想象不到，我的小说有一天会在中国出版发行——这种想法本身就是科幻小说，好像当时描述二十一世纪的某些小说一样。

是啊，可现在……

现在，我们大家都已置身未来。尽管这个未来仍旧没有月球基地，没有飞行轿车，但却实现了许多奇迹，覆盖我们生活的方方面面。这个世界还不完美，也许永远不会，但事实证明，比起二十世纪中期，我在饱受核弹威胁的青年时代读到的某些科幻小说中所描写的世界毁灭的凄惨前景，现在这个世界光明得多。现在似乎没有人在放射性废墟中四处爬行、对抗异种——就算真有这种事,数量也不多。相反,我们发现自己正处于人类历史上思想和艺术最为繁荣丰盛的时代。当然,这些思想或艺术并不一定都是好的,但数量确实庞大,我们可以从中选择。"数量本身就是一种质量",这句老话还是有道理的,尤其是涉及信息时,这句话更妙、更对,不能仅仅看成英语中一个小小的文字游戏。

"迈尔斯"系列故事不是那种板起面孔的科幻小说(我希望我的小说能做到诙谐、机智),而是那种将读者带到另一个世界的冒险故事。首先,它应该能让我自己高兴;其次,它能使任何愿意参加这次冒险的读者感到高兴。我感到欣慰的是,许多读者从中得到了快乐。自从最初的三部于1986年付印以来,这个系列在美国不断重印。"迈尔斯"系列的十四部小说已经被译成十九种文字。同时,这些书还荣膺众多奖项,让我倍受鼓舞。

尽管"迈尔斯"系列是以银河空间为背景演绎的冒险故事,但这套科幻小说系列中的科学背景和情节更侧重于生物、遗传和医药方面,致力于探讨这些领域的发展进步对社会结构和两性关系——尤其是对我的主人公们忙碌的生活——所造成的影响。我的同行弗诺·文奇提出了"超人剧变"理论,认为在不久的将来,人类的形态将会改变得超乎我们的想象。我对这种观点并不十分赞同。作为一个人、一个母亲,我深切地体会到,人类受制于自己随时光流逝不断改变的身体,这种制约是极难撼动的。在我看来,"超人剧变"理论只对一种人有吸引力:希望自己一出世就具有二十二岁成年人的外形与心智的人,这种理论会让他们把长大成熟的过程中所需要付出的所有努力（多数并非他们自己的努力）轻松抛诸脑后。对于"剧变"，弗诺·文奇的理论阐述得十分精辟。但我怀疑现实中的变化将大大不同于他的理论，而且不会那样猛然改变。在我自己的作品中，我试着向广大读者指出：未来将出现许多不同的生活方式，互相依存、互相竞争，不会出现单一的、普适性的模式。

我很早就开始阅读系列书籍，总是苦于难以将大部头系列中的情节顺序理清，有时甚至毫无头绪。所以当我自己进行小说创作时，我最先考虑的就是让这些故事既能独立成篇，组合起来又构成一个系列。作品的翻译顺序比在美国上市的顺序更让人难以捉摸，但我的做法获得了成功，使世界各地的读者不再受作品先后次序的困扰。我设法让系列小说中的每一本都有合理的开端、发展和结局；在提供背景时，我尽量避免笨拙冗长地复述前面的故事情节。这种做法的好处就是：无论以什么样的顺序阅读，这一系列都能为读者提供悬念和惊喜。

有读者朋友给我发来电子邮件，说"迈尔斯"系列的顺序似乎没个定数，无论依照哪种顺序开始阅读，都能很好地融入到情节中去。但究竟哪种顺序是最合适的？读者朋友们对此一直争论不休，而且乐此不疲。现在，我已经学会在因特网上用Google搜索我的名字时，如何在一些我根本不认识的文字和字母中将"'迈尔斯'系列小说的阅读顺序"辨别出来——仅仅观察小说标题的排列就可以了，我也由此了解到各国读者对我的系列小说的阅读顺序的看法。

而作为作者，我的个人意见就是：从手头有的开始，一直走下去。对于生活来说,这也是一条不错的忠告。

最后,很高兴科幻世界杂志社将我的作品介绍到中国。衷心希望在这个全新的二十一世纪,迈尔斯、他的家族、他的朋友、他的敌人(这是他永远向前的动力)能够将悬念和愉悦带给我全新的中国读者。

洛伊斯·麦克马斯特·比约德
2004年10月于明尼苏达州伊代纳

比约德:一个传奇

姚海军

2004年9月6日,美国波士顿喜来登大酒店,第六十二届世界科幻大会雨果奖颁奖典礼的现场座无虚席。大会进行到了压轴戏——主持人宣布雨果奖最重要的"最佳长篇小说奖"的最终得主。当"洛伊斯·麦克马斯特·比约德"这个名字在会场上空响起时,掌声和欢呼声顿时淹没了一切。

虽然行前对比约德和她名下的一系列热销作品不乏了解,这样的火爆场面还是大大超出了意料。那一刻,我真正体会到了一个科幻小说作家的魅力和她所带给人们的快乐。

对大多数国内读者来说,比约德可能是一个陌生的名字,但在美国,她却是继海因莱因、阿西莫夫之后最具知名度的科幻作家之一。凭着规模庞大的"迈尔斯"系列小说,她不仅重现了太空歌剧的辉煌,也奠定了自己一流科幻作家的地位。

在比约德之前,太空歌剧已经成为科幻小说史上一个逝去时代的象征——那个时代铭记的是E.E.史密斯、范·沃格特这样的名字。是比约德,复活了太空歌剧,赋予它新的内涵与活力,让我们有机会在一个崭新的时代重温太空时代的传奇与梦想。

在成为一位作家之前,比约德是个典型的书迷,因而她的创作特别注重故事性。比约德的世界中独创性的想象不多,但她的故事曲折、细腻、轻松、睿智。这种极具亲和力的特质使她拥有了难以数计的读者,同时也成就了她本人的传奇。这个传奇可以用她的名字出现在世界两大科幻奖颁奖典礼上的频率来概括:

1989年:《自由下落》(Falling Free)进入雨果奖最后角逐,获星云奖;

1990年:《悲悼的群山》(The Mountains of Mourning)获星云奖及雨果奖;

1991年:《气象播报员》(Weatherman)进入星云奖最后角逐;《贵族们的游戏》(The Vor Game)获雨果奖;

1992年:《贝拉亚》(Barrayar)进入星云奖最后角逐,获雨果奖;

1993年:《太空人巴纳克尔·比尔》(Barnacle Bill the Spacer)进入星云奖最后角逐;

1995年:《镜舞》(Mirror Dance)获雨果奖;

1997年:《记忆》(Memory)进入星云奖及雨果奖最后角逐;

2000年:《平民战争》(A Civil Campaign)进入星云奖及雨果奖最后角逐;

2002年:《卡里昂的诅咒》(The Curse of Chalion)进入雨果奖最后角逐;

2003年:《外交豁免权》(Diplomatic Immunity)进入星云奖最后角逐;

2004年:《灵魂骑士》(Paladin of Souls)获雨果奖、星云奖双奖。

2017年:迈尔斯系列(The Vorkosigan Saga)获雨果奖最佳系列奖;

2018年:五神世界(World of the Five Gods)获雨果奖最佳系列奖。

七次捧得雨果奖奖杯、三次捧得星云奖奖杯——比约德创造了世界两大科幻奖历史上的一个奇迹。而尤其值得一提的是，五座雨果奖奖杯中，竟有四部属于"迈尔斯"系列——由此可见"迈尔斯"系列的巨大成功。

作为比约德地位的象征，"迈尔斯"系列目前已经出版到了第二十三部（截至2018年）。这些作品，都得到了世界著名网上书店Amazon的四星以上推荐以及各种媒体的好评。

比约德是一位谦谨、优雅、热情的女士，在世界科幻大会丰富多彩的活动间隙，我和我的同事们与她进行了两次短暂交流，她非常高兴她的"迈尔斯"系列能够在中国出版，还主动为我们介绍其他科幻作家和出版商，这一切给我们留下了美好的回忆。我很荣幸能够有机会将她介绍给国内的读者朋友。在此，衷心希望大家能够喜欢她的作品，也祝愿她的传奇持之永恒。

第一章

我很担心。考迪利亚拨开弗·科西根爵府三楼客厅的窗帘,望着下面阳光普照的街道。一辆长长的银色地面车正驶入连接前廊的半弧形车道,减速通过穗状铁栅栏和从地球进口的灌木丛。政府车辆。后车舱的乘客门旋转打开,一名穿着绿色军服的人走了出来。虽然相隔很远,但考迪利亚还是认出了伊林中校,他一头棕发,和平时一样没戴帽子。伊林跨步走进前廊,消失在视线里。我不需要担心,帝国安全部的人又不是半夜来访。但一丝残余的畏惧却躲藏在她心里。我为什么要来贝拉亚?我对自己、对自己的人生都干了些什么?

脚步声在廊间回响,客厅门"嘎吱"一声向里打开了。伯沙瑞中士探头进来,发现她后放下了心,轻声道:"夫人,该起程了。"

"谢谢你,中士。"她拉上窗帘,在镶进老式壁炉上的镜子中最后一次打量自己。这里的人居然还在焚烧植物,而且仅仅是为了利用它的化学热能。

她抬高下巴,露出上衣的白色花边直领,然后整了整棕色夹克的衣袖,心不在焉地抖了抖贵族风格的长裙。裙子也是棕色的,正好搭配夹克。她感到很安心,因为这种棕色几乎与她的旧贝塔宇航探测服一模一样。她伸手将一头红发从中间分开,用两把珐琅质梳子撩开,由肩膀蓬松地落到背上。她灰色的眼瞳望着镜中苍白的脸。鼻子有点突出,下巴稍嫌太长,但不失为一张保养良好的脸,足以应付任何场合。

嗯,如果想使自己显得更加娇小迷人,她要做的就是站在伯沙瑞中士身旁。中士表情严肃地立在她身边,如同一座两米高的小山。考迪利亚觉得自己已经算是一个高女人,但头顶却仅达他的肩膀。伯沙瑞长着一张怪兽般的面孔,冷漠、机警,还有鸟喙一般的鼻子,再加上军人的平头,给人一种罪犯的感觉。弗·科西根家族优雅的深棕色制服,还有银色家族徽章,都无法挽救他丑陋的外表。不过,在某些特定场合下,那仍不失为一张出众的脸。

穿制服的家臣。好古怪的概念。他保护什么?我们的生命、财产,还是神圣的荣誉?她在镜中朝他亲切地点点头,转身随他穿过迷宫般的弗·科西根爵府。

她一定要尽快熟悉这座巨大无比的府宅。在自己家中迷路,不得不向经过的警卫或仆人问路,这是很难为情的。要是在半夜,身上只裹着一条浴巾,那更令人窘迫。我还曾经是超空间飞船的领航员哩。真的。既然连宇宙中的五维空间都可以应付,那这里的三维空间又怎在话下!

他们来到一条宽大的螺旋楼梯前,楼梯向下优雅地弯进一个用黑白两色大理石铺成的大厅。她轻快的步子追随着伯沙瑞整齐的跨步。这条裙子让她感觉自己像打开的降落伞飘在空中,不由自主地向下坠落。

一名高高的年轻男子在楼梯脚拄着拐棍,循着他们的脚步声抬眼张望。库德尔卡中尉长着一张方方正正、讨人喜欢的脸,与伯沙瑞狭长、古怪的面孔对比鲜明。库德尔卡坦然地朝考迪利亚露出微笑，即便是眼角和嘴角扭曲的线条也没有让这张脸显得苍老。库德尔卡同样身着绿色的帝国军服，但上面的徽章与伊林的不同。长长的袖子和夹克的高领遮住了覆盖他半身的红色伤疤，但考迪利亚在脑海里看得见。假如除去衣物，他可以被当作神经系统重建手术的一个失败病例，每一道疤痕都代表着一条被切除的死神经，用人造银丝取而代之。库德尔卡中尉显然还不习惯这个新建的神经系统。老实说，这里的医生就像是无知而笨拙的屠夫，手术的效果明显达不到贝塔殖民地的标准。考迪利亚决定不让心里的这点想法在脸上显露出来。

库德尔卡急转过身，朝伯沙瑞点点头，"你好，中士。早上好，弗·科西根夫人。"

这个新头衔听起来似乎还是怪怪的，很不舒服。考迪利亚报以微笑，"早上好，库德尔卡。阿罗在哪里？"

"他和伊林中校到图书馆检查新安全系统的安装地点去了，很快就来。呀，他们来了！"他点点头，从拱门里传来脚步声，考迪利亚顺着他的视线瞧去。伊林中校身材尔削，温文尔雅，然而风采却被身旁那个人所遮掩。那人四十多岁，一身华丽的帝国绿色军服，风度翩翩。此人正是她来到贝拉亚的原因。

阿罗·弗·科西根伯爵官至上将，本已退休，但退休生涯却在昨天结束，他们的生活也因此在昨天发生了天翻地覆的变化。我们总有一天会安定下来。弗·科西根体格健壮，孔武有力，深色的头发黑中带灰，厚实的下巴上刻着一道以前留下的"L"形伤疤。他的一举一动无不显出充沛的能量，灰色的眼睛热情而亲切。此刻，他的视线轻轻地落在考迪利亚身上。

"早上好，亲爱的。"他朝她一边招呼着，一边走过去握住她的手。他的语气虽然轻佻,但镜子般明亮的眼睛里流露出的却是坦诚。在这些"镜子"里,我还是美丽的。考迪利亚感到一阵温暖,而且比在上面墙上的那块镜子里更美。从现在开始,我要用它们观察自己。紧紧裹着她冰冷、纤细手指的厚实的手掌干爽、温暖,散发着热情和活力。尽管如此,她的新头衔——弗·科西根夫人——仿佛仍旧有些不真实。

她看着伯沙瑞、库德尔卡和弗·科西根站在一起,在这短暂的时刻。都是受过伤的人,一个、两个、三个。还有我,异国的女人。我们都是幸存者。库德尔卡伤在身体,伯沙瑞伤在头脑,科西根伤在心灵,全部都在上一场埃斯科巴战争中受过几乎致命的伤害。生活还得继续。不是前进就是死亡。我们终于开始复原了吗?她希望如此。

"可以走了吗,亲爱的船长?"弗·科西根问她。他的声音是标准的男中音,贝拉亚口音中带着一种温暖的气息。

"随时可以。"

伊林和库德尔卡中尉在前头领路。库德尔卡步履拖沓,而一旁的伊林则步子轻快,考迪利亚皱眉不解。她挽起弗·科西根的手臂,跟随在后,留下伯沙瑞去处理他身为家臣该做的事情。

"接下来的几天怎样安排?"她问。

"嗯,当然,首先是接下来的这次会见,"科西根回答说,"之后我还要和许多人见面,弗·达拉伯爵会安排好细节。过几天,伯爵理事会将举行全体表决,接下来是我的宣誓。我们已经有一百二十年没有任命摄政王了,天知道他们是从哪个角落里把这套仪式挖出来的。"

库德尔卡坐在地面车的前排,旁边是穿着制服的司机。伊林中校钻进车后座,坐在考迪利亚和弗·科西根的对面,面朝地面车后方。透明的天窗从头顶合上,根据它的厚度,考迪利亚意识到汽车是防弹的。司机按照伊林的指示,平稳地驶出大街。外面的声音几乎透不进来。

"摄政王夫人,"考迪利亚品味着这个词,"这是我的正式头衔吗?"

"是的,夫人。"伊林说。

"这一头衔要承担官方职责吗?"

伊林望了望伯爵,弗·科西根说:"嗯,既要又不要吧。对你来说,有大量的典礼和仪式必须出席。首先是皇帝的葬礼,这将令所有人精疲力竭——可能除了埃扎自己吧。每个人都在等他咽下最后一口气。我不知道他自己有没有一个时间表,但我不会问他。

"而你的社会责任则由你自己决定,有演讲、重要的婚礼、命名日、葬礼,以及接待来自领地的代表团——简单来说,就是公关。对于这类事情,凯琳皇妃很有天赋。"看到她惊恐的目光,弗·科西根停下来,然后急忙补充说,"又或者,如果你愿意的话,完全可以拥有自己的私人生活。现在你就有充分的理由这么做——"他搂住她的腰,悄悄地抚摩她依旧平坦的小腹,"——其实我宁愿你不那么空闲。

"更重要的是,从政治层面来说……我希望你能成为我和凯琳皇妃,还有……年幼的皇帝之间的联系人。可以的话,跟她交个朋友,她是一个极端保守的女人。幼皇的成长至关重要。我们不能再犯埃扎·弗·巴拉的错误。"

"我可以试试。"她叹气道,"我知道,作为贝拉亚的弗氏贵族,这是必不可少的工作。"

"别太委屈自己了。我不想让你感到压抑。而且,还有个问题——"

"我就知道。说吧。"

他顿了顿,斟酌着言辞,"皇储塞格曾说弗·达拉伯爵是一个虚伪的改革者,这倒并不完全是诋毁。弗·达拉伯爵一直想在上层贵族——按照他的说法,头面人物——中组织起改革势力。你能看出他的想法中有什么'断裂'的地方吗?"

"就像家乡的贺加夫峡谷?是的。"

"你果然是贝塔人,一个闻名宇宙的女人。"

"呵,得了吧。"

"我想你还没意识到自己有多受瞩目。对我来说,这是莫大的荣誉。"

"我倒希望自己是隐形的。不过我想我不会太受欢迎吧,我们在埃斯科巴战争中给你们造成了极大的伤害。"

"我们的人会原谅一个勇士所做的一切,这是我们的文化。而你孤身一人,能够将两个敌对势力——贵族军事力量和未开化的平民——融合在一起。我的确考虑过通过与你结合,摆脱全民抵抗联盟的攻击。"

"天啊,你考虑这事有多久了?"

"想倒是想了很久,但就在今天,我才想到你是解决问题的关键。"

"怎么,想把我打扮成某个宪政党派的挂名领袖?"

"不,不,我以荣誉发誓,这样的事才是我要阻止的,这只会对我履行将皇位移交给格雷格皇子的誓言造成障碍。我想的是……把最优秀的人,不分阶层、语言、团体和党派,都找来为皇帝效命——弗氏贵族中出色的人太少。最好是让政府像军队一样,不管有没有背景,唯才是举。埃扎皇帝也做过类似的事,扩大政府部长的权力,缩减伯爵的特权,但可惜事与愿违,伯爵的权力被削弱了,部长的腐化却加深了。一定有什么办法可以取得平衡。"

考迪利亚叹了口气,"关于宪政,我想我们不得不承认大家意见不同。贝拉亚的摄政王可不是我。不过,我提醒你——我会努力改变你的想法。"

听到这话,伊林扬起了眉毛。考迪利亚倦怠地坐回去,透过加厚车窗望着贝拉亚的首府萨塔那·弗·巴。四个月前,她并没有嫁给贝拉亚的摄政王,她只是嫁了一个退伍军人。是的,男人在结婚后总会改变,而且通常朝坏的方向变,但是——变动这么大,变化这么快,这不是我要承担的任务,长官。

"埃扎昨天任命你为摄政王,表明了他对你的极大信任。我想,他不会是你所说的无情的实用主义者。"她评论说。

"没错,这表明了他的信任,但不过是迫于形势。你有没有看出把纳格力上校划为皇妃家臣这一举动的重要含意?"

"没有。这很重要吗?"

"噢,是的,这是一个非常清晰的信号。纳格力又坐回了他的老位置,继续担任帝国安全部的主管。当然,他不会向一个四岁的小男孩汇报,而是向我汇报。伊林中校实际上只是他的助手。"科西根和伊林略带嘲弄地互相点了点头,"但毫无疑问,纳格力是对皇室效忠的。他身负密令:一旦我胆大妄为,觊觎皇位——不论是名义上还是实际上的——就立即把我除掉。"

"噢,我先声明,我保证没有想做贝拉亚皇后的欲望。"

"我也认为你没有。"

地面车在一堵石墙中的门之前停下。四名警卫对他们进行了详细检查,验过伊林的通行证后挥手放行。弗·科西根爵府的警卫——他们在警戒什么？大概是其他政治派别的贝拉亚人吧。她脑中突然不安地冒出了老伯爵说过的一句引她发笑的贝拉亚谚语：地上到处都是马粪，这里应该有一匹小马驹。贝塔殖民地几乎没有马，只有少数样品保留在动物园里。警卫森严……如果我不是任何人的敌人，又有谁会成为我的敌人？

伊林换了个位置，开口道："我建议，阁下，"他试探性地对弗·科西根说，"甚至请求你重新考虑搬进皇宫。安全问题——我的问题，"他轻轻地笑了笑——这有损他的形象，因为塌鼻子令他看上去像只小狗，"在皇宫里会更容易控制。"

"你认为我该住进哪套房间？"弗·科西根问。

"嗯，等到……格雷格继位后，他和他母亲要搬进皇帝的寝宫。凯琳的房间将会空出来。"

"你是指塞格皇子的住处？"科西根沉着脸说，"我……我宁愿选择正式的弗·科西根爵府。"

"我难以赞同，阁下，特别是出于安全考虑。你的爵府位于老城区，街道拥挤。那片区域至少有三条古老的地下隧道连接着旧排污系统和运输系统，还有太多的新建高楼可以看到你的住处。即便最低级别的警卫保障，也至少需要六个全天候巡逻队。"

"你有足够的人手吗？"

"唔，有的。"

"那么就定在爵府吧。"弗·科西根安抚着失望的伊林，"虽然对安全有影响，但却是极好的公关宣传。我这样做，将给新的摄政皇朝带来极好的……嗯，军人的谦虚风范，应该会对减少宫廷政变的图谋有所帮助。"

说话间，他们已来到皇宫。以建筑规模论，皇宫让弗·科西根爵府看上去小得可怜：延展的侧楼有二至四层高，附带零星几个塔楼；不同年代的附属建筑交错耸立，各自形成巨大、独立的庭院，有的搭配匀称，有的则相当碍眼。东面的建筑风格最为统一，全部是厚重的石雕；北面风格比较复杂，连接着精心打理的花园；西面是最古老的区域；而南面则是最新的。

地面车停在南面一条门廊前，伊林领他们通过几道岗哨，从宽宽的楼梯走上二楼宽敞的套间。他们走得很慢，以配合库德尔卡笨拙的步子。库德尔卡抬头看了一下，歉然地皱了皱眉，然后又把头低下，不知是因为要集中精神还是愧疚。难道这地方没有电梯吗？考迪利亚愠怒地想。在这个石头迷宫的另一头一个可以望到北面花园的房间里，一位脸色苍白的老人油尽灯枯，正在他祖传的大床上一步步走向死亡……

二楼宽阔的走廊上铺着柔软的地毯，墙上饰有油画，靠墙的桌上杂乱地摆放着一些小玩意儿。他们看到纳格力上校正压着嗓子和一个女人说话，那女人站在楼道里，双臂抱在胸前。考迪利亚昨天才第一次与纳格力——这位闻名遐迩或者说臭名昭著的贝拉亚帝国安全部头子见了面，当时，弗·科西根正在北侧楼接受即将殡天的埃扎·弗·巴拉的历史性"面试"。纳格力身体硬朗，面容刻板，头像子弹一样上尖下圆，眼神深不可测。他已经为皇帝忠心服务了四十年，犹如一个邪恶的传奇。

他拉着考迪利亚的手鞠躬致敬，称她为"夫人"。这句话似乎是认真的，或者至少比他的其他言论少一些讽刺意味。那个警觉的金发女人——或女孩——穿着普通的平民服饰，个子修长，肌肉发达，很有兴趣地望着考迪利亚。

弗·科西根和纳格力简单地互致问候。他们已经认识很久了，一切繁文缛节都压缩成三言两语。"这位是卓丝娜科维小姐。"纳格力挥了挥手,并没有因为考迪利亚而多介绍几句卓丝娜科维的情况。

"卓丝娜科维是做什么的?"考迪利亚轻声问,带着一点无助。除了她,每个人在这里说话似乎都相当简洁,不过纳格力同样没有介绍库德尔卡中尉。库德尔卡和卓丝娜科维彼此偷偷地交换了一个眼神。

"我是宫廷侍从,夫人。"卓丝娜科维朝考迪利亚点点头,行了个半屈膝礼。

"除宫廷之外,你还为谁服务?"

"凯琳皇妃,夫人。刚才告诉你的是我的正式头衔,另外,我还作为一等侍卫列入纳格力上校的雇员预算。"很难说哪种身份给了她更多的骄傲和愉快,但考迪利亚认为是后者。

"既然他授予你这样的职衔,我相信你必定很优秀。"

这句话赢得了她的微笑,还有一句:"谢谢,夫人。我会尽力而为。"

他们随纳格力通过附近的一道门,进入一个狭长的亮黄色房间,里面有许多向南的窗子。考迪利亚不知道这些来源各异的家具是无价的古董,抑或只是低廉的二手货。一个女人站在远处的黄色丝绸靠椅旁,神态威严地望着他们,仿佛他们闯入了她的禁地。

凯琳皇妃看上去清瘦、疲倦,年约三十,一身华服。她有一头漂亮的黑发,灰色的礼服只经过简单的裁剪——简单但却完美。一个四岁的黑发男孩趴在地板上,向小猫大小的剑龙玩具叫嚷着,玩具也报以吼叫。皇妃把他抱起来,关掉了机器玩具。小皇子坐在她旁边,手里仍然紧握着放在大腿上的皮革猛兽。看到小皇子穿着与年龄相称的漂亮童装,考迪利亚松了一口气。

纳格力以正式的礼节将考迪利亚引见给皇妃和小皇子。考迪利亚不知道该鞠躬、屈膝还是举手敬礼,最后只是像卓丝娜科维一样低头致意。格雷格很疑惑地盯着考迪利亚,一脸严肃。她试图向他微笑,希望这能让自己安心。

科西根在男孩面前单膝跪下——只有考迪利亚发现科西根咽了一口唾液——然后说:"你知道我是谁吗,格雷格殿下?"

格雷格朝母亲怀里缩了缩,抬头看了她一眼。皇妃点点头以示鼓励,"阿罗·弗·科西根伯爵。"格雷格小声地说。

弗·科西根让声音变得更加温柔,双手放松,"你的祖父要求我担任你的摄政王。有人向你解释过这是什么意思吗?"

格雷格沉默地摇摇头。弗·科西根朝纳格力扬起一边眉毛,带着轻微的责备;纳格力表情依旧。

"就是说我将担当你祖父的工作,直到你长大后继承皇位,也就是你二十岁的时候。在今后的十六年里,我会像你祖父一样照顾你和你的母亲,确保你得到的教育和锻炼足以去承担皇帝的职责,像你祖父一样,创造一个开明的政府。"

这孩子懂得什么是"政府"吗?考迪利亚注意到,弗·科西根小心地避开了"取代你父亲的位置"这类字眼。他完全不提皇储塞格,似乎塞格已经在贝拉亚历史中被剔除了,就像他在行星战役里被蒸发了一样。

"现在,"弗·科西根继续说,"你的任务是在老师的指导下努力学习,还要听你母亲的话。你能做到吗?"

格雷格吞了一下口水,点点头。

"我相信你会做得很好。"弗·科西根也严肃地向他点头致意,就像对待他的部属一样,然后站起身。

我也相信你会做得很好,阿罗。考迪利亚想。

"既然你来了,阁下,"纳格力停了一下,确定弗·科西根不再继续发言,"我希望你能到作战指挥中心去一趟。有两三份报告我想请你批阅。最新的一份来自达科,有证据显示弗·拉凯伯爵似乎死于他的房子被焚烧之前,这带来了新的线索或是疑团。还有一个关于改组政治教育部的问题……"

"解散,还用说吗?"弗·科西根嘀咕道。

"或许吧。嗯,还有一份是关于科玛最近的挑衅破坏……"

"我收到了照片。咱们走,考迪利亚,嗯……"

"弗·科西根夫人不如留下来参观一会儿。"凯琳皇妃小声提议。

弗·科西根感激地看了她一眼,"谢谢你,夫人。"

当他们离开后,凯琳皇妃心不在焉地用手指抚摸着自己漂亮的嘴唇,稍稍放松了一点。"很好,我希望能与你单独待一会儿。"她看着考迪利亚时,表情比刚才生动。皇妃没有发话,只是碰了一下小男孩,他便滑下长椅,转头望了望,然后继续他的游戏去了。

卓丝娜科维紧皱着眉头,"中尉发生了什么事?"她向考迪利亚问道。

"库德尔卡中尉被神经爆破枪击中了。"考迪利亚僵硬地说,不知道卓丝娜科维奇怪的腔调里是否带着责备,"那是一年前的事,当时他正追随阿罗在'弗·卡拉夫特将军'号飞船上服役。他的神经修复手术似乎远未达到银河系标准。"她合上嘴,生怕会触怒女主人。凯琳皇妃不应为贝拉亚低下的医疗水平负责。

"哦。不是在埃斯科巴战争期间?"卓丝娜科维说。

"不可思议的是,事实上这是埃斯科巴战争的第一枪。不过我想你会把它称为'友好的一枪'。"这真是个自相矛盾的短语。

"弗·科西根夫人——或许我应该说内史密斯船长——当时也在场,"凯琳皇妃插话道,"她应该知道。"

考迪利亚无法看穿她的表情。纳格力著名的秘密报告,这位皇妃到底知道多少?

"好可惜!中尉看上去原本非常强壮。"卓丝娜科维说。

"曾经是。"考迪利亚对她的好感又多了一分,微笑着放下防御的姿态,"在我看来,神经爆破枪是一种极不人道的武器。"她下意识地擦了擦大腿上失去感觉的部位,这也是神经爆破枪的杰作,但幸运的是没有穿透皮下组织而损伤肌肉。显然,她应该在离开贝塔殖民地之前将它治好。

"请坐,弗·科西根夫人。"凯琳拍了拍身旁的靠椅,未来的皇帝刚刚从那儿挪开身子,"卓丝[①],你带格雷格去用午餐好吗?"

卓丝娜科维会意地点点头,仿佛从这个简单的要求里接收到了一些不为人知的信息。她扶起小男孩,牵着他的手走了出去。孩子的童声传来:"卓丝,我可以要一个雪糕吗?还有一个给史地奇[②]?"

考迪利亚小心地坐下,脑中想着纳格力的报告,还有贝拉亚人佯装放弃入侵埃斯科巴行星的假情报。埃斯科巴,贝塔殖民地的好邻居和同盟……击溃塞格皇储和他率领的舰队的武器,是由一艘勇敢穿越贝拉亚防线的飞船运送的,船长是贝塔远征军的考迪利亚·内史密斯。大部分的真相都已公之于众,她无须歉疚。而隐藏在贝拉亚高层统治者背后的隐秘历史,考迪利亚认为,用"背信弃义"四个字来形容是最准确的。不仅如此,它还很危险,就像储藏不善的有毒废品。

[①]卓丝娜科维的昵称。
[②]剑龙玩具。

令考迪利亚吃惊的是,凯琳竟然俯过身,拿起她的右手,举到嘴边用力地吻了一下。

"我发过誓,"凯琳一字一顿地说,"要亲吻那只杀死盖斯·弗·特耶的手。谢谢你。"她的声音里带着喘息,感激涕零的诚挚表情在脸上显露无遗。她坐起来,脸上又恢复了漠然,接着点点头,"谢谢,我祝福你。"

"嗯……"考迪利亚擦了擦被吻过的地方,"嗯……我……这个荣誉应当属于别人,夫人。当弗·特耶被割断喉咙的时候,我确实在场,但动手的不是我。"

凯琳的手牢牢地抓住膝盖,双眼放光,"那动手的就是弗·科西根伯爵!"

"不!"考迪利亚因激动而抿紧了嘴唇,"纳格力应该给你看了真相报告。动手的是伯沙瑞中尉,他当时救了我。"

"伯沙瑞?"凯琳直起身,惊讶地问,"是'怪兽'伯沙瑞?弗·特耶疯狂的勤务兵?"

"我不在意替他受过,夫人,因为一旦公布了真相,他就会被处死,罪名是谋杀和叛变。不过,我……我不应窃取他的荣誉。如果你愿意,我会将之归还,但我不确定他是否还记得这件事。战争结束后,被释放之前,他接受了某种残酷的精神疗法——你们贝拉亚人称之为'治疗'。"而且水平与你们的神经外科手术一样低下。"我想在此之前,嗯,他不太正常吧。"

"是的,"凯琳说,"他不太正常。我以为他是弗·特耶创造的怪物。"

"他……他选择了另一条道路。我想这是我见过的最英勇的行为。他跳出罪恶和疯狂的泥淖,为了追求……"考迪利亚迟疑着,不好意思说出"救赎"二字。过了一会儿,她问道:"你将塞格皇子的……堕落怪罪于弗·特耶吗?"在她们澄清事实的时候……没有人提起塞格皇子。他想走捷径登上权力高峰,但最后只落得……销声匿迹。

"盖斯·弗·特耶……"凯琳扭动双手,"与塞格思想接近。塞格是特耶邪恶趣味的忠实追随者。或许……不能全怪弗·特耶。我不知道。"

考迪利亚感觉到,这是一个诚实的回答。凯琳缓缓地说:"在我怀孕之后,埃扎保护我不受塞格的折磨。在他死于埃斯科巴战争之前,我甚至有一年多没和他见面。"

或许我不该再提塞格皇子。"埃扎是个强有力的保护者。我希望阿罗能同样做得很好。"考迪利亚说。或许她在说埃扎的时候应该加上"曾经"二字,似乎别人都这么说。

凯琳摇了摇头,从失神状态中回过神来,"喝茶吗,弗·科西根夫人?"她微笑着说,按了按藏在肩上的宝石别针里的通讯器,发出秘密指令。显然,这次私人会见已到尾声。内史密斯船长现在要考虑的是,作为弗·科西根夫人,应该怎样与皇妃一道用茶。

当雪糕送上来的时候,格雷格和卓丝正好回来。格雷格成功地通过撒娇弄到了两份雪糕。凯琳用严厉的目光阻止了他的第三次努力。塞格的儿子似乎是个完全正常的男孩。考迪利亚很感兴趣地望着他和凯琳。母爱,每个母亲的本能,这有何难?

"喜欢你的新家吗,弗·科西根夫人?"皇妃问道,显出优雅的教养。现在是闲谈时间,不再讨论严肃话题,尤其是有孩子在场的时候。

考迪利亚想了想,说:"弗·科西根·萨尔洛南部的乡村风景怡人。那个湖真漂亮,比贝塔殖民地所有的湖泊都要大,不过阿罗倒不同意。你们的行星美不胜收。"你们的行星。不是我的行星?在考迪利亚心里,"家"这个词仍然代表着贝塔殖民地。尽管她情愿永远在湖边依偎着弗·科西根的臂膀。

"不过,贝拉亚的首府,嗯,当然比我的家乡贝塔殖民地更具多样性。"她有意识地笑了笑,"似乎这里有好多军人。我上一次被穿着绿军服的士兵包围的时候,是在一个战俘营里。"

"对你来说,我们还是敌人吗?"皇妃好奇地问。

"噢——其实在战争结束之前,我就没把你们当作敌人了。我们都是受害者,都受到了欺骗。"

"你有一双明察秋毫的眼睛,弗·科西根夫人。"皇妃啜了一口茶,对着杯子笑了笑。考迪利亚眨了眨眼。

"皮奥特伯爵住在爵府的时候,那儿似乎变成了军营,"考迪利亚说,"里面全是穿制服的男人。到目前为止,我只见过几个女佣在角落里打扫卫生,不过我没和她们聊过。总之,那儿就是一个贝拉亚军营。贝拉亚的军队与贝塔殖民地的有很大不同。"

"你们的军队里男女混编。"卓丝娜科维说。她眼里浮现的是嫉妒吗?"女人和男人一同服役。"

"我们按照能力测试的结果来分配工作,"考迪利亚说,"测试很严格。当然,男人承担更多的体力活儿,但对他们来说,那并不意味着男人就高女人一等。"

"尊重。"卓丝娜科维叹了口气。

"唔,如果人们为了国家而奉献生命,那他们理应受到尊重。"考迪利亚客观地说,"我想,我确实怀念军中的女同伴。那些优秀的姑娘,女技术军官,她们就像我家里的朋友。"要注意"家"的用法。"我想在你们这里也会有出色的女人。她们都藏到哪里去了?"考迪利亚闭上嘴,她突然想到凯琳可能会把这个评论误解为对她的忽视,如果加上一句"除了你之外",那就不会造成误会了。

但即使凯琳是这么想的,她也没有表现出来。在考迪利亚酿下更多潜在的公关灾难之前,阿罗与伊林的归来拯救了她。他们彬彬有礼地与皇妃道别,返回了弗·科西根伯爵府。

那天晚上,伊林中校拜访了科西根伯爵府,卓丝娜科维随侍在旁。她拿着一个很大的手提箱,用期待的目光好奇地望着考迪利亚。

"纳格力上校指定卓丝娜科维负责摄政王夫人的人身安全。"伊林简短地解释道。阿罗点头同意。

稍后,卓丝娜科维交给考迪利亚一份用厚油脂密封的信笺。考迪利亚蹙着眉,将它打开。里面的字迹细小、优雅,签名清晰而不花哨:

谨致敬意,上面写道,她将为你不辞辛劳。——凯琳

第二章

第二天一早,考迪利亚醒来时发现科西根已经离开,留下她独自面对在贝拉亚没有伴侣陪伴的第一天。她决定将这天用于购物,昨晚望着库德尔卡经过螺旋楼梯时她就有这个想法,但不知卓丝娜科维是不是一个理想的导游。

她打扮了一番,然后去找她的贴身侍卫。找到卓丝并不难。她坐在走廊里,正对着卧室门口,考迪利亚一出门就看到了她。考迪利亚的第一反应是,这女孩真应该穿上军装。她现在身上穿的东西让她接近六英尺的身架和健美的肌肉显得十分累赘。考迪利亚想知道,作为摄政王夫人,她是否有权决定自己家臣的制服。她一边吃早餐一边沉思,想设计一套服装以衬托这个女孩瓦尔基里[①]般的美貌。

"知道吗?你是我见到的第一个贝拉亚女侍卫。"考迪利亚的早餐有鸡蛋、咖啡和热气腾腾的土产牛油麦片,显然都是用当地常见的原料制作的。"你怎么会从事这份工作的?"

"嗯,我并不是真正的侍卫,如同那些穿制服的男人——"

唔,又是制服的魔术。

[①]北欧神话中奥丁神的婢女之一。

"——不过我父亲和三个哥哥都在军队里。通过从事这份工作,我才能最大限度地接近一名真正的军人,就像你一样。"

军队狂热者,就像其他贝拉亚人。"是吗?"

"我小时候学过柔道,参加过正式的训练。不过我块头太大,女子级别都不适合我。没人能陪我练习,老自己玩柔道又太闷了,于是,我的哥哥们偷偷地让我跟他们一起参加男子比赛。事情就这么接踵而来。读书的时候,我曾蝉联全贝拉亚女子柔道冠军。三年前,纳格力上校的一名部属来找我父亲,给我提供了一份工作。我就在那时开始了武器训练。起因好像是皇妃一直想找一个女侍卫,但他们找不到能通过全部测试的人。"她不好意思地笑了笑,"不过,一个能刺杀弗·特耶上将的女豪杰怎么会用得着我的保护呢?"

考迪利亚犹豫了一会儿,说:"嗯,我只是运气好罢了。而且,现在我尽量避免任何身体运动。我怀孕了,你知道的。"

"是的,夫人。我是从上校——"

"从纳格力的报告里得知的,"考迪利亚接上话茬儿,"没错吧?而且他可能比我还早知道。"

"是的,夫人。"

"那么在你小时候,你的兴趣有没有受到很大的鼓励?"

"完全……没有。他们都认为我是怪人。"她深深地皱着眉。考迪利亚觉得自己勾起了卓丝的一段痛苦回忆。

她若有所思地望着这个女孩,"你的哥哥们呢?"

卓丝娜科维的蓝眼睛立即重新恢复了光彩,"他们例外。你怎么知道的?"

"我猜的。"我担心的是贝拉亚人对待子女的方式。难怪能通过测试的不多。"那么,你受过武器训练吧,好极了。今天你带我去购物。"

卓丝娜科维露出呆滞的表情。

"好的,夫人。你想看哪种衣服?"她礼貌地问道,掩饰不住对这位"真正"女军人的失望。

"你知道城里哪个地方能买到最好的剑杖?"

呆滞的表情消失了,"噢,我正好知道一个地方,许多弗氏贵族和伯爵都到那儿给家臣购买武器。但是——我没进去过。我们家不是贵族,只是军人后嗣,所以我们不允许拥有私人武器。不过,那里的东西应该是最好的。"

弗·科西根伯爵的私人司机送她们前往那家商店。考迪利亚放松心情,欣赏着沿途的城市风光;卓丝娜科维则保持警戒,双眼一直留意着周围的人群。考迪利亚觉得她不会漏过半点危险,因为她的手不时地检查着藏在绣花上衣里的震荡枪。

他们转进一条干净、狭窄的巷子,停在一幢有石雕大门的旧楼前面。这家武器店只是用端正的镀金字母标出名号:"塞格林"。显然,如果你不知道这地方是卖什么的,你根本不会来这里。司机在外面等候,考迪利亚和卓丝娜科维走进了商店。店里铺着厚厚的地毯,随处可见木质饰品,有点兵工厂的味道。考迪利亚觉得,这种氛围同她的探测船很像,在这异国他乡给她带来一点点家的感觉。她偷偷望着木地板,心里用贝塔殖民地的货币计算着它的价值——在这里,木头好像和塑料一样平常,不受重视。上层社会允许拥有的合法私人武器整齐地放在柜台里,还有些挂在墙上。除了震荡枪和打猎用的武器,还有一排排刀剑和匕首。显然,禁止决斗的法令只是不允许使用武器,并没有禁止拥有它们。

一个小眼睛、步履蹒跚的老者朝她们走来,"有什么能为两位女士效劳的吗?"热情的问候。考迪利亚知道肯定有很多贵族夫人光临此地,给她们的情夫购买礼物。不过店员也可能会说:需要给孩子买点什么?同样的语调,不同的身体语言,表达了不同的感情色彩。别胡思乱想了。

"我想买一根剑杖,使用者约六英尺[①]四英寸[②]高。剑身大概要……这么长。"她估量着库德尔卡的手脚长度,在大腿上比划了一下,"弹簧式的。"

"好的,夫人。"店员走进里屋,拿了一个样品出来,是一根雕刻精美的木杖。

"好像有点……我不知道。"浮华。"它怎么用?"

店员向她展示弹簧机栝。木杖的外鞘弹开,露出细长的剑刃。考迪利亚伸出手,店员犹犹豫豫地把剑递给她。

她稍微扭动着剑杖,从上到下端详着剑刃,然后递给卓丝娜科维,"你觉得怎么样?"

卓丝娜科维先是笑了笑,然后怀疑地皱起了眉头,"平衡感不算太好。"她疑惑地看了店员一眼。

"记住,你是为我工作的,不是他。"考迪利亚说,显露出尊贵的身份。

"我想这刃不够好。"

"这可是上好的达科手工,夫人。"店员冷冷地申辩道。

考迪利亚微笑着把剑拿过来,"那就验证一下你的假设吧。"

她突然把剑举起,优雅地朝墙上刺过去,剑尖刺入木头夹在里面,考迪利亚用力压了压,剑刃"啪"地应声而断。她面无表情

[①] 1英尺=0.3048米
[②] 1英寸=2.54厘米

地把断剑还给店员,"如果你的顾客不能活到再次光临,你们的业务又怎能维持下去?塞格林不会是靠销售这样的玩具而名声在外的吧?去拿些真正的战士使用的武器,而不是这样的破玩意儿。"

"夫人,"店员生硬地说,"损坏商品必须赔偿。"

考迪利亚被激怒了,说:"很好。你把账单寄给我丈夫,就写弗·科西根爵府阿罗上将收。到时你可以向他解释为何将低劣的商品推销给他的妻子,老卫兵。"这个称呼是基于对他的年龄和走路姿势的推测,但从他的眼睛里,她知道自己击中了要害。

店员立即深深地鞠了一个躬,"非常抱歉,夫人。我想我们还有一些更适合你的东西,如果夫人不介意再等一等的话。"

他又走进里屋去了。考迪利亚叹了口气,"从售货机里买东西比这简单多了。"

第二个样品是一根款式简单的深色剑杖,裹在涂了漆似的缎子里。店员没有解开缎子,而是将剑杖直接交到考迪利亚手里,然后轻轻鞠了个躬,"你按住这里的把手,夫人。"这根剑杖比刚才那根要重得多。外鞘"铮"的一下飞出去,落在商店另一头的墙边——这个设计使得剑鞘本身几乎可以当武器使用。考迪利亚从上到下检视了两遍剑刃,一个奇怪的水纹图案在灯光下变幻着形状。她朝墙壁再次举起剑,侧眼瞄着店员,"损坏了它们,赔偿费是从你薪水里扣吗?"

"你刺吧,夫人。"他的眼里现出一丝自信,"你不可能折断它。"

她像刚才那样又做了一次测试。剑尖刺得更深,她用全身力气压过去,但只使剑稍微弯曲了一点。她知道它远未达到伸缩极限。她把剑杖拿给卓丝娜科维,女侍卫爱不释手地端详着,

"不错,夫人。这根剑杖值得买。"

"我想,它被当作拐杖的机会要比剑多。不过……它确实很值得买。我们要了。"

店员给剑杖包装时,考迪利亚在摆放震荡枪的柜台前停了一会儿。

"想给自己买一支吗,夫人?"卓丝娜科维问。

"我……不要。就算不从贝塔殖民地进口,贝拉亚也已经有足够的武器了。我来这里的目的和武力无关。你呢,想买些什么?"

卓丝娜科维看上去一脸渴望,但还是摇摇头,将手插回兜里,"纳格力上校的装备是最好的。塞格林的东西比不上他的,只是更漂亮一些。"

当晚,弗·科西根、考迪利亚和库德尔卡中尉一起吃晚餐。弗·科西根的新任私人秘书看上去略显疲劳。

"你们两个一整天都干吗去了?"考迪利亚问。

"大多数时候都在找人协商,"弗·科西根回答说,"打算投票支持首相弗·达拉的人并不像他声称的那样多。我们去游说投票者,每次一到两个,当然是秘密的。你明天在议会看到的不是贝拉亚的政治运作,而只是它的结果。你今天过得怎么样?"

"不错。我去购物了,给你瞧瞧。"她取出剑杖,把包装解开,"库德尔卡,它可以使你跑动起来容易些。"

在库德尔卡礼貌的道谢声中透着一丝轻微的不满情绪。他把剑杖拿过来,不料却因意想不到的重量而失手落地,他惊讶地叫道:"嘿!这不是拐——"

"你按住那里的把手。别对着——"

"啪!"

"——窗子!"幸运的是,剑鞘撞到了窗棂上,"啪"的一声弹了回来。库德尔卡和阿罗一同跳了起来。

库德尔卡检视剑刃时,眼睛里放出了亮光,考迪利亚把剑鞘找了回来。"噢,夫人!"库德尔卡的脸沉了下来,他小心地套上剑鞘,沮丧地把剑递给她,"我想你不知道,我没有贵族血统,拥有私人武器对我来说是不合法的。"

"哦。"考迪利亚失望地说。

科西根扬起一边眉毛,"我可以看看吗,考迪利亚?"他把剑取来细看,小心地将它拔出,"唔,这个要我付钱吧?"

"嗯,我想当账单寄来时你会付的。不过,那根被我弄断的剑杖应该不用付款,尽管我也可以把它带回来。"

"明白了。"他轻轻地笑了笑,"库德尔卡中尉,作为你的上司和埃扎·弗·巴拉皇帝的封臣,我正式把我的这件武器授予你,希望你能在军中效力,为皇帝陛下尽忠。"正式口吻里带着显而易见的黑色幽默。他把剑杖递给仍在惊讶中的库德尔卡。

"谢谢,阁下!"

考迪利亚摇了摇头,"我想我永远都搞不懂你们的习俗。"

"我会让库德尔卡给你找一些历史书,但不是今晚;他要整理今天的谈话记录。过会儿弗·达拉要来谈一些琐事。你先到我父亲的图书馆里去,库德尔卡,我们在那儿会面。"

晚餐中断了,库德尔卡返回图书馆工作。在夜间会议开始之前,弗·科西根和考迪利亚来到旁边的绘画室里阅读。弗·科西根用便捷式阅读器浏览未阅的报告,考迪利亚则将时间花在学习贝拉亚斯拉夫语言和儿童看护学上面。寂静被弗·科西根发出的嘀咕声打破了,他不时发出这样那样的声响——"啊哈!

原来这就是那个混蛋的意图。"或是,"咦,那些数据有古怪。一定要查清楚……"这些是弗·科西根说的。对于考迪利亚,则是:"噢,天啊,我还以为所有的小孩都这样。"突然,一下巨大的拍打声透过墙壁从图书馆传来,弗·科西根和考迪利亚抬起头,相视而笑。

"噢,亲爱的,"在三四次响声之后,考迪利亚说,"我希望我没有干扰他的工作。"

"等他把工作理顺,他会干得很好的。弗·巴拉的私人秘书手把手地教过他,告诉他怎样安排工作日程。在库德尔卡完成葬礼方案后,我想什么困难都难不倒他了。另外,那根剑杖是个天才的主意。谢谢你。"

"是的,我注意到他常常为行动不便而气恼。我想这会对他有些许帮助。"

"这是我们的风俗。我们有一种倾向……看不起身体有残疾的人。"

"我明白了。不过很奇怪……既然你说起这个,我好像不记得在街上或是其他地方见过残疾人,除了在医院。没有悬浮椅,也缺乏双亲的照料……"

"你看不到的,"弗·科西根沉着脸说,"所有检测出的缺陷在出生前就会被清除掉。"

"嗯,我们也是这样。不过通常都在怀孕前。"

"我们是在出生前。在偏僻的山区,有时在出生后也同样会被清除掉。"

"噢。"

"至于残疾的成年人……"

"天啊,你们不会对他们实施安乐死吧?"

"如果在这里,你那位邓巴尔少尉不可能活下来。"

邓巴尔曾被神经爆破枪击中头部,但幸免于难。

"至于像库德尔卡这样的,甚至更严重的……他们受到的社会歧视非常强烈——有时会看到他被一群人围住,而那些人跟他毫不相识。在治疗后出院的士兵里,自杀率的攀升并不是偶然的。"

"那真可怕。"

"我以前也跟一般人的看法一样,现在……改变了。但仍有很多人持这种观点。"

"那伯沙瑞呢?"

"视情况而定。他是一个有用的疯子。至于那些无用的……"他停住口,盯着自己的靴子。

考迪利亚感到一阵寒意,"我一直以为自己正开始适应这个地方,但现在我发现我还没有。"

"贝拉亚重新接触广阔的银河文明只有八十年。在孤立时期,我们失去的不仅仅只有技术。就像一件借出去的外套,我们很快就能重新穿回身上,然而在外套之下……我们很多地方依然是赤裸的。我活了四十四年,到现在才看出来它赤裸的程度究竟有多深。"

不久,弗·达拉带着他的"琐事"来到爵府。弗·科西根消失在图书馆里。稍晚时分,老伯爵皮奥特·弗·科西根——阿罗的父亲,也从他的领地前来参加议会投票。"呵呵,阿罗明天保证能得到的一张选票来了。"考迪利亚对她的公公开玩笑说,在大理石客厅里帮他脱下外套。

"哈,那是他的运气。他在近几年里提出了很多激进的观点,如果他不是我儿子,他早就跟选票说再见了。"不过,皮奥特皱巴巴的脸上却分明露出自豪的神情。

考迪利亚听到对阿罗·弗·科西根政治观点的这种描述,眨了眨眼,"我得承认,我从来没想过他是一个革命者。'激进'必定是一个比我想象中更灵活的概念。"

"噢,他对自己可不是这么看。他以为自己可以中途抽身,但我认为几年之后他就会骑虎难下。"皮奥特神色凝重地摇了摇头,"来,我的好姑娘,坐下来陪我聊聊天。你气色不错——一切顺利吗?"

老伯爵对他未来的孙子非常感兴趣。考迪利亚可以觉察到,怀孕使她在伯爵眼中的地位有极大的提高——她不再是阿罗一时任性娶回来的女人,而成了某种女神般的存在。他对她赞誉有加,热情几乎不可阻挡。她从未取笑过公公这种前倨后恭的态度,但她心里明白公公对她好究竟是什么原因。考迪利亚把怀孕的消息带回家那天,阿罗描述了想象中他父亲听见这个消息后会有的反应,而这一猜测后来被证明完全正确。

那是夏季的某天,她回到弗·科西根·萨尔洛,在码头上找到阿罗时,他正要将帆船拖上岸,帆布已经张开,在阳光下曝晒。他穿着湿透的靴子,踩在帆布上。他抬眼迎向她的微笑,眼中是掩饰不住的欲望。"怎么样?"他跳了跳,脚后跟轻轻抬起。

"嗯,"她装出一副伤心失望的模样,想戏弄他一番,但笑意却偷偷占据了她的面孔,"你的医生说是个男孩。"

"啊哈!"他发出一声意味深长的叹息,将她一把抱起来开始转圈。

"阿罗!呀,别把我摔下去了!"他没有她高,但结实很多。

"永远不会。"他让她轻轻滑下来靠在他身上,然后分享了一个长长的吻,直到两人忍不住笑出声来。

"我父亲一定会欣喜若狂。"

"你自己还不是一样。"

"是的,不过这不算什么。你还没见过一个老式贝拉亚族长人神地盯着他的家谱时的样子。老头子已经抱怨好几年我们家族的香火会在我这一代断了。"

"他不再怪我是一个外族平民了吗?"

"他不是故意的,但这次我认为他不会介意我带一个什么样的妻子回来,只要她能生孩子。你以为我在夸大其词吗?"面对她的大笑,他补充道,"等着瞧吧。"

"现在给孩子取名会不会太早?"她问道,语气中稍带着一点渴望。

"头一胎男孩的名字不用考虑。在这里,长男的取名要遵守严格的习俗,他的名字来自两个祖亲:祖父的名,祖母的姓。"

"哦,难怪你们的历史如此难懂。我通常要把出生日期和同名同姓的人联系在一起,才能搞清他们的关系。皮奥特·迈尔斯,唔,不错,我想我会习惯的。我原来想的是……另一个名字。"

"或许,下一次吧。"

"呵,你真贪心。"

又一场短暂的交欢发生了。完事后,他们大笑着躺在阳光照耀的草地上。

"这非常有损我的威严。"阿罗从她身下爬起来,抱怨说。

"你怕我会吓坏纳格力布在那里的眼线吧?"

"他们一定吓死了,我保证。"

考迪利亚朝远处的气垫船挥了挥手,船上的人假装视而不见。对于阿罗受到帝国安全部的监视这种状况,她开始时很生气,但现在已经听天由命了。这是一种代价,她想,因为他卷入了秘密而致命的埃斯科巴政变阴谋,同时,这也是对他不受欢迎的直率观点的惩罚。

"我现在知道你为什么把愚弄他们当成一种爱好了。或许我们应该放松心情,邀请他们共进午餐或做点什么。我感觉他们现在一定对我相当了解,所以我想认识认识他们。"不知道纳格力的人会不会把她刚才说的话也记录下来?他们有没有在卧室里安装窃听器?浴室呢?

阿罗咧嘴笑了笑,但还是回答说:"跟我们一起吃饭是被禁止的。他们只能吃自己带的东西。"

"天啊,太偏执了。真的有这个必要?"

"有时候是。

"我想,对于他们来说,坐在这里观察你将是一个短暂的愉快假期。他们一定会被晒得黑不溜秋的。"

"'坐在这里'才是最困难的一部分。他们可能要坐上一年,然后才会有五分钟的重要行动。但为了这五分钟,他们不得不全年做好准备。这样做令人精神相当紧张。要是我的话,就选择进攻作为防御。

"我仍然不明白为什么每个人都要来打扰你。我是说,你只是一个退休军官,行事低调——在弗氏贵族里,像你这样的人不下数百个。"

"嗯。"他把视线投在远处的船只上,没有作答,然后望着双脚,"走吧,我们把好消息告诉父亲。"

好吧,她现在明白了。皮奥特伯爵将她的手挽进臂弯,领着她走到餐室。伯爵在这里吃着迟到的晚餐,一边询问她怀孕的状况,一边把从村庄里带来的新鲜水果放到她的盘子里。她顺从地吃了一些葡萄。

晚餐过后,皮奥特和她挽手走进大厅,考迪利亚听到图书馆里传来一些模糊的声音,但异常尖锐。考迪利亚不安地停了下来。

过了一会儿,类似争吵的声音消失了,图书馆的门旋转着打开,一个男人大步走了出来。考迪利亚在门一开一合的间隙中看到了阿罗和弗·达拉伯爵。阿罗脸色铁青,怒目圆睁;弗·达拉是一个身材佝偻的老人,头上除了少许白发外一片光秃。走出来的这个人用力挥了挥手,等在门外的随从立即跟了上来。

考迪利亚估计,这个外表粗鲁的人大约四十岁。此人穿着昂贵的高档服装,一头黑发。他的脸有点圆,前额和下巴前突,以至于将鼻子和小胡子都挤到了一块儿。他既不英俊,也不丑陋,如果在别的场合,倒可以称为相貌出众,但现在看上去则有点乖戾。他停了停,径直向大厅里的皮奥特走过来,略微点了点头,"弗·科西根。"他咕哝着说,问候中带着一种不情不愿。

老伯爵双眉上扬,抬头回礼,"弗·达瑞安。"语带质问。

弗·达瑞安双唇紧闭,两手握紧,同下巴一起无意识地颤抖着,"记住我的话,"他咬着牙说,"你、我,还有贝拉亚每一个高贵的人,明天都将后悔一生。"

皮奥特撅起嘴,眼角的皱纹中流露出谨慎,"我儿子不会背叛他的阶级,弗·达瑞安。"

"你自欺欺人。"他的视线掠过考迪利亚,虽然还称不上侮辱,但却带着一股寒意,非常冷。他努力控制着,摆出一个最简单的礼貌姿态,点头告别,然后转过身,和他如影随形的侍从走出了前门。

阿罗和弗·达拉从图书馆里出来了。阿罗踱着步子走到大厅,透过门两侧的蚀刻玻璃忧郁地望着黢黑的外面。弗·达拉安抚地把一只手放在阿罗的衣袖上。

"让他走,"弗·达拉说,"明天没有他那一票我们也能通过。"

"我没有打算到街上追他,"阿罗哼了一声,"不过……下一次要把咱们的智慧花在那些有头脑赏识它的人身上。"

"那个发怒的人是谁?"考迪利亚小声问,尽量挥去不安的情绪。

"维多·弗·达瑞安伯爵,"阿罗朝她转过身,微笑着说,"准将达瑞安伯爵。我在总参部的时候经常与他共事。他现在是贝拉亚一个你即将可以称为最保守的党派的领袖。他不是那种主张回到孤立时期的疯子,而是害怕一切变化,害怕朝坏的方向变化。"他偷偷地看了皮奥特伯爵一眼。

"在人们关于谁将担任摄政王的猜测中,他的名字经常被提到。"弗·达拉接着说,"我担心他可能以为自己是当然人选。他费了不少精力讨好凯琳。"

"他应该讨好埃扎才是。"阿罗冷冷地说,"嗯……或许过了今晚他会改变主意。我们明天早上再试一试,弗·达拉。他这次好像谦逊了一些,是吧?"

"改变弗·达瑞安的妄自尊大,可能是一件必须时时刻刻去做的苦差事,"弗·达拉嘀咕着说,"他把太多时间花在研究他的家谱上面了。"

阿罗做了个鬼脸,表示同意,"这样做的人不止他一个。"

"听到你这么说,他会很高兴的。"弗·达拉抱怨道。

第三章

第二天，考迪利亚由帕德玛·谢夫·弗·帕特利尔大公护送参加联席议会。弗·帕特利尔不仅是她丈夫的新任幕僚之一，而且还是阿罗的表弟，他母亲与阿罗过世的母亲是姐妹。除了皮奥特，弗·帕特利尔是考迪利亚认识的第一个阿罗的近亲。实际上，并不是阿罗的亲戚不肯与她接触——这正是她所担心的——而是他真的没什么亲戚。他和弗·帕特利尔是科西根家族仅存的后代，皮奥特则是唯一活着的长辈。弗·帕特利尔年约三十五岁，性格开朗，一身绿色军服显得利落、敏捷。她很快就知道，在弗·科西根首次担任舰长的时候，弗·帕特利尔是他的下属。那是在弗·科西根取得科玛战役的军事胜利之前。

在设有装饰考究的扶手的楼座里，她和弗·帕特利尔坐在一边，卓丝娜科维在另一边，俯瞰着议会大厅。尽管以考迪利亚的贝塔眼光看来，议会大厅的木制装饰显得过度奢华，但它其实只是一个普通的房间。木制桌椅在房间里呈环状排列，早晨的阳光从东面高墙上镶着彩色玻璃的窗子倾泻进来，穿着艳丽的人们将在下面举行繁琐的仪式。

部长们身穿古老的深紫色长袍，上面装饰着代表公职的金链条,而近六十个的封地伯爵在数量上超过了他们。伯爵们身上的衣服更加华丽,看上去是一片猩红色和银白色。少数几个适合去军队服役的年轻伯爵则穿上了红蓝相间的阅兵服。考迪利亚记得弗·科西根曾把阅兵服形容为华而不实,不过在这个古老的房间里,华丽是最恰当不过的。弗·科西根和他的华服也非常般配。她想道。

格雷格皇子和他的母亲坐在大厅一端的高座上。凯琳皇妃穿着一件配有银制饰品的黑色长袍,高领,长袖。在红蓝相间的制服衬托下,她那个黑发儿子就像个小精灵。考迪利亚注意到,在这种场合,他明显有点坐立不安。

皇帝的出场给人一种幽灵般的感觉。埃扎出现在投影屏幕上,全身套着制服——考迪利亚不知道这要令他耗费多大的体力,至少在投影里,插入他身体的管子和传感器都被藏了起来。他面白如纸,皮肤几乎透明,仿佛马上就要从占据已久的宝座上引退似的。

楼道里挤满了官员的妻子、幕僚和警卫。女人们个个服饰高雅,一身珠光宝气。考迪利亚饶有兴致地观察了她们好一会儿,然后才回过神来,向弗·帕特利尔询问道:"阿罗被任命为摄政王,你感到惊讶吗?"

"完全没有。埃斯科巴战争后,阿罗辞职退休,有些人把这当了真,但我从来没有。"

"我觉得他是真的想退休。"

"噢,我没有半点怀疑。如果他想让别人认为他是那种像石头一样单调乏味的人,那他首先就应该让自己相信自己就是那样的人——他父亲那样的人。"

"唔。没错,我注意到了他谈话里的政治倾向,这与他父亲很像。同样，在特殊情况下，他的确像石头一样死板，比如求婚的时候。"

弗·帕特利尔笑了起来，"呵，这不难想象。他年轻时真的是保守派——如果你想知道阿罗在想什么，你只需要去问问皮奥特伯爵，然后把他的观点放大一倍就可以了。不过在我们一起服役的时候，他变得有点……嗯……奇怪。如果你能够让他参与政治……"他的眼里流露出不愿提及的神色，考迪利亚用鼓励的目光望着他。

"你怎么让他参与的？我以为军官是禁止讨论政治的。"

他嗤之以鼻，"禁止这个跟禁止呼吸差不多。应该说，这项禁令只是偶尔执行。如果不是卢夫·弗·哈拉斯和我把他拉出来，阿罗早就沉迷其中了。后来我们让他放松了一下。"

"阿罗？放松？"

"噢，是的。阿罗的酒量可是闻名遐迩——"

"我还以为他不会喝酒。"

"噢，他只是很少喝，可他一旦喝起来就不得了，这才是他出名的地方。第一任妻子去世后，他度过了一段困难时期，那时他和盖斯·弗·特耶经常一起……唔……"他朝旁边看了看，又止住话头，"总之，让他太过放松是危险的，因为他会变得相当郁闷、严肃，不消一会儿就开始指责那些不公平、不道德或是疯狂的事情。嘿，这家伙可真能说。当他喝完第五杯酒——刚好在他摔到桌子下面之前——他就会用抑扬顿挫的语调宣讲他的改革主张。我老是想，总有一天他会栽倒在政治舞台上。"他"呵呵"地笑了笑，向议会大厅远处坐在伯爵们中间的那个穿红蓝色制服的人投去亲切的一瞥。

对考迪利亚来说，由联席议会投票表决皇帝对弗·科西根的任命是一件奇怪的事。在贝拉亚,你想让七十五个贝拉亚人一致同意太阳每天从哪个方向升起都是不可能的,但实际上投票结果相当一致,埃扎皇帝的选择被通过了。投弃权票的有五个人,其中四人大声宣读了自己的立场,但有一人由于声音过于微弱,议长只好让他重复一遍。考迪利亚注意到,甚至弗·达瑞安也投了赞成票。可能弗·达拉今天一大早消除了双方昨晚的隔阂。对弗·科西根的新职务来说,这似乎令人鼓舞,也是个好兆头,她对弗·帕特利尔说出了这一想法。

"唔……是的,夫人。"弗·帕特利尔伯爵对她笑了笑,"埃扎皇帝已经清楚表明他想得到一致赞同。"

她听出伯爵话中有话,"你是想告诉我,这里面有些人本来想投反对票?"

"在这个关键时刻,那么做对他们来说是不明智的。"

"那么投弃权票的那几个……倒是有勇气面对自己的良心。"她重新审视着下面的一群人。

"噢,他们倒是小问题。"

"你是什么意思?他们当然是反对者。"

"没错,但他们是公开的反对者。一个图谋叛逆的人不会让自己这么公开。阿罗要防范的是另一些人,在那些说'赞成'的人里面。"

"是哪些?"考迪利亚担心地皱起眉头。

"谁知道呢?"弗·帕特利尔伯爵耸了耸肩,然后自问自答,"纳格力,也许吧。"

他们被围在一圈空座位当中,考迪利亚不知道这是出于安全还是礼节上的考虑。但事实上,显然是后者,因为两个迟到者——一个军官,穿着绿色制服;另一个较年轻,穿着高档的平民服装——到达后先向大家道歉,然后坐在了他们前面。考迪利亚看他们的外貌像是一对兄弟,在听到他们的对话后证实了这个推测。那个较年轻的说道:"看,父亲在那儿,老弗·达拉后面第三排。哪一个是新任摄政王?"

"那个穿红蓝色制服、罗圈腿的家伙,就坐在弗·达拉的右手边。"

考迪利亚和弗·帕特利尔在后面交换了一个眼神,考迪利亚把手指放在唇上,弗·帕特利尔笑着耸了耸肩。

"军队里对他的评价如何?"

"那得看你问谁,"那个军官说,"萨地认为他是一个战略天才,而且特别喜欢阅读关于他的政府公告。他几乎无处不在,最近二十五年的每一场局部战争里都有他的身影。卢夫叔叔一直认为这个世界是属于他的。相反,尼尔斯——他参加过埃斯科巴战争——则说他是世界上最冷血的混蛋。"

"我听说他是个秘密的改革派。"

"这不是什么秘密。有一些年长的贵族军官都对他怕得要死。他一直想拉拢父亲和弗·达拉,以便他提出的新税收政策获得支持。"

"噢。"

"现在遗产税列入正式的皇家税种。"

"什么!?哼,那对他没什么影响,对吧?弗·科西根家族的领地穷得要命。让科玛缴税吧,难道我们不是因为这个才去征服它的吗?你说呢?"

"你错了,无知的老弟。你们这些城镇小市民还没见过他的贝塔娘儿们吧?"

"这是男人的通病,"另一个人纠正说,"你们这些军队里的蛀虫不会不知道吧?"

"这也没多大坏处。真的。关于她、弗·科西根和弗·特耶在埃斯科巴战争期间的传言数之不尽,但大部分都互相矛盾。我想妈妈可能有内幕消息。"

"只知道那个女人行事低调,听说是个身高三米、把战舰当早餐吃的女巨人。几乎没有人见过她。可能很丑吧。"

"那他们可真般配。弗·科西根长得也不怎么样。"

考迪利亚又好气又好笑,忙用手掩住了嘴,然后听到那军官说:"我不知道那个三条腿的瘸子是谁,你想会是他的幕僚吗?"

"除了干这个他还能做什么?好一个怪物。作为摄政王,弗·科西根当然会挑选他的内阁。"

她感到自己好像被打了一拳,这个冷漠的评价使她感到了一阵难以名状的痛苦。然而弗·帕特利尔伯爵却丝毫没有察觉,他虽然听在耳里,但注意力却放在下面的会场,此时正进入宣誓程序。卓丝娜科维涨红了脸,生气地把头扭向一边。

考迪利亚向前倾了倾身。他们的对话在她心中燃起了怒火,但她没有发作,而是用最冷酷的船长口吻加以反击:

"中校,还有你,不管你们是谁,"他们回头看了看她,一脸讶异,"你们刚才质疑的那位先生是库德尔卡中尉。他是我见过的最优秀的军官。"

他们盯着她,有点气恼,又有点莫名其妙,不知她是何方神圣。"我想这不关你的事,夫人。"那个军官冷冷地说。

"很好,"她也回敬道,语气同样冰冷,怒气未消,"我为刚才的偷听而道歉。但你们对弗·科西根上将的秘书的评价是可耻的,它令你们身上穿的制服和你们共同侍奉的皇帝蒙羞,你们必须道歉。"她把声音压得很低,身体止不住地颤抖。要控制自己。

弗·帕特利尔偏离的注意力被拉了回来,走过去加入谈话。"嘿,"他抗议道,"这是怎么回事——"

那个军官转过身,"噢,弗·帕特利尔上校。长官,我刚才没认出你来。唔……"他无助地指了指斥责他的红发女人,仿佛在说:这位夫人是和你一起的吗?如果是的话,你不能让她保持冷静吗?他冷冷地补充道:"我们没见过吧,夫人。"

"对,因为我没有随处掀开石头,去查看下面生活着什么东西。"她立刻意识到自己有些过分,尽量把怒火压下去。弗·科西根刚上任就给他招惹新的敌人,这没有益处。

弗·帕特利尔立即负起了保护的责任,说:"中校,你不知道她是……"

"不……不要介绍我们认识,弗·帕特利尔阁下。"考迪利亚打断说,"这只会令我们彼此更加难堪。"她用拇指和食指压着鼻梁,把眼睛闭上,考虑着一些缓和气氛的字眼。我以前很自豪,因为我能控制自己的脾气。她抬起头,望着他们愤怒的面孔。

"中校,伯爵阁下,"她从那年轻人谈及他父亲的方式准确推断出了他的头衔,"我刚才说的话轻率而粗鲁,我现在收回它。我的确无权对别人的私下交谈横加指责。对此我致以最深的歉意。"

"你最好如此。"年轻的伯爵哼了一声。

他的哥哥稍稍稳重些,勉强答道:"我接受你的道歉,夫人。库德尔卡中尉是你的亲戚吧?我为你所感到的侮辱致以歉意。"

"我接受你的道歉,中校。但库德尔卡中尉并非我的亲戚,而是我亲密的……敌人。"她顿了顿,中校和她都皱起了眉头。这个词对她来说是讽刺,对于中校则是困惑。"不过,阁下,我想请你帮个忙,不要让这样的议论进入弗·科西根上将的耳朵里。库德尔卡是他在'弗·卡拉夫特将军'号的下属,在去年的兵变中受了伤。弗·科西根视他如子侄。"

尽管卓丝娜科维仍然怒气未消,但这名军官已经冷静下来,他笑了笑,"你是暗示我会被调到凯里尔岛上去做看守吗?"

凯里尔岛是什么?显然是个偏僻、令人厌恶的前哨基地。"我……不是这意思。他不会因私人恩怨而报复下属,但这会给他带来不必要的困扰。"

"那么再见,夫人。"他完全被考迪利亚迷惑了:这个衣着朴素的女人,怎么看都与华丽的大厅格格不入。他同弟弟转过身,继续观看下面的表演,之后的二十分钟里都一言不发。典礼在中午结束,接下来是午宴。宾客们都三三两两地来到了走廊里。

她找到了弗·科西根,他正和父亲皮奥特伯爵一道,同另一个身穿爵士袍的老头儿交谈,库德尔卡站在一旁。弗·帕特利尔护送她到达后转身离开,阿罗向她露出疲惫的微笑。

"亲爱的船长,你精神还好吧?我向你介绍弗·哈拉斯伯爵,卢夫·弗·哈拉斯上将就是他的弟弟。我们时间有点紧,等一会儿还约了皇妃与格雷格皇子共进午餐。"

弗·哈拉斯伯爵握着她的手深深鞠了个躬,"夫人,很荣幸认识你。"

"伯爵,我……只与你弟弟有过短暂的会面,但弗·哈拉斯上将给我留下了深刻的印象。"而我们把他打得落花流水。手被他握着,考迪利亚觉得有点不安,但他似乎并没有表现出对她的憎恶。

"谢谢,夫人。我们都这样认为。噢,我有两个儿子,我答应过引荐他们。伊冯渴望加入总参部,但我告诉他必须靠自己的实力;我希望卡尔也能对军队产生兴趣。我还有一个女儿,她非常羡慕你。你是所有女孩的榜样,夫人。"

伯爵快步走过去招呼他的儿子。噢,天啊,考迪利亚想,不会是他们吧。刚才在楼上坐她前面的两个年轻人来到她跟前。两人都脸色发白,紧张地在她前面躬下身。

"你们好像见过了吧,"弗·科西根说,"我看到你们在楼座里交谈过。是什么话题使你聊兴大发,夫人?"

"噢……我们谈了地理、动物和礼仪,谈得最多的是礼仪。我们进行了深入的讨论,我想每个人都从中有所领悟。"她笑了笑,眼睛不眨一下。

伊冯·弗·哈拉斯中校看上去非常不安,说:"是的。我得到了永难忘记的教诲,夫人。"

弗·科西根继续介绍说:"弗·哈拉斯中校,卡尔阁下,这位是库德尔卡中尉。"

库德尔卡正抱着一堆塑料纸、碟片和刚刚授予弗·科西根的作为摄政王和军队总司令象征的权杖,当然,还有他自己的拐杖。他不知是该握手还是敬礼,结果把东西全部放下后却什么也没做。他涨红了脸,笨拙地弯下腰,想把东西从地上重新捡起来。卓丝娜科维和他同时把手扶在他的拐杖上。

"我不需要你的帮助,小姐。"库德尔卡厉声说。卓丝缩回手,站到考迪利亚后面,身体僵直。

弗·哈拉斯把几张碟片交回他手里,"对不起,长官,"库德尔卡说,"谢谢你。"

"不用客气,中尉。我也曾差点被神经爆破枪击中。那一次把我吓得魂飞魄散。你是我们所有人的榜样。"

"这……并不痛,长官。"

根据个人经验,考迪利亚知道这是谎言,但她不动声色。其后各人告别离开。考迪利亚让伊冯·弗·哈拉斯稍作停留。

"很高兴认识你,中校。我相信你未来的职业生涯前途光明,但不会是在凯里尔岛。"

伊冯勉强笑了笑,"我相信你也是,夫人。"他们彼此严肃地点了点头,考迪利亚转身挽起弗·科西根的手臂,随他走向下一个目的地。库德尔卡和卓丝娜科维在后跟随。

一周后,贝拉亚的皇帝终于陷入昏迷,但又捱过了接下来的一周。一个清晨,阿罗和考迪利亚被皇帝的特使唤醒。特使只带来简短的信息:"医生说他不行了,阁下。"他们匆忙更衣,和特使一道返回皇宫,来到埃扎特意在弥留之际挑选的一个华丽套间。在这里,价值连城的古董和落后的医疗设备杂乱地混在一起。

房间里挤满了人,除了他们夫妇,还有皇帝的私人医生、弗·达拉、皮奥特伯爵、皇妃和格雷格,以及几个部长和总参部的将军。所有人都像化石一样保持沉默,定定地望着床上那个静止、腐朽的形体。考迪利亚觉得,这样的情景对一个小男孩来说过于残忍,但他的在场似乎在礼仪上又是必需的。接着,从弗·科西根开始,他们依次在格雷格身前屈膝跪下,把手放在他的两手之间,宣誓对新皇效忠。

在弗·科西根的指引下,考迪利亚也跪在格雷格身前。这位新皇长着与他母亲一样颜色的头发,淡褐色的眼睛则是埃扎和塞格的遗传。考迪利亚不知道他身上有多少特征来自他的父亲,或是他的祖父。他对权力的渴望将随年龄的增长而日益显现。你的染色体里是否带着诅咒,孩子?当她把手放在他两手之间时,她不禁想道。不管诅咒还是祝福,她向他许下了誓愿。这些誓词仿佛割断了她与贝塔殖民地的最后联系,有如一声巨响,但只有她听得见。

我现在是一个贝拉亚人了。这是一段奇怪而漫长的旅程，由一双试图走出泥泞的靴子开始，在这个小男孩干净的双手中结束。你知道你父亲的死我也牵涉其中吗，孩子？你以后会知道吗？最好不要。不知是出于圆滑还是疏漏，以前他们并没有要求她向埃扎·弗·巴拉皇帝效忠。

在所有人当中，只有纳格力上校流了泪。考迪利亚之所以知道这点，是因为她恰好站在上校旁边。她在房间最暗的一个角落里看到他两次用手背擦了擦脸。有那么一会儿，他的脸似乎被泪水打湿了，显出更多的皱纹，但在上前发誓时，他又恢复成平日的硬朗。

五天后的葬礼仪式对考迪利亚来说就像是惩罚，不过她慢慢发现，与塞格皇子的葬礼相比，这一次并不算什么。塞格皇子的那一次延续了两个星期，尽管连他的遗体都没有。在公众看来，塞格皇子是英勇就义，考迪利亚明白，只有五个人知道那次刺杀的真相。不，四个，埃扎已经不算数。或许坟墓正是老皇帝保守秘密的最安全场所。唔，对这个老人的折磨已经终结，他的时间耗尽了，他的时代也过去了。

令人惊讶的是，小皇帝格雷格登基时并没有举行加冕大典，取而代之的是连续几天在议会大厅接受臣民的宣誓效忠。部长、伯爵、他们的亲属和所有没在埃扎去世时许下誓言的人都依次前来晋见。弗·科西根也接受了他们的誓言，每一份誓词都增加了他的负担，仿佛它们真的有重量似的。

格雷格坐在母亲身旁，表现很好。凯琳确保他每隔一小时就休息片刻。那些从各地赶到首府来履行义务的大忙人都对此表示了尊重。考迪利亚虽然没有一下子全盘接受贝拉亚奇怪的政府系统和不成文的风俗，但却逐渐受到了渗透和影响。贝拉亚人对这些风俗习惯安之若素，政府系统也运作良好。权力正是建立在习惯基础上的，从这个角度说，或许所有政府的权威都源自多数人在心中达成的共识。

冗长的仪式结束后，考迪利亚终于有时间处理她的家庭事务，但其实并没有太多的事要做。大多数时候，弗·科西根黎明时就离去，库德尔卡也是。他们天黑后才回来，吃过冰冷的晚餐后又把自己关在图书馆里，要不就是与人会面，直至上床。长时间的工作只是开始履行职责时必须付出的代价，考迪利亚对自己说，一旦他熟悉工作后就会逐渐适应，效率更高。她想起自己第一次指挥贝塔探测船时的情形——离现在并不遥远——那时，她在头几个月里一直都处于兴奋的备战状态。一段时间后，痛苦的繁重任务变成了例行的工作，接着就变成了无意识的行为，随后，她恢复了正常状态，也重新拥有了私人生活。阿罗也会是这样的。她耐心地等待着，每当看到他时都露出甜甜的笑脸。

另外，她还负担着孕育下一代的工作，这令她备受宠爱，从皮奥特伯爵到随时给她端来营养甜点的厨房女侍，所有人无一不对她关怀备至——在她圆满完成长达一年的探测任务时也没有受过这般礼遇。这地方的人对繁殖后代的狂热似乎不是贝塔殖民地所能比拟的。

一天下午，吃过午餐后，她躺在府宅和后花园之间一个阴凉的天井里，腿搁在沙发上，脑中想着贝拉亚与贝塔殖民地在怀孕问题上的不同之处。这里的人似乎对人造子宫一无所知。在贝塔殖民地，人造子宫是最流行的选择，至少有四分之三的孕妇使用它，不过，也有少数人声称选择自然生产对社会心理有好处。考迪利亚看不出人造子宫孕育的婴儿与自然生产的有什么不同，在长到二十二岁成年时更是如此。她自己是在人造子宫里出生的,而她的弟弟则是自然生产的。她弟弟的代母为自己的两个孩子都选择了自然生产,并且对此大肆宣扬。

考迪利亚总是想,轮到自己的时候,她会在执行探测任务前把自己的孩子放进胚胎银行,然后做好准备。只要她能够返回——在探测未知世界的时候,谁能保证不发生什么事?——然后找到一个有兴趣的代父,愿意且有能力通过身体、心理和经济方面的测试,那么他们就会去上课,考取成为父母的资格。

她肯定阿罗会是一个完美的代父,只要他再次卸任。当然第一次卸任很快就结束了,但从现在的高位退下来需要很长的时间,何况现在已经无路可退。阿罗就是她的避风港,如果他先栽倒……她努力把自己的思绪转到积极的方向。

对她来说,家庭的组成是贝拉亚最真实、隐秘和邪恶的诱惑。家里没有法律限制,不需要资格认证,也没有不许生育第三胎的禁令。实际上,没有任何规定约束。她在街上见过有人带着不止三个而是四个孩子,可旁边的人却熟视无睹。考迪利亚把自己的计划从二调整到三,心里本来还有一丝负罪的感觉,直至遇到了一个带着十个孩子的女人。四个,或许?六个?弗·科西根又不是养不起。考迪利亚伸了伸脚趾,把垫子抱在怀里,沉浸在幻想里。

阿罗说,尽管在最近几场战争中受到了一些损失,但贝拉亚的经济已经显示出巨大的活力。第二大陆的土地改造每天都会开辟新的疆域,当新行星瑟格亚适宜殖民时,经济将会成倍增长。每一处都劳工短缺,工资不断提高——贝拉亚第一次感到自己人烟稀少。弗·科西根认为,现在的经济状况是上天赐给他的礼物。考迪利亚也有同样的看法,但却是从一个更隐秘的角度出发的。一群小弗·科西根……

她还可以生一个女儿。不,还可以生一对姐妹!考迪利亚自己没有姐妹,但她听说弗·帕特利尔有两个妻子。

考迪利亚和弗·帕特利尔夫人在弗·科西根爵府一次社交宴会上见过面。宴会的细节由爵府的仆人一手操办,考迪利亚要做的就是穿上得体的服饰(她已经有很多的衣服了),笑脸迎人,然后把嘴闭上。她专心倾听,想弄明白事情在这里是怎么运作的。

艾利丝·弗·帕特利尔也怀孕了。见她们相谈甚欢,弗·帕特利尔知趣地避到了一边。她们自然而然地谈起购物。弗·帕特利尔夫人还讲了很多怀孕的不便之处。考迪利亚觉得自己还是幸运的。防呕吐药的效果很明显(这和贝塔殖民地使用的处方一样),她只感到有一点疲劳,不是因为胎儿增加的重量,而是日益加剧的新陈代谢。考迪利亚只知道,现在自己上厕所的次数增加了一倍。唔,既然五维空间的导航数学都能应付,做一个母亲又有何难?

当然,除了艾利丝那些关于孩子出生时的可怕故事。大出血、抽筋、肾坏死、产伤、胎儿大脑缺氧、胎儿的头超过骨盆的直径、子宫痉挛致使母婴同时死亡……如果即将临盆而又没有人看护的话,那医学并发症的确是严重的问题。但身边围着一大群警卫,这种情形似乎不大可能在她身上发生。让伯沙瑞做接生婆?古怪的想法。她打了个寒噤。

她在细麻布沙发上又转了个身,眉眼挤到了一块儿。唉,贝拉亚原始的医疗水平。不过,在没有太空旅行的千百年前,医疗水平还比不上这地方,那时的孕妇依然能够顺利产下婴儿。或许我应该回家乡生小孩。

不。她现在是贝拉亚人了,像其他傻瓜一样发过誓。回去得花两个月时间,而且还有一份逮捕令在等着她,起诉她违反军令、图谋刺探机密、欺诈、暴力对抗社会——或许她不该试图把军队的那个笨蛋心理医生溺死在她的鱼缸里,考迪利亚叹了口气,回忆起离开贝塔殖民地时的慌乱情形。她会平反昭雪吗?只要埃扎的秘密仍藏在那四颗头颅里,当然不可能。

不。贝塔殖民地已经对她关上了大门,将她驱逐在外。不过有一点可以肯定,贝拉亚不再掌握在政治白痴的手里。

我能应付得了贝拉亚。阿罗和我。不信可以打赌。

*该进去了。*阳光让她有一点轻微的头痛。

第四章

在成为摄政王夫人后最初的一段日子里,考迪利亚比较容易接受的是大量涌入家中的私人警卫。她在贝塔探测船上工作过,弗·科西根在军队里服过役,这样的经历让他们习惯了拥挤的生活。考迪利亚没花多少时间便熟悉了警卫的名字,并且学会了他们的术语。这些警卫都是精心挑选的年轻军官,他们对自己的工作深感自豪。不过,当皮奥特在爵府里居住时,他的所有家臣,包括伯沙瑞,让考迪利亚产生了一种住在军营里的强烈感觉。

老伯爵首先提议,让他的手下和伊林的特工进行非正式的徒手搏斗赛。安全部的头子虽然表示反对,暗自嘀咕这是浪费皇帝的资源,但他们仍然在后花园里安排了比赛,而且很快演变成为一周一次的固定赛事——甚至库德尔卡也被扯了进来,充当仲裁和专家评判,而皮奥特和考迪利亚则是啦啦队成员。令考迪利亚高兴的是,只要时间允许,弗·西根也会出席观看——她认为他非常需要每天从繁重的政府公务中摆脱出来喘一口气。

秋日一个阳光普照的上午,考迪利亚坐在细麻布沙发上,由她的贴身警卫陪伴着观赛。考迪利亚突然问道:"你为什么不参加呢,卓丝?你也和他们一样需要练习。这种比赛最初的目的就是要让每个人都保持良好的状态,而不是创造机会练习如何伤害对方。"

卓丝娜科维露出一脸的期盼,但嘴里却说:"没有人邀请我参加,夫人。"

"那是某人的疏忽。唔,这样吧——你去换衣服,加入我的队伍。今天阿罗可以挑选他的队员。反正按照传统,一场正规的贝拉亚式比赛应该至少有三轮。"

"你觉得这样好吗?"她迟疑地问,"他们可能不喜欢。"

卓丝娜科维口里的"他们"指的是"真正"的警卫——皮奥特的家臣。

"阿罗不会介意的。谁有意见跟他说去,如果有人够胆量的话。"考迪利亚笑了笑,卓丝娜科维也回了一个笑脸,然后就去更衣了。

阿罗走过来,舒舒服服地在考迪利亚身边坐下。她把自己的计划告诉了他。他扬起一边眉毛,"想来一次贝塔式的革新?嗯,为什么不呢? 不过,你要做好被取笑的准备。"

"我已经做好了。如果他们败在她手下,我看谁还敢取笑。我觉得她非常出色——要是在贝塔殖民地,这女孩早就成为一名突击队军官了。让她整天围着我转只会浪费她的天赋。如果她输了——嗯,那么她就不够资格保护我,是吗?"她望着他的眼睛。

"有道理……我把她放在第一轮,给她找个身高体重都般配的对手。她的体重就连参加低级别比赛都不够。"

"她的块头比你还大。"

"只是高度。我想我要比她重几公斤。总之,你的愿望就是给我的命令。"他站起身,走到库德尔卡那边把卓丝娜科维的名字输入选手名单。然后,阿罗就和库德尔卡到花园另一侧谈话去了,考迪利亚听不到他们在说什么,但从他们的手势和表情,她能想象出他们的对话——阿罗:"考迪利亚想让卓丝参加。"库德尔卡:"呵!谁想跟女的打?"阿罗:"她很强壮。"库德尔卡:"她们会把事情搞得一团糟,而且,她们还经常哭。伯沙瑞中士会把她压扁——"库德尔卡,我希望你的那个手势代表"压扁",否则就有些下流了。弗·科西根,别一脸傻笑了。阿罗:"我夫人坚持要让卓丝参加。你也知道我是多么怕老婆的啦。"库德尔卡:"噢,那好吧,只好这样了。"任务完成,接下来就瞧你的了,卓丝。

弗·科西根回到她身边,"安排好了。她首先和老伯爵的一名家臣比赛。"

卓丝娜科维也回来了,身上穿着紧身衣和松松垮垮的便裤,这是她衣柜里跟男人装扮最近似的衣服了。这会儿,老伯爵走到外面和伯沙瑞中士——他的队长——商议比赛事宜来了,顺便找个暖和的地方晒一晒太阳。

"这是怎么回事?"当第二对选手出场,库德尔卡叫出卓丝娜科维的名字时,皮奥特问道,"我们现在也沿用贝塔的风俗了?"

"这女孩具有相当出色的天赋,"弗·科西根解释说,"她也需要练习,就像其他人一样,而且还要练习得更频繁,因为她的任务比他们的都重要。"

"接下来你就会允许女人加入军队了,"皮奥特抱怨说,"什么时候才到头啊?我倒想知道。"

"让女人参加军队有什么不好?"考迪利亚问,略带一点不满。

"这不符合军规。"老头子斩钉截铁地说。

"我想,只要能打赢战争就行。"她温和地笑了笑。弗·科西根轻轻握了握她的手,暗示她不要再继续深入讨论下去了。

不过,这种提醒显得有些多余。皮奥特没有再说话的意思,而是把注意力集中到他的队员身上,嘴里只发出一声"哼"。

伯爵的选手显然低估了自己的对手,结果一开始便因失误而摔了一跤,这才使他清醒过来。观众发出喧闹的议论。在第二个回合,他把她压在了身下。

"库德尔卡算分好像有点快,是吗?"考迪利亚问道。伯爵的选手在算分后让卓丝娜科丝站起来。

"唔,或许吧,"弗·科西根漫不经心地说,"我也注意到她很少出击。如果她再不改正的话,那么下一回合必输无疑。"

第三回合是决定性的一局,卓丝娜科维成功地使出一招夹臂,但却被对手逃脱了。

"噢,太可惜了,"老伯爵开心地咕哝着。"你应该死死夹住他!"考迪利亚叫道,对比赛越来越投入。伯爵的选手不小心猛地滑倒在地。"裁定胜负,库德尔卡!"但这个裁判却倚着他的剑杖,视若无睹。不管怎样,卓丝娜科维抓住这千钧一发的机会,扣住了对手的喉咙。"他为什么不投降?"考迪利亚问。"他宁愿晕过去,"阿罗回答说,"这样就无须忍受同僚的抱怨。"

当手臂下的那张脸变成青紫色时,卓丝娜科维开始犹豫了。考迪利亚知道她打算松手,于是冲上去喊道:"坚持住,卓丝!别上他的当!"卓丝娜科维加了一把力,她的对手停止了挣扎。

"裁定胜负吧,库德尔卡。"皮奥特沮丧地摇了摇头,"他今晚还得值勤。"于是,卓丝娜科维赢得了比赛。

"干得好,卓丝!"当卓丝娜科维回到他们身边时,考迪利亚大声说,"但你应该更积极地进攻,把杀手的本能释放出来。"

"我同意,"弗·科西根出乎意料地说,"你那片刻的犹豫可能是致命的,而且对自己不公平。"他凝望着卓丝的眼睛,"你要把比赛当作实战。尽管我们都祈祷不会发生战争,然而比赛一旦开始,你就应该全力以赴。"

"是的,阁下。我尽力而为。"

下一轮比赛出场的是伯沙瑞中士,他不费吹灰之力便连续两次把对手平压在地,让那个失败者爬出了赛场。接着又赛了几轮,然后又到卓丝娜科维上场,此次的对手是伊林的特工。

比赛双方很快纠缠到一起,伊林的特工在扭打当中拧了一下她的屁股,观众发出不满的嘘声。趁着她因愤怒而分神,他用力一拖,令卓丝失去平衡,非常干脆地摔倒在地。

"你看到没有!?"考迪利亚朝阿罗嚷道,"太卑鄙了!"

"唔,不过掐屁股不属于八种禁止的动作之列,不能算无效。尽管……"他指示库德尔卡暂停比赛,把卓丝娜科维叫过来面授机宜。

"我们看到了他的小动作。"他咕哝着说。卓丝闭着嘴,满脸通红。"但是,你作为夫人的战士,对你的侮辱在某种程度上就是对夫人的侮辱,同时,这也开了一个很不好的先例,所以,我不希望看到你的对手清醒地走出赛场。至于怎么做,那是你的问题。如果愿意,你可以把它当作命令。不要担心会折断他的骨头。"他温和地补充道。

卓丝娜科维回到赛场上,脸上带着一丝淡淡的笑意,目光异常锐利。她很快发起佯攻,以闪电般的脚法踢向对手的下颌,接着朝他腹部击出一拳,然后俯身来了个抱膝,使他"砰"的一下倒在赛席上。她的对手没有再爬起来。周围一阵惊讶的沉默。

"你是对的,"弗·科西根说,"她越打越猛。"

考迪利亚做了个鬼脸,舒展着身体,"可不是嘛。"

卓丝娜科维的下一回合是四分之一决赛,经过抽签,她的对手是伯沙瑞中士。

"噢,"考迪利亚对弗·科西根低声说,"我不知道这对他们的心理将产生什么影响。这安全吗?我的意思是他们两个人,不仅仅是她。而且不单是身体上的。"

"我想没问题。"他回答说,仍旧保持着平静的心态,"对伯沙瑞来说,侍奉伯爵只是一种轻松、安静的日常事务。他一直在吃药,我想他现在状态不错,而且赛场的气氛对他来说是安全、熟悉的,卓丝不可能令他失常。"考迪利亚点点头,满意地坐着继续观看比赛。卓丝娜科维似乎略带一点点紧张。

开场时,双方动作都比较慢,卓丝娜科维的精力主要集中在防止接触上。库德尔卡中尉在转身观看时不小心按到了剑杖机关,剑鞘"砰"的一声弹进树丛。伯沙瑞分了一下神,卓丝抓住机会,迅速将他摔倒在地。尽管伯沙瑞立即翻身站了起来,但这一下倒地却是干脆利落的。

"嘿,摔得好!"考迪利亚欣喜地叫道。卓丝和其他人一样感到惊讶。"裁定胜负,库德尔卡!"

库德尔卡中尉皱了皱眉,"这不公平,夫人。"一名伯爵的手下把剑鞘捡回来,库德尔卡把它重新套在武器上。"是我的错误令他分了神。"

"刚才你可没这么说。"考迪利亚抗议道。

"算了,考迪利亚。"弗·科西根平静地说。

"可这本来是她应该得的分!"她气愤地低声反驳,"这一分很重要!迄今为止,伯沙瑞每一场比赛都排在榜首。"

"是啊。为了跟他较量,库德尔卡曾在老'弗·卡拉夫特将军'号上练习了六个月。"

"噢,"她有点意外,"这么说库德尔卡是在妒忌卓丝?"

"你没看出来吗?她身上有他失去的一切。"

"我见过他有时用很粗暴的方式对待她。这是个耻辱。她显然——"

弗·科西根举起一根手指阻止她,"这一点我们迟些再谈,别在这儿说。"

她停下口,然后点头表示同意,"好的。"

比赛继续进行。伯沙瑞中士两次将卓丝娜科维压倒在地,几乎是毫不费劲儿地打发了他最后的挑战者。

在花园的另一头,几名参赛者聚在一起商议着什么,然后派库德尔卡当使者一瘸一拐地走了过来。

"阁下,我们想知道你是否愿意来一局示范赛,和伯沙瑞中士打。这些家伙都没有见识过。"

弗·科西根摆手拒绝,但并不那么坚决,"格斗技我已经荒废很久了,中尉。不过,他们是怎么知道的?是传闻吗?"

库德尔卡笑了笑,"是有一些。我想,你参加可以让他们长长见识,让他们知道应该怎样对待比赛。"

"我只会成为反面典型。"

"我也没见识过,"考迪利亚嘀咕着说,"会很精彩吗?"

"不知道。我最近得罪你了吗?你想看伯沙瑞如何痛击我作为宣泄?"

"我是为你好。"考迪利亚说,他显然有点心动,"我想你最近老是待在司令部里,心里一定很怀念军中的生活吧?"

"唔……"他站起身,轻轻拍了拍手,把制服、鞋子脱掉,摘下指环,掏出口袋里面的东西,然后进入赛场开始做伸展和热身练习。

"你最好做我们的裁判,库德尔卡,"他回头说道,"免得有人受伤。"

"是,阁下。"库德尔卡转身回到赛场,"嗯,请记住,夫人,他们已经像这样打了四年,谁也没把对方干掉。"

"可我为什么总觉着哪儿不对劲儿?而且,伯沙瑞今天早上已经打了六轮比赛,或许他有些累了吧。"

两人面对面地站在赛场上,按照礼节互相鞠了一躬。库德尔卡快速地退出场地。观众席上幽默风趣的谈笑声消失了,两位选手的冷静对峙吸引了所有的眼球。他们开始转圈,动作轻灵,然后"嗖"的一下跳到了一起。考迪利亚没看清发生了什么事,但当他们分开时,弗·科西根吐出一口血沫,而伯沙瑞则抱着肚子弯下了腰。

两人第二次扭打在一起时,伯沙瑞在弗·科西根背上狠狠地踹了一脚,花园的围墙上传来一阵回声。弗·科西根整个儿被踢出赛场,然后打了个滚儿,气喘吁吁地跑了回来。那些发过誓要保护摄政王的警卫都担心地望着他俩。在接下来的扭打中,弗·科西根再次被摔倒在地,伯沙瑞坐在他身上来了个"锁喉",考迪利亚好像看到弗·科西根的肋骨都被伯沙瑞的膝盖压弯了。几名警卫冲了上去,但库德尔卡挥手让他们退下,弗·科西根脸色发黑,拍地表示认输。

"伯沙瑞中士赢了第一局,"库德尔卡宣布说,"三局两胜吗,阁下?"

伯沙瑞中士站起来,轻轻笑了笑;弗·科西根在赛席上坐了一会儿,尽量恢复体力,"总之再来一局,得给一个报仇的机会吧。技艺生疏了。"

"早跟你说过了。"伯沙瑞嘀咕道。他们又开始绕起圈子。

两人相碰,分开,又相碰,伯沙瑞突然来了个神奇的侧手翻,但却被弗·科西根从下面滚动过来抓住了他旋转的臂膀,几乎造成脱臼。伯沙瑞挣扎了一会儿,未果,只好拍地认输。这一次坐在赛席上歇息的是伯沙瑞。

"太神奇了!"卓丝娜科维评论说,眼里充满了渴望,"想不到摄政王个子这么小却有如此大的力量。"

"小而凶猛,"考迪利亚附和道,心花怒放,"记住我的话。"

第三回合持续的时间很短。经过几个令人眼花缭乱的拳脚回合后,伯沙瑞突然来个勾臂锁腿占据了主动。弗·科西根极不明智地试图反击,而伯沙瑞则毫不留情地强压住他的手臂,只听"啪"的一声,弗·科西根的手臂脱臼了——他痛得大叫,示意认输。库德尔卡再次强压住上前帮忙的冲动。"帮我接上,中士。"弗·科西根坐在地上咕哝道,伯沙瑞把一只脚踩在他的前任上司身上,握着他的手臂用力一拉。

"我一定要记住,"弗·科西根喘着气说,"不能再参加这样的比赛了。"

"至少这次没有把手弄断。"库德尔卡鼓励他说,然后和伯沙瑞一同把他扶起来。弗·科西根一瘸一拐地走回草地上的座位,小心翼翼地在考迪利亚脚边坐下,而伯沙瑞的动作更慢、更僵硬。

"这个,"弗·科西根喘着气说,"就是……我们以前在老'弗·卡拉夫特将军'号上经常玩的游戏。"

"真是拼了个你死我活。"考迪利亚说,"你们经常与敌人近身搏斗吗?"

"嗯,非常少。可一旦出现那种状况,我们都会赢。"

比赛结束了,围观的人一边走一边议论着选手的表现。考迪利亚陪同阿罗去治疗他的手肘和嘴角,然后回去洗澡按摩,换上干净衣服。

在按摩的时候,她继续着刚才的话题:

"你能不能跟库德尔卡谈谈,让他改变一下对待卓丝的态度?这可不是他平时的作风。她迫不及待地想讨好他,而他对她的态度甚至还不如一般的警卫。卓丝差不多也算是一名军官,一位同事,况且还深爱着他。可他为什么就看不出来?"

"你凭什么认为他看不出来?"阿罗缓慢地问道。

"当然是他的行为。真是急死人。他们可是天造地设的一对。你不觉得她很有魅力吗?"

"非常迷人。不过,我喜欢高挑的女人,"他扭头朝她笑了笑,"这是众所周知的秘密。每个男人的品位都是不同的。但如果我从你眼里看到的是媒人的眼光——顺便问一下,这会不会是女性荷尔蒙的影响?"

"想让我把你另一只胳膊也折断吗?"

"噢,不,谢谢了。我差点忘了和伯沙瑞练习是一件多么痛苦的事。啊,这样好多了,再下一点……"

"明天你这里会出现几个瘀块。"

"难道我不知道吗?不过在你操心卓丝的爱情之前……你有没有认真考虑过库德尔卡的伤?"

"噢,"考迪利亚诧异地陷入了沉默,"我以为……他的性功能像身体的其他部分一样都复原了。"

"或许没有呢。这需要异常精巧的手术。"

考迪利亚撅起嘴唇,"你说的是实情吗?"

"不,我不知道。我只知道在我们以前所有的谈话中,从未涉及过这个话题。从来没有。"

"唔,但愿我知道这意味着什么。听起来似乎不太好。你是否可以问……"

"天啊,考迪利亚,当然不行!怎么能向一个男人问这种问题?何况他的答案显然是否定的。记住,我还得与他共事。"

"嗯,我也要与卓丝共事。如果她整天郁郁寡欢、心碎欲裂,又怎么能保护我?他常常让她以泪洗面——只不过每次她都偷偷走开,以为没有人看到。"

"真的?那倒难以想象。"

"总而言之,你不能期望我去跟她说,这个男人不值得她付出。但是他真的一点也不爱她吗?或许只是一种矜持的姿态?"

"问得好。有一次我的司机拿她开玩笑,虽然不算太过分,但库德尔卡立即拉下了脸。我不认为他不喜欢卓丝,我倒觉得他有点仰慕卓丝。"

考迪利亚暂时中止了这个话题。她很想帮助这对年轻人,但对这种进退两难的困局却束手无策。对她来说,想出怎样解决库德尔卡生理障碍的方法并不难,但要处理贝拉亚人的保守问题却不是件容易的事,她怀疑这么做只会吓坏他们——在这个地方,治疗性功能障碍不啻天方夜谭。

作为一个真正的贝塔人,她一向认为针对性别的双重标准在逻辑上是不成立的,但在弗·科西根将她带入贝拉亚的上层社会后,她终于见识到了这种可能性的存在。在这里,他们有一些约定俗成的戒律,例如,不能在未婚的女人和小孩面前提到性。显然,年轻的男子在互相交谈时可以免受一切规则限制,但女人却不行,不论她的年龄和地位如何——而且令人困惑的是,这些规则随着社会地位的不同还会发生改变:有些话题可以用来开玩笑,但不能严肃谈论,而另一些则根本不能提起。她不止一次因为说话随便而令交谈中断，阿罗不得不把她拉到一边加以解释。

她想尝试着把自己推断出的规则写下来，结果却发现它们不仅全都不合逻辑，而且自相矛盾，特别是在一些场合，某些特定的人在另一个群体面前要揣着明白装糊涂，这样的规则几乎令她忍无可忍。她把单子拿给阿罗，他躺在床上一边看一边笑翻了天：

"在你眼里，我们真是这样的吗？我喜欢你列的第七条。我要把它记在脑子里……要是我年轻时读到它就好了。"

"如果你笑得再响一些，你的鼻子就会鲜血直流，"她气呼呼地说，"这些是你们的规则，不是我的。你们的人都遵此行事，我只是试着把它们列举出来罢了。"

"了不起的科学家。唔，你的用词还是挺准确的。我们从未试过……你想在我身上违反第十一条规定吗，亲爱的船长？"

"让我看看，是哪一条——噢，是的！当然想。现在可以吗？如果可以的话，我们就别管第十三条了。我的荷尔蒙激素增多了。我记得我弟弟的代母给我讲过它的效用，但那时我不相信。她说在快要生产时就会出现这种状况。"

"第十三条？我倒没想过……"

"那是因为，作为一个贝拉亚人，你把太多的时间花在遵从第二条规则上了。"

在这一刻，人类学被遗忘了。后来，她发现只要在适当的时机向他提出"第九条"，他就会变得不能自已。

季节在变换，清晨的空气中捎来了冬天的气息。在皮奥特伯爵的后花园里，几块农田因霜冻而枯萎了。考迪利亚带着幻想,期待着她在贝拉亚的第一个冬天。弗·科西根向她保证一定会下雪,还会有结冰的河流,这样的景观她仅在执行勘探任务时见过两次。在春天来临之前,我的小宝宝将来到人间。哈。

然而到了下午,秋天的阳光又带来了温暖。当考迪利亚在弗·科西根爵府前厅的天台上散步时,太阳落下城市的地平线,凉爽的空气浸润着她的脸颊,令她心情愉快。

"晚上好,年轻人。"考迪利亚朝两名在屋顶值勤的警卫点点头。

他们也点头致意,那名年纪较大的警卫碰了碰前额,半带犹豫地敬了个礼,"夫人。"

考迪利亚经常在这里看日落。从四层高的屋顶望出去,城市的风景优美怡人。在树丛和建筑物外面,她可以看到分隔市镇的河流的反光。但就在几个街区外,地上有一个很大的洞,这意味着河道两旁的景观将很快被一座新建筑挡住。弗·哈唐城堡最高的塔楼——那儿是她出席伯爵理事会所有典礼的地方——矗立在峭壁上,俯瞰着河道,塔楼的尖顶直指天空。

在弗·哈唐城堡的更远处,保留着贝拉亚首府最古老的部分。它的街道蜿蜒曲折,只能容一匹马通过,地面车完全无法行驶。她虽然没有去过那儿,但曾在空中俯瞰过那个奇特、低矮、黑暗的城市中心。较新的城区则沿着地平线闪闪发光,看上去比较符合银河系标准,四周遍布着现代化的交通体系。

没有一个地方跟贝塔殖民地相同。萨塔那·弗·巴不是沿着地表扩展,就是向着天空延伸,呈怪异的二维构造,而且没有遮蔽。贝塔殖民地的城市则建筑在竖井和隧道里,是多层的复杂结构,既舒适又安全。事实上,贝塔殖民地无论在外部还是内部,几乎都谈不上有什么建筑风格。因此,如今看到各式各样的人从不同外观的住所里走出来,此番景象令考迪利亚很是惊奇。

当她从栏杆俯身向外观看时,两名警卫紧张地动了一下,然后叹了口气。他们不想让她靠近距屋顶边缘三米之内的区域,尽管这里只有六米宽。不过,她应该很快能看到弗·科西根的地面车转入街道。夕阳虽然很美,但她的视线却朝向下方。

空气中混杂着植被、水蒸气和工业废气的气味。在贝拉亚可以随意排放废气,似乎……反正,在这里空气是免费的。没有人会留意它,也无须缴纳空气处理和过滤费用……不知他们是否意识到了自己是多么富有?他们可以轻易得到所需的空气,就像得到天上掉落的冰冷雨水一般容易。她又吸了一口空气,仿佛想贪心地把它储藏起来,然后露出了微笑——

远处传来的爆炸声打断她的思绪,止住了她的呼吸。两名警卫一下都跳了起来。唔,不一定是阿罗出了事。听起来像是声波枪榴弹,而且威力不小。老天爷。一团烟雾在几个街区外升起,她看不清具体位置,于是向外引颈张望。

"夫人,"那名年轻的警卫抓住她的上臂,"请到屋里去。"他一脸紧张,眼睛睁得很大。年长些的那名警卫用手压着耳朵,从通讯器里接收着信息——她没有通讯器。

"发生了什么事?"她问道。

"夫人,请到下面去!"那名警卫催促她走到楼顶的活板门,这里有一条楼梯通到下面的第四层。"我看没什么大事。"他一边推着她一边说道。

"这是四级声波枪榴弹,"她对他的无知感到震惊,"你没有听过爆炸产生的声响吗?"

卓丝娜科维从活板门里冲了出来,一只手拿着奶油面包,另一只手握着震荡枪。"夫人?"那名警卫松了口气,把考迪利亚交给卓丝,然后返回了岗位。考迪利亚紧闭的嘴唇挤出一丝笑容,心里却万分紧张,她顺从地在卓丝娜科维的护卫下爬下楼梯。

"怎么回事?"她压低嗓门向卓丝娜科维问道。

"现在还不知道。地下餐厅里发出了红色警报,每个人都跑到自己的岗位上去了。"卓丝喘着气说。她肯定是一口气爬上了六层楼。

"快!"考迪利亚跑下楼梯,朝下行电梯冲去。图书馆里的通讯控制台有人操作——他们肯定有通讯器——她下了螺旋楼梯,疾步穿过黑白相间的大理石地面。

爵府的警卫长确实正守在岗位上,他正对着通讯器发布命令。皮奥特伯爵的老家臣紧张站在他身后。"摄政王他们正在赶回来,"帝国安全部的特工朝身后的人说,"你快去叫医生。"穿着棕色制服的老家臣赶忙向外跑去。

"到底发生了什么事?"考迪利亚厉声问道。她的心脏像打鼓一般跳得异常剧烈,不仅仅是因为刚从楼梯飞奔下来的缘故。

警卫长抬头望了她一眼,说了几句没有意义的废话,然后才道出了实情:"有人朝摄政王的地面车开了枪,但没有击中。摄政王一行正朝这里一路驶来。"

"差多少没有击中?"

"我不知道,夫人。"

他可能真的不知道。只要地面车还能开动……她无助地挥了挥手,让他回到岗位上,然后转身走到大厅里。皮奥特伯爵的手下在大厅里把守,令人气馁的是,他们阻止她太靠近门口。考迪利亚在离地面三级的楼梯上止住脚步,咬着嘴唇。

"你觉得库德尔卡中尉跟他在一起吗?"卓丝娜科维小声地问。

"可能吧,他通常如此。"考迪利亚茫然地答道,双眼盯着大门,等待着,等待着……

她听到有车子停了下来。皮奥特伯爵的一名手下推开大门,无数警卫立即冲向停在门廊里的银色地面车——天知道这些人是从哪里冒出来的。车身锃亮的外壳冒着烟,但凹陷得不算太严重,车头虽然已经裂开,不过后座没有受到损伤。后车门朝外打开,考迪利亚探头寻找弗·科西根,但帝国安全部特工的绿色制服挡住了她的视线。片刻之后,他们终于散开了。库德尔卡中尉坐在门口,晕乎乎地眨着眼睛,脸颊上滴着血,一名警卫将他扶起来。弗·科西根终于出现了,他拒绝搀扶,挥手让警卫退下。每个人都焦急万分,但却不敢未经同意就上前协助。库德尔卡跟在后面,手里拄着剑杖,由一名警卫下士搀扶着,似乎仍然神志不清,鲜血从他的鼻孔一滴滴落下。皮奥特的手下关上了爵府的前门,将混乱的人群挡在了外面。

阿罗的视线越过众人,与她相触,脸上阴郁的表情散去了少许。他朝她微微点了点头,我没事。她紧抿着双唇,你最好……

库德尔卡用颤抖的声音说道:"街上炸出了个大窟窿!几乎可以通过一艘货运飞船。我们司机的反应真是无与伦比——什么?"他朝询问者摇了摇头,"对不起,我的耳朵还在嗡嗡作响,你说什么?"他张开嘴站着,仿佛能把声音吞进肚里。他摸了摸脸颊,惊讶地盯着手上的血迹。

"你的耳膜受到了冲击,库德尔卡。"弗·科西根说。他语气平缓,但声音洪亮,"到明天早上就会恢复正常。"只有考迪利亚知道,他提高声音并不是因为库德尔卡——弗·科西根同样听不见自己在说什么。他的眼睛眨得太快,说明他正在试图读懂别人的唇语。

西蒙·伊林和一名医生几乎同时到达。弗·科西根和库德尔卡被送到后面一间安静的客厅，由废物一般的——考迪利亚认为——警卫守护。考迪利亚和卓丝娜科维跟在后面。医生立即对弗·科西根和库德尔卡进行了检查，弗·科西根命令他先处理浑身鲜血的库德尔卡。

"只开了一枪？"伊林问道。

"只有一枪。"弗·科西根证实说，注视着他的脸，"如果他们留下来再试一次，或许我就被干掉了。"

"如果这个刺客留下来，我们早就捉到他了。我派了一个勘验小组到开枪地点去。当然，刺客早已离开了。刺客选的地点极佳，有十多条逃跑路径。"

"我们每天都改变出行路径，"库德尔卡中尉隔着捂在脸上的衣服说，"他怎么知道在什么地方实施暗杀？"

"内奸？"伊林耸了耸肩，对这个念头咬牙切齿。

"不一定。"弗·科西根说，"路径虽然多，但这一条离爵府很近，他可能潜伏好几天了。"

"而且恰巧位于我们严密布防的范围之外？"伊林说，"我很怀疑。"

"他没有命中目标，这更令人困惑。"弗·科西根说，"为什么？会不会是某种警告？目的不是要我的命，而是令我精神失常？"

"他使用的是旧式武器，"伊林说，"可能追踪器发生了故障——我们没有监测到激光测距仪的脉冲。"他顿了顿，望着考迪利亚苍白的脸，"我相信这个疯子没有同伙，夫人。至少可以肯定暗杀者只有一个人。"

"那么，一个独来独往的疯子是怎么得到军用级别武器的呢?"她尖锐地指出。

伊林看上去有些惴惴不安,"这一点我们会调查的。他用的肯定是旧式武器。"

"你们没有销毁旧式武器吗?"

"它们的数量太多了……"

考迪利亚瞪了他一眼,"他只需要一枪。如果他直接命中了那辆地面车,阿罗可能已经化成一堆肉泥了,而你的勘验小组现在恐怕正忙着分辨他和库德尔卡身体的分子呢。"

卓丝娜科维脸色发绿。弗·科西根又露出了阴郁的神情。

"你要我给你准确计算一下共振反射幅度吗,西蒙?"考迪利亚怒气冲冲地说,"选择那种武器的人必定具有相当的军械常识——万幸的是,他的准头不太好。"她把更多的话吞回肚里,意识到自己有点过火。

"对不起,内史密斯船长。"伊林的语气变得更加简练,"你说得对。"他点了点头,多了一份敬意。

阿罗留意到了这种变化,神情第一次变得开朗起来,隐隐透出了一丝愉悦。

伊林告辞离去,关于内奸的猜测无疑在他脑海里挥之不去。医生证实了阿罗根据战斗经验做出的判断,他和库德尔卡只是耳膜震荡。医生给他们开了几粒强力止痛丸——阿罗坚持不要——同时预约第二天一早对他们进行复查。

当晚伊林再次来到爵府。他和警卫长交换意见时,考迪利亚几乎忍不住想抓住他的外套,把他按在墙上逼他说出全部情况,但她压下心中的念头,只是简单地问道:"是谁想除掉阿罗?他们能得到什么好处?"

伊林叹了口气,"你想要短名单还是长名单,夫人?"

"短名单有多长?"她以严肃的口吻问道。

"长得很。如果你愿意的话,我可以把前面的一段读给你听。"他弹了弹手中的名单,"首先是西塔甘达人,埃扎死后,他们一直图谋扰乱这里的政局——相对于军事入侵,暗杀比较容易得手;科玛人则是新仇旧恨一起来,他们当中仍然有人把上将称为'科玛屠夫'——"

考迪利亚知道这个令人憎恶的绰号的来历,身子不由地缩了一下。

"——反贵族联盟,对他们来说,摄政王过于保守;军队里的右派,害怕他太过激进;塞格皇子和弗·特耶的余党;现在遭到打压的政治教育部的前特工——不过,如果是这些人的话就不可能失手,纳格力的部门以前训练过他们;某些心怀不满的贵族,认为自己在近期的权力分配中利益受损;还有可以接触到武器的疯子,以及想一夜成名的精神错乱者——还要我继续吗?"

"请停下来吧。但今天发生的事怎么解释?从动机入手分析,嫌疑犯太多了,不如从手法和时机入手如何?"

"我们差不多完成了分析,但太多的问题都没有明确的结论。如我所说,这是一次手段非常利落的暗杀。不管是谁干的,凶手必定具备相当的专业水准。我们将先从这方面入手。"

对考迪利亚来说,最令人担心的是暗杀者的身份。如果凶手的身份不查明,那么每个人都不能洗脱嫌疑。在这个地方,妄想症似乎是一种传染病。好吧,纳格力和伊林的联合调查必定能很快查清部分事实。她把一切恐惧强压在心里的某个角落,将它牢牢锁住。

夜里,弗·科西根将她抱入怀里,矮壮的身体缠绕着她。他并不是为了求欢,只是想这样抱着她。尽管止痛药使他眼神呆滞,但他连续几个小时都没有合眼。考迪利亚一直陪伴着他,直到他入睡。他的鼾声将她带入了梦乡。没有更多的话要说。他们失手了,我们继续活着,直到他们下一次动手。

第五章

　　皇帝的诞辰是贝拉亚的传统节日。庆祝活动有盛宴、舞蹈演出、酒会和老兵巡游,以及令人难以置信的完全没有限制的燃放烟花。在考迪利亚看来,如果要进攻贝拉亚的首府,这一天是最好的时机——密集的炮火将被喧闹的声响掩盖,不会引起任何人的注意。而这种喧嚣的景象在黎明就开始了。

　　爵府里,几名年轻的士兵拾起掉落到墙内的鞭炮点燃庆祝,这让值勤的警卫十分苦恼——他们神经高度紧张,任何突如其来的声响都会把他们吓一大跳。很快,惹事的士兵就被警卫长带走,过了一会儿他们回来时,个个脸色苍白,身体发抖。考迪利亚看到一名女仆用挖苦的语气命令这几个士兵把垃圾搬到外面去,而一个洗碗女工和厨房小厮则开心地跑到门外,去庆祝这意想不到的休憩。皇帝的诞辰——即埃扎的驾崩和格雷格的即位,并没有固定的时间,贝拉亚人对节日的狂热又一次被点燃了,这是他们在这一年里举行的第二次盛大庆典。

　　考迪利亚让阿罗回绝了出席大型军官聚会的邀请,因为那会占用整个上午的时间,而他们今晚有重要事务——她知道,可能是这一年最重要的事务——要到皇宫去参加皇帝的生日晚宴。她盼望再次见到凯琳与格雷格，不管时间多么短暂。至少，这次她能肯定自己会穿戴得体——弗·帕特利尔夫人对贝拉亚女装有极高的品位，她对考迪利亚所遭遇的文化障碍深表同情，并以专家的身份给予了指导。

考迪利亚穿上了一件精心裁剪的绿色丝绸晚礼服，从肩头一直拖到地上，外面套着乳白色厚天鹅绒开领衫。色彩谐调的鲜花由专业美容师别在她的红棕色长发上。艾利丝同样身着盛装。在社交活动里，贝拉亚人的服装都展露着本民族的风格，就像贝塔的人体彩绘一样精美。考迪利亚从阿罗眼里没看出什么——每次看到她时，他脸上总是洋溢着夺目的光彩——根据皮奥特伯爵的女伴发出的惊叹声可以推断出，考迪利亚裁缝班子的手艺显然高人一等。

考迪利亚在前厅的螺旋楼梯下面等候着，她偷偷摸了摸覆盖在小腹上的绿丝绸。怀孕已经三个多月，而她身上出现的变化只有这个柚子般大小的"肿块"——进入仲夏以来，发生了很多事情，她的怀孕进程似乎应该加快才行。她在脑海里对它发出指令：长大，长大，长大……至少她看上去应该开始有点怀孕的样子，而不再只是感到筋疲力尽。在夜里，阿罗分享着她的幻想，轻轻抚摩她的肚子，想透过她的肌肤感受那如同蝴蝶振翅般的胎动，但到目前为止还没有成功过。

阿罗出现了，库德尔卡中尉跟在他身后。两人都容光焕发，身穿正式的红蓝色军礼服。皮奥特伯爵穿着银褐色的军服，也加入了他们的行列——考迪利亚在联席议会上见过他这身打扮，比他家臣的制服要耀眼许多。今天晚上，皮奥特的二十名家臣全部都被分派了接待任务，为此他们已经准备了整整一周。卓丝娜科维负责陪伴考迪利亚，她穿着一套简洁的服装，颜色和考迪利亚的一样。她的衣服经过精心裁剪,便于快捷行动,同时也有利于遮掩武器和通讯器。

考迪利亚和他们互相致以节日的问候,接着一同穿过前门,走向等候的地面车。阿罗把考迪利亚送上车,然后退了回来,"晚些见,亲爱的。"

"什么?"她转过头,"哦。那第二辆车……不是刚好能装下其他人吗?"

阿罗稍微抿着嘴,"不。从现在起,我们要更加谨慎,最好分乘不同的车辆出行。"

"噢,"她低声说,"也对。"

他点点头,转身离开。这是个什么鬼地方?他们共处的时光是那么少,甚至连共担风险都没有机会。

显然,皮奥特伯爵将代替阿罗的位置,至少是在今晚。他钻进车里,坐到她身旁,卓丝娜科维则坐到他们对面。舱盖合上了,车子平稳地驶出街道。考迪利亚扭头寻找阿罗的车辆,但它远远落在后面,根本看不清楚。她转回身,叹了口气。

灰色云团后面的黄太阳渐渐沉入地平线以下,灯光开始在湿冷的秋夜里亮起,给城市带来一股阴沉、忧郁的气氛。或许一场喧闹的街头宴会——他们在路上看到了很多——并不是个坏主意。欢乐的人群令考迪利亚想起远古的地球人,他们敲着罐子,开着枪,赶走要吃掉月亮的巨龙。人们一不小心就会被这种奇怪的秋日惆怅所感染——格雷格的生日来得正是时候。

皮奥特骨节突出的双手抚摩着一个褐色的丝绸袋子,那上面用银丝绣着"弗·科西根"的字样。考迪利亚好奇地看着它,"这是什么?"

皮奥特微微笑了笑,把袋子递给她,"金币。"

又是民族特色。这个袋子和里面的东西确实非常诱人。她摸了摸外面的丝绸,对它的手感大加赞叹,然后抓了几个闪亮的浮雕小圆片在手里。"很美吧。"皮奥特说。考迪利亚曾在书中得知,在孤立时期,金子在贝拉亚代表巨大的价值。尽管在她这个贝塔人看来,它只是一种对电力工业有用的金属,但远古的人们给它抹上了一层神秘的色彩。"它们有什么含义?"

"哈!当然有啦。这是献给皇帝的生日礼物。"

考迪利亚开始想象五岁的格雷格玩弄一袋子金币的情景。除了用来砌塔楼和练习算术,很难想象这个小男孩还能用它来做什么。她希望他已经度过了把任何东西都放进嘴里的时期——那些小圆片的大小正好能让一个小孩吞进肚里。"我希望他会喜欢。"她略带怀疑地说。

皮奥特哈哈笑着,"你不知道是怎么回事,对吧?"

考迪利亚叹了口气,"我一点也不懂,你告诉我吧。"她向后靠了靠,露出微笑。皮奥特已经逐渐热衷于向她解释贝拉亚的习俗,只要发现她在哪方面有所欠缺,他总是很乐意向她提供信息和观点。她有一种预感,恐怕在今后的二十年里,他都会孜孜不倦地教导她而不用担心缺少话题。

"传统上,对每个与帝国政府有联系的伯爵领地而言,皇帝的诞辰代表一个财政年度的结束。换句话说,这是交税的日子,税金意味着对帝国的归顺。当然,弗氏贵族是免税的,不过,我们会献给皇帝一份贡礼作为替代。"

"嗯……"考迪利亚说,"帝国政府一年的运作不是仅靠六十袋金币吧,阁下?"

"当然不可能。今天早些时候,真正的税金已经由通信网络从哈松达尔转移到萨塔那·弗·巴。这些金币只是象征而已。"

考迪利亚皱了皱眉,"等一等,你们今年不是交过一次税了吗?"

"对,就在春季。不过,我们刚刚对财政年度的结束时间做了调整。"

"这不会损害你们的金融体系吗?"

他耸了耸肩,"我们也是懂管理的。"他突然笑道,"你以为伯爵这个称呼是从哪里来的?"

"我想是地球吧。它指原子时代之前管理一个郡的罗马贵族,或许'郡'这一行政区划的名字就来源于管理它的贵族的头衔[①]。"

"事实上,在贝拉亚它是'会计师'的缩写[②]。第一个被称为伯爵的是华拉达·陶,他是一个出名的强盗,你应该经常在书里见到他的名字吧——税官华拉达·陶。"

"我还一直以为伯爵是军中的级别呢!模仿中世纪的称谓。"

"噢,就在税官第一次对不肯交税的人施以暴行之后,伯爵这个词就跟暴力联系了起来,后来演变成军阶,再后来成了爵位,笼罩上了荣誉的光环。"

"我从来不知道。"她突然怀疑地望着他,"你不是在蒙我吧,阁下?"

他摊开手,表示否定。

你就装吧。考迪利亚开心地想。

他们到达了皇宫宏伟的大门门口。今晚的气氛与以往大不相同——在考迪利亚看望垂死的埃扎和出席他的葬礼时,皇宫显然异常阴森恐怖——彩灯把这幢建筑的轮廓勾勒了出来;花园里

---

① 英文中伯爵是count,郡是county,故有此说。
② 英文中会计师是accountant,伯爵是count,故有此说。

亮着光，喷泉也在闪烁；一群群锦衣华服的人从北侧的正房走到阳台上，给这幅曼妙的图画增添了温暖的色彩。不过，安全检查仍然没有半点松懈，警卫的数目也超过平日数倍。考迪利亚觉得，这里的宴会与他们刚才在街头见到的派对相比更加安静，没有那么喧闹。

她同老伯爵在西面的门廊下车时，阿罗的车子停到了他们后面，考迪利亚得以重新挽起阿罗的手臂。他自豪地朝她微笑着，在帮她把花朵插入鬓发时偷偷吻了一下她的后颈。她用力捏了一下他的手。他们先穿过大门，然后是走廊。一名皇室管家大声宣告他们的到达，众人的目光——考迪利亚觉得似乎有几千双贝拉亚弗氏贵族挑剔的眼睛——全部凝聚在他们身上，但实际上，大厅里只有几百人。反正总好过对着一支能量充足的神经爆破枪的枪口。真的。

他们在大厅里转了一圈，与其他宾客互致问候。为什么这些人不戴上姓名牌？考迪利亚无助地想。像以前一样，除了她之外，这里每个人似乎都互相认识。她想象着自己和别人交谈，你好，弗……那个什么……她更用力地拉着阿罗，保持神秘和不苟言笑总好过叫错别人的名字。

在另一个大厅里正在举行贡奉金币的仪式。伯爵或他们的代理人排成一列，依次缴纳他们的贡品，然后再说几句客套的外交辞令。格雷格和凯琳坐在一张加高的长沙发上，格雷格显得有点拘束，正努力压制住自己的呵欠。考迪利亚怀疑他尚未从睡梦中清醒，她很想知道他是会把金币留下，还是会让它流入市面，等到下一年再次贡奉。痛苦的生日宴会。除了他之外，这里没有别的小孩，但仪式进行得相当快，或许他很快就能脱身。

一名身穿红蓝色制服的贡奉者跪在格雷格和凯琳身前，递上了由栗色和金色丝绸编织的袋子。考迪利亚认出这个圆脸的人是维多·弗·达瑞安伯爵，阿罗曾客气地将他称为"下一任最保守的党魁"。根据阿罗当时的语调，考迪利亚不由得怀疑这是"孤立主义狂热者"的代名词。但从外表看来，弗·达瑞安并不像狂热者。如果撇开脸上扭曲的怒意，他其实还是挺有魅力的。此时，他脸朝凯琳皇太后说了几句什么话，她扬起下巴，开心地笑起来。弗·达瑞安把手放在凯琳膝盖处的长袍上。在他站起来鞠躬退下之前，她在他手上轻轻地拍了拍，但当他转过身后，她的笑意即刻消失了。

格雷格向阿罗、考迪利亚和卓丝娜科维投来苦闷的一瞥，然后抬头对母亲说了几句话，凯琳随即伸手唤来一名警卫。几分钟后，一名警卫长向阿罗他们走来，请求带走卓丝，另一个沉默的年轻警卫接替了卓丝的岗位，远远地跟在他们后面。

考迪利亚和阿罗很快就遇到了弗·帕特利尔伯爵夫妇。考迪利亚很高兴，因为对她来说，他们是唯一能够畅所欲言的对象。弗·帕特利尔伯爵同样身穿红蓝色的军礼服，在一头黑发的衬托下，显得英俊潇洒。艾利丝更是明艳照人，她身穿一条玛瑙红色长裙，飘逸的黑发上别着几支红玫瑰，恰好跟她白丝绒般的肌肤形成鲜明对比。在考迪利亚心里，他们才是弗氏贵族的楷模，世故、沉着。不过，当弗·帕特利尔开口时，完美的印象稍稍受到了一点影响——显然他已经喝醉了。但即便如此，他仍然是一个受人欢迎的醉鬼，他的人格魅力只是轻微受损，并没有出现令人不快的转变。

弗·科西根被几个人拉到一边，这些人的眼睛里都带着明显的某种意图，他只好把考迪利亚交给弗·帕特利尔夫人。两个女人一边在手上托着精美托盘的仆人之间巡游着，一边交换怀孕的心得。弗·帕特利尔伯爵转过身,快步追上一个托着美酒的仆人。艾利丝为考迪利亚下一件礼服的颜色和裁剪出谋划策,"你应该穿黑白相间的,正好配合冬日节。"她断言说。考迪利亚顺从地点点头,考虑着是坐下来吃点东西,还是继续在流转的托盘间游荡。

艾利丝带她上洗手间,对她们来说,这是每隔一小时的例行事务。之后,艾利丝给她介绍了几位女士,都是她高雅社交圈子里的成员。然后,艾利丝便加入了一场为时甚久的讨论会,话题是关于她们当中一位贵妇的女儿即将举行的宴会。考迪利亚悄悄地溜出了人群。

她无声地后退了几步,从人群里走出来,静静地想了一会儿(在人群里,她尽量不思考)。贝拉亚人真是奇怪,一会儿显得亲切、熟悉,一会儿又变得可怕、陌生……不过,他们上演了一出好戏,真应该拍下来,啊……考迪利亚意识到,摄像机正是这个场面所缺少的。在贝塔殖民地,如此盛大的典礼一定会进行全息影像直播,以便全星球的人实时收看:每一个动作都是摄像机里精心设计的舞步,并配以解说员的评论。然而在这里,现场却看不到任何全息摄像机。出于不为人知的理由,唯一的录像由帝国安全部的人拍摄,而且,他们并不拍摄跳舞的场景。在这个大厅里,每个人只为对方而舞,跳完之后,他们光鲜的外表就会愉快地从对方面前消失——这个场景只会在他们的记忆里留存到明天。

"弗·科西根夫人?"

考迪利亚的冥想被身边一个彬彬有礼的声音打断。她转过身,看到了弗·达瑞安伯爵。他穿着红蓝相间的服装,而不是他自己的家族制服,这表示他正在军队服役;从制服的装饰来看,他毫无疑问隶属于帝国司令部。他在哪个部门？对了,是作战指挥中心,阿罗曾经提过。弗·达瑞安手里拿着一杯酒,露出诚挚的微笑。

"弗·达瑞安伯爵。"她同样面带笑意。他们最近见面的次数也不少了,考迪利亚决定将他视为朋友。不管她对这些无谓的交际多么厌恶,摄政王夫人的生涯都不会因此结束,是时候拓展自己的关系网了,不能每前进一步都把阿罗当作拐杖。

"你在宴会上玩得开心吗?"他问。

"噢,是的。"她尽量多找些话,"让人沉醉。"

"就跟你带给人的感觉一样,夫人。"他举起杯,朝她做出敬酒的姿势,在杯中轻轻啜了一口。

她的心抽搐了一下,在她的瞳孔放大之前,她明白了自己为什么有这种反应。上一个向她敬酒的贝拉亚军官是已故的弗·特耶上将,当时的社交场合与现在完全不同,但弗·达瑞安碰巧重现了他前任的姿势。现在不是回忆痛苦的时候。考迪利亚眨了眨眼,"弗·帕特利尔夫人给了我许多帮助。她非常慷慨。"

弗·达瑞安朝她的腹部稍稍点了点头,"我知道你也很快就会有喜讯。是男孩还是女孩?"

"嗯?噢,是男孩,谢谢。据我所知,他将被命名为皮奥特·迈尔斯。"

"真是出人意料。我本以为摄政王想先要一个女儿。"

考迪利亚昂起头,被他讽刺的语气弄得迷惑不解,"我怀上孩子的时候,阿罗尚未成为摄政王。"

"当然。你知道他一定会接受任命。"

"我不知道。而且,我想你们这些贝拉亚军人都特别想生个儿子,为什么你们不考虑女孩呢?"我喜欢女孩……

"当然,我认为弗·科西根阁下将优先考虑他的长期——嗯,任命。在摄政期过后,如果想要保持权力的话,还有什么比顺势成为皇帝的岳父更好的办法呢?"

考迪利亚不知道说什么好,"你认为他为了继续控制政府,而把赌注压在一对在十八年后或许会相爱的年轻人身上?"

"相爱?"

"你们贝拉亚人真是——"她咬着舌头不让自己发作。这样不礼貌。"阿罗其实更——实际。"但她不能说他不浪漫。

"这种说法非常有趣,"他吸了一口气,朝她隆起的腹部扫了一眼,"你是说他打算用更直接的方式?"

她的思维跟不上这场复杂的谈话,"什么?"

他微笑着,耸了耸肩。

考迪利亚蹙起眉,"你的意思是说,我们只有生下一个女儿,那才满足了每个人的愿望?"

"没错。"

她用力喘了一口气,"天啊!那真是……我无法想象一个有正常思维的人会意图染指贝拉亚的皇权。据我所知,这只会让你成为每一个愤怒的疯子的目标。"库德尔卡中尉闪现在她脑海里,滴血的脸,失聪的耳朵。"同样,每一个不幸的穷人都会把你视作眼中钉。"

他的注意力更加集中,"噢,对了,那一次不幸的袭击……据你了解,调查有进展吗?"

"我不知道。纳格力和伊林都觉得是西塔甘达人干的。发射声波枪榴弹的凶手逃掉了。"

"太糟了。"他把手里的酒一饮而尽,路过的仆人立即换上了一杯新的。考迪利亚无比渴望地盯着酒杯,但酒精会危害新陈代谢,在这个鬼地方,贝塔殖民地怀孕时的一切便利统统难以实现。如果在家乡,她可以去冒险,想干什么都可以,她的孩子将留在人造子宫里由技术人员照看。假如她受到了声波枪榴弹的影响……她太想喝酒了。

唉,算了。反正不需要用酒精来麻痹思想。和贝拉亚人谈话已经让她头痛欲裂。她在人群里搜寻阿罗的身影——他和库德尔卡就站在那儿,正与皮奥特以及两名身穿伯爵制服、头发斑白的老头儿谈话。不出所料,阿罗的听力在几天内恢复了正常。他的视线一直在游动,观察别人的手势和姿态,手上的酒杯只是一个摆设。毫无疑问,他还有工作要做。唉,他什么时候才能放下工作?

"这次袭击是否对他造成了很大困扰?"弗·达瑞安问,顺着她的视线望向阿罗。

"换作你难道不会吗?"考迪利亚说道,"我不知道……他这辈子见过太多的惨烈场景,几乎超出我的想象。就如同一阵……白噪音[①],覆盖了一切。"但愿我能将之消除。

"你认识他的时间还不够长。你们是在埃斯科巴战争时相识的吧?"

"我们在战争之前就见过一面,但很短暂。"

"哦?"他挑起双眉,"这我倒不知道。要完全了解一个人真不容易呀。"他停下来朝阿罗看了一眼,然后又观察起她望向阿罗时的眼神。他的一边嘴角抽了抽,接着很快合拢了嘴唇,"他是个双性恋,你知道吧?"他在杯里轻轻啜了一口。

[①]所谓白噪音,是指一段声音中的频率分量的功率在整个可听范围(0~20kHz)内都是均匀的。因为人耳对高频较敏感,所以这种声音听上去是很吵的沙沙声,近似于电台FM频段空白处的声音。

"以前是,"她轻描淡写地纠正说,"现在他只爱女人。"

弗·达瑞安呛了一下。考迪利亚关切地看着他,犹豫着是否要帮他拍一拍后背,不过,他很快调顺呼吸,恢复了正常。"是他告诉你的吗?"他喘着气,惊讶地问。

"不,是弗·特耶。就在他发生致命的……嗯,事故之前。"弗·达瑞安呆立当场。能耍弄贝拉亚人是一件开心的事,现在,只要她知道该用什么来打击他……她继续发起进攻,"我一想起弗·特耶,就会觉得他是一个悲剧人物,十八年前的那段爱情仍然困扰着他。我有时在想,假如他能得偿所愿——留住阿罗,假如阿罗能够抑制住毁灭弗·特耶的念头,那么一切都将不同。他们就像坐在跷跷板两端的两个人,一个人的生存必然造成另一个人的毁灭。"

"果然是贝塔人,"他呆滞的表情逐渐恢复正常,"我本该想到的。总之,你们这些人利用生物工程技术制造了双性人……"他顿了顿,"你认识弗·特耶有多久?"

"我只见过他大约二十分钟,但这二十分钟令人印象深刻。"她决定让他自己去想这意味着什么。

"他们之间的事情如你所说,在当时是一个非常隐秘的丑闻。"

她皱着鼻子,"非常隐秘的丑闻?这难道不是个自相矛盾的短语吗?我想,这也是典型的贝拉亚习俗吧。"

弗·达瑞安的脸上现出极端怪异的表情。考迪利亚觉得,他看上去就像刚刚扔出一枚炸弹,可炸弹只是"嘶嘶"地响,并没有爆炸,因此他正在考虑是否要伸手把引爆装置打开检验一番。

该轮到她面对严酷的现实了。这个男人想毁掉我的婚姻。不——阿罗的婚姻。她的脸上露出明亮、灿烂而无邪的笑容,但脑筋却在高速运转。弗·达瑞安不可能是弗·特耶式的旧主战派。在埃扎皇帝驾崩之前,主战派的头领已经遭受沉重打击,其余的党羽也都一哄而散,或者低调蛰伏。他到底想干什么?她拨弄着头上的花环,假笑着说:"我从没想过自己会嫁给一个四十四岁的处男,弗·达瑞安伯爵。"

"是吗?"他又吞下一口酒,眼里突然闪出一种毫不掩饰的恶毒意味,"你知道弗·科西根的第一任妻子是怎么死的吗?"

"自杀。用等离子枪射击头部。"她脱口而出。

"有传闻说是他谋杀了妻子,因为她通奸。贝塔人,你可要小心。"他的话尖酸刻薄。

"哦,这我也听说过。完全是荒谬的谣言。"一切虚伪的诚恳在他们的对话中消失得无影无踪。考迪利亚有一种不祥的预感,感觉谈话就快失去控制。她向前俯了俯身,压低嗓子说:"你知道弗·特耶为什么会死吗?"

他受不了诱惑,上了当,向她倾过身,"不……"

"他试图利用我伤害阿罗。我当时觉得……很烦。希望你不要再烦我,弗·达瑞安伯爵。你已经差不多让我感到厌烦了。"她把声音压得更低,几乎像是耳语,"你应该感到害怕。"

弗·达瑞安起初的傲慢变成了谨慎。他圆滑地摊开手,做出再见的手势,然后转过身去。"再会,夫人。"他离开时的一瞥有如幽灵的回眸。

考迪利亚在他身后皱着眉头。哟! 真是奇怪的交锋。那家伙想干什么? 他把陈年旧事当成是爆炸性新闻抛过来。难道弗·达瑞安真的以为她会为她丈夫二十年前的性取向而责怪他吗? 难道曾有哪个天真的贝拉亚新娘为此变得歇斯底里吗? 换作弗·帕特利尔夫人就不会,她是社交狂。换作凯琳皇太后也不会,她的天真烂漫在多年前就已经被虐待狂塞格折磨殆尽。弗·达瑞安发起了攻击,但没有命中目标。

不过令人担忧的是,他以前做过这样的事吗?这不是正常的社交。也许他喝醉了。她突然很想与伊林谈一谈。她闭上眼睛,梳理着混乱的思绪。

"亲爱的,你没事吧?"阿罗关切的声音传入她的耳里,"需不需要止吐药?"

她眼睛睁开了。他就在眼前,安全、亲切地陪伴在她身旁。"噢,我很好。"她轻轻挽起他的手臂,不再感到惊慌,"只是在想事情。"

"他们在为晚宴准备座位。"

"太好了。终于可以坐下来,我的脚都快站肿了。"

他看上去似乎想把她抱起来,然后背着她过去,但是他没有。他像平常一样阔步前行,加入其他人的行列。他们坐在一张抬高的桌子旁边,和其余的餐桌稍稍拉开了一点距离,一同就座的有格雷格、凯琳、皮奥特、议长及其夫人,还有弗·达拉首相。在格雷格的坚持下,卓丝娜科维也坐在他们旁边。小皇帝似乎非常怀念他的女侍卫。我是不是夺去了你的玩伴,孩子?考迪利亚感到内疚。看来的确如此:格雷格向凯琳提出,要求卓丝每周回来一次,给他上柔道课。卓丝对皇宫的气氛习以为常,而库德尔卡则显得过分小心,生怕露出自己的笨拙。

考迪利亚坐在弗·达拉和议长中间。弗·达拉性格直率,言谈风趣,他们的交谈轻松愉快。考迪利亚对每样精美的食物都尝了一下,除了切成片的烤牛肉。贝拉亚人的蛋白质都不是在容器里合成的,这个事实她还能接受,但把动物的尸体吃进嘴里则超出了她的忍受极限。选择来到这里之前,她对他们原始的烹饪方式略有所闻。而在执行探测任务时,她自己也品尝过动物的肌肉,但完全是出于对科学、生存和潜在产业开发的兴趣。贝拉亚人对以水果和鲜花配衬的动物肉块拍手喝彩,似乎觉得它非常诱人,而且一点也不可怕。但她大脑里的原始味觉细胞不得不承认,它闻起来香极了。弗·科西根要了一块带着血水的生肉,考迪利亚喝了一口水。

吃过甜品,弗·达拉和弗·科西根轮番祝酒,格雷格被母亲带去睡觉。凯琳示意考迪利亚与卓丝娜科维跟着她。逃离了熙熙攘攘的宴会大厅之后,考迪利亚肩膀上的肌肉松弛下来,然后,她们进入了皇帝幽静、隐秘的寝宫。

格雷格脱下小小的制服,换上睡裤,又变成一个可爱的男孩,不再是先前那个象征符号。卓丝监督他刷了牙,跟他玩了几盘"只下一盘"的棋类游戏——他们以前经常这样玩儿,不然他就不会上床睡觉,而凯琳默许了他的任性。在与儿子交换睡前亲吻之后,凯琳领着考迪利亚走进了旁边一个散发着柔光的房间。夜晚的微风从敞开的窗子吹进来,给房间带来一阵寒意。两个女人坐下来后都叹了口气,舒展着身躯。看到凯琳把鞋子脱掉,考迪利亚也立即学样。远处微弱的吵闹和笑声从下面的花园穿过窗子飘进来。

"这个宴会要持续多久?"考迪利亚问。

"黎明,有些人的耐性比我好得多。我在午夜时就会离开,之后的宴会就由一些醉鬼控制。"

"有几个人看起来已经烂醉如泥了。"

"不幸的是,"凯琳微笑着说,"在夜晚结束之前,你就能同时领略弗氏贵族最好和最坏的一面了。"

"不难想象。我觉得惊讶的是你们没有引进改变情绪的药物,它的危害是比较轻的。"

凯琳的笑意更浓了,"但醉后的争吵也是一种传统。"她尖厉的声音变得柔和起来,"实际上,这种药物正在普及,至少在有航空港的城市。按照惯例,我们的习俗只会增加,而不是替代。"

"或许那是最好的方式。"考迪利亚皱着眉头。如何最好地进行刺探呢……"维多·弗·达瑞安伯爵是否属于习惯当众醉酒的人?"

"不。"凯琳扫了她一眼,眯起眼睛,"为什么这么问?"

"我与他有过一次特殊的交谈。我想过量的酒精要为此负责。"她想起弗·达瑞安把手轻放在皇太后膝盖上的情形,但那动作中并没有亲昵的爱抚,"你对他很了解吗?你怎么评价他?"

凯琳谨慎地答道:"他是一个富有……自豪……的人,在塞格皇子叛变父亲时,他对埃扎保持忠诚,对皇室、对弗氏贵族也是一样。弗·达瑞安的领地里有四个主要的工业城市、一个军事基地、几处供给仓库,还有一个最大的军用航空港……现在他的领地是贝拉亚最重要的经济区——战争几乎没有对它造成破坏——也是少数几个通过谈判让西塔甘达人离开的地区。我们将第一个太空基地建在那里,因为我们接管了西塔甘达人建造和遗弃的设施,随后进行了大规模的经济开发。"

"非常……有趣,"考迪利亚说,"但我想知道这个人的性格。嗯,例如他喜欢什么和不喜欢什么。你喜欢他吗?"

"曾经。"凯琳缓缓地说,"我不知道如果埃扎死了,维多是否有足够的力量保护我不受塞格的伤害。当埃扎病得越来越严重时,我曾想过寻求他的庇护。结果什么事都没有发生。"

"如果塞格做了皇帝,区区一个伯爵又怎能保护你?"考迪利亚问。

"他会变得更加……强大。维多是一个有雄心的人,也有爱国心。但我一直跟他保持着距离。"

考迪利亚下意识地咬了咬下唇,"噢。但是,你自己——我的意思是,你自己喜欢他吗?有可能放弃皇太后的地位而成为弗·达瑞安伯爵夫人吗?"

"噢!现在不行。皇帝的继父将拥有太多的权威,会对摄政王形成制约。如果他们的关系无法保持平衡,又或者这两个角色并非由同一人担当,就会造成极大的灾难。"

"皇帝的岳丈也是一样?"

"是的,没错。"

"我无法理解这种由裙带关系决定的权力。你自己能够分享部分皇权吗?"

"那将由军方来决定。"她耸了耸肩,把声音压低,"皇权就像一种疾病,不是吗?我太接近了,一接触就会感染……格雷格是我生存的希望,也是我的牢狱。"

"难道你不想有自己的生活?"

"不。我只想活下去。"

考迪利亚缩回身,心绪不定。是塞格教你放弃争取的吗?"弗·达瑞安是这么想的吗?我是说,权力并不是你唯一拥有的东西,我想你也很清楚自己的魅力吧。"

"在贝拉亚……权力就是一切。"她的神情变得冷漠起来,"我承认……有一次我叫纳格力上校给我提交了一份关于维多的报告。我发现他经常寻花问柳。"

这倒出乎考迪利亚的意料。但是她可以发誓,她在典礼仪式上从弗·达瑞安眼里见到的绝不仅仅是对权力的欲望。阿罗被任命为摄政王是否妨碍了他的求爱?或许这就是弗·达瑞安对考迪利亚大肆攻击的原因？

卓丝娜科维踮着脚回来了。"他睡着了。"她轻声说,声音里带着怜爱。凯琳点点头,转过脸,放松下来。这时,一名仆人走来对她说:"请你与摄政王跳支舞好吗？他们都等着呢。"

是请求还是命令？仆人平淡的声音听起来更像是诚恳的命令,而不是请求。

"今晚的最后一项工作。"凯琳对考迪利亚说,她们重新把鞋穿上。考迪利亚的鞋一开始就好像小了两码,她一脚高、一脚低地跟上凯琳,卓丝尾随在后。

楼下大厅的地板由形状各异的木块镶嵌成鲜花、葡萄藤和动物的图案。要是在贝塔殖民地,这些光滑的地板都可以挂在博物馆的墙上当作展品了。而令人难以置信的是,贝拉亚人竟然在上面跳舞！一支管弦乐队——有人告诉考迪利亚,他们是经过激烈的竞赛从军乐队里选出来的——演奏着热闹的贝拉亚风格音乐。听起来,甚至连华尔兹也有点像行军曲。阿罗和皇太后出现在众人面前,他领着她在大厅里转着圈子。他们跳的是一种正式的交谊舞,每走一步都如镜像一样模仿对方的脚步,双手高举但不接触。考迪利亚非常开心,她不知道原来阿罗也会跳舞——这似乎是一种社交的需要。其他宾客纷纷进入舞场。阿罗回到她旁边,用鼓励的目光望着她,"跳一曲吗,夫人？"

捱过了令人昏昏欲睡的晚宴,他是如何保持过人精力的呢？她摇摇头,微笑着回答:"我不会跳。"

"哦。我可以教你。"他说。他们出了房间,走上一处延伸进花园的阶梯平台。园内空气清凉,光线暗淡,小径上亮着几盏彩灯,以防有人绊倒。

"嗯,"她犹豫着说,"如果你能找一个清静的地方。"要是真有这么一个场所,她还可以做更多比跳舞更好的事。

"呵,这儿不就是吗?嘘——"他朝暗处眨了眨眼,手握得更紧了。他们站在一块空地的入口,周围是一人高的紫杉和一些粉色羽毛状、并非地球进口的植物。音乐随风飘来,清晰可闻。

"试一试,库德尔卡。"灌木丛另一边传来卓丝娜科维的催促声。卓丝与库德尔卡正面对面地站在平台远端的一个角落里。库德尔卡迟疑地将手杖放在石栏杆上,然后握住她的手。他们开始滑步。卓丝认真地数着拍子:"一二三,二二三……"

库德尔卡绊了一下,卓丝将他一把拉住,他紧紧搂着她的腰。"这样不行啊,卓丝。"他沮丧地摇着头。

"嘘……"她用手掩着他的唇,"再试一次。你不是说要练习手的协调性吗?在成功之前需要多长时间?我想练一次不行吧。"

"我累了。"库德尔卡抱怨说。

那就改成接吻吧。考迪利亚无声地催促道,不让自己笑出声来。这坐着也能做。但卓丝娜科维决心很大,于是他们又练习起来。"一二三,二二三……"当他们的努力再次失败时,考迪利亚觉得这正是一个拥吻的好时机,只要其中一方有足够的智慧与勇气迈出第一步。

阿罗摇了摇头,他们无声地离开了灌木丛。这时,库德尔卡显然是获得了灵感,把双唇印在卓丝的嘴上。但阿罗和考迪利亚的谨慎小心很快化为泡影。一个不知名的伯爵恰巧从库德尔卡和卓丝身边经过,脚步踉跄地穿过平台。他们立即僵住了。醉鬼伯爵抓住石栏杆,朝下面的灌木丛一阵狂吐。下面立即传来几声咒骂,一对男女从黑暗中逃了出来。库德尔卡悄悄取回剑杖,这两个未来的舞蹈家匆忙撤退。醉鬼伯爵又吐了起来,那个被他吐了一身的男人想从下面往上爬,却因为石头上的呕吐物滑了下去,于是发誓一定要进行严厉地报复。弗·科西根领着考迪利亚小心地离开了现场。

之后在皇宫的入口处等待地面车时,考迪利亚发现自己正站在库德尔卡中尉旁边。库德尔卡扭头望着皇宫,闷闷不乐。音乐和宴会的吵闹声几乎没有半分衰减。

"宴会好玩吗,库德尔卡?"她亲切地问道。

"什么?噢,是的,令人惊讶。当我加入军队的时候,我从未梦想过能到这里来。"他眨了眨眼,补充道,"我真的希望每个女人都带着宴会行为手则来。"

考迪利亚大声笑道:"我希望男人也这样。"

"但你和弗·科西根上将——你们不一样。"

"是……不一样。或许我们从经验中学习。有很多人做不到。"

"你认为我有机会过上平常的生活吗?"他没有看她,而是望向黑暗。

"机会由自己争取,库德尔卡。舞技也一样。"

"你的口气跟上将一模一样。"

第二天一早,伊林来爵府听取警卫长的例行汇报时,考迪利亚把他逼到一个角落。

"告诉我,西蒙,维多·弗·达瑞安在你的短名单还是长名单里?"

"每一个人都在我的长名单里。"

"我要你把他列入短名单。"

他竖起脖子,"为什么?"

她犹豫了。她不想回答,因为这只是一种直觉,"我觉得他有行刺的打算。这种人喜欢从背后朝敌人开火。"

伊林困惑地笑了笑,"对不起,夫人,可那不像我所认识的弗·达瑞安。我觉得他是一个公开的顽固派。"

她不知道,到底需要多大的伤害、多强烈的欲望,才能使一个老顽固变得阴险狡猾?或许弗·达瑞安并没有意识到他的攻击有多恶毒,因为他不晓得阿罗的幸福对她来说有多大的意义。个人的仇恨与政治上的敌对会混在一起吗?不。这个男人的仇恨是发自内心的。他的进攻没有命中目标,但已经只差毫厘。

"将他列入你的短名单。"她说道。

伊林摊开手,各种表情在他脸上交替出现——不仅仅是安抚,"好的,夫人。"

第六章

轻便飞行器的影子在下方的地表上移动,就像一支射向南方的长箭。箭头摇摆着穿过田野、小溪、河流和泥泞的道路——这里的道路交通网相当落后,大隔离时代末期,随着银河系科技的大量涌入,个人空中运输技术突飞猛进,但地面交通一直没有得到改善。离首府闷热的空气越远,考迪利亚就越轻松。到村庄里住上一天是个好主意,要是阿罗能一起出行就更完美了。

根据下方的地标,伯沙瑞中士操控轻便飞行器轻盈地转到新的航向上。与考迪利亚一起坐在后排的卓丝娜科维挺着腰,尽量不让身体朝考迪利亚倾靠。亨利博士与伯沙瑞待在前排,他像考迪利亚一样,饶有趣味地透过舱盖向外观望。

亨利博士侧着身,扭头对考迪利亚说:"真是谢谢你邀请我参加午餐会,夫人。对我来说,能够参观弗·科西根家族的私人领地是莫大的荣幸。"

"是吗?"考迪利亚说,"我知道他们很少邀请人。不过,皮奥特伯爵那些爱马的朋友倒是经常来。令人着迷的动物。"

考迪利亚想了几秒钟,然后才确定亨利博士应该能意识到"令人着迷的动物"指的是那些马匹,而并非指皮奥特的朋友。

"你只要稍微流露出一点对马匹的兴趣,皮奥特伯爵将非常乐意带你去参观他的马厩。"

"我从来没有见过老将军。"亨利博士看上去有点胆怯,他用手指弹了弹手中制服上的绿领子。作为帝国军医院的研究学者,亨利博士本应该习惯于和高级军官打交道。他之所以这么紧张,想必与皮奥特缔造了贝拉亚的一段历史有关。

皮奥特年仅二十二岁的时候,就已经获得了现在的军阶。在那个时候,他在登达立山区和西塔甘达人展开了激烈的游击战。当时的皇帝多卡·弗·巴拉所能给他的只有这个军阶,而更实际的东西,例如援军、供给和资金,在那个绝望的时代根本不可能出现。在其后二十年里,皮奥特两次改写了贝拉亚的历史。他在内战中打倒了疯皇帝尤里,使得埃扎·弗·巴拉登上了帝位。皮奥特·弗·科西根上将并非一名平常的高级军官,他的功绩无人能及。

"跟他相处很容易,"考迪利亚对亨利博士保证说,"只要你敬重他的马匹,再问几个关于战争的问题,然后就可以放松下来洗耳恭听了。"

亨利扬起眉毛,想从她脸上找到讥讽的表情。亨利是一个敏感的人。考迪利亚愉快地露出了笑容。

考迪利亚注意到,伯沙瑞正无声地从控制台上的镜子里望着她。不止一次了。他今天似乎特别紧张,双手的动作、颈上肌肉的线条将他的情绪表露无遗。他的眼神如往常一样难以读懂。那双黄色的眼睛眼窝深陷,双眼距离过近,几乎不在同一条水平线上。眼睛下方是高突的颧骨与狭长的下颚。是亨利的到访令他焦虑吗?可以理解。

大地在下面延展,但很快就皱缩成横跨湖区、起伏不定的山脊。山脉在远处升起,考迪利亚看到最高峰处似乎有一丝新雪的闪光。伯沙瑞驾着飞机越过三条山脊,然后倾斜着进入一条狭窄的山谷。几分钟后,飞机再从一条山脊降下,那个狭长的湖泊出现在视野里,一座庞大的军事要塞如同黑色的皇冠,耸立在湖岬上。山脊下方有一个小镇。伯沙瑞将飞机降落在镇里最宽的街道上,停在一个用油漆涂成的圆圈里。

亨利博士提起装有医疗设备的袋子。"检查只需要几分钟,"他对考迪利亚保证说,"然后我们再继续下一步。"

不要对我说,对伯沙瑞说。考迪利亚可以看出来,亨利博士对伯沙瑞有点畏惧。他总是朝她而不是伯沙瑞说话,似乎将她视为一名翻译。是的,伯沙瑞是一个令人生畏的人,但是,不与他说话也不能像变魔术般将他变走。

伯沙瑞领着他们来到河边一条窄巷里的一间小房子前。他敲了敲门,一个体格粗壮、灰色头发的女人打开门,微笑着欢迎他们,"早上好,中士。请进来。一切都准备好了,夫人。"她笨拙地朝考迪利亚行了个屈膝礼。

考迪利亚点了点头,打量着四周,"早上好,海瑟蓓夫人。你的房子今天真干净。"房子已经仔细打扫过了,作为军人的遗孀,海瑟蓓对于视察的标准非常清楚。考迪利亚相信平时这座房子里的气氛会轻松些。

"你的小姑娘今天非常出色,"海瑟蓓对伯沙瑞说,"喝光了整整一瓶牛奶。她刚刚洗完澡。这边走,医生。我希望你对一切都满意……"

她领着他们走上一道狭窄的楼梯。楼上的一间卧室显然是她住的,另外一间可以由屋顶望到湖边的房间则改成了育婴室。一个满头黑发、长着棕色大眼睛的小女孩在婴儿床里发出

"咕咕"的声音。"就是这个小姑娘了,"海瑟蓓笑着把她抱起来,"跟爸爸打个招呼,嗯,埃蕾娜?"

伯沙瑞从门外探进头来,关切地望着婴儿。"她的头好像大了些。"他看了一会儿,才开口说道。

"在三四个月的时候,婴儿通常都是这样。"海瑟蓓说。

亨利博士在婴儿床上放下手术器械。海瑟蓓把孩子抱起来,帮她脱掉衣服。然后,他们两个开始讨论婴儿的进食与排泄,伯沙瑞则在房间里走来走去,但他只是观看,并没有触摸。在一堆色彩鲜艳、精巧细致的儿童用品当中,他的身躯显得庞大无比,银褐色的制服衬托着一脸凶相,明显与周围的环境格格不入。走动中,他的头顶到了倾斜的屋顶,于是小心地退回到门口去了。

考迪利亚好奇地从亨利与海瑟蓓身后探出头。小女孩扭动着身子,似乎想在床上打个滚儿。婴儿。过不了多久,她也要经历同样的事情。她的腹部蠕动了一下,仿佛在给予回应。幸运的是,皮奥特·迈尔斯还没有足够的力气拳打脚踢,不过,他要是继续照这种速度生长,那么在最后的几个月里她可就不用睡觉了。要是在贝塔殖民地参加过父母培训课程就好了,尽管那时她尚未准备申请许可。不过,贝拉亚的父母们似乎不需要专门的培训,海瑟蓓就是自己摸索出来如何带孩子的——她现在已经养育三个孩子了。

"令人惊讶。"亨利博士说,一边摇头一边记录下数据,"发育完全正常,一点也看不出她是在人造子宫里孕育的。"

"我也是在人造子宫里出生的。"考迪利亚开心地说。亨利本能地上下打量着她,仿佛想在她头上找出触角来。"我们贝塔人有句话——你从什么地方来不重要,重要的是你到来之后做了什么。"

"说得很好。"他若有所思地说,"你没有基因缺陷吧?"

"当然没有。"考迪利亚说。

"我们需要这种技术。"亨利叹息道,开始收拾器械;"她状况不错,你可以帮她穿上衣服了。"他对海瑟蓓夫人说。

伯沙瑞最终还是靠近了婴儿床。他向下俯视时,两眼间形成深深的褶皱。伯沙瑞只碰了一下婴儿,用食指摸了摸她的脸颊,然后又用拇指搓了搓食指,仿佛要检验自己的神经系统是否正常。海瑟蓓夫人在一旁看着他,但没有说什么。

当伯沙瑞与海瑟蓓去购置这个月所需的物品时,考迪利亚陪着亨利博士在湖边漫步,卓丝娜科维紧随其后。

"当埃斯科巴的十七个人造子宫从战区送至帝国作战部时,"亨利说,"我感到非常震惊。为什么要保留没有人需要的胎儿,而且花费如此大的代价?为什么要把它们送到我的部门来?从那时起,我开始研究人造子宫的作用,夫人。我计划用这些人造子宫治疗烧伤病人。我的初步研究计划已在一周前获得批准。"他在阐述自己的理论时,眼中闪现着一种强烈的渴望。

"我的母亲是西里卡医院的一名医疗器械工程师,"她对亨利解释说,他停下来吸了一口气,"她总是与这些东西打交道。"

考迪利亚朝街上的两个女人打了个招呼,礼貌地把她们介绍给亨利博士。

"这些是皮奥特伯爵贴身侍卫的妻子。"当她们离开后,考迪利亚对亨利解释说。

"我以为她们都会选择居住在贝拉亚首府。"

"有一部分那样选择吧,还有一些住在这里。主要看她们的意愿。山区的生活成本要低很多,而他们的收入比我所想的要少。况且,有一些住在偏远山区的人对城市的生活抱有疑虑,他们认为在这里更单纯一些。"她笑了笑,"有一个家伙在两个地方都娶了妻子,但他的同伴没有告发他。真是牢固的友谊。"

亨利扬起眉毛,"那他可真是幸福。"

"倒也未必。他老是觉得钱不够用,而且担惊受怕。但他又不知该放弃哪一个妻子,显然,他两个都爱。"

亨利走到一旁,向码头上的一个老头儿询问租船的费用。这时,卓丝娜科维向考迪利亚靠近了几步,把嗓门压低——她似乎有些心绪不定:

"夫人……伯沙瑞中士到底为什么要去看那个婴儿?他还没有结婚,是吧?"

"如果我说婴儿是白鹳带来的,你信吗?"考迪利亚轻声说。

"不。"

从她脸上的愁容可以看出,卓丝没有开玩笑的心情。考迪利亚并不奇怪,她叹了口气。我应该如何解释呢?"其实也差不多吧。战争结束后,存放她的人造子宫由快递信使从埃斯科巴送过来了。然后,在帝国作战部的实验室里,她度过了孕育期。亨利博士监督了整个妊娠过程。"

"她真是伯沙瑞的女儿?"

"噢,是的,已经通过了遗传基因验证。他们就是这样来检验……"考迪利亚突然停下嘴。要小心,现在……

"但那十七个人造子宫是怎么回事?那个小孩又是怎么被放进去的?她——她是一个试验品?"

"通过胎盘移植。即使按照银河系标准,这也是一项非常精巧的手术,不能当做试验来看待。"考迪利亚顿了顿,脑子飞快地运转,"好吧,我告诉你真相,"但不能是全部。"小埃蕾娜是伯沙瑞与一位埃斯科巴女军官的女儿。那名女军官叫作埃蕾娜·维斯康提。伯沙瑞……深爱着她。但是战争结束之后,她不愿意与他一起返回贝拉亚。他们有了孩子,嗯……以贝拉亚的方式。他们分开时,孩子被移植到人造子宫——同样的例子并不少见。后来,人造子宫全部被送往帝国作战部,因为他们对这种科技非常感兴趣。战争结束后,伯沙瑞……在医院里治疗了很长时间。当孩子出生后,他便获得了监护权。"

"那么其他人也得到他们的孩子了吗?"

"当时,大部分的父亲都战死沙场了。他们的孩子被送到帝国孤儿院里抚养。"根据官方的说法,那些孩子都得到了很好的照顾。

"哦。"卓丝娜科维眉心紧蹙,低下头望着自己的脚,"那根本不……很难想象伯沙瑞……会把真相说出来。"她突然坦率地说,"我不能肯定自己是否愿意把什么宠物交给伯沙瑞照顾。难道你不觉得他有点古怪吗?"

"阿罗与我都在留意他的状况。我想到目前为止,伯沙瑞还算正常。他自己聘请了海瑟蓓夫人,而且确保她得到所需的一切物资。伯沙瑞有没有……骚扰你?"

卓丝娜科维望向考迪利亚,露出一副"你在开玩笑吗"的神情,"他块头那么大,而且丑得很,有时候还……自言自语。他好像有什么重病,经常连续几天都待在床上,但却没见过他发烧或是什么的。皮奥特伯爵的侍卫长认为他在装病。"

"他不是在装病。不过你提到这一点很好,我会叫阿罗跟侍卫长解释。"

"但是你们不害怕他吗,至少在他发作的时候?"

"我只会怜悯伯沙瑞,"考迪利亚缓缓地说,"但不会害怕他,不管在什么时候。你也不该如此,这是……一种侮辱。"

"对不起。"卓丝娜科维用脚尖摩擦着地上的沙砾,"那是一段悲伤的经历。难怪他不愿提起埃斯科巴战争。"

"是的,我……希望你也不要提。这对他来说非常痛苦。"

轻便飞行器从镇子出发,飞跃狭长的湖面,将他们送到了弗·科西根家族府邸。一个世纪前,他们家族一直守卫着这个堡垒。但现在,现代化的武器让地上的工事变得过时,古老的石头军营已改作更为和平的用途。显然亨利博士期望见到更为壮观的景象,他不禁说道:"它比我想象的还小嘛。"

皮奥特的管家准备了丰盛的午宴,安排他们在爵府最南面一个铺满鲜花的平台上用餐,厨房就在附近。考迪利亚转过身,发现皮奥特伯爵已经来到身旁。

"谢谢你,阁下,恕我们打扰了。"

"瞎说!这里就是你的家,亲爱的。你可以随时邀请朋友来做客。知道吗,你还是第一次这么做。"他停下来,与她一起站在门口,"在我母亲嫁给父亲之后,她把弗·科西根爵府由里到外粉饰一新。我的妻子在做女主人的时候也一样。阿罗结婚太迟,现在改建恐怕有点晚了。不过,要是你愿意的话……"

可这是你的房子,考迪利亚无助地想,它甚至不属于阿罗,真的……

"看到你降落我们都很高兴,有人害怕你会再次飞走。"皮奥特开玩笑说,但表情很是严肃。

考迪利亚轻轻拍了拍浑圆的腹部,说:"噢,我现在可是负重累累,阁下。"她迟疑了一会儿,然后说,"老实讲,我考虑过如果弗·科西根爵府能加装一部电梯就好了。算上地下室、阁楼和房顶,大楼的主体总共有八层,爬上爬下可真费劲儿。"

"电梯?我们从来不——"他急忙闭嘴,差点咬了舌头,"装在哪里?"

"可以装在后面的走廊里,靠近水管的地方,这样就不会破坏内部结构。"

"好吧,就这样决定了。你去找一个建筑师,我们立即动手。"

"那么我明天就着手去做。谢谢你,阁下。"她扬起了眉毛。

皮奥特伯爵显然想取悦她,他在进餐时热心地陪同考迪利亚与亨利聊天。尽管亨利是第一次来这里做客,但他在考迪利亚之前热心的指导下,与皮奥特伯爵相处十分融洽。皮奥特告诉亨利,后山的马厩里刚刚新出生了一匹小马驹。虽然皮奥特说这种经基因鉴定为纯种的动物只能长到成年马体积的四分之一,但在考迪利亚看来已经算是一匹大马。它们的冷冻胚胎以非常昂贵的价格从地球进口过来,然后被植入一匹良种母马的体内,由皮奥特亲自监督它的孕育。研究过生物学的亨利对这种技术非常感兴趣,在午餐结束后,皮奥特便带他去参观马驹。而考迪利亚则推辞说:"我想休息一会儿。卓丝,你跟他们一起去吧,让伯沙瑞中士陪我就行。"实际上,考迪利亚是在担心伯沙瑞。他在午餐时什么都没有吃,而且没说一句话。

卓丝有一些犹豫,但是对马匹的兴趣使她答应同行,于是他们三个人朝后山走去。考迪利亚望着他们离开,然后朝伯沙瑞转过去,发现他正盯着自己。伯沙瑞向她点了点头。

"谢谢你,夫人。"

"唔,你是不是不舒服?"

"没有……是的。我不清楚。我想……我有话想跟你说,夫人。我这几周来都想找你谈谈,但似乎找不到合适的机会。再拖下去情况会更糟,我不能再等了,希望今天……"

"等一等,"皮奥特的管家还待在厨房里,"我们到外面走一走,好吗?"

"好的,夫人。"

他们一同走出去,在古老的石房子周围散步。山顶有一座亭子,可以俯瞰下面的湖泊,休憩与聊天都很适合,但考迪利亚感觉吃得太饱,而且身怀六甲也不方便攀爬,于是,她拐向左边,走上一条山脚下的小道,来到一个被墙围起来的小园子。

这座弗·科西根家族的园地里分布着零散的墓穴,除了直系家属与远亲之外,还有一些功勋卓著的家臣。这块墓地曾经是一个荒废的堡垒,最古老的墓穴里埋葬着士兵与军官,可以追溯到几百年前。在西塔甘达入侵时期,原首府弗·科西根·瓦史尼尔被核弹毁灭,所以他们搬到了这里。一些墓碑年代接近,它们都与当时的历史事件有着密切的联系:西塔甘达入侵,疯子尤里之战。阿罗的母亲墓穴上的日期正好是尤里之战的开始之日。它的旁边空着一个位置,这是留给皮奥特的,已经空了三十三年。她耐心地等候着她的丈夫。而男人总是埋怨我们女人慢吞吞。她最大的儿子——阿罗的哥哥,埋葬在她的另一侧。

"我们去那儿坐吧。"她朝一张周围栽种着橙色小花的石凳点点头,一棵由地球进口、至少有上百年历史的橡树耸立在一旁,"这里的人都是耐心的听众,他们从不传播流言蜚语。"

考迪利亚坐在暖和的石凳上,注视着伯沙瑞。他坐在凳子另一头,尽量远离她。午后的阳光虽然伴有暖秋的薄雾,但他脸上的皱纹仍然显得特别深,特别刺眼。伯沙瑞的一只手捏住石凳的边缘,没有节律地伸缩着。他几乎屏住了呼吸。

考迪利亚柔声问:"那么,你有什么烦恼,中士?今天你似乎有些……紧张。是不是跟埃蕾娜有关?"

他拘谨地笑了,"紧张?是的,我想有一些。但是与孩子无关……不……也有一些间接的关系吧。"他的双眼今天几乎是头一次与她平视对望,"你还记得埃斯科巴吧,夫人?你当时在那儿,是吗?"

"是的。"考迪利亚意识到,这个男人正处于痛苦之中。是哪一种痛苦呢?

"我不记得埃斯科巴了。"

"那么我明白了。我相信你的医生必定是费尽周折才确保你将埃斯科巴忘掉的。"

"噢,是的。"

"我并不赞同贝拉亚人关于治疗的做法,尤其是这种带有政治色彩的简单治疗。"

"我后来也意识到了,夫人。"他眼里闪烁着微弱的希望之光。

"他们是怎样做的?破坏挑选出来的神经元,还是用化学方法擦除记忆?"

"不……他们使用药物,并没有破坏任何组织——他们是这样告诉我的。医生将它称为抑制疗法,但我们叫它地狱。每一天我们都会堕入地狱,直到打消到那儿去的念头。"伯沙瑞在石凳上挪了下身体,双眉挤在一起,"每当想到或是谈起关于埃斯科巴的事情,我就会头痛欲裂。听上去很愚蠢,是吗?像我这样的大块头居然像老妇人一样害怕头痛。当回忆起某些特定的内容,我就会产生剧烈的头痛,眼前冒出一个个红色的光环,然后便开始呕吐;而只要我停止回忆,痛苦便会消失。就这么简单。"

考迪利亚咽了口唾沫,"我明白了。对不起。我知道你很难受,但不知道……痛得这么厉害。"

"最难受的就是梦境。我有时会梦到……它……如果苏醒得太迟,就会把梦记住。我记得太多了,然后我的头就突然——我只能满地打滚,厉声尖叫,直到将思想转到别的方向。其他人——皮奥特伯爵的家臣——都以为我是疯子,觉得我很愚蠢,因为他们不明白我在干什么。而我自己也不知道。"他用粗大的手用力搔了搔头皮,"能成为伯爵的贴身侍卫是一种荣誉。只有二十个名额。他们只接受最优秀的,例如出色的英雄,获过勋章的人,每一个都有完美的记录。如果我在——埃斯科巴——表现糟糕,为什么阿罗上将要让皮奥特伯爵把名额给我?但如果我是一个伟大的英雄,他们又为什么要擦除我的记忆?"他的呼吸变得更加急促,气息从黄牙缝里喷出来。

"说起这些事情,你现在要忍受多大的痛苦?"

"有一些吧,更剧烈的还在后面。"他凝望着她,眉头深锁,"但我必须说出来,说给你听。它驱使着我……"

她深深地吸了一口气,让自己平静下来,全神贯注地聆听他的倾诉。但是要小心,非常地小心。"继续说。"

"我的……脑海里……有四个片断,都是关于埃斯科巴的。四幅场景,我自己对此无法解释——每一幅场景都困扰着我,其中一个最严重,而你就在里面。"他突然补充道,眼睛盯着地面,一双手紧紧握着石凳,握得指节发白。

"我明白了。请继续。"

"有一幅场景,我记得是一场争论,涉及塞格皇子、弗·特耶、弗·科西根伯爵与卢夫·弗·哈拉斯上将。我也在里面,而且一丝不挂。"

"你确定这不是梦?"

"不,我不知道。弗·特耶上将对弗·科西根伯爵说了一些……非常具有侮辱性的话。他命令弗·科西根伯爵背靠着墙。塞格皇子在狂笑。然后弗·特耶吻了他,嘴对着嘴,接着,弗·哈拉斯想敲掉弗·特耶的脑袋,但弗·科西根不许他这么做。之后我就不记得了。"

"嗯……是这样啊,"考迪利亚说,"我那个时候不在现场,但我知道当时在高级领导层里发生了一些怪异的事情,弗·特耶与塞格暴露了野心,所以这可能是真实的记忆。我可以去问阿罗,如果你愿意的话。"

"不!不用。这一段并不重要,不能跟其余的相比。"

"好吧,那么将其余的片断告诉我。"

他的声音变得低沉起来,"我记得埃蕾娜,格外美丽。我的脑海里只有两个关于她的片断。其中一个,我记得弗·特耶逼着我……不,我不想谈论这一个。"他沉默了整整一分钟,身体一前一后地轻轻晃动,"而另一个是……我们待在我的房子里。她和我。她成为我的妻子……"他的声音颤抖起来,"她其实不是我的妻子,是吧?"这甚至不算一个问题。

"不是。但你早就知道了。"

"可我记得她是我的妻子。"他用手按着前额,接着用力擦了擦脖子。

"她是一名战俘,"考迪利亚说,"她的美貌吸引了弗·特耶与塞格的注意,他们打算折磨她,没有什么原因——并非想获取军事情报,甚至不是政治恐吓——只为了满足他们的兽欲。她被强奸了。这些你也是知道的,在某种程度上。"

"是的。"他轻声说。

"他们拿走了植入她体内的避孕环,然后允许——或者说强迫——你令她怀孕,这是他们残忍计划的一部分,第一步。但是他们没有——谢天谢地——活到实施第二步的时候。"

他屈起腿,长臂像抱着球一般将腿紧紧围住。他的呼吸很急促,气喘吁吁。冰冷的汗珠在他僵硬、苍白的脸上闪烁。

"现在我周围有没有红色的光环?"考迪利亚小心翼翼地问。

"只是一片……粉红。"

"最后一幅场景呢?"

"噢,夫人。"他吞了一口唾液,"不管是什么原因……我知道那一定是他们最不希望我记起的事情。"他呛了一下——考迪利亚终于知道他为什么不吃午餐了。

"要继续吗?你还能说下去吗?"

"我必须说出来,夫人。内史密斯船长。因为跟你有关。我记得自己在看着你。你躺在弗·特耶的床上,四肢伸展,衣服被剥去,裸露身体。你流着血。我在抬头看着你的……我想知道事实是什么,一定要知道!"他的手抱在头上,向她倾过身体,脸上露出渴望的表情。

他的血压一定高得吓人,所以才会造成这般剧烈的头痛。如果他们进展太快,直达最后的真相,不知他是否有中风的危险?真是一种难以想象的思想改造——通过诱发身体的崩溃来阻止思想触及那些回忆的禁区……

"我是否强奸了你,夫人?"

"啊?没有!"她"刷"一下坐直身子,气愤难消。他们竟然擦除了这部分记忆?他们竟敢这么对他?

伯沙瑞开始哭泣,眼泪从他的眼角流下来——半是痛苦,半是喜悦,"噢,谢天谢地。你能肯定……"

"当时弗·特耶的确向你下了命令,但是你拒绝了。完全出于你自己的愿望,不是为了能获救,也不是为了得到奖赏。这给你造成了很多麻烦。"她本想把余下的事也告诉他,但是他现在的状态已经无法承受更多的信息,否则后果难以预料,"你从什么时候开始记起这件事的?从什么时候开始怀疑的?"

"从我再次见到你的那天。就是今年夏天。你来到了贝拉亚,与弗·科西根伯爵结婚。"

"你一直想了六个月,而不敢询问……"

"是的,夫人。"

她朝后靠了靠,感到万分震惊,嘴唇撅起,喘着粗气,"下一次别等那么久了。"

他艰难地咽下一口唾液,笨拙地站起来,一只大手拼命挥了挥,做出等一等的手势,然后跨过低矮的石墙走进了树丛。她担忧地听着他发出呕吐的声音。似乎非常严重。她想。但剧烈的呕吐声逐渐平息下来,然后停止了。伯沙瑞擦着嘴唇从林子里走出来,脸色白得惊人,但是眼神有了变化——一丝生气在他的眼中闪现,这是令人宽慰的亮光。

天色渐渐变黑,伯沙瑞呆呆地坐着,陷入沉思。他用手掌擦了擦膝盖,双眼盯在靴子上,"虽然你不是我的受害人,但我仍然是一个强奸犯。"

"是的。"

"我……不相信自己。你怎么能相信我?……你知道什么是比性爱更好的事情吗?"

她不知道再谈下去自己会不会尖叫着逃开。是你鼓励他坦然面对,现在你必须承担后果。"继续说。"

"是杀戮。事后那种感觉甚至更加美好。但它不应该是……一种喜悦。弗·科西根伯爵在杀人的时候不是这样的。"他眯起双眼,眉头舒展开,但心中的苦恼仍未消除。弗·特耶不再出现在他的脑海里。

"我想,那是一种愤怒的释放。"考迪利亚小心地说,"你怎么会从身体里面迸发出那么多的愤怒?它的强烈程度让人一望便知。"

他把手压在自己的太阳穴上,"说来话长。但现在大多数时候我不再感到愤怒,那种情绪突然消失了。"

"甚至连你自己都惧怕自己。"她惊讶地嘀咕道。

"但是你没有。你对我的惧意甚至比对弗·科西根伯爵的还少。"

"不知道为什么,我看到你就想起了他。他就是我的心。我怎么会害怕自己的心呢?"

"夫人,我们定个协议吧。"

"嗯?"

"你告诉我……什么时候该做正确的事。你说要杀,我才动手。"

"我不能——要是我不在呢?当你必须杀人时,通常没有时间去阻止和分析。你有自卫的权利,但首先要判断自己是否受到了真正的威胁。"她挺起身,突然有了灵感,"因此你的习惯对你来说很重要,是吗?当你自己无法决定的时候,它们就会告诉你什么时候该做正确的事。你之所以严格保持那些习惯,就是为了保证自己不会行为失常。"

"是的。现在,我发誓要保护弗·科西根家族。这是正确的。"他点点头,显然放下了心。但凭什么放心呢?

"你要求我做你的良知,替你判断善恶。但你是一个完整的人,而且我见过你做出正确的选择,在面对最强大的压力时。"

他再次用手抵住头,狭窄的下颚绷得紧紧的,然后一字一句地说:"但是我不记得了。也不知道自己是怎么做的。"

"噢,"这一刻她感到很无力,"好吧……不管你需要我为你做什么,只管开口便是。我们欠你的实在太多了,阿罗和我。不管你是否记得,我们是永远不会忘记的。"

"那么,就请你为我记住它,夫人。"他缓缓地说,"我会没事的。"

"我也这么想。"

第七章

这周接下来的几天,考迪利亚每个早上都与阿罗、皮奥特一同进餐。在他们的私人客厅里,可以俯瞰爵府的后花园。阿罗伸手召唤服侍他们的男仆:

"请帮我叫库德尔卡中尉来一趟,告诉他带上我们今天上午要谈的议程表。"

"嗯,我想你还没听说吧,阁下?"男仆喃喃地说。考迪利亚感觉他的双眼似乎在寻找逃离这个房间的路线。

"听说什么?我们刚刚才下楼。"

"库德尔卡中尉今天早上进了医院。"

"医院!为什么没人告诉我?发生了什么事?"

"伊林中校说他将带来完整的报告,阁下。"

紧张与担心的表情在弗·科西根的脸上交替出现,"他伤得重不重?是因为……声波枪榴弹的后续影响吗?他到底发生了什么事?"

"他被打伤了,阁下。"男仆呆板地说。

弗·科西根挺直身体,轻轻吸了一口气,下颚骤然僵硬,"把警卫长给我叫来!"他咆哮道。

男仆立即跑开,留下弗·科西根用一只汤匙紧张、烦躁地敲打着桌面。他触到考迪利亚担忧的目光,于是向她挤出一丝安慰的笑容,但没起到什么作用。甚至连皮奥特伯爵也开始坐立不安起来。

"有谁会袭击库德尔卡呢?"考迪利亚觉得奇怪,"这不公平。他甚至没有还手之力。"

弗·科西根摇了摇头,"我想,或许有人想找一个容易下手的目标。我们一定要查清楚。"

身穿绿色制服的帝国安全部警卫长奉命到达,他朝弗·科西根立正敬礼,"长官。"

"传我的命令,今后凡是我的重要幕僚遇到意外,必须在第一时间通知我。听到没有?"

"是,长官。我们接到消息的时候已经是深夜了,长官。由于他们两个都没有生命危险,伊林中校让我别打扰你的休息,长官。"

"我知道了。"弗·科西根摸了摸脸颊,"两个?"

"库德尔卡中尉和伯沙瑞中士,长官。"

"他们两个不会是打起来了吧?"考迪利亚问道,担忧加重了。

"是的。噢,不——不是对打,夫人。他们遭到了袭击。"

弗·科西根的脸沉了下去,"你最好从头说起。"

"是,长官。嗯,库德尔卡中尉和伯沙瑞中士昨晚外出了。他们没有穿制服,去了老城区的妓院。"

"天啊,他们去那里干什么?"

"唔,"警卫长不安地望了考迪利亚一眼,"我想他们是去找乐子吧,长官。"

"找乐子?"

"是的,长官。老伯爵到城里的时候,伯沙瑞中士可以不用值勤。他每个月都会去一次妓院。显然,这几年来他一直保持着这个习惯。"

"妓院?"皮奥特伯爵难以置信地问道。

"嗯。"警卫长瞄了男仆一眼,寻求帮助。"伯沙瑞中士对他的娱乐方式不是十分讲究,阁下。"男仆不安地补充道。

"显然不是!"皮奥特说。

考迪利亚对弗·科西根扬起了眉毛。

"老城区是一个非常野蛮的地方,"弗·科西根解释说,"如果没有警卫跟随,我不会自己前往。要是在夜里,更需要加倍的警卫。就算不佩戴我的军阶,也一定要穿上制服……不过,伯沙瑞中士就是在那儿长大的,我想他有不同的看法。"

"那个地区为什么如此野蛮?"

"因为非常穷。它在大隔离时期是市镇中心,但之后一直没有翻新。缺水少电,垃圾遍地……"

"而且人满为患。"皮奥特尖刻地补充道。

"穷?"考迪利亚迷惑不解,"没有电力供应?那它如何加入通信网络?"

"当然,他们不加入。"弗·科西根回答说。

"那他们怎么接受教育?"

"他们没有接受过教育。"

考迪利亚瞪大眼睛,"我不明白。那他们怎样得到工作?"

"少数人有机会参军。剩下的人则恃强凌弱。"弗·科西根不安地望着她的脸,"你们贝塔殖民地没有穷人吗?"

"穷人? 嗯,当然有,一部分人的财富比其他人少,不过……"

没有通信网络?"

弗·科西根试图转移话题,"对于你们来说,难道通信网络是最低生活标准吗?"他好奇地问。

"这是宪法里的第一条原则:'每个人都有获取信息的权利。'"

"考迪利亚……这些人几乎得不到食物、衣服和住所。他们仅有少量的破衣服与厨房用具,瑟缩在因经济原因未能维修而摇摇欲坠的楼房里,寒风从墙上的裂缝里呼啸涌进。"

"没有空调吗?"

"在这个地方,冬季没有暖气才是个严重的问题。"

"我想也是。你们没有真正的夏天……他们生病或受伤的时候怎样寻求帮助?"

"什么帮助?"弗·科西根的脸色变得冷峻起来,"如果他们生病,要不就好起来,要不就死去。"

"幸运的话,最好死个干净。"皮奥特嘀咕道,"都是些社会渣滓。"

"你们不是在开玩笑吧?"她的视线在他们身上来回移动,"太可怕了……为什么,难道你们没有想过,这样可能会失去很多天才人物?"

"那种地方哪有什么天才?"皮奥特干巴巴地说。

"为什么没有?他们的基因、蛋白质跟你一样。"考迪利亚一针见血地指出。

老伯爵显得恼羞成怒,"我亲爱的姑娘!他们怎么相同?我的家族连续九代都是贵族。"

考迪利亚扬起眉毛,"你又怎么知道?你们在八年前才拥有了基因识别技术。"

警卫长与男仆的脸上露出古怪的表情。男仆咬了咬嘴唇。

"而且,"她继续分析道,"如果你们这些贵族的数量有我从历史书里看到的一半那么多,那么,我想这个星球上百分之九十的人都拥有贵族血统,谁也不知道自己有哪些近亲是从弗氏家谱里传下来的!"

弗·科西根失神地咬了一口亚麻布餐巾。他眯起眼,露出与男仆一样的表情,喃喃地说:"考迪利亚,你……你不能就这样坐在早餐桌旁,将我的先辈批得一文不值。在我们贝拉亚,这是极大的侮辱。"

那么我应该坐在哪儿批评?"噢,我只是被气糊涂了。唉,算了,我们还是继续讨论库德尔卡与伯沙瑞吧。"

"最好如此。继续说,警卫长。"

"是,长官。嗯,据我所知,他们在午夜一点钟左右从那里返回,身上都带着伤。库德尔卡中尉的衣服被撕破了,他走路的姿势,还有他的剑杖……总之,他很容易引人注意。我不清楚详细的情形,长官,不过今天早上医院接收了四名死者和三名伤者,除了那些逃跑的。"

弗·科西根从牙缝里轻轻打了个呼哨,"伯沙瑞与库德尔卡伤到什么程度?"

"他们……我尚未得到正式的报告,阁下。只有一些传闻。"

"说吧。"

警卫长吞了一小口唾沫,"伯沙瑞中士断了一只胳膊、几根肋骨,此外还有内伤和脑震荡。库德尔卡中尉双腿骨折,还有大面积的……烧伤。"他的声音逐渐减弱。

"什么?"

"显然——我听说的——那些袭击者拥有几支高能量的震

荡枪,他们发现这种武器对他修复后的神经有特殊效果。他们先打断了库德尔卡的双腿,然后……长时间地折磨他。伊林中校的特工赶到时,他们尚未来得及清理现场。"

考迪利亚一把推开盘子,浑身发抖。

"传闻,唔?很好。没你的事了。伊林中校到达后让他即刻来见我。"弗·科西根咬牙切齿地说,脸上露出自责的表情。

皮奥特伯爵似乎有些得意,"看,都是些社会渣滓,"他断言道,"应该把他们全部清除。"

弗·科西根叹了口气,"挑起一场战争比结束它更容易。这星期不行,阁下。"

不到一小时,伊林来到了弗·科西根爵府。他在图书室里进行了非正式的口头汇报。考迪利亚也坐下来想旁听。

"你真的要听?"弗·科西根沉着地问她。

她摇了摇头,"除了你之外,他们俩是我在这里最好的朋友。我怎么会不关心?"

警卫长刚才粗略的报告被证实是准确的,但由于在帝国军医院里询问了伯沙瑞与库德尔卡,伊林有一些细节要补充。这个上午,他那张小狗一般的面孔显得特别苍老。

"你的秘书显然很需要放松,"他开口说道,"但我不清楚他为什么选择伯沙瑞做他的导游。"

"我们三个是'弗·卡拉夫特将军'号上仅余的幸存者,"弗·科西根答道,"我想,是这条纽带将我们联系在一起。库德尔卡与伯沙瑞向来相处融洽。库德尔卡是一个头脑纯洁的孩子——别告诉他是我说的,他会觉得这是污辱——像他这样的人存在于世上是一件好事。不过,他要是先来找我就好了。"

"嗯,伯沙瑞已经尽力了,"伊林说,"把他带到那么糟糕的地方。当然,我想在伯沙瑞看来,那个地方必定有不少可取之处:收费低廉、服务周到,而且没有人查问你的来历,还能让他摆脱弗·特耶的阴影,消除不愉快的回忆。伯沙瑞有他自己的习惯。据库德尔卡所说,伯沙瑞经常光顾的那个女人几乎像他一样丑陋。不过伯沙瑞显然很喜欢这女人,因为她从不会发出任何声音——我可不愿意想象那是什么样子。

"之后,库德尔卡发现他来错了地方,吓了一大跳。伯沙瑞说帮他叫了最好的女孩——女孩是不可能的,实际上是女人——但是显然,库德尔卡的需要被曲解了。总之,当伯沙瑞完事之后,库德尔卡仍在进行礼貌地沟通。最后,他不得不落荒而逃,返回楼下,而这时候伯沙瑞已醉得几乎不省人事——他平时似乎只喝一杯酒,然后就离开。

"再后来,库德尔卡、伯沙瑞与这名妓女为付账的事争执起来,她说她花费的时间足以招待四个客人——当然,这些事实都不会记入正式报告——因为没有完成交易,库德尔卡只愿意支付一部分报酬,但伯沙瑞却坚持一分钱也不给。后来事情越闹越大,他们就趁乱跑掉了。"

"那么第一个显而易见的问题出现了,"弗·科西根说,"袭击的命令是否由妓院的人下达?"

"据我所知,不是。当我们到达那地方后,我设了一条封锁线,用快速吐真药审问了里面的所有人,把那些家伙吓得屁滚尿流。他们只接触过弗·伯恩伯爵的卫兵,那些卫兵要不被他们收买,要不就勒索他们。我们获得了很多违法犯罪的信息,但情节并不严重,也不是我们所感兴趣的——你希望我将这些信息转给市政当局吗?"

"唔,如果与袭击无关,记录在案就算了,伯沙瑞也许有一天还想再去那地方。他们知道自己为什么被审讯吗?"

"当然不知道!我要求我的人小心处理。我们是去收集情报的,而不是传播情报的。"

"很抱歉,中校,我不该怀疑你。请继续说。"

"唔,他们在凌晨一点离开妓院,步行,但在某个地方转错了弯。伯沙瑞中士很懊悔,认为这是他的错,因为他醉得太厉害了。他与库德尔卡都说在袭击发生前十分钟看到有影子在身后晃动——显然他们被跟踪了。他们走进一条窄巷,然后发现前后都有六名凶徒围追堵截。

"伯沙瑞掏出他的震荡枪开火——在被扑倒之前打中了三名凶徒。库德尔卡只带了剑杖,没有其他武器。

"凶徒首先围攻伯沙瑞。震荡枪被夺走后,他又打倒了两个对手,于是,他们朝他开枪,将他击倒后,把他打了个半死。库德尔卡起初把剑杖当作铁棒使用,但见伯沙瑞倒地后,他弹出了剑。他现在也很后悔,因为那帮凶徒由此把他们当成了贵族,于是事件便迅速朝更坏的方向发展。

"他刺中了两个家伙,然后被人用震动棒打掉剑杖,他的手立即痉挛。剩下的五名凶徒坐在他身上,猛击他的膝盖,打断了他的双腿。他请求我告诉你,那没有想象中痛苦。他说他们弄断了他太多神经,因此他几乎没有什么知觉。我不清楚他讲的是真是假。"

"对于库德尔卡,这说不准。"弗·科西根说,"他忍受痛苦太久了,这几乎变成了他的第二本能。继续吧。"

"我现在要把时间稍微倒回去一些。我分派跟踪库德尔卡的特工独自跟着他们来到老城区。按照推测,那名特工对这种地方不熟悉,而且穿的衣服也不合适——库德尔卡昨晚订了两张现场音乐会的门票，直到午夜之前三个小时，我们一直以为他在看表演。我们每小时对他检查一次，在第一次与第二次检查中间，我的人进了场，然后消失得无影无踪，我今天一早都在处理此事。他是否被杀？或被绑架？抢劫？又或者他是一名潜藏的双重间谍？我们不能确定，除非找到他，或者他的尸体。

"三十分钟后，我的人又派了一个'尾巴'进去，但这次的目的是寻找头一名特工。在我的夜班值勤官换岗之前，库德尔卡有三个小时脱离了监视。幸运的是，他的这段时间花在了伯沙瑞常去的妓院里。

"我的夜班值勤官值得表扬，他重新指派了行动特工，并且出动了空中巡逻队。因此，当行动特工终于到达那个血腥的现场时，可以立即请求空中支持。五六名穿制服的彪形大汉从天而降，驱散了暴徒。他们使用了震动棒。情况虽然糟糕，但并没有坏到极点——攻击者明显不如死去的弗·特耶那般残忍。或许，他们只是来不及实施残酷的手段。"

"谢天谢地。"弗·科西根咕哝着说，"死亡的情况呢？"

"有两个人死在伯沙瑞手上，干脆利落；一个是库德尔卡的杰作——脖子被砍断；还有一个，恐怕要归到我身上。那孩子对吐真药过敏，一下子变得歇斯底里，我们只好捆住他送回帝国作战部，但之后却无法再唤醒他。我不喜欢这种结局。眼下正在对那孩子的尸体进行解剖，以确定他对审讯的抗拒是天生的，还是被手术改造的。"

"那些凶徒是否受人指派？"

"看来不是。根据我们捕获的幸存者供认，他们找上库德尔卡是因为他'行走滑稽'，尽管伯沙瑞走路也不在一条直线上。我们捉到的人里面没有受人指使的。当然，我不能代死者说话。我亲自监督了审讯,确认他们没有说谎。当他们发现自己被帝国安全部盯上时,都感到十分惊讶。"

"还有要汇报的么?"弗·科西根说。

伊林捂着嘴打了个呵欠,然后道歉说:"真是个漫漫长夜。我的夜班警卫在午夜后把我从床上叫起来——他做得很对。大概情况就是这些。我们每次问库德尔卡上妓院去的动机,他都含糊其辞,然后要求更多的止痛药。但愿你们有别的看法,以打消我的多疑。对库德尔卡的疑虑都让我脖子抽筋了。"他又打了个呵欠。

"好吧,"考迪利亚说,"但只为解开你的困惑,不能写进报告里,好吗?"

伊林点了点头。

"我想他爱上了某个人。总之,有一些事情你必须试过之后才能行动。但不幸的是,他的试验演变成了一场灾难。我想他会为此感到沮丧和气愤。"

弗·科西根理解地点了点头。

"他爱上了谁?"伊林中校条件反射地追问。

"我想,这就不归你管了。况且,这事还没有确定。"

伊林耸了耸肩,接受了解释,然后离开继续去寻找那名跟踪库德尔卡的特工。

不到五天,伯沙瑞中士便返回了弗·科西根爵府,但没有重返岗位。他骨折的手臂上包着一层石膏,对那场血战不置一词,每一个好奇的询问者都被他愤怒的目光和含糊的咒骂吓退了。

卓丝娜科维没有问他,也没有发表评论,但是考迪利亚注意到,她有时会向图书馆空荡荡的通讯控制台投出困惑的目光。

盘根错节的电缆在那里把皇宫与总参部连在一起,库德尔卡平常就在里面工作。考迪利亚不清楚,关于那晚的事件有多少细节被灌进了她的耳朵。

一个月后,库德尔卡中尉也返回了岗位,但只承担一些较轻的工作。他的精神不错,似乎未受折磨的影响。不过,他跟伯沙瑞也差不多,伯沙瑞是三缄其口,而库德尔卡则是闪烁其词——每次被问及,库德尔卡的回答不是胡言乱语,就是嬉怒笑骂,或者故意扯开话题,讨论起奇闻轶事。考迪利亚欣赏他的乐观,任由他尽量对整个事件轻描淡写,但是,她仍然心存怀疑。

她自己的心情也不好,思绪一次又一次地回到六周前的那场刺杀,担心命运会将弗·科西根从她身边夺走。只有弗·科西根的陪伴才能令她完全放松,但是他离开的时间越来越长。帝国司令部里在酝酿着某些事情。他有四次彻夜未归,有一次旅行时没有带上她,还有几次对军务进行了飞行视察,回来时带着疲惫的黑眼圈,而她对所有内情毫不知晓。他作息不定,不知几时外出,几时归来。以前在进餐或者睡觉的时候,他都会讲一些军队或政坛上的传闻以取悦她,但现在已经变成没有交流的沉默,尽管他似乎仍然需要知道她的存在。

如果失去他,她能去哪里?一个怀孕的遗孀,没有家庭、朋友,腹中的婴儿已经是权力争夺的焦点、暴力统治的继承人。她能离开这个星球吗?如果可以的话又能去哪里?贝塔殖民地还会收留她吗?

即使秋天的小雨和市内公园的绿意也无法让她开心起来。只怪这干燥无比的沙漠空气,这股熟悉的碱味,还有绵延无尽的平坦地面。她的孩子能见到真正的沙漠吗?地平线上挤满了建筑、田野,像一堵墙将她层层围住。在愁闷的日子里,这堵墙仿佛随时都可能向内倾倒。

一个雨天的下午,她躲进图书馆,蜷缩在一张老旧的高背沙发里,从伯爵的书架上抽出一本古老的书册,第三次翻开了它。这本书是大隔离时期印刷艺术的遗存,书中的文字是变种的斯拉夫字母,共计四十个字母,曾经通行于贝拉亚的所有语种。今天她的思维仿佛不同寻常,显得扭结、迟钝。她把灯关掉,让眼睛放松几分钟。然后,她看到库德尔卡中尉走进图书馆,僵硬地坐在控制台前。不该打扰他,她想,至少他有真正的工作要完成。她没有继续阅读,但却因为有他的陪伴而感到安慰。

库德尔卡工作了一两分钟后,叹口气,关掉了机器。他茫然地望着空旷的壁炉,丝毫没有觉察到她的存在。这座石雕壁炉曾经是房间里最引人注目的装饰。因此,我并不是唯一无法集中精神的人。也许是因为阴沉的天色,它似乎令人压抑……

库德尔卡拿起身边的剑杖,伸手捋了捋光滑的剑鞘,弹出剑来,双手紧握,无声而缓慢地松开了弹簧。他从剑柄望向剑身,在昏暗的房间里,剑身仿佛会自己发光。库德尔卡把剑转了个角度,似乎在欣赏它的样式与出色的手工,然后掉转剑身,把剑刃搁在左肩上,剑柄朝外。他用一块手帕包住剑身,在脖子的颈动脉处轻轻地压了一下,脸上露出解脱的表情——那轻轻地一压如同情人的抚摸。他的手突然一紧。

考迪利亚倒吸一口气,半带着呜咽。库德尔卡从幻想中惊醒,抬起头发现了她。他抿着嘴唇,脸色一下变得暗红,随即把剑拿开了。剑身在他的脖子上留下一道白色的压痕,看上去如同断了半截的项链,皮肤上渗出几颗鲜红的血珠。

"我……没有看到你,夫人。"他声音沙哑地说,"我……只是想玩一玩,请原谅我的行为。"

他们沉默地互望着对方。考迪利亚突然说道:"我憎恨这个地方!每时每刻都让我害怕。"

她转过脸,缩进沙发靠背里。恐惧征服了她,考迪利亚开始抽泣起来。别哭!不能在库德尔卡面前哭!但是她无法控制。

库德尔卡站起身,一瘸一拐地走向沙发,面带忧色。他试探地坐在她身边。

"唔……"他说,"请别哭,夫人。我只是想玩一玩而已,真的。"他笨拙地拍了拍她的肩膀。

"胡说,"她哽咽着对他说,"你把我吓坏了。"冲动之下,她将泪迹斑斑的脸从沙发冰冷的丝织物上面挪开,依偎在他穿着绿军装的温暖粗犷的肩膀上。这一举动令他敞开了心扉。

"你想象不出这种滋味。"他低声说,"知道吗?他们在可怜我。甚至他也这样。"他的头随意摆了一下,意思是指弗·科西根,"这比嘲笑更难受一百倍,而且似乎没有结束的时候。"

她摇了摇头,面对这个确凿的事实,她无话可说。

"我也恨这个地方,"他继续说道,"就像它恨我一样。所以,你并不是孤独的。"

"有太多的人想要他的命,"她低声说,蔑视自己的软弱,"都是一些陌生者……肯定有一个会成功。我无时无刻不在想这件事。"是炸弹,毒药?还是用等离子电弧枪烧毁阿罗的脸,甚至不留半片嘴唇与她吻别?

库德尔卡的注意力从自己的痛苦转移到她身上,眉毛困惑地挤在了一起。

"噢,库德尔卡,"她低下头,望着他的制服下摆,伸手抚摸着他的衣袖,"不管你有多痛苦,都不要在他面前这么做。他爱你……将你视若子侄。"她朝搁在沙发里的剑杖点了点头,"那会使他心如刀割。这个地方每天都在他身上倾泻疯狂,却要他回报正义。如果没有健全的心智,他很难坚持下去,只能像他的每一个前任那般,报以同样的疯狂。还有,"她突然脱口说了一句毫无逻辑的话,"这个地方到处都是湿的!如果我的孩子出生时长出了腮,那可不是我的错!"

库德尔卡伸出手臂,把她抱在怀里,"你在……担心孩子的安全吗?"他柔声问道,带着意外的理解。

考迪利亚一动不动,然后突然转过来,脸上挂着勉强抑制住的泪水,"我不相信你们的医生。"她颤抖地说。

他微笑着,脸上现出强烈的自嘲,"我不能怪你。"

她吃吃地笑起来,紧紧地搂着他,抬手擦去了他颈上细小的血珠,"当你爱着一个人的时候,你便会与他感同身受,你会分担他的每一分痛楚。你也是我爱的人,库德尔卡。但愿你让我帮助你。"

"你要帮他治疗吗,考迪利亚?"弗·科西根的声音冷得吓人,就像深深刺入骨头的冰碴儿。考迪利亚抬起头,吃惊地看到弗·科西根站在面前,他的脸色与声音一样冰冷。"我知道在这种事情上面,你们贝塔人有很多……专门的技术,但是我乞求你把这项任务留给别人。"

库德尔卡红着脸挣脱她的怀抱。"阁下。"他缩着身体,与考迪利亚一样为弗·科西根眼里冰冷的愤怒而吃惊。弗·科西根把视线从库德尔卡身上挪开了。

考迪利亚非常用力地吸了一口气,准备加以反驳,但是弗·科西根已经转过身大步走到门外去了,他的后背就像库德尔卡的剑身一样僵硬。考迪利亚只来得及愤怒地"噢"了一声。

库德尔卡仍然红着脸,把剑杖当作杠杆支起身体,同时喘着粗气。"夫人,对不起。"这句话一点意义都没有。

"库德尔卡,"考迪利亚说,"你知道阿罗不是有意的。他只是一时失去了理智,我肯定他没有……"

"是的,我明白。"库德尔卡答道,眼神显得空旷而沉重,"其实大家都知道,我不可能对任何人的婚姻造成威胁。请原谅——夫人——我还有一些工作要完成。"

"噢!"考迪利亚不知道在生谁的气,是弗·科西根、库德尔卡,还是她自己?她站起来离开房间,头也不回地咒骂道:"所有的贝拉亚人都该下地狱!"

卓丝娜科维从走廊里出来,怯生生地说:"夫人?"

"还有你,你这个没有用的……摆设。"考迪利亚哼了一声,怒气不受控制地爆发出来,"你为什么自己不去争取?你们贝拉亚的女人总是希望不劳而获。这样是行不通的!"

女孩退了几步,显得有些不知所措。考迪利亚压住怒气,尽量心平气和地问:"阿罗去哪里了?"

"为什么……我想他上楼了,夫人。"

她用惯常的幽默化解了尴尬的气氛,"一步走两个台阶,对吗?"

"嗯,实际上是三个。"卓丝小声地回答。

"我想我最好与他谈一谈。"考迪利亚说,一边用手拨弄着头发,一边琢磨扯下头发是否有什么实际的用处,"狗娘养的!"她也不知道这是感叹还是形容。诅咒不是她的专长。

她跟在阿罗后面攀爬楼梯的时候,愤怒仿佛耗尽了她的精力。怀孕肯定会拖慢你的步伐。"弗·科西根伯爵是从这边过去的吗?"她向走廊里的当班警卫问道。

"他进了房间,夫人。"警卫回答说,一脸好奇地望着她的背影。真是好极了。她生气地想道。新婚夫妇的第一次争吵就有这么多听众。这种老式的墙壁不隔音。不知道我能否将声音压低？阿罗应该可以。他发脾气的时候声音总是很低。

她走进睡房，看到他坐在床边，正在用力脱下制服与靴子，动作显然很粗野。弗·科西根抬起头，他们视线相交。考迪利亚首先开火，来干上一架吧。

"你在库德尔卡面前的表现太过分了。"

"什么？我来找我的妻子，却发现她和我的手下……搂在一起，难道你指望我能够礼貌地谈论天气？"他回敬道。

"你知道我们不是那种关系。"

"是吗？假如进去的不是我呢？假如是我的警卫，或者我父亲，那时你怎么解释？你知道他们对贝塔人的看法。他们会放过这个机会吗？然后谣言满天飞，等到传入我耳朵时，它已经变成了政治笑话。我的每一个对手都等着攻击我的弱点，这种事情对他们来说千载难逢。"

"这与你的政治生涯又有什么关系？我说的是一个朋友。你的想法很污秽，阿罗！你到底怎么了？"

"我不知道。"他放慢语速，疲倦地擦了擦脸，"我想，都是因为这份该死的工作。其实我不想对你发火。"

考迪利亚明白，对于他这样的人来说，说出这样的话，就相当于认错了，于是她轻轻点了点头，接受他的道歉，平息了怒火。然后，她突然意识到，自己的愤怒之所以感觉不错，是因为愤怒取代了恐惧。

"唔，你想他自杀的可能性有多大？"

弗·科西根对她皱着眉，"你……根据什么认为他有自杀倾向？在我看来，他似乎相当满足。"

"在你面前当然没有表露。"为了加强语气,考迪利亚停顿了一会儿,"我认为他离崩溃就差这么一点儿。"她伸出拇指和食指,隔开极其细微的一点距离。指尖仍然沾着的一丝血迹,引发了她担忧的联想,"他总是玩弄那把该死的剑。要是我没有送剑杖给他就好了。如果他用它割断了自己的喉咙,我一定会疯掉的。他似乎一直想这么干。"

"噢。"缺少了闪亮的军装与愤怒,弗·科西根看起来好像小了一号。他向她伸出手,考迪利亚紧握着,坐到他身边。

"你不是亚瑟王,我们也不是兰斯洛特与格温娜维尔①,所以如果你想玩捉奸游戏,最好省点力气吧。"

他轻轻地笑了笑,"我想,我对这些事的确有点敏感。"

"是的,我想……这可能触碰到你的旧伤疤了。"他前妻的鬼魂是否仍缠绕在他左右,朝他耳朵喷出冰冷、死寂的气息,就像弗·特耶的鬼魂对她做的那样?他看上去面如死灰。"但我是考迪利亚,记得吗?不是……其他人。"

他的额头向她靠过来,"原谅我,亲爱的船长。我是一个被吓坏了的臭老头儿,每一天都在变老、变丑、变得疑心更重。"

"是吗?"她躺在他的臂弯里,"我不认为你又老又丑。"

"承蒙夸奖。"

"都是因为这份工作,是吗?"她说,"给我说说吧。"

他撇了撇嘴,"我相信,在今年结束之前,战争可能会再次爆发,而我们尚未从埃斯科巴战争中恢复元气。"

"什么!我以为交战双方都已经无力再战了。"

"对于我们来说的确如此,但是西塔甘达人仍然有战斗能

---

①亚瑟王是中世纪传说中的不列颠国王,圆桌骑士团的首领;兰斯洛特是亚瑟王的第一位圆桌骑士;格温娜维尔是亚瑟王的妻子,也是兰斯洛特的情人。

力。情报显示,他们打算利用埃扎·弗·巴拉死后贝拉亚的政局动荡,染指那些有争议的虫洞跃迁点。但他们没想到我会执掌政权,而且我上台后,贝拉亚的局势虽说不上平稳,但到底处于动态平衡之中。总而言之,贝拉亚并非他们预想中的那样四分五裂。于是,声波枪榴弹暗杀事件出现了。纳格力与伊林现在有百分之七十的把握认为是西塔甘达人指使的。"

"他们……还会再动手吗?"

"这几乎可以肯定。但是总参部的大多数意见认为,不管我存在与否,他们必然会在年底之前做试探性进攻。如果我们暴露出弱点,他们就一定会抓住机会。"

"难怪你会……分心。"

"不用说得这么婉转吧?但事实上并非这个原因,西塔甘达人的意图我早已经知道。今天在会议结束之后发生了一些事。一次私人会见。弗·哈拉斯伯爵来找我,请我帮个忙。"

"我想你肯定乐意帮助卢夫·弗·哈拉斯的弟弟,是吧?"

他闷闷不乐地摇了摇头,"实际上涉及伯爵最小的儿子。一个十八岁的年轻人,头脑冲动,早应该被送到军校里锻炼了。我记得你上次见过他吧?"

"卡尔阁下?"

"是的。昨天晚上他在一个聚会上喝醉酒,和人打了起来。"

"这真是银河系的陋习,甚至在贝塔殖民地也免不了。"

"就是。但是这些年轻人走到外面,手里拿着从墙上取下的装饰用的钝剑,还有两把厨房里的刀子。在技术上说,这算是两个人之间的决斗。"

"噢!有人受伤吗?"

"很不幸,是的。我想多多少少是一场意外,在决斗中伯爵的儿子绊了一下,他的剑刺入对方的肚子,切断了对方腹部的大动脉。他的对手当场流血不止。等到围观者把医生喊来时,已经回天乏术了。"

"天啊!"

"这是一场决斗,考迪利亚。它因嘲笑而起,却以真实的死亡以及决斗带来的惩罚收场。"他站起身,在房里踱着步,然后站在窗前,凝视着外面的小雨,"卡尔的父亲来找我,请求我使用帝国赦免权,或者至少把起诉的罪名改为误杀。如果卡尔以误杀接受审判,他可以用自卫作为辩护,可能只需要坐几年牢。"

"我想,这要求似乎……不算过分。"

"是的,"他再次踱起步来,"是卖朋友一个人情,也是……将过去的陋习重新带回我们的社会。下一宗案件发生时我该怎么办?然后下一次,再下一次呢?我的底线在哪里?如果下一宗案件涉及我的政敌而不是朋友呢?难道所有因此而起的谋杀都将被饶恕吗?我知道决斗是怎么回事,而结党营私的危害更甚。埃扎·弗·巴拉进行了三十年的艰苦努力,才把政府从贵族俱乐部转变为表面上的法制,即法律面前人人平等。"

"我开始看到问题的症结所在了。"

"而在所有人当中,做出最后裁决的人是我!要是在二十二年前,哪个贵族会因为这样的罪行被公开处决?"他沉默了一会儿,"昨天晚上的事件已经闹得沸沸扬扬,再过几天就会家喻户晓。我虽然暂时发布了新闻管制令,但这只会让它成为小道消息流传得更快。现在就算我有心补救,也已经太迟了。因此,今天你要我背叛什么?是友情,还是埃扎·弗·巴拉的信任?如果换作先皇,他会做出什么选择?"

弗·科西根向她走过去,坐到她旁边将她搂进怀里,"而这仅仅是开始。每个月、每个星期,都会发生一些无法解决的事。度过十五年这样的日子后,我还能剩下什么?一副空壳,就像我们三个月前埋葬的那个人;或者变成一个权力狂,就像他的儿子一样,只能用等离子电弧枪将之消灭?抑或变得更坏?"

他毫不掩饰的苦恼使她很吃惊。她紧紧地抱着他,"我不知道。我不知道。我感觉无形中有人在把我们向前推,我们身不由己。"

"可怕的想法。"

她叹了口气,"在邪恶与邪恶之间,你别无选择,你只能坚持一些最基本的原则。我不能替你做决定。而且,不管你现在怎么做,它都将成为你的底线,指导你前进。为了你的人民,你必须将这些原则坚持下去。"

他依靠着她的臂膀,"我知道。做出决定并不是个问题,我只是……有一点失落。"他重新站起来,"亲爱的船长,如果今后十五年里我能保持清醒的话,我相信都是你的功劳。"

她抬头望着他,"那么你的决定是?"

他眼中的痛苦给了她答案。"噢,不。"她脱口叫道,努力把剩余的字眼吞回肚里。我要学习明智地说话,刚才不是有意的。

"你不明白吗?"他轻声说道,一副听天由命的样子,"在这个地方,埃扎的统治方式是唯一可行的。确实如此。他即使进了坟墓也在统治这个世界。"说完,他朝浴室走去,开始洗澡更衣。

"但你不是他,"她对着空旷的房间低语道,"难道你找不到自己的方式吗?"

第八章

三个星期后,弗·科西根决定出席卡尔·弗·哈拉斯的公开处决仪式。

"你一定要去吗?"早上当他穿衣服的时候,考迪利亚问道,"我不需要出席,是吗?"

"噢,不,当然不用。其实按规定我也无须到场,除非……我不得不去。当然,你是明白的。"

"我……不明白,除非这是一种自我惩罚。"

"我一定要去。他的父母会到现场,还有他的哥哥。"

"野蛮的习俗。"

"唔,我们也可以像贝塔人一样,把犯罪当作疾病医治——对此你应该很清楚。至少我们处决犯人时使用干净利落的方法,而不是多年的折磨……我不知道。"

"他们会……怎么做?"

"斩首。几乎是没有痛楚的。"

"他们怎么知道?"

他发出笑声,但里面并没有欢欣的成分,"这的确是一个无法回答的问题。"

离开的时候,阿罗没有拥抱她。两个小时后他回来了,但一直沉默不语,然后,不仅拒绝了仆人端来的午餐,连下午的一个约会也取消了。他躲进皮奥特伯爵的图书馆,没有阅读,只是坐在里面发呆。过了一会儿,考迪利亚进来陪他。她坐在长椅里,耐心地等他将思绪从某个遥远的角落收回来。

"那孩子很勇敢,"他沉默了整整一小时,然后才开口,"他的每一个神态都是预先想好的。但是,其他人没有按照他的剧本演出。他的母亲让他崩溃了……最可恨的是,那名刽子手竟然手软,第三次才把他的头斩下来。"

"伯沙瑞用一把小刀也比他强。"整个上午,弗·特耶的鬼魂都浮现在她的脑海里。

"行刑的场面非常恐怖。他的母亲不停地诅咒我,直到伊冯与弗·哈拉斯伯爵将她拖开。"他呆板地说,"噢,考迪利亚!这不是正确的决定!可是……不存在其他的可能,是吗?"

他向她走过去,无言地将她抱在怀里。他看上去好像要哭泣,不过对考迪利亚来说,他忍住泪水更令她担心。紧张的情绪逐渐从他身上消散了。

"我想我最好收拾心情,然后换一身衣服。弗·达拉已经安排了与农业部长的会议,这个会议很重要,我不能缺席。之后是与总参部的……"这时,他又恢复了自控能力。

当天夜里,他躺在她身边,久久没有入睡。他虽然闭着眼,但是考迪利亚从呼吸声听得出他在假寐。在她看来,一切安慰的话语都是没有意义的,所以她保持沉默,陪着他度过漫漫的长夜。外面开始下起了淅淅沥沥的小雨。阿罗开过一次口:

"我经历过死亡——下过处决的命令,把士兵派上战场送死,搞过三次谋杀。我不知道为何对这次的死亡有如此深的感受。它使我却步,考迪利亚。但是我不敢停下来,否则我们都不会有好下场——不能让这样的事情发生。"

考迪利亚在黑暗中醒来,突然听到清脆的撞击和闷哑的爆炸声,然后就感觉呼吸困难起来。一股浓烈刺鼻的气体烧灼着她的肺、口腔、鼻孔和眼睛,腹内的剧痛几乎要将她的胃弹出喉咙。在她身边,弗·科西根从梦中惊醒,发出一声咒骂。

"是毒气枪榴弹!屏住呼吸,考迪利亚!"他大声叫嚷着,把枕头盖在她脸上,用强壮结实的手臂一把将她抱下床。他们跟跟跄跄地冲入客厅,弗·科西根从身后关上卧室门。

一阵跑动的脚步使地板颤抖起来。弗·科西根大叫道:"快躲开!这是神经毒气!把伊林叫来!"他一边跑一边不断地咳嗽。有人将他们架到楼梯口。考迪利亚满眼都是泪水,什么都看不到。

在咳嗽的间歇,弗·科西根喘着气说:"他们有解毒剂……皇宫……那里比帝国作战部近……立即把伊林找来,他知道怎么办。我们到浴室里冲洗……夫人的女仆呢?快去找呀……"

片刻之后,他们被带到了楼下的一间浴室。弗·科西根浑身发颤,几乎站立不稳,但仍然坚持帮考迪利亚冲洗,"你首先要清洗皮肤,不要停下来。要用凉水。"

"你也要冲洗,别只顾着说了。"考迪利亚也咳了一声,溅起一片水花,他们用肥皂互相帮对方清洗。

"还有口腔也要……这是神经毒气。我大概有十五六年没有闻过这种气味了,但是我还记得。它属于军用毒气,是受到严格控制的,怎么会被人拿到……该死的警卫!等到他们明天像无头苍蝇一样到处乱转……就太迟了。"他的脸一阵白一阵绿。

"我现在好多了,"考迪利亚说,"作呕的感觉减轻多了。也许我们并没有吸入很大的剂量吧?"

"不,它只是起作用比较缓慢。要致人死亡无须太多剂量。它几乎对所有的软组织都有影响——如果解毒剂不能很快送到,它会在一小时之内使你的肺变成胶状物。"

逐渐增加的恐惧绞拧着她的肠子、心脏与思想,让她几乎说不出话来,"它会渗透到胎盘组织里去吗?"

他沉默了很久,才开口说道:"我不能确定,要问医生才知道。我只知道它对年轻人会产生影响。"说完,他又是一阵剧烈的咳嗽。

皮奥特伯爵的一名女仆衣冠不整地走进了浴室,脸上还带着惊惧。她和一名协助他们逃出来的警卫帮考迪利亚进行清洗。这时,另外一名警卫进来报告说:"我们与皇宫联系上了,长官。他们正在派人过来。"

考迪利亚的喉咙、气管和肺部开始积聚分泌的黏液,她边咳嗽边吐出唾液,"有人看到卓丝了吗?"

"我想她去追踪刺客了,夫人。"

"这不是她的工作。当警报声响起时,她应该去保护考迪利亚。"弗·科西根含糊地说——说话令他咳得更厉害了。

"袭击发生的时候,她正在楼下,与库德尔卡中尉一起。他们都从后门冲出去了。"

"胡来。"弗·科西根咕哝着说,"这也不是他的工作。"又是一阵咳嗽,"他们抓到人没有?"

"应该抓到了,阁下。我听到后花园里有一阵骚动,就在围墙附近。"

弗·科西根与考迪利亚在喷头下面又站了几分钟,直到一名警卫进来报告说:"皇宫的医生来了,长官。"

女仆用一件浴袍裹住考迪利亚,弗·科西根把毛巾盖在身上,对警卫嚷道:"快去给我找件衣服,笨家伙。"他的声音像掺了沙子似的。

当他们走出来时,一个中年男人正在客房里卸下他的器械。他身上穿着睡衣,头发直竖,脚上趿着一双拖鞋。他从包里取出一个滤毒罐,接上面罩,然后朝考迪利亚浑圆的腹部看了看,向弗·科西根说道:

"阁下,你确定是哪一种毒气吗?"

"很不幸,是神经毒气。"

医生低下头,"很遗憾,夫人。"

"这会不会伤害我的……"黏液塞住了她的喉咙。

"把嘴闭上,把面罩给她!"弗·科西根吼叫道。

皇宫医生将面罩盖在她的鼻子和嘴巴上,"深呼吸,吸气……呼气,再一次吸气。把它吸进去。保持住……"

解毒剂的味道几乎就像毒气,同样令人作呕,只是感觉更冷一些。她的胃部一阵抽搐,但是没有什么可以吐出来。她望向弗·科西根,他回望着她,脸上挤出一丝安慰的笑容。毒气必定渗入了他的体内,他每呼吸一次,脸色就变得更白,表情也更加痛苦。她知道,他吸进的毒气不比她少,于是取下面罩说:"是不是该轮到你了?"

医生把面罩按下去,说道:"再吸一次,夫人,以防万一。"她深深地吸了一口气,然后医生将面罩递给弗·科西根。

"你在毒气里暴露了多少分钟?"医生担忧地问。

"我不知道。有没有人记录下时间?你,嗯……"她想不起那名年轻警卫的名字。

"我想大概十五到二十分钟,夫人。"

医生大大地松了一口气,"那么问题不算严重。你们需要在医院里住几天,我会替你们安排转移。还有谁暴露在毒气中了吗?"他向那名警卫问道。

"医生,等等。"考迪利亚说道。医生已经收拾好滤毒罐和面罩,正朝门口走去。"那种……神经毒气对我的胎儿会有什么影响?"

这位医生没有正视她,"没有人知道。如果不及时吸入解毒剂,没有人能够生存。"

考迪利亚感到自己的心脏一阵狂跳,"但是如果接受了治疗……"她不想看到医生怜悯的眼光,于是转过脸对弗·科西根说,"那么——"他的表情令她语塞。

"你告诉她吧,"弗·科西根低声对医生说,"我说不出口。"

"我们何必使她担心——"

"说吧,不要隐瞒了。"他发出嘶哑的声音。

"问题出在解毒剂上面,夫人,"医生犹豫着说,"解毒剂同时也是一种非常强烈的致畸剂,对发育中的胎儿骨骼有毁灭性的影响。你的骨骼已经成形,所以它不会对你产生太大的影响,只会增加患关节炎的几率,这是可以治愈的……但如果它上升到……"考迪利亚闭上了眼睛,医生的声音越来越小。

"我必须去看看大厅的警卫。"医生补充道。

"去,快去。"弗·科西根回答说,允许他离开。医生走出大门,刚好跟那名去取衣服的警卫擦身而过。

考迪利亚向弗·科西根睁开眼睛,他们互相对望着。

"你脸上的表情……"他低声说,"不是……哭泣,不是愤怒。别这样!"他的声音因升高而变得嘶哑了,"至少恨我吧!"

"我不能,"她轻声答道,"我现在什么感觉都没有。或许明天会有吧。"她呼吸的似乎不是空气,而是烈火。

弗·科西根发出一声咒骂,粗野地穿上绿色便装,"至少我可以做些事。"

他现在的表情让她感觉非常陌生。他的话语在她的记忆里回响。如果死神穿上了制服,那他肯定与弗·科西根现在的模样毫无二致。

"你要到哪儿去?"

"我去看看库德尔卡捉到了什么人。"考迪利亚跟在他后面走出房间。"你留在这里。"他命令说。

"不。"

他转头盯着她,考迪利亚蛮横地挥手挡住他的视线,仿佛挡住了利剑的刺杀,"我要跟你一块儿去。"

"那好吧。"他急转过身,向通往一楼的楼梯走去,强烈的愤怒让他绷直了后背。

"你不能在我面前杀人。"她在他的耳边一字一句地说。

"我不能?"他回答说,"我-不-能?"他的脚步很重,几乎把石制的台阶都要压得"嘎吱"作响。

大厅的出口一片混乱,到处都挤满了警卫、家臣与救护人员。一个黑色制服的人——或是尸体,考迪利亚分辨不清——躺在外面的过道里,一名救护员正蹲在他的脑袋旁边。这两个人都被雨淋湿了,身上沾满了泥土。他们脚下流淌着一摊血水,救护员的鞋底正踩在血水里。

头上滴着雨水的伊林中校带着支援人员从前门走进来,说道:"让技术人员带上侦测器,到达后立即向我报告。在此期间,所有人不许接近那面墙,全部走出巷子。阁下!"当他看到弗·科西根时大声喊道,"谢天谢地,你没有受伤!"

弗·科西根抑制住咆哮的冲动。有几个人将刺客团团围住了。那名刺客的脸朝向墙壁,一只手放在头上,另一只手以一种奇怪的角度撑在腰间。卓丝娜科维站在旁边,全身透湿。她手里握着一把金属弓,闪闪发光,显然,刚才穿透窗子的毒气枪榴弹就是用它发射的。卓丝的脸上青了一块,她用另一只手上按住鼻子止血。库德尔卡也在现场,他靠在剑杖上,拖着一条腿。他身上的制服不仅被淋湿了,而且还泥迹斑斑,他脚上穿着一双拖鞋,表情乖戾。

"我早就抓住他了!"他吼叫道,显然仍在继续未完的争论,"如果不是你冲出来向我大叫——"

"哼,是这样吗?"卓丝娜科维回敬道,"那好,对不起,但是我不这么看。似乎是他抓住了你,把你推倒在地。如果不是我看到他将腿往墙上伸——"

"别吵了! 弗·科西根伯爵到了!"一名警卫嘘了一声。其他人转身后退几步,站到弗·科西根面前。

"他是怎么闯进来的?"弗·科西根刚发问,又立即住口。那名刺客穿着黑色军服。"他肯定不是你的部下吧,伊林?!"他声音嘶哑地说,就像金属摩擦着石头。

"阁下,我们必须将他活捉,以便审问,"伊林不安地回答说,"他可能还有同党。你不能……"

那名刺客转过身,面对着他的俘获者。一名警卫上前将他推回去,但弗·科西根挥手制止了。考迪利亚站在弗·科西根身后,看不到刺客的脸,但她发现弗·科西根的肩膀垂了下来,愤怒从他身上消失了,只剩下痛苦。在没有徽章的黑色衣领上方,是伊冯·弗·哈拉斯伤痕累累的面孔。

"噢,这不会是真的!"考迪利亚喘着气说。

当伊冯·弗·哈拉斯盯着他的目标时,憎恨使他的呼吸加快了,"你这个杂种!冷血的刽子手!当他们砍下他的头时,你像一块冰冷的石头坐在那里无动于衷。难道你没有感觉?还是你在享受?摄政王,从那一刻起,我就发誓要杀了你!"

弗·科西根沉默许久,然后向伊冯俯下身,一只手越过他的头顶撑住墙壁,哑着声音说:"你没有伤害到我,伊冯。"

弗·哈拉斯朝他脸上啐了一口,弗·科西根没有拭去从他受伤的嘴里吐出的血水。"也没有伤害到我的妻子,"他继续一字一句地说,"但你伤害了我的孩子。你期待完美的报复吗?你成功了。看着她的眼睛,伊冯。这双眼睛可以淹死一个人,而我在余生里每天都要面对它。品尝你复仇的滋味吧,伊冯。它全部属于你。但我已经品尝够了。我失去了胃口。"

弗·哈拉斯第一次抬起眼,将视线移向考迪利亚。她想着腹中的胎儿,他脆弱的骨骼可能已经开始腐烂、扭曲、剥落,但是她对弗·哈拉斯恨不起来——尽管有过短暂的仇恨——她甚至能够理解他。直觉让她可以在他受伤的灵魂里看到伤痛所在,就像医生用仪器观察受伤的身体——每一分扭曲的情感、每一次怨恨的嬗变都在里面滋长。

"他并不是在享受,伊冯。"她说,"你能从他身上得到什么,你自己知道吗?"

"只要一丝小小的怜悯,"他哼了一声,"他就可以救下卡尔。甚至那个时候他也可以——我起初还以为那是他去观看的原因。"

"噢,老天。"弗·科西根说,他看上去一脸悲痛,"我不是去做戏的,伊冯!"

弗·哈拉斯把他的恨意当作盾牌挡在身前,"你该下地狱。"

弗·科西根叹息着,从墙边走回来。医生在旁边催促他们上车前往帝国军医院。"将他带走吧,伊林。"弗·科西根疲倦地说。

"等一下,"考迪利亚说,"我需要知道——我有些话要问他。"

弗·哈拉斯阴沉地望着她。

"这就是你想要的结果吗?我的意思是,你为什么要挑选这种武器?为什么用毒气弹?"

他的视线从她身上移开,凝望着远处的墙壁,说道:"我只能从军械库里得到这种武器。没想到你们能认出来,并且及时获得解毒剂。这里离帝国作战部很远……"

"你错了。"她低声说。

"解毒剂是从皇宫里获得的,"弗·科西根解释说,"距离此地只有四分之一英里,皇宫医务室里什么药都有。至于识别……在平定卡利安叛变时期,我还在军中服役。那时的我跟你现在差不多大,或许更年轻些。毒气的味道让我想起了那个年代——士兵们咳嗽不止,从肺里吐出血块……"他似乎陷入了对过去的回忆里。

"我不想连累你。你只是挡在了我和他之间。"弗·哈拉斯指了指她浮肿的身体,"这不是我的初衷。我只想杀了他。我甚至不知道你晚上与他同住在一间房里。"他的视线从她脸上挪开,游移不定,"我从未想过要杀掉你的——"

"看着我,"她嘶哑着说,"大声说出来。"

"——胎儿。"他轻声说。

弗·科西根退了回来,站在她旁边。"你本可以不用去问他。"他低声说,"这让我想起了他弟弟。为什么我对这个家族意味着死亡?"

"你还想让他品尝复仇的滋味吗?"

弗·科西根把前额靠在她肩上,"我放弃了,亲爱的船长。但是,噢……"他伸出手,好像要将她的腹部罩住,然后又把手收回。他挺直了身体,"伊林,明天上午给我一份完整的报告,"他说道,"带到医院里。"

当他们跟着医生离开时,弗·科西根挽起了她的手臂,考迪利亚不知道他这样做是为了支撑她,还是为了支撑他自己。

在帝国军医院里,她被一群上来帮忙的人——医生、护士、医务兵,以及警卫——团团围住,簇拥着前行。阿罗在门口与她分开了,这让她在人群里感到不安和孤独。她几乎没怎么搭理他们,完全不顾礼节,感觉就像一台自动机器。她希望自己能晕过去,意识、幻觉、麻木与否定现实的疯狂全部消失。然而,她只有疲倦的感觉。

肚里的婴儿在蠕动、抽搐,显然,毒气的作用非常缓慢——他们似乎争取到了一些时间。不管这婴儿有没有出生,她依然深爱着他。她的指尖缓慢地在腹部移动。欢迎你来到贝拉亚,我的孩子,这是一个食人者的乐园。他们甚至不等你成年就要把你吃掉。贪婪的行星。

她被送到贵宾区,住进一间豪华病房,那里已经被匆匆打扫过了。看到弗·科西根被安置在走廊对面,她稍稍松了口气。过了一会儿,弗·科西根穿着绿色的军长裤走了进来。考迪利亚对他轻轻笑了笑,但没有起身。重力想将她拖入世界的中心,但是坚硬的床板、医院大楼与行星的地壳在支撑她的身体——对此她并不情愿。

一名救护兵跟在弗·科西根后面焦虑地说:"请记住,长官,尽量别说太多,医生还要清洗你的喉咙。"

黎明暗淡的光线将窗户涂成了灰白色。他坐在床边,握着她的手轻轻抚摩,"你的手很冷,亲爱的船长。"他嘶哑着声音说。考迪利亚点点头。她胸口发痛,咽喉肿胀,鼻腔像被火燎一般。

"我不该被他们说服,接任这份工作,"他说,"对不起……"

"我也参与了游说。你警告过我。这不是你的错,而是你应该做的事。"

他摇了摇头,"别说话。这会使你的声带留下疤痕。"

她"嗯"了一声,用一根手指按住他的嘴唇,不许他再开口。他点点头,顺从地闭上嘴。两人互相对望着。他轻柔地拨开缠绕在她脸上的头发,她握住这双宽大的手贴在脸颊上,直到几名医生与技师将他拉去治疗。"我们很快就来看你,夫人。"领头的医生承诺说,流露出一丝不祥的征兆。

过了一会儿,医生回来了。他们用一些粉红色的液体给她漱口,然后让她对着一架机器呼吸。一名女护士端来了早餐,但是她没有胃口。

然后,几个表情严肃的人走进了她的病房。其中一个是那天晚上从皇宫赶来的医生,现在穿着干净整洁的便服。她的私人医生身旁站着一位浓眉大眼、年纪较轻的军人,衣领上别着上校徽章。她望着这三张面孔,脑中浮现出赛普洛斯[①]的模样。

她的私人医生向她介绍陌生者:"这位是华根上校,隶属帝国军医院的研究所。他是研究军用毒气的专家。"

"你擅长发明毒气,还是中毒后的清理,上校?"考迪利亚问。

[①]希腊神话里冥府的守门狗。

"两者都擅长，夫人。"他挺直身体，带点炫耀地回答说。

她的私人医生看上去就像一个抽中了下下签的人，尽管他的嘴角仍带着笑，"摄政王命令我将治疗安排告诉你。嗯，我想，"他清了清嗓子，"最佳的选择是流产。尽管现在流产已经很迟，但流产能减轻你的生理负担，对你尽快恢复有好处。"

"难道没有别的办法吗？"她绝望地问，但他们脸上的表情已经给出了答案。

"恐怕是的。"她的私人医生难过地说。来自皇宫的医生点了点头，表示赞同。

"我研究过以前的文献，"那位上校突然开口说道，眼睛盯着窗外，"我们曾经做过补充钙质的实验。老实说，得到的结果未能令人十分满意——"

"我想我们都同意不提这事的。"皇宫医生对他怒目而视。

"华根，这样很残忍，"她的私人医生说，"你在给她一个虚假的希望。你不能把摄政王夫人当成你的实验对象。摄政王已经允许你检验尸体——可别太过分了。"

她的世界在一秒钟里峰回路转。她望向他们的脸，心里转着念头。她知道华根这种人属于何种类型：有时正确，有时错误；有时失败，有时成功；喜欢从一种狂热转到另一种偏执。从个人感情来说，考迪利亚在他眼中是微不足道的，不过是完成论文的素材。她需要承担的风险阻碍不了他的想象力；她不是一个人，而是一种疾病。她对他露出了微笑，而且越笑越开心，因为这个人是她的盟友。

"很高兴认识你，华根博士。你想写一篇有关生命的论文吗？"

皇宫医生怒极反笑，说："她上你的当了，华根。"

华根笑了笑,略感惊讶,但很快明白过来,"你知道,我不能保证有什么成效……"

"成效!"她的私人医生插口说,"老天,你最好告诉她你所谓的成效是什么。或者把照片给她看——不,这不行。夫人,"他朝她转过来,"他说的治疗只是二十年前的一次实验。那次实验对孕妇造成了无法弥补的伤害。至于所谓的成效,最好的结果就是成为残疾人,或许更糟,糟得难以形容。"

"但是用水母做的实验获得了完美的结果。"华根说。

"你是个怪物,华根!"她的私人医生哼了一句,向她望了一眼。

"这只水母能活吗,华根博士?"考迪利亚热切地追问道。

"唔,或许吧,"他回答说,在同事的怒视下表情有点拘谨,"不过当治疗应用于体内实验[1]时,孕妇身上出现了一些问题。"

"那么,你能不能做体外实验[2]?"

华根得意地朝她的私人医生瞥了一眼,"当然,这需要进行一系列可行性测试——假如能够安排的话。"他对着天花板自言自语地说。

"体外实验?"皇宫医生困惑地问道,"如何进行?"

"如何进行?"考迪利亚说,"在战争结束之后,你们不是得到了十七个埃斯科巴的人造子宫吗?我知道它们就存放在这里。"她兴奋地对华根说,"你认识亨利博士吗?"

华根点点头,"我们曾经共过事。"

"那么你应该了解人造子宫!"

"嗯,并非如此。虽然他告诉过我这些人造子宫都能运作,

---

[1] 在一个完整的动物活体上进行的实验。
[2] 仅在培养基或试管中进行的实验。

不过你得明白,我不是产科医生。"

"你当然不是,"她的私人医生说,"夫人,这个人甚至连医生都不是。他只是个生化学家。"

"但你是产科医生,"她说道,"所以,我们需要一个完整的团队。亨利博士,嗯,与华根上校负责治疗皮奥特·迈尔斯,而你负责移植。"

她的私人医生抿着嘴,眼里露出非常奇怪的神色。过了一会儿,她意识到那是害怕。"我不能答应,夫人。"他说,"我不知道如何进行。贝拉亚没有人做过这样的手术。"

"那么你不赞同?"

"当然不赞同。几个月后,这个手术可能会对你造成永久性伤害。其实,如果软组织损伤没有扩展到卵巢的话,你完全可以再次怀孕。我是你的医生,这是我的专业意见。"

"是的,假如在此期间阿罗没有被杀的话。我必须记住这里是贝拉亚,是一个对死亡充满爱意的地方。你真的不想做这个手术?"

他庄重地抬起头,"不,夫人。这是我的最终决定。"

"非常好,"她对她的私人医生伸出一根指头,"你被解雇了。"然后她指向华根,"你顶替他。现在由你负责治疗。你给我找一名外科医生——就算是医科学生或者兽医都可以,只要有人肯做——然后你可以根据自己的想法做你的实验。"

华根看似有些得意,而他的前任则一脸怒意地说:"在你给摄政王夫人带来虚假的乐观之前,我们最好听听摄政王的意见。"

华根脸上的得意仿佛立即就减少了几分。

"你想现在就接手吗?"考迪利亚问。

"对不起,夫人,"皇宫医生说,"我想最好现在取消计划。你不知道华根上校的声誉,原谅我的粗鲁,华根,但你确实只是一名药剂师,这一次你走得太远了。"

"你希望拥有一座研究中心吗,华根上校?"考迪利亚问。

华根耸了耸肩,略显窘迫。由此考迪利亚知道,皇宫医生至少说对了一半。她死死地盯着华根,希望将他的身体、思想与灵魂全部掌握在手里,特别是他的思想,要怎样才能点燃他的想象力?

"如果你成功的话,你可以拥有一间学院。你去对他说,"她扭过头,指向阿罗的房间,"就说是我的意思。"

他们退出了房间,每个人都怀着不同的感受,愤怒抑或希望。考迪利亚重新躺在床上,嘴里哼着无声的调子,手指继续在肚皮上按摩。这一刻,她感到完全放松,似乎重力都不存在了。

第九章

她终于睡着了,一直睡到日当正午。醒来时,她感到头昏脑涨,于是侧目望着从病房的窗户倾泻进来的光线。灰色的雨已经停了。她抚摸着自己的肚子,心中悲喜交加。她翻了个身,发现皮奥特伯爵正坐在床边。

皮奥特一身乡村打扮:旧式军裤,朴素的衬衣,套着一件只在弗·科西根·萨尔洛穿的夹克。他肯定去过帝国作战部了——他不安地对她笑了笑,疲惫的眼中满是焦虑。

"好姑娘,没有吵醒你吧?"

"没关系,"她眨了眨眼,让视线变得更清晰,感觉自己比这个老人还衰弱,"我想喝点东西。"

他赶忙从床边的水龙头里给她倒了杯冰水,看着她喝下去,"还要吗?"

"够了。你见到阿罗没有?"

他轻轻拍了拍她的手,"我已经与阿罗谈过了。他还在休息。非常抱歉,考迪利亚。"

"情况并没有一开始想象的那么糟。我们仍然有机会,还有希望。阿罗给你说了人造子宫的事吗?"

"说了一些。不过,损伤已经造成了,是吗?无法修复的损伤。"

"损伤,是的。至于能不能修复,没有人知道。甚至华根上校也不晓得。"

"是啊,我刚才见过华根上校,"皮奥特皱着眉说,"一个有干劲儿的家伙。属于新派男人。"

"贝拉亚需要新派男人,以及女人。科技催生新的时代。"

"噢,是的。我们的奋斗、拼搏,就是为了培育下一代。这绝对是必需的。不过,你将要进行的手术,这个胎盘的移植……似乎不太安全。"

"在贝塔殖民地,这属于标准程序。"考迪利亚耸耸肩。当然,我们并不在贝塔殖民地。

"但有些事其实是显而易见的——你很快就能再度怀孕。从长远来看,实际上你损失的时间可能更少。"

"时间……我并不担心。"这是一个没有意义的概念,她在贝拉亚的每一天都会失掉26.7个小时。"总之,我不会再等下去了,阁下。"

他的脸上现出一丝警觉,"你感觉好一些的时候,会改变主意的。至于现在——我已经与华根上校谈过了,他也认为你的胎儿受到了极大的损伤。"

"嗯,没错。就是不知道他们能否完美地修复它。"

"好姑娘,"他忧虑的笑容变得紧张起来,"要不就此放手吧。如果这一胎是女孩……我们能够理解你的决心,甚至赞美你的母爱,但是,如果这一次是男孩,而且存活了下来,他总有一天会成为弗·科西根伯爵,而我们绝对不能接受一个残疾的弗·科西根伯爵。"他仿佛说出了使人信服的观点。

考迪利亚眉头紧蹙,"谁是'我们'?"

"弗·科西根家族。我们是贝拉亚最古老的家族之一。虽然从来不是最富有、最强大的,但我们在财富上的欠缺由荣誉来补偿。我们九代都是贵族的勇士,而在九代之后却出现了恐怖的终结,你明白吗?"

"弗·科西根家族在这一刻里,只由两个个体组成,你和阿罗。"考迪利亚说道,感到既可笑又不安,"而在你们的历史中,每一位弗·科西根伯爵总有一个悲惨的结局,炸死、击毙、饿死、淹死、活埋、砍头、病死,以及精神错乱,唯一没有体验过的就是寿终正寝——恐怖与弗·科西根家族如影随形。"

他报以痛苦的微笑,"但我们家族从来没有出现过基因突变的怪胎。"

"我想你需要与华根再谈一谈。他所说的胎儿损伤只会使婴儿成为残疾,不会导致基因突变,如果我理解正确的话。"

"但是其他人会认为他是怪胎。"

"你们为什么要在意一些无知下等人的看法?"

"是另外一些贵族,亲爱的。"

"不论是贵族还是平民,他们全都一样无知,我向你保证。"

他的手骤然一颤,嘴刚张开又闭上了。他皱着眉头,声音更尖厉了,"一个弗·科西根伯爵同样不能是实验室里的动物。"

"那么你说对了,他甚至尚未出生就要为贝拉亚服务。对他光荣的一生来说,这是不坏的开端。"或许最终有一些好处,会获得一些知识。她想得越多,越觉得自己的决定是正确的。

皮奥特突然仰起头,"你们贝塔人都是软弱的,所以你们拥有骇人听闻的、冷血的微生物技术。"

"是理性的生物技术,阁下。理性有其优点,你们贝拉亚人应该试一试。"她咬着下唇说,"我们必须先行一步,阁下。虽然存在很大的危——"危险。"——困难。在怀孕的这个阶段进行胎盘移植,甚至以银河系的标准来衡量都是冒险的。我得承认,我希望有足够的时间找到更有经验的外科医生。但是不行。"

"是的……是的……它或许会死去,你是对的。不需要……但我担心的是你,这么做值得吗?"

值得吗?她怎么知道?她的肺如火烧一般。她对他虚弱地笑了笑,然后摇摇头。太阳穴与脖子上的重压感使她头痛。

"父亲。"门外传来一个焦虑的声音。阿罗俯身进来,穿着绿军裤,鼻孔上插着一个便携式充氧器。他在那里站多久了?"我想考迪利亚需要休息。"

他同考迪利亚的视线越过皮奥特,交织在一起。

"噢,当然。"皮奥特伯爵回过神来,脚蹭着地板,"很抱歉,你说得对。"他再次用那双老人特有的干燥的手跟考迪利亚握了一下,力度很大。"睡吧。睡醒后你会想得更清楚。"

"父亲。"

"你也应该待在床上,是吗?"皮奥特边走边说道,"回去休息一会儿吧,儿子……"他的声音穿过走廊,向外飘去。

等到皮奥特终于离开后,过了一会儿,阿罗又走进了她的房间。

"父亲烦着你了?"他问道,看上去表情严肃。她把手伸给他,科西根坐在她身边。考迪利亚把头从枕头移到他的大腿上,脸颊贴着薄裤下面紧绷的肌肉,他抚摩着她的头发。

"还不是与往常一样。"她叹了口气。

"我担心他使你情绪低落。"

"我确实有些低落,只是累得无力在走廊里尖声高叫。"

"唔,他令你心烦了。"

"嗯,"她犹豫了一下,"在某种程度上,他说得有道理。我已经担惊受怕太久了。但是昨天晚上,最坏的事情已经发生了……不,它还没有结束。如果受到的打击更强烈一些,现在我可能已经支撑不下去了,但事实上,我还能扛得住。"她在衣服上擦了擦脸颊,"伊林有没有最新的情况?我刚才听到外面有他的声音。"

阿罗的手仍然抚摸着她的头发,"他已经完成了对伊冯·弗·哈拉斯的快速吐真药审讯,此时正在调查伊冯盗取毒气枪榴弹的旧军械库。事实显然与伊冯供认的不同:一名负责看守的少校失踪了。伊林尚未确定他是被杀,还是因为帮助了伊冯而逃跑匿藏。"

"或许他吓坏了,如果他疏于职守的话。"

"最好如此。如果他是同谋的话……"他的手无意识地用力扯住她的头发,"噢,对不起。"他松开手,继续抚摸的动作。考迪利亚觉得自己就像一只受伤的小动物,蜷缩在他的腿上,把手放在他膝盖上。

"至于父亲——如果他再来烦你,你就叫他来找我。你不应该继续与他纠缠。我对他说了这是你的决定。"

"我的决定?"她松开手,"不是我们的决定吗?"

他迟疑着说:"不管怎么样,我都支持你。"

"但你是怎么想的?你有事没对我说?"

"我能理解他的恐惧,但是……有些事情我尚未与他讨论,并且也不打算这么做。下一次怀孕不会像头一次这么容易了。"

容易?你说这次容易?

他继续说道:"神经毒气的副作用之一就是影响生殖系统,

使受害者失去生育能力。我的物理治疗师同样对我发出了警告。"

"胡说，"考迪利亚说，"你所需的只是两个细胞与一个人造子宫。即使再来一次爆炸，他们也可以从墙上刮下你的小指和我的大拇指，然后制造出无数的弗·科西根。"

"但这不是自然的方式，除非我们不在贝拉亚。"

"妈的，我们干脆让贝拉亚做出改变！"他的手猛然一缩，仿佛被咬了一口似的。"如果我打一开始就坚持使用人造子宫，我们的孩子就不需要冒险了。我知道它更安全，并且知道它就在——"她的话突然停下来。

"嘘，嘘。其实，如果我……放弃这份工作就好了，你就可以待在弗·科西根·萨尔洛。上帝呀，原谅那个杀人犯卡尔吧。要是我们睡在不同的房间……"

"不！"她的手在他的膝盖上握紧了，"今后的五十年里，我都拒绝住进任何庇护所。阿罗，这个国家必须改变。我再也受不了了。"但愿我没到贝拉亚来。

但愿。但愿。但愿。

帝国军医院的手术室虽然远远达不到银河系标准，但似乎还算干净明亮。考迪利亚被推进来后，她侧着头，仔细观察周围的设备：无影手术灯、监视器，以及下面装有收集盘的手术台。一名技师正在检查一个盛着亮黄色液体的容器。她坚定地对自己说，这并非一条不归路，只是迈向逻辑真理很简单的一步。

华根上校与亨利博士穿着无菌服，正在手术台旁等候。他们身边放着一个便携式人造子宫。那物体是一个用金属和塑料制成的容器，高约半米，外面镶嵌着控制面板和各种不同的插槽,外壳的指示灯闪烁着绿色和黄色的光。它已经消过毒,营养与氧气供给槽也准备妥当……考迪利亚看着它,心里略感宽慰。贝拉亚如同猿人时代一般的自然怀孕是毫不足取的,只给人带来情感上的挫折。她尽了最大努力成为一个贝拉亚人……我的孩子因此付出了代价。不能再这样了。

外科医生是里特博士,他有着高高的个儿、乌黑的头发、橄榄色的肌肤和一双修长的双手。考迪利亚第一眼就喜欢上了他的手——让人觉得宽厚、沉稳。里特与一名医疗技师把她放置在手术台上,从她身下拉出收集盘,然后对她露出安慰的笑容,"你状态不错。"

我当然状态不错,因为我们尚未开始。考迪利亚愠怒地想。里特显然也有些紧张,尽管没有在脸上过分流露出来。他是华根的朋友,在一些更有经验的医生拒绝前来施行手术之后,华根大力推荐了他。

华根已经把手术过程向考迪利亚做了解释,"在黑巷子里有四个拿着棍棒的亡命之徒,你们怎么称呼他们?"

"什么?"

"玩忽职守的贵族。"他发出"呵呵"的笑声。华根的玩笑带着黑色幽默的味道。考迪利亚应该给他一个拥抱,因为他是这三天来第一个与她开玩笑的人,并且可能是她离开贝塔殖民地后遇到的最正常与最诚实的人。她很高兴有他在这里。

他们让她侧身躺下,用医学麻醉器碰了碰她的脊骨。有一点刺痛。她冰冷的脚板突然感到一阵温暖,双腿一下子没了知觉,就像两袋猪油似的。

"你能感觉到吗?"里特问。

"感觉什么?"

"很好。"他朝医疗技师点了点头,将她的身体放直。医疗技师除去她腹上的遮盖物,开始进行消毒。里特在她的腹部按了按,再次检查了屏幕,确定她肚里胎儿的位置。

"你确实想在手术中保持清醒吗?"里特最后一次问她。

"是的,我想看。这是我的第一个孩子。"也许是唯一的孩子。

他无可奈何地笑了笑,"勇敢的姑娘。"

姑娘?哼,我比你还大呢。不过,她感觉到,里特医生不想有人看着他。

里特顿了顿,最后朝四周看了一眼,似乎在心里面检验着仪器上的读数与旁人的反应。恐怕还在检验自己的意志与勇气吧。考迪利亚想。

"行啦,里特,我们赶快完成工作吧。"华根不耐烦地弹了弹指头,他的声音里奇怪地混合着一丝嘲讽与真心的鼓励,"扫描显示骨骼已经开始腐烂了。如果腐烂速度太快,我将没有足够的基质进行修复。开始动手吧,迟些再啃你的指甲。"

"你才啃指甲呢,华根。"外科医生笑着说,"要是你再催我,我就叫医疗技师把窥腔镜塞到你的嘴里。"

交情深厚的老朋友。考迪利亚猜想。外科医生抬起手,吸了口气,抓起他的振动手术刀划开了她的肚子。医疗技师依从他的指示用钳子夹住血管。只有一丁点儿血流出来,考迪利亚只是觉得有一股压力,而没有痛楚。接着,外科医生又几下切开了她的子宫。

胎盘移植比剖腹产手术的要求高得多。脆弱的胎盘必须从血管丰富的子宫里剥除,而且不能对其羊膜绒造成太大损伤,然后,胎盘将被移植到不断流动的富氧溶液里。在整个组织从活体里移出、放到人造子宫里之前,人造子宫的海绵体结构首先得滑进胎盘与子宫壁中间,至少让胎盘的部分羊膜绒依附到新的母体上。怀孕的时间越长,移植的难度就越大。

连接胎盘与婴儿的脐带显示在监视器上。医疗技师用无针注射器往脐带注入额外的氧气。在贝塔殖民地,一个小巧的精密设备就可以完成工作;而在这里,却让医疗技师忙得满头大汗。

医疗技师开始将清洁的亮黄色液体灌进考迪利亚的子宫。液体充满了她的腹腔,沿着身侧向下滴落到收集盘里。实际上,外科医生就好像在水下工作一般。毫无疑问,胎盘移植手术确实异常棘手。

"海绵。"外科医生轻轻叫道,华根与亨利把人造子宫推到她身边,将母体的基质海绵结构取出来接到传送管上。外科医生不停地用细小的手术钳拨弄着,考迪利亚看不到他的手,只能斜眼望着自己曾经浑圆的腹部。她颤抖着。里特满头大汗。

"医生……"一名技师指着屏幕上的某些东西说。

"唔。"里特抬眼看了看,不置可否。技师嘴里嘀咕着,华根与亨利也在喃喃自语,冷静、专业、自信……她觉得好冷……

流到她白色皮肤上的液体突然从淡红色变成了深红色,而且流速越来越快。

"夹住那个。"里特低声命令道。

考迪利亚看了一眼,在薄膜下面,露出了细小的手臂、腿和湿漉漉的黑色头部。这些器官在外科医生的手套里盘成一团,还没有一只小猫大。"华根!现在这些东西属于你了,拿去!"里特叫道。华根把手伸进她的腹腔,考迪利亚只觉得眼前发黑,脑门痛得像要爆炸一般,迸出无数火星。黑暗迎面扑来,将她包在其中。她最后听到的是外科医生绝望的叫喊:"噢,天啊!……"

她的梦魇模糊不清,还伴着痛苦。最糟糕的就是呕吐。她不停地呕吐、抽泣,几乎无法呼吸。她的喉咙里塞满污物,她用手去掏,直到手被绑起来。她梦到了弗·特耶在折磨她,这种痛苦越来越强烈,持续几个小时后,几乎陷入疯狂的错乱。失去理性的伯沙瑞用膝盖压在她的胸口上,使她完全无法呼吸。

当她终于清醒过来时,就像从阎罗王的魔掌中逃出了地狱,这种宽慰的感觉是如此强烈,她再度落泪,发出无声的呜咽,泪水润湿了双眼。她又可以呼吸了,尽管胸口在发痛,到处都是瘀伤,一身的痛楚,而且无法动弹,但是她可以呼吸了,这已经足够。

"嘘,嘘。"一根温暖厚实的手指抚摩着她的眼睑,拭去了泪水,"一切都过去了。"

"呃?"她眨了眨眼,眯眼看了一下。是夜晚,房间里的人造灯光亮令她以为身在暖水池里。阿罗的脸在她面前晃动。"呃……今晚……发生了什么事?"

"嘘。你病得很重,在移植过程中大出血。你的心脏停搏了两次。"他舔了舔嘴唇,继续说道,"你的伤已经发展为中毒性肺炎。昨天是你的生死关头,但你已度过最困难的时刻,可以不用呼吸机了。"

"我昏迷了……多久?"

"三天。"

"噢。我们的孩子怎么样,阿罗?手术成功吗?快告诉我!"

"手术持续了一个晚上。华根说移植非常成功。他们失去了30%的胎盘物质,但是亨利用经过浓缩和增强的含氧溶液作了补充,婴儿的情况良好,或者说符合预期。总之,它还活着。华根已经开始第一轮补钙实验,他承诺很快就有一个初步报告。"他抚摸着她的前额,"我已经对华根授以特权,允许他任意调配所需的设备、药品和技师,以及院外顾问。除了亨利以外,他还能得到非军方的儿科专家的建议。不管在贝拉亚还是其他地方,华根对军用毒气的了解比任何人都多。目前,我们能做的都做了。你先好好休养吧,亲爱的。"

"孩子——在哪里?"

"嗯——如果你愿意的话,可以看一看,"他扶起她的头,指向窗外,"看到第二幢建筑了吗?就是楼顶有红灯的那一幢。那里是生化研究所。华根与亨利的实验室在三楼。"

"哦,我认出来了。我们接收埃蕾娜那天,从另一面见过那幢楼。"

"没错。"他露出柔和的神色,"你能恢复神智真是太好了,亲爱的船长。看到你病得那么重……我从十一岁起,从没感到这般无助与无用过。"那一年,疯子尤里的军队杀害了他的母亲和哥哥。

"嘘,"她回应说,"别这样,我……现在没事了。"

第二天早上,他们拿走了插在她身上剩余的管子,除了氧气管。安静的日子一天天过去。她在恢复期间受到的干扰比阿罗少:几乎每一天,一些由弗·达拉首相带头的人都会来找他。他在病房安装了一套保密的通讯控制台,尽管医生对此提出过抗议。在这个临时办公室里,库德尔卡一天八个小时都与他做伴。

库德尔卡看起来非常平静,像每一个经历事故后苏醒的人一样情绪低落,但不像其他因失职而内疚的人那般惴惴不安——甚至伊林看到考迪利亚的时候都自觉羞愧。

阿罗每天都陪她在走廊里散步好几次。振动手术刀在她的腹部切开了一道口子,甚至比马刀砍杀的伤口还更深,但是她的肺与心脏所受的痛比愈合的切口更加剧烈。她的腹部虽然没有完全平坦下来,但显然里面已经空了。历经五个月的负担之后,她再次恢复成孤单一人,重新变回自己。

有一天,亨利博士推着一张悬浮椅走进房间,带她去参观他的实验室。人造子宫已被安全地放置在实验室里,她从显示屏上察看了胎儿的活动,并且审阅了技术人员的读数与报告。他们对神经、皮肤与视力的检测结果令人鼓舞,但由于耳朵里的骨骼十分细小,亨利对听力有些担心。即使以贝塔殖民地的标准来衡量,亨利与华根都无疑是出色的科学家。她在心里祈愿他们成功,并大声地表示感谢。回到病房后,她觉得心情好了大半。

然而,第二天下午华根上校冲入了她房间,使她的心霎时沉了下来。华根的脸色异常阴沉,嘴唇抿成一条直线。

"怎么了,上校?"她急切地问道,"第二轮钙质治疗——没有成功?"

"现在还不知道。不过,你的孩子情况稳定,夫人。我们的麻烦来自于你的亲属。"

"什么?"

"老弗·科西根伯爵今天早上来看过我们。"

"噢!他是去看孩子的吧?那很好啊。他对这些新的生命维持设备一直抱着怀疑的态度,或许他最后决定要克服这种情感障碍。作为一名老将军,他倒是对能杀人的设备特别容易接受……"

"如果我是你，夫人，就不会对他过于乐观。"他深深吸了一口气，现在不是玩弄黑色幽默的时候，"亨利博士原来与你想的一样。我们带上将参观了实验室与设备，向他解释了我们的治疗原理。我们绝对是坦诚的，就像对你一样，但也许有些过于坦诚了。他想知道我们能取得什么成效，唉，我们哪里知道，所以就对他老实说了。

"然后经过一连串的暗示、兜圈子……算了，我长话短说吧，上将先是请求、既而命令、然后试图贿赂亨利博士，让他打开旋塞，将胎儿销毁。他说这是怪胎。我们将他赶了出去。他发誓说还要再来。"

考迪利亚浑身发抖，连心底深处都在战栗，但脸上仍然保持着平静，"我知道了。"

"我不希望老头子再到实验室来，夫人。不管你用什么办法，我不想再听到这样的废话，无论他有多么显赫的地位。"

"我知道了……你在这儿等一下。"她将睡袍裹在绿裤子上，固定好氧气管，小心地走出门外。阿罗坐在窗边的一张小桌旁，略显随意地穿着军裤和衬衣。唯一能让人看出他是病号的就是鼻孔里的氧气管，这是为了治疗他被毒气损伤的肺部。他正与某个人在谈话，库德尔卡站在旁边做记录。谢天谢地，那个人不是皮奥特，而是弗·达拉的一名内阁秘书。

"阿罗，我要找你。"

"能等一下吗？"

"不行。"

他从椅子上站起来，简短地说道："先生们，失陪一会儿。"然后听从她的召唤大步走到门外。考迪利亚在他们身后把门关上了。

"华根上校,请你把刚才对我说的话告诉阿罗。"

华根看上去有点紧张,他将刚才的事重述了一次,没有半点保留。阿罗听着,肩上仿佛忽然增加了重压。

"谢谢你,上校。你向我汇报是对的,我会立即处理此事。"

"就这样吗?"华根疑虑地望着考迪利亚。

她朝他摊开手,"你听到他说的啦。"

华根耸了耸肩,敬礼退下。

"你不怀疑他的故事?"考迪利亚问。

"我这一周来都在听老伯爵——我父亲谈论他的想法,亲爱的。"

"你跟他争论了?"

"他在争论。我只是听。"

阿罗回到自己的病房,让库德尔卡和秘书在走廊等候。考迪利亚坐在床上,看着他往通讯器里输入号码。

"我是弗·科西根伯爵,我要与帝国军医院安全主管,还有西蒙·伊林中校一同通话。请帮我接通他们。"

片刻之后,所有人都连上了线。根据模糊的背景判断,帝国军医院的安全主管正在医院综合楼的办公室里,伊林则在帝国安全部的法医实验室里。

"先生们,"阿罗面无表情地说,"我要发布一道安全禁令。"

每个人都仔细倾听,准备在各自的控制台上做好记录。

"禁止皮奥特·弗·科西根上将进入六号楼、生化研究所与帝国军医院,直到另行通知为止。禁令将由我本人亲自解除。"

伊林迟疑着说:"阁下,根据皇室诏令,弗·科西根上将拥有绝对通行权。他在很多年前就有这项特权。我需要一份正式的皇室诏令撤销它。"

"我现在就给你,伊林,"弗·科西根的声音里流露出不耐烦,"根据我的命令——阿罗·弗·科西根,格雷格·弗·巴拉皇帝任命的摄政王。这样够正式了吗?"

看到弗·科西根紧皱的双眉,伊林轻轻地打了个呼哨,脸"刷"的一下变得苍白,"是的,阁下。完全明白,还有别的吩咐吗?"

"就这样吧。总之,禁止他进入那幢大楼。"

"阁下……"医院的安全主管说,"如果……弗·科西根上将拒绝服从禁令怎么办?"

考迪利亚毫不奇怪——在贝拉亚的历史中,一些可怜的警卫就是因为阻挡上将而死得不明不白的。

"如果你的保安人员制服不了一个老人,那么允许他们使用武力,包括震荡枪。"阿罗疲倦地说,"到此为止。谢谢诸位。"

那名帝国军官慎重地点点头,切断了通讯。

伊林逗留了一会儿,困惑地说:"那样不太好吧,以上将的年纪?震荡枪会损害心脏。而且,如果我们告诉他有些地方他不能进去,他一定会大发雷霆。其实,为什么——?"阿罗冷冷地盯着他,直到他心里发毛,"遵命,阁下。"伊林举手敬礼,然后断线退出。

阿罗坐回去,阴郁地望着投影消失后留下的空白。他抬眼看了看考迪利亚,嘴唇扭曲,脸上露出嘲讽和痛苦的表情。"他只是一个老头儿。"他最后说道。

"但是这个老头儿想杀掉你的儿子,饱受折磨的儿子。"

"我明白他的看法,也理解他的恐惧。"

"那你明白我吗?"

"是的,你们双方的心情我都理解。"

"当孩子出生时,如果他回到那儿——"

"他是我的过去,"弗·科西根迎向她的视线,"你是我的未来,我的余生只属于未来。我以弗·科西根的名义起誓。"

考迪利亚叹了口气,揉着酸楚的脖子,用手擦了擦刺痛的眼睛。

库德尔卡在门外探头进来,神色慌张,"阁下,首相的秘书想知道——"

"等一等,中尉。"弗·科西根挥手让他退下时,考迪利亚突然说道,"不如我们离开这地方吧。"

"夫人?"

"帝国作战部、帝国安全部,还有帝国这个、帝国那个,我都要得帝国幽闭恐惧症了。不如我们到弗·科西根·萨尔洛休息几天。你在那里能恢复得更好,而你忠心耿耿的下属,"她朝走廊里用力点了点头,"更难找到你。只是你我两个,没有别的人。"这有用吗?好像他们即将重归夏日的欢乐,但夏日却不复存在,只能沐浴秋天的雨丝……她可以感觉到心中的绝望,她努力寻找着失去的平衡、某个坚固的核心。

他扬起双眉,表示赞同,"这是一个好提议,亲爱的船长。我们和老伯爵一起去。"

"噢,非要和他——哦,我明白了。完全明白。"

第十章

考迪利亚醒得很慢,她伸了个懒腰,把那条华丽柔滑、用羽毛织成的围巾抓在手里。床的另一边是空的——她摸着凹下去的枕头——冰冷而空洞。阿罗一定早就悄悄离开了。她沉溺在充足睡眠后的满足感里,苏醒后不再像以前一样,无论思想和身体都感到极度疲倦。她搂着丈夫温暖的身体,睡了三个晚上的踏实觉。他们都为去掉了讨厌的氧气管而感到高兴。

他们的房间位于老式石头营房第二层的拐角处。今天早上房间很冷,而且非常安静。前面的窗子向着鲜绿的草地打开,下降的雾气笼罩了湖泊、村庄和远方岸边的山峦,潮湿的清晨使人感觉舒服、沉稳。她坐起来时,腹部新留下的粉红色伤疤一阵剧痛。

卓丝娜科维从门后探进头来,"夫人?"她轻声呼唤,然后看到考迪利亚坐起身,赤裸的双足在床边摇晃。考迪利亚来来回回地晃着脚,画着圈子。"噢,太好了,你醒过来了。"卓丝侧身挤进门里,手里托着又大又重的盘子。她今天穿得很悠闲,宽松、鲜艳的衬衣外面套着一件有刺绣图案的厚背心。她走过房间时,脚步声在宽阔的木制地板上响起,然后消失在手工织成的地毯里。

"我感到饿了,"当盘里的香味冲到她的鼻子时,考迪利亚惊奇地说,"我想这还是三个星期以来的头一次。"自从弗·科西根爵府发生那桩可怕的事故以来,有三个星期了。

卓丝微笑着,把盘子放在窗前的桌子上。考迪利亚穿上长袍和拖鞋,走过去取咖啡壶。卓丝走近几步,似乎做好了一旦她跌倒立即将她扶起来的准备,但考迪利亚今天没有任何虚弱的感觉,她坐下来,伸手取过热气腾腾的麦片和牛油。早餐还包括一罐热糖浆,这是贝拉亚人用煮沸的树液制成的。美妙的食物。

"你吃了吗,卓丝?来点咖啡怎么样?现在几点了?"

她的贴身侍卫摇了摇头,"我吃过了,夫人。现在快到十一点了。"

过去的几天里,卓丝娜科维在弗·科西根·萨尔洛一直没有露面。考迪利亚发现,自从离开帝国作战部以后,这还是她第一次见到这个姑娘。卓丝像以往一样专注、警觉,但带着一丝隐约的紧张。

"我今天感觉非常棒。我昨天与华根上校进行了视频通话,他认为在小皮奥特·迈尔斯身上看到了分子钙化的迹象——这非常令人兴奋,如果你知道华根是什么意思的话。他没有展示虚幻的希望,但是他说,不管这希望有多渺茫,你总是可以追求它。"

卓丝抬起眼,生硬地笑了笑,表情有些沮丧。她摇了摇头,"我对人造子宫一点也不了解。太神奇了。"

"进化更神奇。"考迪利亚回笑着说。

"夫人……你当初怎么知道自己怀孕的?是不是没来月经?"

"月经?不,不是。"她回忆着去年夏天,就在这个房间,就是这张没有整理的床。她和阿罗很快就可以在这里重温亲密的举止——尽管没有怀孕作为目标,他们的亲昵会减少几分刺激。"去年夏天,阿罗和我都想在这里度过余生。我的年龄处于适合自然受孕的最大年龄的边缘,在贝拉亚自然受孕是唯一的方法,而且,他希望能尽早开始。所以,在我们结婚几个星期后,我就去把植入体内的避孕环拿掉了。这使我有种负罪感。要是在家乡,我只能购买许可证才能把它拿出来。"

"真的?"卓丝一边听,一边惊奇地张大了嘴巴。

"是的,这是贝塔的法律要求。你需要有许可证才能做父母。我在十四岁时就植入了避孕环。我记得,那时我来过一次月经。我们一般都会抑止它,直到有需要。我植入了避孕环,失去了初夜,接着穿了耳孔,然后是成年仪式……"

"你不是在……十四岁就开始发生关系吧?"卓丝娜科维的声音细如蚊鸣。

"我是可以,嗯,但还是等了两年。我后来才找到真正爱的人。"考迪利亚不好意思承认这个"后来"有多长时间。那个时候,她完全没有社交经验……而且你现在也没多大改变,她在心里承认道。

"我没想到怀孕会这么快,"考迪利亚继续说,"我以为需要几个月的亲密接触,但是我们第一次就达到了目的。所以我在贝拉亚没有来过月经。"

"第一次,"卓丝接口说,她的嘴角现出一丝内省的沮丧,"你怎么知道有没有……怀孕?呕吐?"

"疲惫,然后才到呕吐。但其实是那些小蓝点……"看到那姑娘扭曲的面孔,她转口问道,"卓丝,你问这些东西是出于学术研究目的,还是你对答案有某种私人的兴趣?"

她的脸几乎皱成一团,"私人兴趣?"她呛了一下。

"噢,"考迪利亚坐回来,"你想……谈一谈吗?"

"不……我不知道……"

"我假定你的回答是同意,"考迪利亚叹息着说,"你知道我总是乐意尽力帮你。"

"在你受到神经毒气袭击的那天晚上,"她吸了吸鼻子,"我睡不着,于是到餐厅的厨房里找东西吃。上楼回去时,我看到图书馆里有一丝灯光。库德尔卡中尉在里面。他也睡不着。"

库德尔卡,嗯?噢,好,很好。总之这样就好。考迪利亚微笑着,眼光里露出真诚的鼓励,"然后呢?"

"我们……我……他……吻了我。"

"我相信你也吻了他。"

"听起来你似乎很赞成。"

"当然。你们是我最喜欢的两个人,你和库德尔卡。只要你把头抬起来……继续说,应该还有下文吧。"除非卓丝比考迪利亚所想的更无知。

"我们……我们……我们……"

"发生了关系?"考迪利亚满怀希望地替她说出来。

"是的,夫人。"卓丝脸色通红,咽下一口唾沫,"在头几分钟,库德尔卡好像很开心……我也替他开心,而且很兴奋,我顾不上那有多痛。"

贝拉亚野蛮的风俗会令处女在初尝人事时产生极大的痛苦。不过,鉴于其后所要面对的更大痛楚,或许这只是一个直接的警告。但是,库德尔卡——根据她的观察——倒不像坠入爱河的人那般幸福快乐。他们两个人究竟怎么了?"继续说。"

"我看到后花园里有一丝动静,就在图书馆门外。然后楼上传来一声巨响——噢,夫人!我对不起你!如果我在保护你,而不是在下面……"

"停下,姑娘!你已经下班了。如果不是在干那事,你早就上床睡觉了。神经毒气的事不是你的错,也不怪库德尔卡。实际上,如果你还在睡觉,或者穿得很少,那名未得逞的刺客可能已经逃掉了。"我们就无须进行另一次的公开处决,或是别的什么,总之这是天意。考迪利亚倒是有些希望他们那时神魂颠倒,没有从该死的窗子向外张望。

"但要是——"

"要是这几星期以来,这里的雾气能更浓一些就好了。算了,我们还是言归正传吧。"考迪利亚最终理清了头绪。卓丝是一个贝拉亚人,因此她没有植入避孕环;而且听上去那个呆子库德尔卡也没有使用避孕工具,所以这三个星期来,卓丝一直怀疑……"你想试一试我的小蓝点吗?我还剩下不少。"

"蓝点?"

"是的,我正要告诉你。我有一包小诊断条。那是去年夏天我在萨塔那·弗·巴的进口商店买的。你把尿液涂在上面,如果圆点变成蓝色,那就表明你怀孕了。我去年夏天只用了三片。"考迪利亚拉开梳妆台的抽屉,在里面翻找,因为已经放了很久了。"给你,"她将一片诊断条递给卓丝,"去解脱自己的负担。"

"它们会很快起作用吗?"

"受孕五天后就能检验出来,"考迪利亚握住她的手,"我保证。"

卓丝忧郁地望着这张小小的纸片,然后走出睡房,消失在考迪利亚和阿罗的洗手间里。几分钟后,她走出来,脸色阴沉,双肩下垂。

这代表什么？考迪利亚恼怒地想道。"怎么样？"

"还是白色的。"

"那么你没有怀孕。"

"我想也没有。"

"我不知道该祝贺你还是替你难过。相信我，如果你想要小孩，最好多等几年，直到有更先进的医疗技术被引进到这里来。"不过，自然受孕的确是一件美妙的事情。

"我不想要……我想要……我不知道……那晚之后库德尔卡就没有跟我说过话。我不想怀孕，这会毁了我，但我想或许他会，会……感到兴奋与开心，就像他对性爱的感觉那样。或许他会再来一次。噢，原来的一切是多么美好，但现在全完了！"她的手握在一起，脸色苍白，牙关紧闭。

哭吧，姑娘，让我松一口气。但是卓丝娜科维很快就恢复了自制力，"对不起，夫人。我不该让这些愚蠢的事烦着你。"

愚蠢，是的，但不是单方面的愚蠢。这种事有多糟糕应该交给一个委员会来判断。"库德尔卡没事吧？我想他只是因为神经毒气的事情而内疚，就像这座房子里的每个人一样。"只有阿罗和我受到了伤害。

"我不知道，夫人。"

"你有没有做过极端的事，例如去问他？"

"他看我走来的时候就躲开了。"

考迪利亚叹了口气，把注意力转向今天的着装上面。真正的服装，不是医院的长袍。在阿罗的衣柜里面挂着她的棕色长裤，这是以前的探测队制服。她小心翼翼地试着穿上身。结果就算系上了皮带，也依然显得松松垮垮的，生病使她消瘦了许多。

她赌气地让它留在身上,然后选了一件长袖花边上衣来搭配它。非常舒适。她对着镜子里苗条的体形露出微笑,只是略显苍白。

"哈,亲爱的船长,"阿罗从卧室的门后探头进来,"你起床了。"他看了一眼卓丝娜科维,"你们都在这里。很好。我想我需要你帮忙,考迪利亚。实际上,非你不可。"阿罗的眼睛里显出极其古怪的神情。惊讶、困惑,还是担忧?他走进卧室。在弗·科西根·萨尔洛,他不当班时总是穿着那套标准装束:破旧的制服裤子、大众化的衬衣。他身后跟着神色紧张、可怜巴巴的库德尔卡。库德尔卡穿着紧身黑色制服,鲜红的中尉标志别在衣领上。他手里握着剑杖。卓丝走回墙边,交叉起双臂。

"库德尔卡中尉——他告诉我——希望做一次忏悔。他同时,我想,希望得到宽恕。"阿罗说。

"我不应该被宽恕,长官,"库德尔卡喃喃地说,"但是我过不了自己这关。我一定要说出来。"他的视线落在地面上,避开所有人的眼睛。卓丝娜科维屏气盯着他。阿罗悠闲地坐在床边,靠着考迪利亚。

"把你的帽子扶稳,"阿罗对考迪利亚咕哝道,"我刚才吓了一大跳。"

"我想我比你还早知道。"

"不可能。"他提高声音,"说吧,中尉。拖延时间不会令它更容易说出口。"

"卓丝——卓丝娜科维小姐——我向你道歉,并且请求你的原谅。不,那听起来太微不足道,相信我,我并不是这意思。我欠你的不仅仅是道歉,我请求你恕罪。不管你要什么。但是我……我很遗憾,为我对你的强暴。"

卓丝娜科维的嘴张开了足足三秒钟,然后才用力闭起来,考迪利亚几乎能听到牙齿撞击的声音。"什么?!"

库德尔卡缩着身子,不敢抬头,"对不起……对不起。"他喃喃地说。

"你以为你是什么?!"卓丝娜科维喘着气,感到又惊又怒,"你以为你可以——噢!"她僵直地站立着,双手紧握,呼吸急促,"库德尔卡,你是个混蛋!蠢材!变态!你-你-你……"她发出一连串的怒骂。全身都在颤抖。考迪利亚目瞪口呆。阿罗若有所思地擦了擦嘴唇。

卓丝娜科维大步朝库德尔卡走去,一脚从他手里把剑杖踢掉。他几乎倒在地上,惊叫道:"啊?"然后用手去抓,但没有抓到,剑杖"当啷"一声掉落在地。

卓丝把他推到墙边,用手扣住他的喉咙,使他动弹不得,手指几乎掐进他太阳穴的血管。他的呼吸停顿了。

"你这个笨蛋。你以为没有我的同意,你能动我一根小指头吗?噢!真是,真是,真——"她的怒骂变成一声愤怒的尖叫,就在他的耳边。他的身上一阵痉挛。

"请别弄伤我的秘书,卓丝,治疗费可是很贵的。"阿罗平静地说。

"噢!"她急转过身,松开了库德尔卡。他摇晃着身体,跪倒在地。卓丝的双手掩在脸上,咬着手指。她踢开门冲到外面,把门狠狠地从身后关上。她到这时才哭出来,走廊里传来远去的抽泣声。另一扇门也被甩上了,然后是一片寂静。

"对不起,库德尔卡,"阿罗打破长久的沉默说,"看起来,似乎你的自责在法庭上站不住脚。"

"我不明白。"库德尔卡摇了摇头,朝他的剑杖爬过去,双腿颤得很厉害。

"如果我没有弄错的话,你们说的是在神经毒气事件那天晚上,你们之间发生的事情?"考迪利亚问。

"是的,夫人。我当时坐在图书馆里。由于睡不着,所以我想去整理一下数据。然后她走进来。我们坐下来,聊了一会儿天……突然,我发现自己……嗯……自从被神经爆破枪击中后,我还是第一次恢复了生理功能。我本以为要到明年,或者永远不行了——我感到惊慌,一时失去了理智。我……把她……就在那里。没有询问,也没有说一个字。接着楼上就传来响声,我们都冲到外面的后花园里,后来……第二天,她没有指控我。我一直在等待。"

"但是如果他没有强暴她,她刚才为什么如此愤怒?"阿罗问考迪利亚。

"她一直在气恼,"库德尔卡说,"我从她的眼神能看出,这三个星期以来……"

"那是害怕的眼光,库德尔卡。"考迪利亚纠正他说。

"是的,那正是我所想。"

"因为她担心自己怀孕了,不是因为她害怕你。"考迪利亚解释说。

"噢。"库德尔卡的声音变得很细。

"在事情发生时,她没有生气,"库德尔卡又轻轻地发出一声"噢"。"但是她现在真的生气了,我不怪她。"

"但如果她没有认为我——那是什么原因?"

"你不知道?"她朝阿罗皱起眉头,"你也不知道?"

"嗯……"

"那是因为你刚才侮辱了她,库德尔卡。不是那时,是刚才,在这个房间里。也不是因为你轻视了她的战斗能力。在她看来,你刚才说的话证明那天晚上你只顾着自己,完全忽略了她。这很严重,非常严重。你欠她最深的歉意。她把自己奉献给你,而你对她所做的事毫不领情,甚至一无所知。"

他的头突然抬起来,"奉献给我?就像施舍?"

"是上天的恩赐,"阿罗咕哝着说。

"我不是一个——"库德尔卡的头朝门口转过去,"你是说我应该跑着去追她?"

"是爬着去,实际上,如果我是你的话。"阿罗建议说,"而且要爬得很快。爬到她的门口,躺在地上,让她踏在你身上,直到消气为止,然后更诚恳地道歉。这样或许还能挽救。"阿罗的眼里现在透出开心的神色。

"你对此怎么看?无条件投降?"库德尔卡愤慨地说。

"不,我觉得这是胜利。"他的声音变得更冷酷,"我见过男人与女人之间的战争,到最后一切豪言壮语都化为焦土,一切自尊都烟消云散。你不希望走这条路吧?我可以保证。"

"你在——夫人!你在笑我!停!"

"那么你就别再做荒唐的事,"考迪利亚高声说,"清醒一点吧。花上六十秒想想自己之外的其他人。"

"夫人,阁下。"他咬着牙,带着冷酷的自尊,然后鞠躬退出,轻轻把门掩上。但是他在走廊里转错了弯,刚好与卓丝离开的方向相反,楼梯口里传来"哐当哐当"的声响。

当库德尔卡的脚步声消失后,阿罗无助地摇了摇头,嘴里不知骂着什么。

考迪利亚在他臂上轻轻捶了一下,"得了吧!这对他们来说一点儿也不好笑。"他们的视线触到一起。她吃吃地笑着,然后屏住呼吸。"我的天啊,我想他希望做一个强奸犯。好古怪的野心。他是不是和伯沙瑞待得太久了?"

这个小笑话让他们都平静下来。阿罗看上去忧心忡忡,"我想……库德尔卡是在自我怀疑。但他的忏悔是真诚的。"

"真诚,但有点自以为是。我想我们太放任他的自我怀疑了。或许是该让他清醒的时候了。"

阿罗的肩膀疲惫地塌下来,"不管怎么说,他是欠了她。但我能命令他做什么?如果他不是真心的,这没有好处。"

考迪利亚哼了一声,表示同意。

直到吃午餐的时候,考迪利亚才发现他们的小世界里少了一些东西。

"老伯爵到哪里去了?"当他们发现皮奥特的管家只摆了两份餐具时,她向阿罗问道。从这间餐室可以俯瞰湖泊。这天没有升温,早晨的雾气只在空中凝结成灰色的云团,轻风带来了寒意。考迪利亚在她的花边衬衣外套上了阿罗的黑色制服夹克。

"我想他到马厩里去了,准备对他的马进行骑术训练。"阿罗说,同样对空出的桌面感到不安,"他是这样对我说的。"

管家把汤端上来,主动接嘴道:"不,阁下。他早些时候乘地面车外出了,还带了两名手下。"

"噢,对不起,我要走了。"阿罗朝考迪利亚点点头,然后站起身,出了餐室走向后厅。房子后面的一间储藏室已经改造成保密通讯中心,里面安装了保密通讯控制台,整天都有警卫守在门外。阿罗的脚步声从那个方向传来。

考迪利亚喝了一口汤——它看上去就像是液体石墨——然后把勺子放在一边,等待着。在安静的房子里,她只能听到阿罗的声音,以及信号微弱的电子频道里发出的奇怪口音,但声音太小,她听不清楚。等了一小会儿,实际上汤还冒着热气,阿罗回来了,脸色阴沉。

"他到作战部去了吗?"考迪利亚问。

"是的,他去了一趟,但又走了。没发生什么事。"他摆了摆沉重的下颚。

"就是说,孩子没有事?"

"是的。他遭到了拒绝,争论了一会儿之后就离开了。没有发生不愉快的事。"他闷闷不乐地喝着汤。

几个小时后,老伯爵回到领地。考迪利亚听到地面车的声音从车道传来。车子拐过房子的北角,停下来,舱盖打开又合上,继续朝山顶马厩旁的车库驶去。她与阿罗所在的房间有一面很大的窗户。阿罗正用手持阅读器浏览政府报告。听到车子停下、舱盖合上的声音后,他停下来和她一起等待。很快就从外面传来坚定的脚步声,然后是走上前面台阶的声音。阿罗绷着脸,流露出郁闷的期待神情,目光犀厉。考迪利亚缩回到座位里,做好准备。

皮奥特伯爵转进他们的房间,然后站立着,一动不动。他身上穿着正式的旧制服,上面别着将军的徽章。"你们在这里。"跟在后面的家臣不安地扫了阿罗和考迪利亚一眼,然后自觉地退出门外——皮奥特伯爵甚至没有留意到他的离开。

皮奥特首先盯着阿罗,"你,你竟敢公开羞辱我。你给我设下了陷阱。"

"恐怕是你羞辱了自己,阁下。如果你不走那条道,就看不到陷阱。"

皮奥特紧绷的下颚晃了晃,脸上的线条显得更深。愤怒中,伴随着窘迫。他在怀疑自己。考迪利亚意识到。还有一线希望。我们不能错过,这是摆脱困境的唯一方法。

愤怒占了上风,"我并不是非做不可!"皮奥特咆哮着说,"保证基因的纯洁是女人的工作。"

"以前是女人的工作,在大隔离时期,"阿罗用同样的语调说,"那时对待有缺陷的婴儿的唯一手段就是虐杀。现在时代不同了。"

"如果你控制不了她,那么你让我们全部人都很失望。"皮奥特说,"要是你连自己的家都管不了,又怎么管理一个行星?"

阿罗的一边嘴角微微抽动着,"实际上,她是很难控制的。她从我身边逃离了两次。这次自愿回来倒是让我吓了一跳。"

"你醒一醒,想想自己的职责吧!如果不把我当父亲,至少当我是一位伯爵。你曾发誓要服从我。难道你宁愿把这个外乡女人摆在我前面吗?"

"是的,"阿罗直直地望着他的眼睛,低声说,"那是正确的次序。"皮奥特瑟缩了一下。阿罗冷淡地补充说:"试图把话题从虐杀婴儿转移到服从命令也帮不了你,阁下。你自己教过我如何忽略华而不实的花言巧语。"

"要是在以前,你会因傲慢而被砍头。"

"是的,现在的情况有点罕见。作为伯爵的后嗣,我的手被你束缚着;但作为你的摄政王,你的手却被我束缚着。我们势均力敌。要是在以前,我们可以来一场小小的决斗,打破这个僵局。"他笑了一下,至少是露出了牙齿。考迪利亚的脑筋不停地转动着:无坚不摧的力量遇上了巍峨不动的目标,双方暂时各得五分。

通向过道的门旋转着打开了,库德尔卡中尉紧张地探头进来道:"长官?对不起打断你们。我的通讯控制台出了问题。它又死机了。"

"什么问题,中尉?"弗·科西根问,努力转移自己的注意力,"受干扰了?"

"它就是不运作了。"

"几个小时前还是好的。检查一下电源。"

"已经查过了,长官。"

"叫技术人员来。"

"不行,只有通讯控制台才能呼叫。"

"噢,是呀。那么你去找警卫长将它打开,看看里面有没有明显的故障。如果没有,就用非保密频道呼叫技术工程师。"

"是,长官。"库德尔卡退出去时,警觉地看了一眼三个神情紧张的人,他们仍然僵硬地待在原来的位置上,等待着他的退出。

老伯爵不愿平息战火,"我发誓,我绝不会承认作战部那个装在罐子里的东西是我的孙子。他也不能得到我的继承权。"

"你的威胁没有效,阁下。你只能剥夺我的继承权,而且需要一份皇室诏令,而你只能谦卑地向……嗯,我,提出请求。"他的微笑里藏着刀子,"当然,我会批准的。"

皮奥特下颚的肌肉跳了起来。现在不是无坚不摧的力量和巍峨不动的目标,而是无坚不摧的力量与流动的大海。皮奥特的攻击不断被化解,无助地错失目标。精神的柔道。现在,皮奥特失去了平衡,向敌人的中心蛮横地出手,"想一想贝拉亚。想一想你开的先例。"

"噢,"阿罗有气无力地说,"我已经做了。"他顿了顿,接着说,"我们从来不落后于人,你和我。如果弗·科西根家族的人都这样做了,那别的贝拉亚人也会很容易地跟随模仿。这只是一种……生育技术上的改变。"

"对于银河系或许很容易,但我们的社会承受不起。我们几乎不能养活自己,我们不能再背负成千上万的废物!"

"成千上万?"阿罗抬起一边眉毛,"现在你从一推论到无穷大了。站不住脚的论据,阁下,不值得你费神。"

"当然,"考迪利亚平静地说,"一个人能背负多少,必须由他自己来决定。"

皮奥特向她转过身,"是吗?那么谁将为此付出代价,嗯?是皇室。华根的实验室属于军队研究,所有的贝拉亚人都为保住你的怪物付出了代价。"

考迪利亚犹豫不决地回答说:"或许这项投资比你所想的更有价值。"

皮奥特哼了一声,执拗地低下头,弓起皮包骨的双肩。他的视线越过考迪利亚,落在阿罗身上,"看来你是坚决不让步了。我无法说服你,也不能命令你……很好。你很想改变,是吗?我就让你改变。我不想让那东西继承我的名字。否则的话,我与你断绝关系。"

阿罗紧紧地抿着嘴唇,鼻孔里喷着气息,但他没有移动身体。阅读器发着光,遗忘在他僵硬的手里。他平静地控制着双手,不让它们握在一起,"非常好,阁下。"

"那就叫他迈尔斯·内史密斯·弗·科西根,"考迪利亚说,假装腹部的痛楚已经消失,"我的父亲不会舍不得他的名字。"

"你父亲已经死了。"皮奥特突然说。

他在十多年前死于一次飞船失事……她有时幻想,当她闭上眼时,仍然可以感觉到他的死亡在她的视网膜上留下的印记。"他没有死——只要我还活着,只要我还有记忆。"

皮奥特看上去仿佛被她击中了要害:贝拉亚祭奠死者的仪式

类似于祖先崇拜,似乎记忆能让灵魂不灭。他知道自己说得有些过火,但已经无法收回,"你,你是执迷不悟了!好,很好。"他又开腿站在地板上,双腿绷直,死死地盯着阿罗,"我要你离开我的房子。两座房子,包括弗·科西根爵府。带上你的女人,还有你自己。今天之内!"

阿罗的眼睛只眨了一下,看了看他童年的家园。他小心地把阅读器放到一边,然后站直身体,"非常好,阁下。"

皮奥特的愤怒里带着痛苦,"你要为这抛弃你的家?!"

"我的家不是一所房子。'这'是一个人,阁下。"阿罗面色严峻地说,然后勉强补充道,"家人。"

家人指的是皮奥特,还有考迪利亚。她在座位上弯着腰,腹部因紧张而疼痛起来。这老头子难道是一块岩石?阿罗此时谦恭的姿态几乎令她心跳停止,但这也打动不了他吗?

"你还要把租金和税收还给我的领地。"皮奥特斩钉截铁地说。

"随你的便,阁下。"阿罗朝门口走去。

皮奥特的声音突然变小,"你要住在哪里?"

"出于安全考虑,伊林一直催促我搬进皇宫。伊冯·弗·哈拉斯的事件说服了我,看来伊林是对的。"

当阿罗站起身时,考迪利亚也站了起来。她走向窗子,眺望着灰、绿、褐色相间的忧郁风景。湖里漂着白沫。贝拉亚的冬天一定很冷……

"所以,你终究要搬到皇宫里去了,是吗?"皮奥特嘲笑道,"这算什么,狂妄自大?"

阿罗的脸因愤怒而扭曲,"恰恰相反,阁下。如果我没有了收入,而我的上将军职只能拿一半薪水,我又怎能拒绝一间免费的宿舍?"

云层里一个移动的物体吸引了考迪利亚的注意。她不安地眯起眼,同时自言自语道:"那架小型飞行器怎么了?"

那个小点慢慢变大,奇怪地跳跃着,尾部还冒出了烟。它跌跌撞撞地越过湖泊,径直朝他们冲来。"天啊,不知它上面是不是装满了炸弹?"

"什么?"阿罗和皮奥特同时问道,然后快步向窗子走来,阿罗站在她的右手边,皮奥特在左边。

"它上面有帝国军队的标记。"阿罗说。

皮奥特眯起一双老眼,"唔?"

考迪利亚内心挣扎着,打算冲到大厅里,从后门跑出去。车道的对面有一条沟,如果他们躲在里面,或许……但那架轻便飞行器慢了下来,它摇晃着降落在房前草地的停机坪上。几名弗·科西根家臣和穿着黑绿色制服的帝国军官小心翼翼地围住了它。现在飞行器的损伤可以看得很清楚,一个被等离子武器熔化的洞往外冒着黑油,控制面板扭成一团——它能飞起来真是个奇迹。

"是谁——?"阿罗说。

当驾驶员从受损的座舱里望出来时,眼光锐利的皮奥特叫了起来:"天啊,是纳格力!"

"但和他在一起的那个是谁——我们走!"阿罗甩了甩肩膀,跑向门口。清醒过来的他们冲到前厅,然后出了大门,跑下绿色的坡道。

警卫不得不撬开扭曲的座舱。纳格力倒在他们的臂弯里。他们把他放在草坪上。他身体左侧和大腿处有一米长的烧伤,绿色的制服被熔化了,露出流血的白色肌肉。他浑身止不住地颤抖着。

系在乘客位里的人是小皇帝格雷格。这个五岁大的小男孩害怕地哭起来,声音不大,只是带着压抑的呜咽。考迪利亚觉得,这么小的年龄就有如此强的自控能力并非一件好事。他应该尖叫才是——她自己就想这样。他身上穿着普通的玩耍服:一件柔软的衬衣,一条深蓝色的裤子,脚上不见了一只鞋。一名警卫解开座位安全带,将他拉出了飞行器。他在警卫面前缩着身子,惊恐地盯着纳格力,脸上露出困惑的表情。你以为大人们都是不可毁灭的吗,孩子?考迪利亚心酸地想道。

库德尔卡和卓丝从各自的房间里现身,跟着其余的警卫一起跑了出来。格雷格看到卓丝娜科维,箭一般朝她冲去,小手紧紧地抓住她的衬衣。"卓丝,救救我!"他终于开始号啕大哭。卓丝用手臂搂着他,将他抱了起来。

阿罗蹲在受伤的帝国安全部首领旁边,"纳格力,发生了什么事?"

纳格力伸出手,用还能动的右手抓住他的夹克,"他想发起一场政变——在首府。他的士兵占领了帝国安全部,夺取了通讯中心——你为什么没有反应?司令部投降了,皇宫里正在进行激烈的战斗。我们本来打算逮捕他——他慌了,于是先下手为强。我想他俘虏了凯琳——"

皮奥特问道:"谁俘虏了凯琳,纳格力,谁?"

"弗·达瑞安。"

阿罗脸色严峻地点点头,"是他……"

"你——保护好皇上,"纳格力喘着气说,"他差点就抢先一步……"他的颤抖变成了抽搐,眼珠翻白,强烈的咳嗽抑制了他的呼吸,棕色的眼睛突然重新放出光芒,"告诉埃扎——"身体再次抽搐,然后突然静止。他停止了呼吸。

第十一章

"长官,"库德尔卡焦急地对弗·科西根说,"保密通讯控制台遭到了破坏。"旁边的帝国安全部警卫长点头证实。"我正赶来告诉你……"库德尔卡惊恐地望着外面草坪上纳格力的尸体。两名帝国安全部特工蹲在旁边忙乱地实施着抢救:心脏按摩,给氧,注射强心剂。然而在他们的抢救下,纳格力的身体仍然没有半点生气,他的脸如蜡一般苍白。考迪利亚见过死人,她能认出死亡的征兆。没有用的,伙计们,你们救不了他。这一次不行。他去给埃扎皇帝本人报告最后的信息了。纳格力的最后报告……

"哪种时间帧上的破坏?"弗·科西根询问道,"是延迟还是即时?"

"看起来像即时的,"警卫长报告说,"没有发现爆炸计时器的迹象。有人将后盖打开,将它砸得粉碎。"

视线全部集中在负责看守保密通讯室的帝国安全部特工身上。那名下士站立着,像绝大部分人一样身穿黑色制服,两名警卫把他夹在中间,解除了他的武装。当前面的草坪发生骚乱时,他们跟随上级指挥官到了外面。那名下士的脸如同纳格力一般灰白,但多了几分恐惧的神色。

"唔,是他?"弗·科西根对警卫长说。

"他否认了指控,"指挥官耸肩答道,"这很自然。"

弗·科西根盯着那名被捕者,"有谁跟在我后面进来?"

警卫长向周围环视一圈,突然指着卓丝娜科维说:"是她。"卓丝仍然搂着哭泣的格雷格。

"不是我干的!"卓丝愤怒地说,紧握拳头。

弗·科西根咬紧牙关,"好吧,我不需要吐真药来判断你们两个谁在说谎,现在没有时间。警卫长,逮捕他们两个,我们稍后再分辨。"弗·科西根的眼睛焦虑地扫视着北方的地平线,"你,"他指着另一名安全部军官说,"集合一切能找到的交通工具,我们立即撤离。还有你,"他指向皮奥特的另一个家臣,"去给镇里的人发出警报。库德尔卡,收拾文件,带上等离子电弧枪,销毁保密通讯控制台后与我会合。"

库德尔卡扭过头,从肩后向卓丝娜科维痛苦地望了一眼,拖着沉重的步子朝屋里走去。卓丝僵硬地站立着,心里又怒又惊,头脑一片晕眩,冰冷的风吹拂着她的衣襟。她向弗·科西根望去,几乎没留意库德尔卡的离开。

"你准备先到哈松达尔?"皮奥特对他的儿子说,语气出奇地温和。

"对。"

哈松达尔是弗·科西根·萨尔洛的首府,皇帝的军队就在那里驻扎。但是,他们是否仍然忠诚?

"你别指望能守住它。"皮奥特说。

"当然不会。哈松达尔,"弗·科西根脸上闪出狼一般的狞笑,"将是我送给弗·达瑞安准将的第一份厚礼。"

皮奥特点了一下头,仿佛表示满意。考迪利亚觉得头昏脑涨。尽管纳格力的死造成了惊吓,但无论皮奥特还是阿罗都不见一丝慌乱。没有多余的行动,没有无用的废话。

"父亲,"阿罗低声对皮奥特说,"你带上皇帝,"皮奥特点了点头,"然后与我们在——不。别告诉我地点。你到达后再与我们联络。"

"好。"

"把考迪利亚也带上。"

皮奥特张开嘴,只说了一句:"哦。"

"还有伯沙瑞中士,由他保护考迪利亚。卓丝娜科维暂时解除职务。"

"那么我必须带上埃斯特哈兹。"皮奥特说。

"好吧,你其余的下属跟着我。"阿罗说。

"行。"皮奥特把埃斯特哈兹侍卫拉到一边,压低嗓门说了几句,埃斯特哈兹拼命向山坡上跑去。随着一连串命令的下达,人群向不同方向散开。皮奥特召唤另一名家臣,命令他驾驶地面车向西驶去。

"要走多远,阁下?"

"你自己决定吧。之后尽量逃脱,然后与摄政王会合,明白吗?"

那名家臣点点头,像埃斯特哈兹一样飞奔而去。

"中士,你要服从考迪利亚的指挥,她的指示就是我的命令。"阿罗对伯沙瑞说。

"遵命,阁下。"

"我需要那架轻便飞行器。"皮奥特朝纳格力坠毁的飞行器点了点头,那东西已经不再冒烟,但考迪利亚觉得它飞不起来了。我们根本没有近身搏斗的准备,只能够尽量躲避他们。她心中感到忐忑不安。"还有纳格力。"皮奥特继续说。

"他必定感激不尽。"阿罗说。

"当然啦。"皮奥特略微点了点头,然后转身对医护兵说,"出发吧,孩子们,别费劲儿了。"接着命令士兵将尸体装上轻便飞行器。

最后,阿罗第一次朝考迪利亚转过身,"亲爱的船长……"他的表情与刚才看见纳格力时的一模一样。

"阿罗,你觉得我应付不来吗?"

"如果你不是病得这么重,我原本不担心。"他抿起嘴唇,"我们发现弗·达瑞安策谋叛乱,帝国司令部和其他地方已经落到他的手里。伊林的调查报告很准确——我想,掌控最高机密的人必定有那样的直觉——但是,指控如弗·达瑞安这样能量巨大、关系复杂的人,我们需要最确切的证据。伯爵理事会作为一个整体,绝不会容忍皇帝陛下干涉它的成员,我们不能把未经证实的阴谋呈给理事会。但纳格力昨晚告诉我,他已经把证据搞到手,足以证实叛乱的图谋。他需要从我这里得到逮捕领地伯爵的皇帝诏令。我本来想今晚就到萨塔那·弗·巴监督逮捕行动——显然,弗·达瑞安得到了警告,他计划发动叛乱的时间本不在这个月,他宁愿等我被刺杀后才动手。"

"但是——"

"快去吧,"他把她推向轻便飞行器,"弗·达瑞安的军队很快就会到达这里。你必须离开。不管他手里握着什么牌,只要格雷格自由,他的阴谋就无法得逞。"

"阿罗——"她像傻瓜似的发出尖叫,咽下一大口唾液,心里的千百个疑问、千百个抗议只化作一句,"保重。"

"你也一样。"他的眼睛里流露出最后一丝温暖的光芒,脸色变得冷峻起来,思想已经沉浸在对战术的筹划里了。没有时间了。

阿罗向卓丝走去,从她手里接过格雷格,然后在她耳边说了几句。卓丝勉强将男孩交给了他。他们依次爬上飞行器,伯沙瑞坐在驾驶舱里,考迪利亚待在后面,身旁放着纳格力的尸体,格雷格团坐在她两腿之间。小男孩没有发出半点声音,但身体不停地颤抖,双眼圆睁,惊恐的目光望向她的眼睛。考迪利亚将他抱入怀中。格雷格没有贴在她身上,只是用手臂抱着自己。纳格力懒洋洋地"倚靠"在座位上,现在,他已经不惧怕任何事物,她几乎对他产生了妒忌。

"你知道你母亲发生了什么事吗?"考迪利亚朝格雷格轻声问道。

"一群士兵把她抓走了。"他的声音显得单薄、无力。超载的轻便飞行器挣扎着升上天空,伯沙瑞拉起机头,飞行器在离地几米高的地方晃动着,发出如泣如诉的悲鸣。在内心深处,考迪利亚也发出同样的声音。她扭过身,透过倾斜的座舱盖向后望了一眼阿罗——最后一眼?阿罗已经转过身,加速向车道跑去,他的部下正在集结各式各样的车辆,既有私人的,也有政府的。我们为什么不坐车走?

"等你爬过第二个坡——如果能做到的话——就向右转,中士,"皮奥特命令伯沙瑞,"然后沿着小河飞行。"

飞行器飞行在河道之上,离泛着白沫的河水与嶙峋的岩石还不到一米远,树枝敲打着座舱盖。

"在那片小空地上着陆,然后切断动力,"皮奥特命令道,"所有人都关闭掉身上全部的能源装置。"他解下身上的通讯器。考迪利亚跟着照办。

伯沙瑞小心地将飞行器降落在河边，停放在几株地球进口、已经掉了大半叶子的树下，然后开口问道："包括武器吗，阁下？"

"特别是武器，中士。震荡枪的充电器在扫描器里就像火把一样刺眼，而等离子电弧枪的电池则如同血红的篝火。"

伯沙瑞从身上摸出这两样东西，以及其他的能源装置：手持牵引器、通讯器，还有一些小型的医疗诊断仪。"我的匕首也要扔掉吗，阁下？"

"是电振匕首吗？"

"不，纯钢的。"

"那就留着。"皮奥特挤进轻便飞行器的驾驶舱，开始重新设定自动驾驶仪，"所有人都下去，中士，将座舱盖卡到半开状态。"

伯沙瑞将一块小鹅卵石用力塞进座舱盖的凹槽里，然后突然转过身，面对树丛里传出的声响。

"是我。"埃斯特哈兹气喘吁吁地说。他大约四十岁，仍保持着良好的体形，在皮奥特头发斑白的老部下中算是一名年轻人。他刚才一直在奔跑，所以显得有些疲惫，"我把它们带来了，阁下。"

他所说的"它们"指的是皮奥特的四匹马，它们都被上了"马嚼子"。在考迪利亚看来，对于如此庞大的运输工具，这倒算是一块小小的控制面板。这些庞大的动物抖着身体，在地上顿足，"叮当叮当"地晃动着头部。它们张开红色的鼻孔，看起来就像躲在丛林里的巨怪。

皮奥特完成了自动驾驶仪的设置。"伯沙瑞，过来。"他叫道。然后，他们俩一起把纳格力的尸体搬上驾驶座，系上安全带。伯沙瑞启动了轻便飞行器，然后跳出舱外。飞行器斜斜地升上半空,几乎撞上一棵树,然后慢慢升到山脊上方。皮奥特望着离开的飞行器,嘴里喃喃自语:"替我向他致敬,纳格力。"

"你把他送到哪里?"考迪利亚问。忠烈祠?

"湖底。"皮奥特说,露出满意的神色,"那会迷惑他们。"

"有人能追踪它的轨迹,然后将它捞起来吗?"

"最终肯定会。不过它即将沉入二百米深的地方,那将消耗他们不少的时间。而且,他们不知道它是何时坠毁的,也不清楚上面是否少了几具尸体。他们将不得不搜索整个湖底,以确定格雷格没有沉在那儿。想要做出百分之百肯定的结论总是很难的。上马吧,骑兵们,我们要起程了。"他径直朝他的坐骑走去。

考迪利亚犹豫地跟在后面。马匹。应该将它们视作奴隶还是共生体?埃斯特哈兹指给她的那头站在前面的动物,足足有五英尺高。他把缰绳交到她手里,转身就走开了。马鞍跟她的下巴一般高,她怎么能爬上去?在这个距离上,它看着比平常在牧场兜圈子时要大许多。马脖子上覆盖着鬃毛的皮肤突然抖动了一下。噢,天啊,他们给了我一匹有缺陷的马。它抽搐着,发出低声的嘶鸣。

伯沙瑞已经爬上他的坐骑,不知他是怎么办到的。但至少,他不会被这头动物的体形所压倒——以他的高度,这头高大的动物反而像一只小兽。伯沙瑞是城里人,没当过骑兵,尽管在皮奥特的军队里接受了几个月马术训练,但仍然显得笨手笨脚。不过,姿势虽然难看,总算能勉强控制住。

"你做前锋,中士,"皮奥特对他说,"能跑多远算多远,不要停顿。你先沿着路到达'大平石'——你知道那地方——然后等我们。"

伯沙瑞猛一牵马头,在马腹上踢了一脚。马儿迈开大步,在林间小道上"哒哒哒"地奔跑起来。

皮奥特敏捷地在鞍上转过身。埃斯特哈兹把格雷格交给他,皮奥特让男孩坐在身前。格雷格似乎很喜欢这些马,考迪利亚想不出是什么原因。皮奥特没发出任何指令,但他的马已做好了上路的准备——心灵感应。考迪利亚吃惊地想道。他们已经掌握了心灵感应能力,但是从来没有告诉我……或许是有心灵感应能力的是那些马。

"上马,姑娘,到你了。"皮奥特不耐烦地催促道。

考迪利亚绝望地把脚伸入马镫,伸手抓住马鞍用力攀上去。马鞍慢慢从马背上滑下来,连同考迪利亚。她发现自己被围在丛林般的马腿中间,然后"砰"一声掉落在地。她手忙脚乱地爬开几步,她的马转过头看了看,似乎没有半点惊讶,然后把橡胶似的嘴唇伸向地面,开始咀嚼野草。

"噢,天啊。"皮奥特恼怒地吼道。

埃斯特哈兹跳下马,快步走去扶着她的手肘,帮她站起身,"夫人,你没事吧?对不起,这是我的错,我应该多检查一次马鞍,嗯,你以前没骑过马?"

"没有。"考迪利亚承认道。他飞快地卸下马鞍,把它弄平,然后重新扣上去。"要不我就走路,或者奔跑吧。"再不就是割腕自杀。阿罗,你为什么让我与这群疯子待在一起?

"其实不难的,夫人。"埃斯特哈兹向她保证说,"你的马会跟着它的同伴。罗斯是一匹温和的小母马,跑起来很稳的。你看,难道它的脸不是很可爱吗?"

那双有着紫色眼瞳、棕色眼白的邪恶眼睛没有看考迪利亚一下。"我做不到。"她带着哭腔说。可恶的一天。

皮奥特望了望天空,然后转过身,"没有用的贝塔花瓶!"他朝她骂道,"你别告诉我没有试过跨坐,"他露出牙齿,"就把它当成我的儿子。"

"来,把你的膝盖给我。"埃斯特哈兹紧张地看了老伯爵一眼,十指相对围成杯状。

把这条该死的腿拿去吧。考迪利亚颤抖着,既愤怒又害怕。她望了一眼皮奥特,重新抓住马鞍。埃斯特哈兹将她托上马背。考迪利亚面如死灰,往下瞄了一眼后决定再也不低头了。

埃斯特哈兹把她的缰绳交给皮奥特,皮奥特手腕轻轻一抖,将她的马拖入队列。路旁的景色如万花筒般变幻着:树林、岩石、绊脚的泥坑、挂人的枝条,统统迎面而来。她的腹部开始痛起来,刚刚愈合的伤口如针刺一般。如果里面再出血的话……他们不停地奔跑,没有片刻停留。

快跑终于变成了漫步。她眨着眼,面色通红,感觉头昏脑涨。他们正在弗·科西根·萨尔洛左侧一个宽阔的港湾后面绕行,此时已经爬上一片空旷地,可以清楚地俯瞰湖泊。恢复清晰的视觉后,她从大片红褐色的背景里认出那一小块绿色就是老石屋的草坪。

伯沙瑞在他们前面,蹲在一丛灌木里等候着。他那匹累得半死的马拴在一棵树上。伯沙瑞无声地站起身,向他们走来,双眼忧虑地望着考迪利亚。她半是坠落、半是滑脱地掉入他的怀里。

"你对她太严厉了,阁下。她还生着病。"

皮奥特哼了一声,"如果弗·达瑞安的军队抓到我们,她恐怕病得更厉害。"

"我没事。"考迪利亚喘着气说,蜷缩着身体,"很快就能恢复正常,只要给我……一分钟。"当秋天的太阳沉入地平线时,冷风呼啸而下,舔食着她热烫的肌肤,天空灰蒙蒙的一片。她克服了腹痛,直起身体。埃斯特哈兹随后也到达了空地。

伯沙瑞朝远处那片绿色点了点头,"他们在那里。"

皮奥特眯起眼。考迪利亚纵目凝视。几架飞行器正在草坪上徐徐降落。这不是阿罗的军队。穿着军服的士兵像黑蚂蚁一般从飞行器里冲出来,当中可能有一两个栗色与金色的亮点,以及几名军官的深绿色。好极了,我们的朋友与敌人都穿着同样的制服。那该怎么办?把他们全部射倒,然后听任上帝分辨?

皮奥特看上去一脸阴郁。他们是否在扫荡他的房子,然后拆得四分五裂来寻找逃亡者?

"他们发现马厩里少了几匹马后,会知道我们的去向吗?"考迪利亚问。

"我把马全放跑了,夫人,"埃斯特哈兹说,"至少它们都有机会逃跑。我不知道我们能找回来多少。"

"我想,它们大多数都会在附近徘徊,"皮奥特说,"等待喂饲的谷料。我希望它们分散逃走。天知道那些野蛮人会做出怎样邪恶的举动。"

三架飞行器降落在小村庄周围。全副武装的士兵从里面跳出来,消失在屋子里。

"我希望扎伊及时通知了所有人。"埃斯特哈兹喃喃地说道。

"他们为何骚扰可怜的村民?"考迪利亚问道,"他们要找什么?"

"找我们,夫人,"埃斯特哈兹凝重地说,看到她困惑的表情,他接着补充道,"我们这些伯爵的家臣及其家人。他们在搜寻人质。"

考迪利亚记得,埃斯特哈兹的妻子与两个孩子都在贝拉亚首府。不知道他们现在怎么样,有没有人向他们发出警告?埃斯特哈兹似乎想着同样的问题。

"弗·达瑞安肯定会用人质来要挟,"皮奥特说,"他已经动手了。这一场仗他不是赢,就是死。"

伯沙瑞凝望着黑暗的天空,动了动狭长的下颚。有人记得通知海瑟蓓吗?

"他们很快就会展开空中搜索,"皮奥特说,"现在要寻找藏身之地。我先出发。中士,你带上她。"他掉转马头,沿着一条考迪利亚几乎看不出来的小路消失在树丛里。伯沙瑞与埃斯特哈兹一起把她重新扶上马。考迪利亚怀疑,皮奥特选择慢跑并非为了照顾她,而是为了那些汗流浃背的动物。在第一段可怕的疾驰过后,即使慢跑也如同缓刑一般折磨人。

他们在树丛中沿峡谷穿行,爬上了一道山脊,马蹄踏在卵石上。考迪利亚倾听着上空飞行器的轰鸣。当一架飞行器靠近时,伯沙瑞领她拐进一道沟壑里,然后下马在一块岩石后潜伏了几分钟,直到声音消失。从沟壑里走出来更加困难,他们不得不牵马攀爬,伯沙瑞几乎是托着他的马爬上野草丛生的斜坡。

天渐渐变黑,气温越来越低,风更加猛烈。两小时,然后是三小时、四小时、五小时,朦胧的暗夜变成一片漆黑。他们排成一列,马匹头尾相连,尽量跟上皮奥特。天空下起了雨,毛毛细雨令考迪利亚的马鞍变得更滑。

午夜时分,他们到达了一块空地,四周几乎伸手不见五指,皮奥特终于停了下来。考迪利亚抱着格雷格倚坐在一棵树旁,筋疲力尽,脑袋发晕。伯沙瑞从口袋里掏出一直携带的定量军粮,分给考迪利亚和格雷格。格雷格披着伯沙瑞的制服外套,终于顶住寒意睡着了。考迪利亚的腿被他压在下面,有如针刺一般,但至少他身上带着暖意。

阿罗此刻在哪里?他们又身处何方?考迪利亚希望皮奥特知道答案。由于道路曲折,他们每小时最多能行进五公里。皮奥特真的以为顺着这条路走下去就能躲避追踪者吗?

皮奥特坐在几米外的一棵树旁,站起身到矮木丛里小解,然后走过来看了看黑暗中的格雷格,问道:"他睡着了?"

"是呀,真是令人惊讶。"

"唔,年轻嘛。"皮奥特咕哝道。妒忌?

他的语气比刚才少了些许敌意。考迪利亚鼓起勇气问道:"你觉得阿罗现在到达哈松达尔没有?"她实在不敢问——你觉得阿罗能到达哈松达尔吗?

"他会到的,但现在应该已经离开了。"

"我以为他会召集那里的卫队。"

"先召集,然后解散,让他们朝不同方向逃走。弗·达瑞安不知道哪一支小分队护送着皇帝。如果幸运的话,那个叛国者将被诱使占领哈松达尔。"

"幸运?"

"那将是有价值的牵制。对双方而言,哈松达尔毫无战略价值。但是弗·达瑞安必须用一部分——数量当然不会少——忠心的军队去守卫它,尤其在这样一个有游击传统的敌对区域。他们在那里的一举一动我们都能够掌握,但他们却不能。

"而且,哈松达尔是我的领地首府。他命令帝国军队占领了一位伯爵的领地首府——我的伯爵同伴们一定会停下来,仔细思考一番:下一个会轮到我吗?阿罗可能前往坦纳利基地太空港。如果弗·达瑞安真的占领了帝国司令部,他一定要与太空港的驻军取得通讯联系。此时,太空港驻军的忠诚将显得非常关键。我想在舰队指挥官忙于分辨哪一方属于胜利者的时候,他们的通讯室必定出现了严重的技术'故障'。"皮奥特在黑暗中发出毛骨悚然的笑声,"弗·达瑞安太年轻了,他忘记了疯子尤里的战争,这对他来说太糟糕了,但我不得不厌恶地承认,他以闪电般的行动赢得了很大的优势。"

"这一切……发生得有多快?"

"很快。当我中午在首府的时候还没有半点迹象。一定是在我离开后爆发的。"

当他们想起皮奥特首府之行的原因时,一阵与雨水不相干的寒意在他们之间弥漫开来。

"那么,你的首府……是否有巨大的战略价值?"考迪利亚问道。她变换了话题,不愿再触及痛处。

"在某些战争中是的,但这次不是,因为这并非领土之争。我不知弗·达瑞安是否同样认为。此战是为了赢得忠诚,赢得民众的支持。不过萨塔那·弗·巴是一个通讯中心,而通讯是极其重要的。但那里并非唯一的通讯中心,我们还有别的通信系统可以利用。"

在下着雨的林子里,考迪利亚麻木地想道,我们哪里有什么通信系统?"但如果弗·达瑞安此时占领了帝国司令部……"

"要是我没有猜错,他现在占领的只是一幢混乱的大楼。我怀疑仅有四分之一的人还守在岗位上,其中一半心怀贰心,准备随时见风使舵;其余的则忙着寻找避难所,或者带着亲属逃走了。"

"弗·帕特利尔伯爵呢?你认为弗·达瑞安会去骚扰他家吗?"艾利丝·弗·帕特利尔夫人就快要生了。她上一次——十天前——到帝国司令部探望考迪利亚的时候,平时轻快的步伐已变得蹒跚,腹部高高隆起。她的医生保证说会是一个大胖小子,他的名字将叫作伊凡。"他的婴儿室已经准备好了,"她呻吟着说,艰难地挪动了一下身体,"现在正是分娩的最佳时间……"

已经不再是了。"帕德玛·弗·帕特利尔将是名单上的头号人物,他们当然要搜捕他。如果有谁傻到要重新争论继承权的问题,又或者格雷格遭遇不测的话,他和阿罗就是谢夫皇子仅存的后代。"他把最后一句话吞进肚里,仿佛想用牙齿阻止厄运的发生。

"弗·帕特利尔夫人与那男婴呢?"

"艾利丝或许不算,但那男婴绝对是。"不过暂时来说,这是一个不可分割的问题。风终于停了,考迪利亚听到马的牙齿撕扯着植物,不停地咀嚼着。

"热能探测器能发现马匹吗?还有我们呢?尽管大家身上都没有能源设备,我觉得我们躲不了多久。"士兵开始搜寻他们了吗?考迪利亚向天空扫了一眼。

"噢,在这些山脉里,所有的人与动物都能在他们的热能探测器里显示出来,只要他们对准正确的方向。"

"所有的?我怎么看不到。"

"今晚我们路过了二十座房子。在所有的人,以及他们的牛、羊、红鹿、马匹和孩子当中,我们像干草堆里的一根稻草。不过,我们早一点分开更好。要是我们能在午夜之前到达埃米关口基地,我倒有一两个主意。"伯沙瑞把她托上马。漆黑的夜色渐渐褪去,在他们起程的时候,黎明的光线已透到树林里。树枝在薄雾中摇摆。考迪利亚默默地爬上马鞍,由伯沙瑞牵马前行。在刚开始的二十分钟里,格雷格一直没睡醒,他张着嘴,蜷缩在皮奥特的怀抱里。

逐渐增强的光线暴露出夜晚对他们的蹂躏。伯沙瑞与埃斯特哈兹一身泥泞,胡子拉碴,银棕色的制服皱成一团。伯沙瑞的外套给了格雷格,身上只穿一件内衣,圆领开口让他看上去如同一个即将被送上断头台的罪犯。皮奥特的绿色将军制服依然笔挺,但那张红眼、短胡碴儿的脸却显出了苍老。考迪利亚的鬈发全湿了,穿着不搭调的旧衣服和一双拖鞋,感觉像是一个绝望的疯子。如果还怀着孩子,情况可能更糟。要是我就此死去,至少是只身一人。小迈尔斯现在比她安全吗?他是否仍在华根和亨利实验室的人造子宫里?她所能做的只有祈祷,尽管不存半点信心。你们这群混账的贝拉亚人最好离我的孩子远点。

他们迂回爬上一道长坡。虽然只是行走,但马匹的呼吸声仍然像风箱一样刺耳。他们一步步地踏着草根和岩石缓行,然后在一个小山谷的底部休息,人与马同在一条浑浊的小溪里喝了些水。埃斯特哈兹重新松开马儿们的肚带,在它们的头饰带下面搔了搔。它们蹭到他身旁,将鼻子伸入他空空的口袋里寻找饲料。他抱歉地咕哝着,对它们给予小小的鼓励。"好啦,罗斯,过完今天就让你休息。再忍耐几个小时。"对于考迪利亚来说,她听到这句话比任何人都烦躁。

埃斯特哈兹将马留给伯沙瑞照看,跟随皮奥特走进树丛,然后沿着斜坡向上攀爬。格雷格忙着把地上的植物喂给马吃。它们舔了舔这些贝拉亚的土生植物,没有吃进嘴里。格雷格不断地把草团捡起来重新塞进马嘴,试图让它们吞下去。

"伯爵要去哪儿,你知道吗?"考迪利亚问伯沙瑞。

伯沙瑞耸了耸肩,"他去找某人联络吧。否则这样不行。"他的头无意识地猛然一摆,意指今晚在丛林里的穿越。

考迪利亚非常同意。她躺在地上,努力倾听着飞行器的声音,但是,只有小溪潺潺的水声与空肚里"咕咕"的回响。她突然一跃而起,阻止饥饿的格雷格将可能有毒的植物塞进自己的嘴里。

"但是马也吃这些植物。"他抗议道。

"不行!"考迪利亚身上一阵战栗,脑里现出可怕的化学反应的景象。"知道吗? 如果你要加入贝塔宇航探测队,那么首先要掌握一个原则——永远不将陌生的物体放进嘴里,除非它们经过实验室的检测。实际上,最好避免让它接触你的眼睛、嘴以及黏膜。"

格雷格条件反射般地揉了揉他的鼻子和眼睛。考迪利亚叹了口气,重新坐下。她咂了一下舌头,想到刚才喝进肚里的脏水,希望格雷格没有发现她的矛盾之处。他拾起几块石头,扔到水里面去。

经过整整一小时后,埃斯特哈兹回来了。"走吧。"他们牵上马向悬崖进发。考迪利亚使劲攀爬,顾不上划破的双手。马匹累得气喘吁吁。他们攀上一个陡坡,走下来又是另外一个,最后到达一条从森林里穿出来的泥泞小道。

"我们在什么地方?"考迪利亚问。

"通向埃米关口的路,夫人。"埃斯特哈兹回答说。

"这是一条路?"考迪利亚沮丧地嘀咕着,前后打量着这条泥泞小道。皮奥特站在不远的地方,身旁有一个老兵牵着一匹健壮的花白马。

那匹马比它的主人显得更精神——白得耀眼,黑得锃亮,鬃毛与马尾梳理得柔顺伏贴,但是蹄子与距毛①湿润、肮脏,马肚上沾着新鲜的泥土。与皮奥特的马不同,它的马鞍上多了四只大

---

① 马蹄后上部所生的长毛。

鞍囊,两只在前,两只在后,另外还有一个铺盖卷。那名老兵与皮奥特一样不修边幅,身上穿一件帝国邮政局的制服,由于长期的风吹日晒,它原本的蓝色已变成了灰白色。他身上还有几样不配套的装束:黑色的旧衬衣,一条属于另一套制服的绿裤子,以及穿在罗圈腿上、长可及膝、破烂但擦得锃亮的军官皮靴。同时,他头上还戴着一顶不常见的毡帽,图案模糊的饰带上插着几朵干花。老兵咂巴着嘴,舔了舔发黑的嘴唇,望着考迪利亚。他掉了几颗牙,剩下的牙都长长的,呈灰褐色。他握着考迪利亚的手,但目光却转移到了格雷格身上。"嗯,就是他?哈,不是太大嘛。"他条件反射般地对着路旁的树丛吐了一口唾沫。

"他会长大的,"皮奥特保证说,"如果有时间的话。"

"我看看能做些什么,将军。"

皮奥特笑了笑,仿佛这是一个私下里的玩笑,"你有干粮吗?"

"当然。"老兵露出得意的微笑,然后转身在他的鞍囊里掏摸。他拿出一袋用塑料纸包装的葡萄干、几块裹在树叶里的棕色小糕点,还有一把长条的东西,同样用旧塑料纸包在里面。

皮奥特看了看这堆东西,仔细考虑着,"干山羊肉?"他朝那些长条状的东西点了点头。"大部分。"老兵说。

"我们要一半,再加上葡萄干。槭糖留给孩子。"一边这样说着,皮奥特一边把一块槭糖放进了自己的嘴里,"再过三天,或者一周,我再来找你。你还记得尤里战争时期的军事训练吧?"

"噢,当然。"老兵慢吞吞地说。

"中士,"皮奥特召唤伯沙瑞过来,"你跟少校走,带上她和男孩。他会带你们到山洞里躲藏起来,然后在那里等我。"

"是,阁下。"伯沙瑞平静地说,但是眨动的双眼暴露了他的担忧。

"他是什么人,将军?"老兵抬眼望向伯沙瑞,问道,"新来的?"

"一个城里人,"皮奥特说,"是我儿子的部下。沉言寡语,但意志坚定。他干得来。"

"唔,行呀。"

皮奥特的动作比刚才更迟钝。他等着埃斯特哈兹托起他的腿爬上马背,然后在马鞍上坐下来,发出一声叹息。他的后背不同寻常地佝偻起来。"唉,我已经老了,连这样的事情都干不了。"

被皮奥特称为少校的老兵沉默了一会儿,然后从旁边的口袋里掏出一只皮制的烟袋,"尝一尝我的树胶叶吗,将军?比山羊肉更带劲儿,只是不能嚼那么久。"

皮奥特眼前一亮,"啊,太感谢了。不过用不了一整袋,伙计。"他从一整袋压紧的干叶里大大方方地挖走了一半,装进自己的胸前口袋,并往嘴里塞了一块,然后恭敬地将烟袋还给老兵。树胶叶是一种温和的刺激物,考迪利亚在萨塔那·弗·巴时没见过皮奥特咀嚼这种东西。

"好好照顾伯爵的马,"埃斯特哈兹绝望地向伯沙瑞喊道,"记住,它们可不是机器。"

当伯爵和埃斯特哈兹策马上路时,伯沙瑞咕哝了几句含意不明的话。他们很快就走远了。大地笼罩在一片凝重的静谧里。

第十二章

少校将格雷格抱上马,放在身后,让他舒适地靠着铺卷盖和鞍囊。考迪利亚现在面对着那个被叫作"马鞍"的东西——对于人与马来说,这都是一种折磨装置。之前如果没有伯沙瑞的帮忙,她绝对爬不上去;这一次施以援手的是少校。罗斯和他的马并肩前行。伯沙瑞落在后面,警觉地跟着他们。

"那么,"过了一会儿,老兵从旁边望了她一眼,说道,"你就是新任的弗·科西根夫人。"

考迪利亚无助地报以微笑,她如今衣冠不整,一副邋遢的模样,"嗯,是的。皮奥特伯爵没有提到你的名字,少校……"

"阿莫·克里维,夫人。但本地人都叫我克里。"

"哦,那么……你是做什么的?"不会是皮奥特从地下唤出的山神吧。

他笑了笑,从他的牙齿状况来看,这个表情对人产生不了吸引,"我是皇家邮递员,夫人。我在这些山里巡游,跨越弗·科西根的领地,每十天一个来回。这项工作我干了十八年。当地长大的孩子和他们自己的孩子只知道我是邮差克里。"

"我以为你们的信件是用轻便飞行器来投递的。"

"这倒是引进了,但是飞行器不能每所房子都去,它只能到达某些中心投放点,后来就没有使用了。"他厌恶地吐了一口痰,然后往嘴里扔了些树胶叶,"如果将军推迟两年引进飞行器,我还能再干二十年,从而成为服役六十年的军人。我是在服役四十年的时候退休的。"

"你从哪个部门退休,克里维少校?"

"帝国游骑兵。"他狡黠地观察着她的反应。她扬起了眉毛。"我是士兵出身,不懂得技术,所以最多只能担任少校。我打十四岁起就入伍,一直在山区里陪着伯爵与埃扎皇帝,之后再没上学,只参加过一些培训课程。然后军队准时让我解甲归田了。"

"似乎你还不舍得吧?"考迪利亚说道,注视着周围人迹罕至的荒野。

"是啊……"他撅起嘴发出一声叹息,然后转过头,忧心地看了格雷格一眼。

"皮奥特有没有告诉你昨天下午发生了什么事?"

"没有。我前天一早就离开湖畔,错过了全部新闻。我希望中午之前能得到消息。"

"那……会有人追上我们吗?"

"到时候才知道。"他显得更加犹豫,然后补充道,"你需要换掉那身衣裳,夫人。你的夹克口袋上用大写字母印着的'弗·科西根'字眼太引人注目了。"

考迪利亚低头看了看阿罗的黑色军用衬衫,平静下来。

"伯爵的家臣制服同样像旗帜一般醒目。"克里朝后望了伯沙瑞一眼,接着说道,"你们只要换一身衣服,就不会被认出来。我看看能做些什么。"

考迪利亚弯下腰,腹部又开始痛起来。逃亡。协助她逃亡的人要付出多大代价?"你帮助我们会有危险吗?"

他扬起稀疏的灰色眉毛,"或许吧。"声音里隐含着不想多谈这个话题的意味。

假如不想成为负累,不想伤害身边的人,她必须让疲惫的思想回到正轨,"你的那个……树胶叶,它的作用是不是与咖啡一样?"

"噢,比咖啡还好哩,夫人。"

"我可以尝一点吗?"她不好意思地低声请求。会不会显得太亲密?

他的下巴皱成一团,露出干巴巴的微笑,"只有穷乡僻壤的土包子才咀嚼树胶叶,夫人。只怕首府美丽的贵族夫人不习惯,会弄脏她们的珍珠贝齿。"

"我不美丽,也不是贵族夫人,而且也并非来自首府。我现在对咖啡想得要命,就让我尝一尝吧。"

克里把缰绳搭在平稳缓行的马脖子上,然后从灰蓝色的夹克口袋里掏出一袋叶子。他扯下一卷,夹在脏兮兮的手指里递了过来。

考迪利亚怀疑地打量着手里乌黑的叶状物。永远不将陌生的物体放进嘴里,除非它们经过实验室的检测。她伸出舌头,轻轻舔了一下,那卷东西是自制的,上面粘着一些槭糖。当唾液洗去最初令人惊讶的甜味之后,一股苦涩的味道便散发开来。她牙齿上覆盖的釉层似乎被撕开了,这种刺激物的确有效。她坐直了身体。

克里困惑地看着她,"那你是做什么的? 不是贵族夫人吗?"

"我是一名宇航探测队队员,然后是探测队队长。另外,还做过士兵、战俘、逃亡者,之后是妻子、母亲。我不知道下一步会成为什么人。"她诚恳地回答说,在嘴里咀嚼着树胶叶。希望不是寡妇吧。

"母亲?我听说你怀孕了,但是……你不是因中毒而失去孩子了吗?"他疑惑地看着她的腹部。

"还没有。他仍有一线生机。但是以贝拉亚的标准,他有一点残疾……他提早出生了,通过手术。"(她决定不解释人造子宫的作用。)"他如今在帝国军医院里,在萨塔那·弗·巴。据我所知,他被弗·达瑞安的叛军夺走了……"她颤抖了一下。华根的实验室是保密的,应该不会引起注意。迈尔斯不会有事,不会,不会。然而只要在薄如蛋壳的信心上轻敲一下,歇斯底里的疯狂就会涌出……阿罗现在怎么样了?如果其他人能照顾自己,他应该也可以,所以他不可能被捕,是吗?是吗?毫无疑问,帝国安全部里也有叛贼。他们不能信任这里的任何人。还有伊林在哪里?他是否在萨塔那·弗·巴被捕?抑或他是弗·达瑞安的内奸?不行……打住,这太有可能了。还有凯琳、帕德玛、艾利丝·弗·帕特利尔,他们又怎么样了?生存正在与死亡竞赛……

"不会有人骚扰医院的。"克里望着她的脸说。

"我——是的,你说得对。"

"你为什么会来贝拉亚,外乡人?"

"因为我想多生几个孩子。"她嘴里发出干涩的笑声,"你有孩子吗,邮差克里?"

"据我所知,没有。"

"你真是明智。"

"哦……"他沉思着说,"我不知道。自从我的老太婆去世后,生活变得非常平静。我知道有些人的孩子给他们招惹了许多麻烦,例如埃扎、皮奥特。不知以后谁会在我的墓碑前焚烧祭品。也许,会是我的侄女吧。"

考迪利亚朝格雷格看了一眼,他正坐在高高的鞍囊上,倾听他们的对话。在埃扎的国葬仪式上,阿罗牵着他的手举起了点燃柴堆的烛台。

他们沿小路向上攀爬。克里有四次离开了道路,考迪利亚、伯沙瑞和格雷格藏在一边等候他。在第三次返回时,克里带回一个包裹,里面有一件旧衬衣、一条旧裤子和一些喂给疲惫马匹的谷料。考迪利亚仍然觉得有点冷,于是把衬衣盖在她那条旧的探测工装裤上。伯沙瑞把鲜亮的褐色军便裤换成了两边装饰着银条的山地长裤,但他的裤子太短,露出高高的腿踝,让他看起来就像个凶巴巴的稻草人。伯沙瑞的制服和考迪利亚的黑衬衫被捆扎起来,塞入一个空邮包里。格雷格丢失了一只鞋子,克里采取的解决方法就是扔掉另一只,让格雷格赤着脚,然后在他耀眼的蓝衣服外面套上一件超码的成人衬衣,再把袖子卷起。现在,不管男人、女人或孩子看上去都形容憔悴,和一个小小的山农家庭别无二致。

他们到达了埃米关口的顶端,开始向下走。不时有人在路边等候克里,他就发布口头信息打发走他们,但在考迪利亚听来,内容几乎完全相同。他还分发了一些用纸或廉价声音磁盘记录的信件,它们的阅读装置很小、很薄。有两次他停下来,为几个明显不识字的农民阅读信件,其中有一个是小女孩领来的盲人。每一次见到外人,考迪利亚都很紧张,感到筋疲力尽。他们会出卖我们吗?我们在那个小女孩眼中是什么样子?至少那名盲人不能形容我们的外貌……

接近黄昏时,克里再次去而复返,他打量着渐黑的荒野,然后宣布:"这地方人太多了。"这印证了考迪利亚觉得紧张的理由。

克里望着她,眼里露出担忧,"你还能坚持四个小时吗,夫人?"

可以有其他选择吗?难道让我坐在泥坑里哭泣,直到被敌人俘虏?她挣扎着挪动双腿,尽力从盘坐的树桩上站起身,"那要看四小时后我们能去到哪里。"

"我的小屋。平常送信的时候,我一般走十个小时才能到,但如果我们走捷径,四个小时就可以到。你们在那儿休息,我会到我的侄女家中借宿,她家离小屋不是太远。明天一早我再回到这里,继续我的工作。"

"捷径"是什么意思?不过克里说得对,要想保证安全,就不能被人察觉,他们越快找到藏身之所就越安全。"那么走吧,少校。"

"捷径"花了六个小时。伯沙瑞的马瘸了腿,耽误了他们的行程。他滑下马背,牵着它前行。它一瘸一拐,边走边点头。考迪利亚也下马步行——为了松弛僵硬的腿,也为了让自己在寒夜保持温暖与清醒。格雷格睡着了,然后从梦里惊醒哭着要妈妈。克里用胳膊围着他,好让他抓得更稳,哄他再次入睡。最后一次的爬坡令考迪利亚气喘吁吁,心跳加快,不得不扶住罗斯的马镫支撑身体。他们的两匹马都像患了关节炎的老太婆,跌跌撞撞地缓慢移动。完全是因为动物天生的群居本能,才使它们跟上了克里的健壮花斑马。

爬升突然变成下降,他们越过山顶后便进入一个巨大的峡谷。里面树林稀疏、杂乱,四周点缀着少量山草。考迪利亚只感到身边的空间在向外拉伸,最后化成真实的山谷景致。无际的黑影与巨大的山岩寂静无声。三片雪花融化在她仰望的脸庞上。克里在一丛昏黑的树林旁停住脚步,"我们到了,伙计们。"

考迪利亚迷迷糊糊地将格雷格抱进狭小的房间,摸索着找到床铺,将他放在上面。格雷格在睡梦里抽泣了几声,她拖过一张毯子盖在他身上,然后摇晃着站起来,脑袋一片空白,借着残余的一点清醒将鞋脱掉,爬上去睡在格雷格旁边。格雷格的脚非常冷,冷得就像冰冻的尸体。她用体温帮他暖脚,直到他止住颤抖,陷入沉睡。在迷蒙之中,她听到有人——不知是克里还是伯沙瑞——在壁炉里燃起了火。可怜的伯沙瑞,他和她一样都无法入睡。按照军中的规矩,伯沙瑞是她的人,她应该照料他的饱暖,关心他的脚、他的睡眠……她应该,她应该……

考迪利亚猛然惊醒,发现是格雷格在触碰她。他坐在她身旁,睡眼惺忪地揉着眼。灯光从木门两旁两个肮脏的窗户透进来。这座小屋——或者说木棚——的两面墙都是用整根原木砌成,里面仅有一个房间。在房间另一头的灰色石壁炉里,一只壶和一个有盖的罐子放在燃烧的炭火上,发出刺耳的声音。考迪利亚再次提醒自己,在贝拉亚,木制品意味着贫穷,而不是富有。昨天他们至少路过了一千万棵树。

她坐起身,肌肉的痛楚使她倒吸了一口冷气。她把双腿伸直。小床是一张用绳子结成的网,悬挂在支架上,最下面铺上稻草做垫子,稻草上是一层羽毛,至少,她与格雷格睡在上面没觉得寒冷。房里的空气干燥多尘,夹杂着些许木头燃烧发出的怡人香味。

脚步声从外面的门廊传来,考迪利亚突然惊慌地抓住格雷格的手臂。她没办法逃跑,但是壁炉的黑铁撩火棍可以当作一件简陋的武器,勉强应付震荡枪或者神经爆破枪。不过,那脚步声是伯沙瑞的。他从门后走进来,带入一股外面的气息。从他袖口露出的瘦削手腕可以知道,这件手工缝制的粗糙棕色夹克肯定是克里借的。只要不开口,伯沙瑞看起来与山里人没有什么两样。

伯沙瑞朝他们点点头,"夫人,陛下。"他在壁炉边跪下,望着下面的罐盖,然后将一只大手放在罐子上方几厘米处试了试温度。"这里有麦片和果汁,"他说道,"还有热水、香茶、干果,但是没有牛油。"

"发生了什么事?"考迪利亚清醒过来,抹了抹眼睛,然后放下双腿,摇晃着去取香茶。

"没什么。少校让他的马休息了一会儿,然后在黎明前出发,继续他的工作。其后一直很平静。"

"你睡了多久?"

"有几个小时吧,我想。"

格雷格嚷着要上厕所,考迪利亚只好把茶放下,带他到屋外去。格雷格皱着鼻子,不好意思地望着成人用的坐具。回到门廊后,考迪利亚监督他在下凹的金属盆里把手和脸洗干净。

她用毛巾把脸擦干,恢复了清晰的视野,从门廊望出去,风景美不胜收。大半个弗·科西根的领地仿佛都在下方延伸着,褐色的山麓、黄绿相间的人工种植的田野一望无际。"那是我们的湖吗?"考迪利亚朝群山之中的一抹银色闪光点了点头,那个地方几乎超出她目力所及。

"我想是吧。"伯沙瑞斜望了她一眼。

如果步行的话,感觉好远。而在轻便飞行器里则觉得很近……不过,步行至少可以看到沿途的风光。

热气腾腾的燕麦与果汁,放在一只有裂隙的白色碟子上,味道可口。考迪利亚将那杯香茶一饮而尽,才发现自己口干得快要脱水。她鼓励格雷格也喝上一杯,但是他不喜欢茶里的涩味。伯沙瑞红着脸,好像觉得有些羞愧,因为他没办法按照皇帝的命令从空气里变出牛奶。考迪利亚把果汁倒入茶中,让茶变得更可口,帮伯沙瑞解了围。

他们吃完早餐,清洗了餐具,然后将洗过的水倒在门廊外。清晨的阳光下,门廊温暖怡人,适合闲坐。

"你去上床睡一会儿,中士。我负责警戒。嗯……克里有没有建议我们该做什么?如果他回来之前,有人对我们图谋不轨怎么办?我们好像无处可躲了。"

"不一定,夫人。后面的林子上方有许多山洞,是以前的游击队留下的。克里昨晚带我去看了入口。"

考迪利亚叹了一声,"好吧,你先睡一会儿,中士,我们迟些就会需要你。"

她坐进一张木椅,沐浴在阳光下,然后放松身体,但头脑保持警觉。她的眼和耳留意着远处轻便飞行器或是重型飞行车的声响。她把找到的一双烂鞋子套在格雷格的脚上。他跌跌撞撞地四处走动,考迪利亚于是陪他到马厩里看马。伯沙瑞的坐骑仍然瘸得很严重,罗斯则几乎动弹不得,但它们的饲料都很充足,还能从围栏尽头的小沟里喝到水。克里的马厩里还有另一匹马。它体格瘦削,通体栗色,似乎觉得自己的领地受到了侵犯——罗斯离它的干草堆太近时,它就会喷出强烈的鼻息。

考迪利亚和格雷格坐在马厩前的台阶上,太阳已越过天顶,散发着舒适的温暖气息。除了树枝被微风吹起的动静,辽阔的山谷里唯一的声响就是伯沙瑞的鼾声,透过屋子的墙壁传到外面。考迪利亚终于决定冒险向格雷格——唯一的目击证人——询问贝拉亚首府的情况,但是帮助不大。格雷格只是五岁的小男孩,他只知道自己看到了什么,但不明白原因。考迪利亚沮丧地承认,其实她也有同样的问题。

"士兵闯进来。一个上校命令妈妈和我跟他走。然后我们有一个家臣冲到里面。上校向他开了火。"

"震荡枪还是神经爆破枪?"

"神经爆破枪,喷出蓝色的火焰。他被击倒在地上。然后他们将我们带到大理石庭院里。他们有飞行车。之后纳格力上校带着几个人冲了进来。一名士兵抓住我,妈妈把我拽回去,我的鞋就是在那时被弄坏的,鞋子在她手里滑脱了。今天早上穿衣服的时候,我应该……将它弄得更紧一些。接着,纳格力上校开枪打倒那名抓住我的士兵,他们的士兵又向纳格力上校开火……"

"是等离子电弧枪?他就是在那时烧伤的?"考迪利亚问道,尽量保持着平静的口吻。

格雷格无声地点点头,"几名士兵把妈妈带走,是另外的几个,不是纳格力的人。纳格力上校把我抱起来,跑到外面。我们在皇宫的地底穿过几条隧道,然后从一个车库里出来,接着登上一架轻便飞行器。他们向我们开火射击。纳格力上校不停地让我闭上嘴,保持安静。我们不停地飞,而他不停地叫我保持安静,其实我并没有出声。之后我们就降落在湖边。"格雷格又颤抖起来。

"嗯。"虽然格雷格描述得很简单,但考迪利亚的脑海里仍然浮现出凯琳鲜明的形象。当他们从她手里夺走孩子时,那张平静的脸变得扭曲,充满了愤怒和恐惧……一切动荡的生活与虚假的奢华,最后只剩下一只鞋子。这样看来,弗·达瑞安的军队似乎俘虏了凯琳。是人质,还是牺牲品?生存,抑或死亡?

"你说妈妈会没事吗?"

"当然,"考迪利亚不安地换了个姿势,"她是重要人物。他们不会伤害她。"除非这么做对他们有利。

"可是她在哭。"

"嗯。"她心里面也有着同样的恐惧。这几天来一直避免去想的场景昨天突然涌进脑子里:几双皮靴踢开了实验室的密封门,踢翻了桌子、实验台,没有面孔,只是皮靴;子弹扫射着玻璃器皿和电脑显示屏,碎片飞溅,散落得满地都是;一个人造子宫被粗暴地撕裂,密封条被扯断,里面的东西被湿漉漉地扔在地板瓷片上……他们甚至无须采取传统的谋杀手段,将婴儿的头砸向最近的墙壁。迈尔斯是那么小,一双靴子就足以将他踩成肉酱……她屏住了呼吸。

迈尔斯安然无恙。与我们一样,隐姓埋名。我们都非常小、非常安静,而且很安全。闭嘴,保持安静,孩子。她把格雷格紧紧地抱在怀里,"我的小男孩也在首府里,就像你母亲一样。而你现在与我在一起,我们会互相照顾。我保证。"

吃过晚餐后,克里仍然没有回来,于是,考迪利亚说道:"带我到那个山洞去吧,中士。"

克里的壁炉架上放着一盒荧光棒。伯沙瑞取了一根,带领考迪利亚和格雷格从一条昏暗的石子路向上走入树林。浅绿色的火光在他的指间闪烁不定,使他看起来如同一个阴险的巫师。

洞口附近的地面尽管生长着繁茂的草丛,但仍然遮掩不了清理过的痕迹。洞穴的入口处没有遮盖物,张开的黑洞有两个伯沙瑞那么高,而其宽度足以通过一架轻便飞行器。进到里面,高耸的顶部与环绕的岩壁围出一个积满尘土的洞穴。从洞中遗留下的物品来看,很久之前,曾经有一支巡逻队驻扎在这里。他们在岩石里凿出铺位,岩壁上面刻着姓名、字母、日期和一些粗鲁的脏话。

插着荧光棒的孔正对着上面一个黑色通风口,它显然是用来排烟的。考迪利亚的眼前似乎出现了一群幽灵般的山民和游击队员,他们一边吃饭一边开玩笑,嘴里嚼着树胶叶,手中清理着武器,为下一场硬仗做好准备。游击队的侦察员就好像幽灵中的幽灵,他们时进时出,将鲜血换来的宝贵情报向年轻的将军汇报,将军就在那块平坦的岩石上铺开地图……她摇了摇头,停止幻想,然后拿起荧光棒观察周围的环境。山洞里至少有五个可以通行的出口,其中有三个明显经常使用。

"克里有没有说这些出口通向哪里,或者在什么地方穿出去,中士?"

"没有,夫人。但是他说这些通道有几公里长,一直延伸到山洞的深处。可能因为时间太紧,他没有来得及多说。"

"那他有没有说,这是平行的系统还是垂直的系统?"

"什么,夫人?"

"这些通道是处于同一个岩层,还是会突然向下沉降?里面有没有死胡同?我们应该走哪条路?有没有地下河道?"

"我想他起初考虑由他自己来带路——如果我们进入山洞的话。他本来想解释的,但是又说太复杂了。"

考迪利亚皱起眉头,考虑着各种可能性。她在探测训练中干过的与洞穴相关的工作,足以使她掌握代表危险的术语:通风孔、陡坡、裂缝、岔路口……此外,这里还有贝塔殖民地不常见的时涨时落的水流——昨晚下了雨。在洞穴里寻找失踪的人,传感器起不了作用。如果洞穴的构造真的像克里所说,恐怕会吞噬数百个搜寻者……她的皱眉变成了微笑,"中士,我们今晚在这里宿营。"

考迪利亚给格雷格描述了洞穴的历史之后,他喜欢上了这个山洞。他在洞里到处乱窜,嘴里低声咕哝着军事用语,例如"杀,杀,杀!"然后在每个凹槽里爬进爬出,还想学会刻在岩壁上的粗鲁字句。伯沙瑞在凹槽孔里生了一小堆火,然后给格雷格和考迪利亚弄好床铺,自己则负责夜晚的警戒。考迪利亚在入口附近的土包上铺好第二个床铺,旁边放了一些食物和装备。她把写着"弗·科西根"字样的黑色军用衬衫巧妙地放在一个凹槽里,伪装成坐垫的样子。最后,伯沙瑞从马身上除下马鞍与笼头,把马拴在了外面。

考迪利亚从最宽的一个出口里走出来,她将一根即将用完的荧光棒扔在了里面的四分之一公里处,落在一个吊着绳索、约十米高的悬崖上。绳子是用天然纤维制成的,又旧又脆。

"我不是太明白,夫人。"伯沙瑞说,"我们把马扔到外面,如果有人到来不是立即会发现吗?而且还能得知我们的去向。"

"没错,他们会发现马匹,"考迪利亚说,"但不会知道我们的去向。因为没有克里,我不可能带格雷格走出这个迷宫。要伪装我们在里面,最好的办法就是真的在这里停留一会儿。"

伯沙瑞注视着五个位于不同水平面的黑色入口,终于明白过来,黯淡的眼睛放出亮光,"啊哈!"

"那意味着我们还需要一个真正的藏身之地。林子里一定有一个地方,可以通到克里昨天带我们上来的小路。希望我们能在白天到达。"

"我明白你的意思,夫人。我去侦察一下。"

"辛苦你了,中士。"

伯沙瑞背起行囊,消失在昏暗的树林里。考迪利亚让格雷格躺进铺盖,然后走到洞口上方的岩石上向外眺望。她依稀见到灰色的山谷向两边延伸,还有克里的小屋的屋顶,它的烟囱此时已不再冒烟。有岩石的阻隔,远程热能探测器不会发现他们新燃起的火堆,但它的气味飘散到寒冷的空气里,走到附近的人都能嗅出来。她望着天上的光芒,直到星星在她眼里幻化成水珠似的斑点。

过了很久,伯沙瑞才返回,"我找到了一个地方,现在就要去吗?"

"还不成。克里可能会回来。"首先要等他。

"那么你睡一会儿吧,夫人。"

"唔,好吧。"夜里的运动只给她疲劳的肌肉带来些许暖意。她爬上床铺,睡在格雷格旁边。伯沙瑞站在石灰岩层上,在星光下如同一只守护兽。她终于睡去。

黎明灰蒙蒙的光线使她苏醒过来。在光线的映照下,洞口看上去如同一个发亮的、被雾霭笼罩的椭圆。伯沙瑞煮了热茶,他们分享了昨晚剩下的冰冷的面包和干果。

"我再值一会儿班,"伯沙瑞自愿提出,"反正我不吃药也睡不着觉。"

"吃药?"考迪利亚问。

"是的,我把药片忘在了弗·科西根·萨尔洛。没有它我也能行,头脑似乎更加清醒。"

考迪利亚就着热茶,突然将一大口面包咽到肚里。他的精神药片真的有效吗?或者只是表面上有效?"如果有什么不妥,你一定要告诉我,中士。"她小心地说。

"我没什么大碍,只是比较难入睡。药物会压抑梦境。"他端起茶,跛着步子回到岗位上。

考迪利亚小心地避免弄乱他们的营地。她陪格雷格到附近一条小溪里撒了尿,然后回到洞中。考迪利亚在铺盖里休息了片刻。等会儿她必须坚持把伯沙瑞换下来。快回来吧,克里……

伯沙瑞低沉、紧张的声音在洞穴里回响,"夫人,必须动身了。"

"克里呢?"

"还没回来。"

考迪利亚抬起脚,将预先准备的泥土扫到燃烧的煤块上,然后抱起格雷格,快步向洞口走去。格雷格突然很害怕,脸色发白。伯沙瑞解下马匹的缰绳,将鞍垫放在马背上。考迪利亚在洞穴旁停了停,飞快地扫了一眼。一架飞行器降落在克里的屋前。两名身穿黑制服的士兵左右包抄,第三名士兵消失在门廊的屋檐下。过了一会儿,远处传来"砰"的一声,屋子的前门被踢开了。那架飞行器里只有士兵,看不到山民向导或囚犯,也没有克里的踪迹。

他们颠簸着跑进树林。伯沙瑞迈开大步,把格雷格放在背上。罗斯跟在后面,考迪利亚转身挥着手,拼命地叫喊着将它赶走,"不要跟过来!走开,你这匹笨马!"罗斯犹豫了一下,然后停住脚步,留下来陪伴它瘸腿的伙伴。

他们的步伐坚定,不慌不忙。伯沙瑞已经选好路线,可以利用岩石和树木作为掩护。他们不断地上下攀爬,就在她以为自己的肺会爆炸,或者被追踪者发现的时候,伯沙瑞消失在一块险峻的岩壁背后。

"到这儿来,夫人!"

他在岩石里发现了一条狭窄、平行的裂缝,大约有半米高、三米深。考迪利亚爬进去待在他身边,发现这个凹洞正面的入口周围都是坚硬的岩石,而入口也几乎被掉落的石头所遮掩。他们的铺盖和供给品已经放在了里面。

"难怪——"考迪利亚喘着气说,"——西塔甘达人无法占领这个山区。"如果要发现他们,热能探测器必须架在山谷上方二十米的地方,才能直接对准洞口。而附近还有数百个类似的洞穴。

"更有利的是,"伯沙瑞从铺盖里取出一个古老的望远镜,这是他顺手从克里的屋中拿出来的,"我们还可以看到他们。"

这只是一个可调焦距的双筒望远镜,它只能被动地接收光线,肯定是大隔离时期的产品。以现代标准来看,它的放大倍率小得可怜,既没有紫外线或红外线增强器,也发不出测距仪脉冲……当然,它也没有泄露能量迹象的电池。考迪利亚把身体贴在裂缝边缘,可以看到远处洞口位于一面斜坡上。斜坡向上延伸,一直穿过山谷和刀背一般的山脊。她说道:"现在我们必须非常安静。"格雷格的脸白得就像胎儿。

虽然看似遥遥无期,但几名黑衣追踪者终于发现了马匹,接着找到了洞穴的入口。那几个细小的身影兴奋地互相做着手势,跑进去后又冲出来,然后呼叫飞行器。一架飞行器降落在入口外面,压倒了一大片灌木。四名士兵进入洞口。之后,一名士兵从里面走出来。这时另一架飞行器也降落了。接着来了一辆运兵车,卸下一整支巡逻队,洞穴的入口把他们全部吞了进去。另一辆运兵车随即抵达,士兵们架起了探照灯、野外发电机和通讯天线。

考迪利亚在铺盖里给格雷格弄了个窝,让他吃些东西,然后从水壶里给他倒了点水。伯沙瑞在床铺上伸直腰,将最厚的毯子卷起来塞到头下,仿佛对硬邦邦的石头毫无知觉。伯沙瑞入睡后,考迪利亚开始仔细计算追踪者的数目。到了下午时分,她算出大约有四十个人进入了山洞,没有再出来。

两名士兵被悬浮担架抬出来,装入医疗救生艇,然后飞走了。一架轻便飞行器在拥挤的区域着陆不当,滚下山坡,撞进了树林里。但是出现了更多的士兵,忙着将飞行器拖去维修。到黄昏时分,已经有超过六十名以上的士兵进入洞穴。这相当于首府的一个连的军队,他们不能再追踪逃亡者,也不能再发掘帝国作战部中的秘密……当然,这并不足以使局势发生实质性的改变。

不过,这仅仅是开端。

考迪利亚、伯沙瑞和格雷格从床铺上滑下来,他们走进黄昏笼罩下的空旷山谷,安静地穿过树林。从树林边上出来时,天几乎全黑了,他们沿着克里的小道前行。到达山谷边缘的山脊后,考迪利亚转头回望。山洞入口已经被探照灯围住,一道道光柱从雾中射向天空。轻便飞行器发出呼啸,在这片区域里时起时降。

他们翻过山脊,滑下斜坡。两天前,就是这一个斜坡让考迪利亚备受折磨,全凭吊在罗斯的马镫上才勉强通过。这条小道绵延五公里,然后转入一片岩石区,到处杂草丛生,不见树木。伯沙瑞突然止住脚步,"嘘,夫人,你听。"

有声音。男人的声音,距离不远,但带着一股怪异的空洞。考迪利亚朝黑暗中凝视,没有发现移动的亮光。一片死寂。他们趴在道路旁,紧张不安。

伯沙瑞爬了几米,抬起头寻找声音的方向。过了一会儿,考迪利亚和格雷格小心翼翼地跟了上去。她发现伯沙瑞正跪在一块露出地面的岩石旁边。他招手让她靠近一些。

"是一个通风口,"他低声说,"听。"

现在声音更清晰了,声调很尖,有两三种语言发出愤怒的叫骂:

"妈的,我们已经绕第三圈了。"
"不是第三圈,是第四圈。"
"我们又经过了这条小溪。"
"这不是同一条小溪,傻瓜!"
"梅德,佩都!"
"中尉,你是个笨蛋!"
"下士,闭嘴!"
"这个荧光棒维持不了一个小时了。看,它正在变暗。"
"喂,别摇晃它。你这蠢家伙,亮度越高它消耗得越快。"
"把它给我——!"

伯沙瑞的牙齿在黑暗中反射着微光。这几个月来,考迪利亚还是第一次见他露出笑容。他无声地朝她敬了个礼。他们轻轻地踮着脚,走进登达立山区寒冷的夜晚。

当他们走在路上时,伯沙瑞深深地叹了口气,"要是我把一枚手榴弹扔进那个通风口就好了,他们的搜索队可能在接下来的一周里都会互相射击哩。"

第十三章

在夜晚的道路上奔波四小时后,一匹与众不同的花斑马出现在黑暗里。克里就像是马背上的一个黑影,但他魁梧的块头与扁扁的帽子很容易辨认。

"伯沙瑞!"克里大声喊道,"谢天谢地,我们都还活着。"

伯沙瑞的声音很平静,"你怎么了,少校?"

"我几乎闯进了弗·达瑞安的一支分遣队,他们就在我要送信的那幢房子里。实际上,他们想把山里的房子全部搜一遍,而且对每一个遇到的人都使用了吐真药——他们一定用桶运来了很多药片。"

"我们以为你昨天就回来了。"考迪利亚说,尽量不让自己的声音带着过多的责备。

克里脱下毡帽,疲倦地朝她点头致意,"要不是弗·达瑞安可恶的巡逻队,我本来早该到达。我不敢接受他们的审讯,所以花了整整一天躲开他们,还安排了我侄女的丈夫来找你们。但是他今天早上来到我的小屋时,弗·达瑞安的人已经散布在周围。我想这下全完了。不过,到了黄昏,他们仍然没有离开,于是我又重新燃起了希望。因为如果他们发现了你们,就不会赖着不走。所以，我赶回这里，想自己侦察一番。能找到你们纯属意外收获。"

克里策马兜了几圈，回到小路上，"给我，中士，把孩子放上来。"

"我可以背着孩子。你最好带上夫人，她快要走不动了。"

这话太对了。考迪利亚早已经疲惫不堪，她欣然朝克里的马走去。伯沙瑞和克里将她扶上马背，稳稳地跨坐在花斑马的后臀上。他们起程出发，考迪利亚牢牢地拉住老邮差的外套。

"你们发生了什么事？"克里问道。

考迪利亚让伯沙瑞回答。伯沙瑞背着格雷格，步伐沉重，他的回答很简洁。当他提到通风口下面的士兵时，克里大笑起来，然后用手盖住嘴，"他们得花几个星期才能走出来。干得好，中士！"

"这是弗·科西根夫人的主意。"

"哦？"克里扭过头，看了身后的考迪利亚一眼，她正无精打采地贴在他的背上。

"阿罗与皮奥特似乎都认为牵制战术是值得的，"考迪利亚解释说，"我想弗·达瑞安的士兵是有限的。"

"你在像战士一样思考，夫人。"克里赞许地说。

考迪利亚沮丧地皱着眉。真是可怕的恭维。她最不希望的一件事就是像战士一样思考，按他们的规则进行他们的游戏。

趁着夜色，克里领着他们在陌生的小路上行走了两个小时。在黎明前的黑暗里，他们到达了一间简陋的小木屋。它的结构与克里家类似，但空间更大，房间也更多。一根燃烧的蜡烛从窗户里透出微弱的焰光。

一个老妇人来到门口，身上披着睡衣和外套，灰白色的头发扎在脑后。她招呼他们进去。还有一个老头子——虽说是老头子,但比克里年轻——将马牵进畜棚。克里跟着他。

"这儿安全吗?"考迪利亚头昏眼花地问道。这里是什么地方?

克里耸了耸肩,"他们昨天搜查过这里。就在我安排我侄女婿来找你们之前。他们没有发现什么。"

老妇人用鼻子哼了一声,眼里流露出不愉快的意味。

"他们得过一段时间才会再次清查。我听说他们仍在集中搜查湖底,使用了很多设备与仪器。这里暂时和其他地方一样安全。"他跟在马后面走了出去。

这也意味着和其他地方一样不安全。伯沙瑞已经脱下靴子。他的脚一定很痛。她的情况也不好,便鞋成了碎片,格雷格的破靴子也几乎全烂了。以前虽然走过更长的路,但她从未试过如此接近忍耐的极限,身子像散了架一般,似乎是短暂的怀孕抽干了她的精力。她机械地把面包、奶酪和牛奶填到肚里,接着就到旁边的小房里休息。她睡在一张狭仄的帆布小床上,把格雷格放在另一张上。她相信今晚是安全的,就像贝拉亚的小孩相信冬节时的冰霜老人是真实的一样——她只能如此。

第二天,一个看上去十岁左右、衣衫褴褛的小男孩从林子里出来,他骑着克里的栗色马,没有马鞍,手执一根缰绳。克里让考迪利亚、格雷格和伯沙瑞藏起来,给了小男孩几个硬币作为报酬。克里的老侄女索妮亚包了几个甜蛋糕,好将他赶紧打发掉。格雷格从挂着帘子的窗户角热切地望着很快就消失不见的男孩。

"我自己不敢去,"克里对考迪利亚解释说,"现在弗·达瑞安有三个排的人在那儿。"他费劲儿地笑了笑,"但这孩子什么都不知道,他只知道老邮差病了,需要买点东西。"

"他们不会对孩子使用吐真药吧,是吗?"

"当然会。他们可不管是不是小孩。"

"他们居然敢!"

克里抿着污黑的嘴唇,对她的愤怒表示同情,"如果抓不到格雷格,弗·达瑞安的政变就注定会失败。他很清楚这一点,所以他没什么不敢做的。"他顿了顿,"吐真药总好过严刑拷打,对吧?"

克里的侄女婿帮他给马匹装上马鞍,再把邮包扣好。老邮差整了整帽子,然后翻身上马。

"如果我不按时出发,将军可能无法联络上我。"他解释说,"要起程了,我已经迟了。我会回来的。你们和孩子待在里面,别让人看见。尤其是你,夫人。"他掉转马头,朝枯木遍布的林子走去。他和马很快就与红褐色的树丛融为一体,消失不见了。

考迪利亚很快发现,克里临别时的建议很容易做到。在接下来的四天里,她一直待在帆布床上。一小时接一小时的沉默在雾中消逝,她重新回到恐惧中,就像在胚胎移植手术后感染几乎致命的并发症时一样。交谈并不能解闷,这些山里人与伯沙瑞一样少言寡语。可能是害怕吐真药吧,考迪利亚想,他们知道得越少越好。那个老妇人索妮亚好奇地打量着考迪利亚,但是她从不多言,除了"你肚子饿吗",考迪利亚甚至不知道她的姓。

考迪利亚说过一次"洗澡"之后,便再也不提了。那次,这对老夫妇整个下午都在烧水,以保证考迪利亚与格雷格的使用;烧饭做菜也同样大费周折——这里没有电力加热装置。现在考迪利亚才意识到,科技是女人最好的朋友。当然,不包括它以神经爆破枪的形式出现,而且掌握在一个目露凶光、野兽般的士兵手里。

考迪利亚计算着政变后的日子，计算着一切混乱之后度过的平静时光。在更广阔的世界里发生了什么事？太空军、行星大使和被征服的科玛会有什么反应？科玛会趁机叛乱吗？弗·达瑞安是否也突袭了科玛？阿罗，你在那里做什么呀？

索妮亚没有多问，只是不时从外面带回一些当地新闻：弗·达瑞安的军队以皮奥特的住宅为司令部，差不多要放弃对湖底的搜索了；哈松达尔虽然被封锁了，但仍然不断有人逃出来；某人的孩子被偷运出来，就藏在附近的亲戚家；在弗·科西根·萨尔洛，皮奥特大部分家臣的亲属都逃出来了，除了侍卫沃格蒂的妻子与年迈的母亲，她们被一辆地面车带走，不知去向。

"嗯，是的，非常奇怪，"索妮亚补充道，"他们还带走了卡拉·海瑟蓓。这没有道理。她只是一名普通的退休中士的寡妇，他们能从她口里得到什么？"

考迪利亚浑身一阵发冷，"他们把婴儿也带走了吗？"

"婴儿？冬妮娅没说有婴儿。是她孙子吗？"

伯沙瑞坐在索妮亚厨房的窗边，磨着他的匕首。这会儿，他停止了动作，一抬头，正遇到考迪利亚警示的眼神。他脸上的表情纹丝不变，只有下颚紧绷，他身体里骤增的压力使考迪利亚感到心痛。他垂下视线，望着手上的活计，然后在磨刀石上用力地划了一道长长的刮痕，发出那种水泼到炭火上时的"嗞嗞"声。

"或许……等克里返回时，会带来更多的消息。"考迪利亚用颤抖的声音说。

"或许吧。"索妮亚怀疑地说。

第七天夜晚，克里骑着他的栗色马安全归来。几分钟后，埃斯特哈兹也回来了，他一身山民打扮，骑着一匹瘦长的山地马，而非皮奥特光彩照人的高头大马。他们把马牵到一边,然后进来吃饭。

晚餐后,克里与埃斯特哈兹把椅子拖到石头壁炉前,压着嗓门向考迪利亚和伯沙瑞通报了情况。格雷格坐在考迪利亚的脚边。

"自从弗·达瑞安将搜索范围扩大后,"埃斯特哈兹说,"老伯爵和阿罗阁下都认为将格雷格藏在山里是最好的选择——随着搜索半径的增大,敌人的力量将越来越薄弱。"

"在本地区,弗·达瑞安的军队仍然在搜查洞穴,"克里插口说,"大约还有二百人在这里。但我估计他们一旦挨个搜查一遍后,很快就会撤走。我听说他们已经放弃了找到你的希望,夫人。至于陛下,"克里向下看了一眼,对着格雷格说道,"埃斯特哈兹明天将带你到一个新地方去,那儿与这里的环境差不多。你要暂时起一个新名字,以掩人耳目。埃斯特哈兹将扮成你的父亲。你行吗?"

格雷格紧紧抓住考迪利亚的衣服,"弗·科西根夫人会做我母亲吗?"

"我们要把夫人送到坦纳利基地,与弗·科西根阁下会合。"克里看到格雷格惊惧的目光,补充道,"你要去的地方有一匹小马,还有山羊。那里的大妈会教你怎样给山羊挤奶。"

格雷格看上去仍心存疑虑,但不再那么害怕了。不过,第二天早上,当他被抱上埃斯特哈兹脏兮兮的马背时,眼泪却忍不住夺眶而出。

考迪利亚忧虑地说:"你一定要好好照顾他,埃斯特哈兹。"

埃斯特哈兹语气坚定地说:"他是我的皇帝,夫人。我发过誓要保护他。"

"他也是一个小男孩。皇帝……只是你们脑子里的错觉。你要为皮奥特照顾好皇帝,也要为我照顾好格雷格,行吗?"

埃斯特哈兹迎着她的视线,柔声说:"我的儿子今年四岁,夫人。"

他明白我的感受。考迪利亚感到一阵安慰,同时又有点担心,"你有没有……听到首府传来的消息?关于你的家庭?"

"还没有。"埃斯特哈兹沮丧地说。

"我会帮你留意的,尽我所能。"

"谢谢。"他朝她点了点头,这不是出自家臣对主人的尊敬,而是伙伴之间的敬重。一切尽在不言中。

伯沙瑞回到房间去收拾他们不多的几件行李。考迪利亚朝克里走去,他正把花斑马牵出来,准备带埃斯特哈兹和格雷格上路。"少校,索妮亚听说弗·达瑞安的军队带走了海瑟蓓夫人,而伯沙瑞曾雇用她照看他的小女儿。你是否知道他们有没有把埃蕾娜——那个小姑娘——也带走?"

克里压低声音说:"我听到的是另一个版本。他们是冲那个小女孩去的,而卡拉·海瑟蓓拼死阻止,所以他们连她也一起带走了,尽管她并不在名单里。"

"你知道她们被带到哪里了吗?"

他摇了摇头,"可能在萨塔那·弗·巴的某个地点。或许你丈夫的情报部门有更准确的消息。"

"你对中士说了没有?"

"昨天晚上,他的同伴告诉他了。"

"哦。"

当他们离开时,格雷格一直回头望着她,直到消失在丛林里。

其后的三天,克里的侄女婿一直领着他们在大山里穿行。伯沙瑞牵着瘦骨嶙峋的山马步行,考迪利亚则坐在羊皮马鞍上。第三天下午,他们到达一座小屋。一个瘦高的年轻人带他们走进了一间棚屋,神奇的是,里面竟藏着一架破旧的轻便飞行器。他让考迪利亚坐到后舱里,另外装上了六罐槭糖浆。克里的侄女婿与伯沙瑞沉默地握了握手,然后骑上小马,消失在丛林里。

那名瘦瘦的年轻人启动飞行器升上半空。飞机擦着树梢,沿峡谷和山脊越过冰霜覆盖的山脉,飞出了弗·科西根的领地,然后落到山的另一边。傍晚时分,他们到达一个小集市。年轻人将飞行器降落在一条横街上。考迪利亚和伯沙瑞帮他将货品送到一间小杂货店,他用槭糖浆交换了咖啡、面粉、肥皂和电池。

返回飞行器时,他们发现有一辆破旧的地面车停在飞行器后面。年轻人和地面车司机相互点点头,那司机跳出车,把车的侧门打开,让伯沙瑞和考迪利亚爬进货舱。货舱里装着一袋袋卷心菜,用这些东西做枕头可不怎么舒服。地面车行驶在崎岖不平的山路上,伯沙瑞尽可能给考迪利亚弄出一个舒适的小窝后,他坐在货舱的角落里,忍不住又将匕首拔出来,用一条磨刀带擦拭它的锋缘——这条皮制的磨刀带是他向索妮亚要来的。经过四个小时的颠簸,考迪利亚几乎禁不住想与卷心菜聊聊天了。

最后,卡车终于"砰"的一声停下了。车门滑开后,伯沙瑞和考迪利亚下车后,发现不知自己身处何方:一条铺在下水道上方的沙砾小路,四周漆黑一片,不见半点人烟。是一个陌生的地区,吉凶难料。

"他们将在九十六公里路碑处接你们。"卡车司机指着黑暗中的一个暗淡白点说。

"什么时候?"考迪利亚急切地问。但更重要的是,"他们"是谁?

"不知道。"司机回到地面车上,车子疾驰而去,路上的沙砾飞溅开来,仿佛有人在追杀他似的。

考迪利亚坐在白色的石碑上,想象着哪一方的人会率先从夜色中露面,以及到时如何识别敌友。随着时间的流逝,她越来越怀疑会不会有人来接他们。

终于,一架深色的轻便飞行器在夜色中从天而降,引擎发出怪异的闷响,着陆架在沙砾上"嘎吱"作响。伯沙瑞蹲在她身旁,未曾派过用场的匕首紧紧握在手心里。从乘客舱里笨拙地爬出来了一个人,是库德尔卡,"夫人?"他用怀疑的声音向这两个衣衫褴褛的人问道。"中士?"一股真正的喜悦从考迪利亚的心里涌出,因为她认出机舱里一头金发的驾驶员正是卓丝娜科维。我的家不仅仅是一个地方,还包括我的亲人……

在库德尔卡焦急的手势指挥下,考迪利亚被伯沙瑞搀扶着心怀感激地爬入飞行器的后舱。卓丝娜科维扭头向伯沙瑞望了一眼,然后皱了皱鼻子,问道:"你还好吗,夫人?"

"比我想象得好,真的。走,出发。"

舱盖合上,他们升到空中。通风口的旋叶转动起来,送来过滤后的空气。控制板的彩色指示灯照亮了库德尔卡和卓丝娜科维的面孔。一个高科技的驾驶舱。考迪利亚的目光越过卓丝娜科维的肩膀看了看控制板上的读数,然后望向舱盖外面。是的,有一些黑影跟着他们,是护航的军用飞行器。伯沙瑞也看到了它们,他赞许地眯起眼,身体慢慢松弛下来。

"很高兴见到你们两个——"但他们的身体语言里有一丝微

妙的暗示、一些隐藏的保留,考迪利亚只好转移话题,"我想你们已经调查清楚破坏通讯控制台的事件了吧?"

"是的,等我们平静下来,就对那名下士使用了吐真药,夫人。"卓丝娜科维回答说,"他在被审讯前没有胆子自杀。"

"他就是破坏者?"

"是的。"库德尔卡回答说,"他计划在弗·达瑞安的军队抓捕我们时叛逃过去。显然,弗·达瑞安的人在几个月前就收买了他。"

"那说明我们的安全措施还不够,是吗?"

"声波枪榴弹谋杀案发生那天,就是他泄露了我们的行驶路线。"库德尔卡用手挠了挠鼻梁,回忆道。

"所以弗·达瑞安是幕后黑手!"

"没错。不过那名警卫似乎对毒气的事一无所知。我们对他进行了彻底审查。他不是什么同谋,只不过是一件工具。"

"有没有伊林的下落?"

"还没有。弗·科西根上将希望他还躲在首府——如果他在第一场战斗里没有丧生的话。"

"哦。对了,你们一定很高兴听到格雷格——"

库德尔卡摆手制止她,"对不起,夫人。上将命令说,你和中士不许向任何人吐露格雷格的消息,除非是皮奥特或上将本人。"

"好吧。该死的吐真药。阿罗怎么样?"

"他很好,夫人。他命令我把你带到战略要地——"

让战略要地见鬼去吧。我的孩子怎么样了?

"——并向你解答一切疑问。"

很好。"我们的孩子怎么样了?皮——迈尔斯?"

"我们没听到坏消息,夫人。"

"那是什么意思?"

"就是说我们什么消息都没听到。"卓丝娜科维阴郁地插话说。

库德尔卡朝她怒目而视。她耸耸肩,半边肩膀抽搐了一下。

"没有消息或许就是好消息。"库德尔卡继续说,"不过,弗·达瑞安的确占领了贝拉亚首府——"

"以及帝国司令部。"考迪利亚说。

"他还公布了人质的姓名,全部是与我们有关系的人,但是在名单里没有提到你的孩子。上将认为,弗·达瑞安可能没有意识到人造子宫里的胎儿能生存下来,他不知道自己得到了什么。"

"暂时不知道。"考迪利亚咬着嘴唇。

"暂时不知道。"库德尔卡勉强附和道。

"好吧,继续说。"

"总体情况并不像我们起初预想的那样糟糕。"

弗·达瑞安控制的地区包括萨塔那·弗·巴、他自己的领地及在其范围内的军事基地,他向弗·科西根·萨尔洛派出了军队,但是目前只有五名伯爵表示支持。大约有三十名伯爵被软禁在贝拉亚首府,如果弗·达瑞安用枪指着他们的脑袋,很难说他们的忠诚能维持多久。在剩余的二十三个伯爵中,大部分都向摄政王重申了他们的支持立场。当然,其中有一些人说了谎,他们有亲属留在首府或战争一触即发的战略要地。

"太空军呢?"

"我正准备说呢,夫人。他们的一半供给来自弗·达瑞安领地的太空港。目前,他们仍然态度不明,似乎不愿牵涉其中。但是,他们拒绝了对弗·达瑞安表示公开支持。现在敌我双方处于平衡状态,只要有一方能加重砝码,就必然会取得最终的胜利。对此,弗·科西根上将似乎信心十足。"从中尉的声音里,考迪利亚听不出他是否也拥有同样的信心,"不过话又说回来,他只能如此,因为这与士气息息相关。他说,弗·达瑞安在纳格力和格雷格逃走后就已经失败。他还说,他接下来要做的是尽量减少损失。不过,弗·达瑞安俘虏了凯琳皇太后。"

"毫无疑问,她是阿罗希望减少的损失之一。她还好吧?弗·达瑞安的暴徒没有虐待她吧?"

"据我们所知没有。她似乎被软禁在宫里。另外几名重要的人质也被关在那里。"

"我明白了。"她向身旁的伯沙瑞扫了一眼:他表情依旧。她等着伯沙瑞询问埃蕾娜的事,但他却一言不发。当说到凯琳时,卓丝娜科维忧伤地凝望着无边的夜色。

库德尔卡与卓丝和好了吗?他们似乎很平静,以礼相待,但不管外在的表现如何,考迪利亚察觉到他们并没有和解。爱慕和信任已经从坐在乘客位上那个男人的蓝眼睛里全部消失了。卓丝的眼睛里也只剩下谨慎。

灯光在前方的地面闪烁,显出一座中型城市的轮廓,在它外围是一座占地甚广的军用太空港。当他们接近港口时,卓丝不停地在通讯器里回答着验证密码。他们盘旋降落在一个亮着灯的停机坪上,周围站满荷枪的士兵。护航机从他们的着陆区上空呼啸飞过。

当他们走出飞行器时,守卫将他们团团围住,然后护送他们到一架自动电梯上。他们向下降落,之后滑行了一段距离,又向下穿过几扇防爆门。欢迎来到地堡。入口处的气味令考迪利亚感觉困惑而又失落。贝塔殖民地的内部装饰也比这些单调的走廊要好很多,他们仿佛落入了一个被深埋的古老贝塔城市,安全、冷酷……我想回家。

三名身穿绿色制服的军官正在走廊里交谈,其中一个是阿罗。他看到了她。"先谈到这里,解散,先生们。"他打断了某人的报告,然后又补充道,"我们迟些再继续。"但那些军官并没有离开,而是在旁边静候。

阿罗看上去疲惫不堪。考迪利亚望看着他,心里不禁一阵刺痛,然而……我追随你来到了这个地方。这不是我梦想中的贝拉亚,而是令我恐惧的贝拉亚。

伴随一句无声的问候,阿罗把她抱在怀里,力度很大。她也紧紧抱着他。这就足够了。消失吧,世界。但当她昂起头时,却发现这个"世界"仍然在等候着她,还多出七个旁观者,全都带着议程表。

他把她抱到一边,上上下下地打量着她,"你看上去很糟糕,亲爱的船长。"

至少他还懂得礼貌,没有说你身上难闻极了。"洗个澡就好了。"

"我不是这意思。你要先到医疗室,然后再说别的。"他转过身,寻找伯沙瑞中士。

"阁下,我必须向老伯爵报到。"伯沙瑞说。

"父亲不在这儿。他带着我的外交使命去联络几个老朋友了。库德尔卡,你带伯沙瑞安顿下来,吃些东西,洗个澡,再换一身衣服。我很快要听取他的报告。考迪利亚交给我吧,中士。"

"是的,阁下。"库德尔卡领着伯沙瑞走开了。

"伯沙瑞确实令人惊讶,"考迪利亚对阿罗说,"不——这么说不公平。伯沙瑞就是伯沙瑞,我根本不该惊讶。没有他,我们捱不过来。"

阿罗点点头,微笑着说:"我想他是为了你。"

"确实如此。"

卓丝娜科维像往常一样,顶替了伯沙瑞腾出的位置。她挽着考迪利亚的手肘,疑虑地摇了摇头,然后跟随阿罗和考迪利亚沿着走廊向下走。其余的旁观者也犹犹豫豫地跟在后面。

"有伊林的下落吗?"考迪利亚问。

"还没有。库德尔卡没告诉你?"

"他稍稍提了一下。我不想听到帕德玛和艾利丝的坏消息。"

他抱歉地摇了摇头,"他们两个都不在弗·达瑞安的人质名单里。我想他们就躲在城里。弗·达瑞安的保安措施漏洞百出,如果有重要人物被捕,我们会得知消息。不过,我也想知道我们的保安措施是否同样糟糕。麻烦的是,该死的平民总在闹事,每个人都有一个兄弟——"

走廊的下方传来一声大叫:"阁下!噢,阁下!"只有考迪利亚察觉到了阿罗的恐惧,他的手臂在她的手里一阵紧缩。

一名司令部参谋领着一个穿军装的高个男人朝他们走来,男人的衣领上别着上校徽章,"可找到你了,阁下。这位是马利格拉的杰拉德上校。"

"噢,太好了。我现在需要跟他谈谈……"阿罗焦急地朝周围看了看,视线落在卓丝娜科维身上,"卓丝,请你帮我把考迪利亚送到医疗室去。让她检查一下身体,满足她的一切需要。"

那名上校不像是司令的人。实际上,他看上去好像刚从前线归来,不管这条"前线"位于这场忠诚之战的什么地方。他的军装肮脏不堪,皱成一团,人看上去像没睡醒一般。他身上的烟臭味使考迪利亚想起山里焚烧的干粪。他脸上的表情只是严肃,并不是沮丧。"马利格拉的战斗达到了白热化状态,上将。"他开门见山地说。

弗·科西根皱着眉头,"那么得给它降降温。跟我来,我们到战术研究室去——你臂膀上是什么,上校?"

上校黑色的左袖上扎着一条白色的宽布条和一条棕色的窄布条,"身份标志,阁下,用来分辨射击目标。弗·达瑞安的人是红、黄色的布条,接近栗色和金色。当然,弗·科西根的军队将使用褐色和银色。"

"那正是我担心的,"弗·科西根看上去非常严肃,"把它摘掉,烧了,然后把我的命令传下去:你们身上穿有制服,这是皇帝陛下授予的,他是你们誓死保卫的那个人;让叛变者改变他们的制服。"

那名上校被弗·科西根激烈的反应吓了一跳,但片刻之后,他用力把布条从臂上一把扯下,塞进口袋,"你说得对,阁下。"

阿罗松开考迪利亚的手,眼里流露出不舍,"我们回到宿舍后再见面,亲爱的。晚一些。"

好的,晚一些。考迪利亚无助地摇摇头,最后向魁梧的他看了一眼,似乎她强烈的情感能把他数字化,然后储存起来,以备不时之需。接着,她跟随卓丝娜科维进入坦纳利基地的地底区域——至少卓丝娜科维在她身边。考迪利亚没有依从弗·科西根的安排,决定先去洗个澡。在阿罗的宿舍里,她欣喜地发现有一打新衣服在衣柜里等着她,每一件衣服都是她的尺码,都显露出卓丝出色的宫廷品位。

基地的医生没有考迪利亚的病历——当然,她的医疗记录全部留在敌军占领的萨塔那·弗·巴。医生摇了摇头,在记录器里建立了一份新的档案,"很抱歉,弗·科西根夫人。我们只能从头开始。请稍做忍耐。如果我没理解错的话,你有一些女性的烦恼?"

不,我的大多数烦恼都与男性有关。考迪利亚几乎咬到自己的舌头。"我做过一次胚胎移植手术,让我想一想,嗯,大概是三个星期,再加上——"她不得不用手指帮助计算,"是在五个星期之前。"

"对不起,你说的是什么手术?"

"剖腹产。但恢复得不理想。"

"我明白了。产后五星期。"他输入记录,"你现在感觉怎么样?"

我不喜欢贝拉亚,我想回家,我的公公想谋杀我的孩子,我一半的朋友都在逃亡,而我甚至不能与自己的丈夫单独待上十分钟。你们还想知道什么?我的脚、我的头、我的灵魂都在痛……这一切一切都太复杂了。这个可怜的医生只不过想要一些可以输入记录器的数据,而不是牢骚。"我觉得很累。"考迪利亚最后说。

"哦,"他精神一振,将这一陈述输入记录器,"产后疲劳。这很正常。"他抬起头,关切地望着她,"现在开始检查吗,弗·科西根夫人?"

第十四章

"谁是弗·达瑞安的人?"考迪利亚沮丧地问阿罗,"我这几个星期都在躲避他们,但好像只在后视镜里瞥见过他们的身影。除了知道他们是你的敌人,其他一无所知。他到底从什么地方找来了无穷无尽的帮凶?"

"噢,倒也不是无穷无尽。"阿罗笑了笑,吃了一口炖肉。谢天谢地,他们终于可以单独相处了,尽管只是在他简陋的高级军官宿舍里。他们的晚餐由勤务兵用盘子送进来,摆在两人中间的一张矮桌上。考迪利亚感到欣慰的是,阿罗只说了一句"谢谢你,下士,解散",就打发掉了那个不愿离开的小兵。

阿罗把食物咽下肚,继续说道:"他们是什么人? 总的来说,所有在追随弗·达瑞安的军官手下服役的士兵、怯懦屈服的人、在某些情况下头脑不清醒的人,或是蓄意杀伤军官、擅离职守的人,统统都是。服从与团结早已深深地根植于这些人的脑子里。'当形势变坏,更要团结一致',是他们的信条。所以不幸的事实是,出于团结的精神,他们的指挥官将他们带入叛变时甚至显得更自然。而且,"他干巴巴地笑了笑,"只有当弗·达瑞安失败了,这才算是叛变。"

"那么弗·达瑞安会失败吗?"

"只要我活着,只要格雷格还活着,弗·达瑞安就不可能赢。"他自信地点点头,"弗·达瑞安正把莫须有的罪名强加到我身上。最可恶的是,他造谣说我图谋推翻格雷格,窃取皇位。我认为这是一个策略,目的是引出格雷格的藏身之地。他知道格雷格不在我身边,要不他早就往这儿扔来一颗核弹头了。"

考迪利亚厌恶地撇了撇嘴,"他是想抓住格雷格,还是把他杀掉?"

"如果抓不到就下杀手。等到时机适宜,我会让格雷格现身的。"

"为什么现在不行?"

他坐回去,发出一声疲惫的叹息,把盘子推到一边,盘里的炖肉还只吃了几口,"因为我想看看,在此之前,我能把多少弗·达瑞安的人拉过来——不能说向我投诚……或许应该说是回归吧。我不希望在就职第二年里,就处决四千名叛乱士兵。所有低级士兵都应得到赦免,因为他们只是被迫服从上级的命令。但我还想尽可能拯救一些像我这样的高级军官。当然,弗·达瑞安和那五名领地伯爵是不可饶恕的。该死的弗·达瑞安发起了这场战争。"

"弗·达瑞安的军队在做什么?现在战争处于胶着状态吗?"

"还没有。他耗费了他的大量时间——还有我的——试图夺取一些无用的战略据点,例如马利格拉的军需库。我们声东击西,诱使弗·达瑞安的指挥官疲于奔命,从而忽略真正的战略要地,即太空基地。要是肯锡安在就好了!"

"你的特工找到他没有?"在贝拉亚的高级指挥官里面,肯锡安上将是弗·科西根视作战略高手的人物之一。他是个太空策略专家,太空基地对他高度信任。"他的靴子从来没有沾过马粪。"库德尔卡曾这般形容他,引得考迪利亚笑出声来。

"没有,但是弗·达瑞安也没找到——他消失了。希望他不是在巷战中被俘,此时身份不明地躺在某个地牢里。那可真是极大的浪费。"

"如果太空基地加入战斗,会有帮助吗?"

"你以为我绞尽脑汁保住坦纳利基地为了什么?我已经反复考虑过将地面指挥部转移到飞船上,但时机尚未成熟,此刻这样做会被误认为逃跑的第一步。"

逃跑,多么诱人的想法。远远地逃离这个疯子的乐园……但是,要离开阿罗?当他坐回沙发里时,她凝望着他,故意忽略了残留的晚餐。一个身穿绿军装、疲惫不堪的中年男子,脸上没有半点英俊之处(或许那双锐利的灰眼睛例外),长年累月地为战争耗费着全部的精力。你应该爱上一个更快乐的男人,如果你想快乐的话。但是你不可救药地爱上了这个痛苦的……

"那么……我们如何解救弗·达瑞安手中的人质?"

他叹了口气,"那是最难的地方。除去别的不说,弗·达瑞安控制着凯琳以及超过二十名的领地伯爵,另外还有数百个平民。"

"例如埃蕾娜?"

"是的。更重要的是,还有萨塔那·弗·巴。战败之前,他可以威胁将这座城市夷为平地,以换取我们保证他安全离开这个星球的许诺。我考虑过对他妥协,然后再将他暗杀。绝不能让他全身而退,这对那些为忠诚而死的人不公平。有什么可以平息被出卖的灵魂的怒火?没有。

"所以,我们正在筹谋几项救援计划,到最后关头采用——

在弗·达瑞安黔驴技穷、众叛亲离、惊慌失措的时候。到了那一刻……我宁愿牺牲人质,也不会让弗·达瑞安得到胜利。"此时,他茫然的眼神中一片黑暗。

"甚至凯琳?"全部人质?甚至最小的孩子?

"甚至凯琳。她也是'弗'氏贵族,她会理解的。"

"可我不是贵族,"考迪利亚阴郁地说,"我无法理解这种……疯狂。我想你们都需要看医生,每一个人都要。"

他笑了笑,"你认为贝塔殖民地会被说服,然后给我派一队心理医生当作人道援助?"

考迪利亚哼了一声。没错,在理论上,贝拉亚的历史确实古老得不可思议,带着戏剧色彩,可深入其中观察后,便会发现它有多么愚昧。

考迪利亚犹豫了一下,然后问道:"我们是在玩人质游戏吗?"她不肯定自己是不是想知道答案。

弗·科西根摇摇头,"不是。做出这个决定是很艰难的。这几个星期来,我都要面对那些妻儿还在首府的人,对他们说不。"他把餐具整齐地放到他的盘子上,就像未动过一般,然后思忖着说,"他们目光不够长远。至今为止,这还不是一场革命,而只是一场宫廷政变。人民是有惰性的,或者说,他们宁愿置身事外,当然除了告密者。弗·达瑞安正在游说一些精英阶层的保守派、旧式的弗氏贵族,还有军方。那些伯爵是不成气候的。新技术文明不断制造着改革者,这些人才是未来的多数派。除了使用不同颜色的臂章分辨好人与坏人,我希望能给他们多一些选择。道德说教比弗·达瑞安所想的更有力量。以前地球上不是有一位将军说道德相当于三倍的武力吗?对了,是拿破仑。可惜的是,他自己并未以此为行动准则。对于如今这场战争,我认为道德的力量是武力的五倍。"

"可是双方力量平衡吗?你有足够的兵力吗?"

弗·科西根耸了耸肩,"我们双方都拥有可以使贝拉亚变成废墟的武器,毁灭性武器并非问题的关键。我的合法性是一个巨大的优势,因为武器需要人来操纵。弗·达瑞安试图用我废黜格雷格的谣言来降低我的合法性,而我打算让他自食其果。"

考迪利亚颤抖着说:"你知道,我关心的不是弗·达瑞安的立场。"

"嗯,但是他仍有几个取胜的方法,不论哪种方法,我的死亡都是必需的。如果少了我——埃扎皇帝唯一指定的摄政王——那么其他人还能有何选择?于是弗·达瑞安的要求就会变得合理。如果他杀了我,并且控制了格雷格或者副首相,他的地位就能得以巩固。除非出现下一场政变,或者未来发生一连串反抗与复仇……"当说到这个黑暗的预想时,他的眼光变得锐利起来,"那将是我最可怕的梦魇。如果我们输了,这场战争并不会停止。总有一天,贝拉亚会出现另一位正义的多卡·弗·巴拉,将我们从下一个血腥的世纪里拯救出来。不过,天知道那要等到什么时候。坦白地说,我看不到我们当中有这样一个才能卓越的人。"你可以照一照镜子。考迪利亚阴郁地想。

"嗯,所以你要我先去看医生。"考迪利亚揶揄阿罗说。那名医生——当考迪利亚纠正了他的假设之后——给她仔细检查了一番,然后把他的处方从锻炼改成休息,并允许她继续履行妻子的义务,只不过要小心。阿罗笑了笑,像抱玻璃瓶一样将她小心地拥入怀里。根据他的力度,她知道他已经从毒气的影响中康复了。他睡着的时候就像一块岩石,但比岩石温暖得多。直到黎明时分,才有人用通讯器把他们叫醒。那些人必定串通好了,在黎明前不来打扰他们。考迪利亚想象着一些低级军官向库德尔卡说:"噢,是的,就让那老家伙偷偷懒吧,或许他会变得乐陶陶的……"

不过,疲劳使这个晚上过得很快。第二天整个白天,考迪利亚都在卓丝娜科维的陪同下视察新环境。

在基地的健身馆里,她与伯沙瑞擦身而过。皮奥特伯爵仍未归来,所以伯沙瑞向阿罗报到后便可以自由行动。"我要坚持锻炼。"他简短地对她说。

"昨晚你睡着了吗?"

"一小会儿。"他说道,然后继续跑步。他要让汗水把时间填满,将思想禁锢。考迪利亚默默地祝他好运。

她从阿罗、库德尔卡和受到限制的新闻里获得了一些战争的消息:有哪些伯爵被拉拢;谁又成为人质、被关在哪里;双方的兵力部署;哪一段防线被撕开了缺口;哪一场战斗在何处发生,造成了什么损失;哪一位指挥官又重宣了他的誓言……都是些无用的东西。即使看伯沙瑞不停地奔跑也比这些东西吸引人。

她把更多的时间花在研究军事史上面,特别是距今一两百年前的历史。她似乎看到未来某个冷漠的学者正用时空望远镜盯着她,她在脑海里向他粗鲁地挥挥手。总之,她如今意识到,她读过的军事史都遗漏了最重要的一部分——它们从来没有记录关于孩子的事。

不,一切都与孩子有关。每一位母亲的孩子都穿着黑色制服。她的记忆里浮现出阿罗的一句话,他柔和的声音在说:"从那时起,我开始把士兵视作孩子……"她把显示屏推开,然后到卧室里寻找止痛药。

第三天,她在走廊里碰到了库德尔卡中尉。他急匆匆地跑过来,一脸的兴奋。

"怎么了,库德尔卡?"

"伊林来了。他还带来了肯锡安!"

考迪利亚跟着他到了会议室。卓丝娜科维只好迈开步子,紧随其后。阿罗正坐在两名参谋当中,双手按着前面的桌子,聚精会神地倾听着。伊林坐在桌子旁边,说话的同时,脚一直在颤抖。他的左臂绑着一条绷带,已经被黄色的脓血弄得污迹斑斑。他脸色苍白,浑身肮脏不堪,但是眼里闪出胜利的光辉。他身上那套平民服装似乎是从某处的洗衣店里偷来的。

一个面容更老的人坐在伊林身边,是肯锡安上将。一名参谋递给他一杯饮料,考迪利亚认出是含钾盐的果汁,对过度疲劳有特效。他尝了尝,扮了个鬼脸,似乎宁愿来一杯老式白兰地。超重的块头和矮短的身材使肯锡安上将看上去不像一名军人,倒像是一位老祖父——如果有谁的祖父碰巧是学院教授的话。他的脸上现出智慧的灵光。考迪利亚见过他身穿军服的样子,但是,平民的装束对他沉默时的威严并没有产生影响。

伊林正说着:"——于是我们在地窖里待了一晚。弗·达瑞安的军队第二天早上又来了,但是——夫人!"

他看了看她的腹部,然后把视线挪开,问候的笑容变成了负罪的神情。她倒宁愿他喋喋不休,继续兴奋地描述他的历险。

"见到你们两个很高兴,西蒙,上将。"他们互相点了点头。肯锡安想站起来,但被阿罗挥手制止,他困惑地撇了撇嘴。阿罗让考迪利亚坐在自己身边。

伊林继续讲述。他过去两周躲避弗·达瑞安的经历与考迪利亚有些类似,尽管他是在情况更复杂的、被占领的首府。考迪利亚在他平白的叙述里感受到一种熟悉的恐惧感。伊林加快了讲述的进度。肯锡安偶尔点点头,表示确认。

"很好,西蒙,"当伊林说完后,弗·科西根朝肯锡安点了点头,"你们干得非常好。"

伊林露出笑容,"谢谢夸奖,阁下。"

弗·科西根转向肯锡安说:"等你方便时,我想在战术研究室给你介绍一下情况。"

"谢谢,阁下。自从逃离帝国司令部,我同外界失去通讯联系已经很久了——除了能听到弗·达瑞安控制的新闻广播之外。不过依据我们所见,仍然可以推导出很多情况。我十分赞同你的克制战略,这种战略迄今为止都很成功,但很快就将到达临界点。"

"我也这么认为。"

"左利·诺里在一号跃迁站里干得怎么样?"

"他还没有回复。上个星期他以人手短缺为由,制造了一串完美的借口,但是他的借口最后也用完了。"

"哈,这倒不难想象。他的大肠炎想必又复发了吧。我敢打赌那些'不舒服'的借口并非全是谎言。我想我得与诺里将军好好聊一聊,就我们两个。"

"我对此表示感谢,阁下。"

"我们将讨论一下时间的紧迫性,还有弗·达瑞安将整套战略建立在一次不成功的刺杀上所带来的失误。"肯锡安皱了皱眉,"寄希望于整场战争因一次事件而改变,这并非好的战略。弗·达瑞安总是喜欢一鸣惊人。"

考迪利亚在旁边迎上伊林的视线,"西蒙,在你被困萨塔那·

弗·巴期间,有没有帝国军医院的消息?华根与亨利的实验室是否出了什么问题?"我的孩子呢?

伊林抱歉地摇摇头,"没有,夫人。"他朝弗·科西根回望了一眼,"阁下,纳格力上校真的遇难了?我们只听到传闻,还有弗·达瑞安的宣传。我们认为这可能是谎言。"

"纳格力死了,很不幸。"弗·科西根露出痛苦的表情。伊林猛地坐直身子,"皇帝陛下也蒙难了?"

"格雷格安然无恙。"

伊林重新坐下来,"谢天谢地。他在哪里?"

"某个地方。"弗·科西根干巴巴地说。

"哦,是的,阁下。对不起。"

"你先去医务室,再洗个澡,西蒙,然后我有些重要的工作要交给你。"弗·科西根继续说,"我想知道帝国安全部为什么对弗·达瑞安的政变一无所知。我不想再诅咒死人——上帝知道他为自己的错误付出了代价——但是,纳格力在安全部的控制体系必须重组,他与埃扎共享的密室也要彻底搜查。每一个部件,每一个人,在重组之前都要重新检查。那将是你作为帝国安全部新主管的第一项工作,伊林上校。"

伊林的脸色由白变绿,"阁下,你让我执掌纳格力的旧部?"

"首先要把奸细找出来,"弗·科西根干巴巴地建议道,"如果你愿意的话,可以将他们处以极刑。在帝国安全部重组之前,我不能把陛下的安全交给它负责。"

"是,阁下。"伊林微弱的声音里带着几分惊讶。

肯锡安从座位上站起来,耸着肩,甩开急走上前帮忙的参谋。阿罗在桌下紧握了一下考迪利亚的手,然后站起来——周围站着的就是他新近组成的参谋核心。当全部人退出去的时候,库德尔卡转头对考迪利亚笑了笑,低声说:"一切都顺利,是吗?"

她脸色苍白地对他笑着,弗·科西根的话在她的脑中回响:弗·达瑞安黔驴技穷、众叛亲离、惊慌失措的时候……

一周之后,逃亡到坦纳利基地的人数从涓涓细流变成了流淌的小溪。自肯锡安到来之后,最令人兴奋的消息莫过于首相弗·达拉成功摆脱弗·达瑞安的拘禁,由几名负伤的家臣护送前来。两名身份较低的帝国部长也随后到达,其中一个还是步行的。每一个重要人物的加入都令士气进一步高涨。基地的气氛几乎到达高潮,每个人的心里都怀着对行动的深切期待。基地的参谋在走廊相遇时,互相问的不再是"有谁来了。",而是"今天早上有谁来了"。考迪利亚努力对这种状况表现出欢欣,而把恐惧留在心里;弗·科西根在兴奋的同时也带着一种紧张的情绪。

按照指示,考迪利亚大部分时间都留在弗·科西根的宿舍里。她感到要完全恢复尚需时日,于是便把医生的处方改为强度不大的俯卧撑和屈膝蹲起(不是仰卧起坐)。正当她考虑和伯沙瑞一起到健身房练习的利弊时,控制台响了一声。

库德尔卡忧郁的面孔出现在显示屏里,"夫人,伯爵阁下请你立即到七号会议室。"

考迪利亚的胃抽了一下,"好的,我就来。"

一群人等候在七号会议室里,簇拥在一块显示屏周围压低声音争论着什么——包括参谋人员、肯锡安,还有弗·达拉首相。弗·科西根抬起头,僵硬地朝她笑了笑。

"考迪利亚,出现了一些新情况,我想听听你的意见。"

考迪利亚有点受宠若惊,"什么事?"

"弗·达瑞安最近的特别报告有新的动向。库德尔卡,请把录像回放一次。"

在弗·科西根的阵营里,弗·达瑞安在首府的宣传广播总是大家嘲笑的对象,但这一次,他们的脸色看上去相当严肃。

弗·达瑞安出现在一个房间里,经过辨认,这是皇宫里专门举行典礼仪式的房间,背景是蓝色的,埃扎·弗·巴拉以前偶尔在这里发表过公开讲话。弗·科西根皱着眉。

弗·达瑞安身着绿色制服,坐在一张白色丝绸沙发里。凯琳皇太后坐在他旁边,穿着一件深黑色的长袍,黑色的长发用几把珠宝梳子固定住向后盘起,显得肃穆、庄重。

弗·达瑞安只说了几句话,要求收看者集中注意力,然后镜头便切换到弗·哈唐城堡里的伯爵理事会大厅。影像放大,镜头对准议长。镜头中只有他的头部和他手里拿着的东西,但是他闪烁不定的眼神暗示着旁边有某些东西——他的注意力不是集中在他的正面,而是在旁边。考迪利亚可以想象出一个全副武装的士兵,或者可能是一个小分队,在镜头看不到的位置正用枪指着他。

议长举起一张塑料纸片,说:"我在这里引用——由于——"

"哼,老狐狸!"弗·达拉嘀咕着说,库德尔卡暂停放映,问道:"什么,首相阁下?"

"他刚才说'引用',这使他在法律上可以不为他其后说出的内容负责。一开始的时候我还没看出来。不错,乔治,聪明。"弗·达拉对静止的影像说,"继续,中尉,我不是有意打扰。"

全息投影继续播放。"——残忍地杀害幼君格雷格·弗·巴拉,并且背叛了神圣的誓言,伯爵理事会谴责弗·科西根摄政王背信弃义的行为,并剥夺其一切权力,将其交由法律制裁。在此,伯爵理事会批准维多·弗·达瑞安继任首相以及凯琳·弗·巴拉的摄政王,组建紧急内阁,直至出现一位经伯爵理事会和部长会议联合确认的皇室继承人。"

镜头拉到整个大厅,议长继续陈述法律条文。"停,库德尔卡,"弗·达拉叫道,嚅动嘴唇计算着,"哈!出席的人还不到三分之一。他没达到法定的人数。他以为自己在骗谁啊?"

"绝望的人,绝望的赌注。"当库德尔卡继续播放时,肯锡安自言自语道。

"留意凯琳。"弗·科西根对考迪利亚说。

镜头切回到弗·达瑞安和皇太后身上。弗·达瑞安继续说着一些陈词滥调,而考迪利亚过了一会儿才意识到弗·达瑞安说"私人保护者"的时候,实际上是指他已经同凯琳订婚。他的手热切地抓着凯琳的手,尽管在录像上看来,他的眼神接触仍然有所保留。凯琳举起手,接受了戒指,脸上平静的表情没有丝毫变化。然后随着音乐响起,影像完结。

"你对凯琳的反应有何分析?"阿罗向考迪利亚问道。

考迪利亚扬起眉,"什么反应?怎么分析?她根本没说一个字。"

"那么,你觉得她是不是吃了药?她是处于被强迫状态,还是真心赞成?她是受了弗·达瑞安的宣传欺骗还是什么?"弗·科西根沮丧地望着凯琳的图像刚才出现的地方,"她一向有所保留,但这次无疑是我所见过的最难以读懂的表情。"

"再放一遍,库德尔卡。"考迪利亚说。她研究着那张冷冰冰的脸——就算在影像播放时,它也没有半点生气。

"她看上去不像处于不清醒状态或是吃了药,而且她没有朝旁边看。"

"没有人用武器威胁她?"弗·达拉猜测道。

"或许她只是不介意。"考迪利亚说。

"是真心赞成,还是被迫的?"弗·科西根重复问道。

"或许两者都不是。在她的成年生活里,她一直在和这些废话打交道……你能期望她怎么样?在受到埃扎庇护之前,她捱过了与塞格皇子的三年婚姻。她知道什么不该说,什么时候该把嘴闭上。"

"但是公开对弗·达瑞安表示顺从——如果她认为他应该对格雷格的死负责……"

"是的,她相信什么?如果她真的以为她的儿子已经死了——即使她不相信是你下的手——那么她能期待的就是自己的生存。如果格雷格已经不在了,为什么要为一些戏剧化的陈词滥调赔上自己的生命?总之,她又不欠你、不欠我们什么。她只知道我们都令她失望了。"

弗·科西根缩了缩身子。

考迪利亚继续说:"显然,弗·达瑞安会控制她接触外界的渠道。她或许已经深信他取得了胜利。她是一个幸存者,经历了塞格皇子和埃扎皇帝之后。或许她想在你和弗·达瑞安的争斗中幸免。或许她唯一想到的报复方式就是活得更长,长得足以朝你们的坟墓吐一口唾沫。"

一名参谋低声嘀咕道:"可她是一名弗氏贵族,她应该反抗他。"

考迪利亚向他致以灿烂的笑容,"噢,可你并不能通过一个贝拉亚女人在男人面前说的话来搞清楚她在想什么。诚实是没有奖赏的,你知道。"

那名参谋朝她疑惑地看了看。卓丝娜科维酸酸地笑了笑,弗·科西根深深地呼了一口气,而库德尔卡则眨了眨眼。

"所以,弗·达瑞安厌倦了等待,干脆把自己任命为摄政王。"弗·达拉喃喃地说。

"和首相。"弗·科西根接口道。

"是的,他胃口很大。"

"那他为何不直接称帝?"一名参谋问。

"他想试一试水深水浅。"肯锡安说。

"他会称帝的,迟些就会公布。"弗·达拉说。

"或许很快,如果我们再逼得紧一些,"肯锡安建议说,"这是最终、最致命的一步。我们得考虑好怎样逼迫他。"

"不会等太久了。"弗·科西根神情严肃地说。

直到第二天早上醒来,凯琳脸上幽灵似的面具一直悬在考迪利亚的脑海里。凯琳在想什么?更重要的是,她有什么感觉?或许她就像证据显示的那样麻木。或许她在拖延时间。或许她完全投向了弗·达瑞安。就算我知道她的想法,我也不明白她在做什么;就算我知道她在做什么,我也不明白她的想法。

在这个方程式里有太多的未知数。如果我是凯琳……能这样类推吗?考迪利亚能以别人的身份思考吗?其他人呢?她们有共通点,凯琳和她,都是女人,年龄相近,她们的孩子都处于危险之中……考迪利亚取出格雷格的鞋子,在手里转动着。我应该将它系得更紧……也许她应该相信自己的判断。也许她知道凯琳在想什么。

在接近昨天呼叫到来的时间,通讯控制台又发出了声响。考迪利亚精神一振,按下应答键。是不是首府有新的消息、新的证据,或是一些打破荒诞怪圈的事情?但屏幕上出现的不是库德尔卡的脸,而是一个陌生人,领子上别着安全部的徽章。

"弗·科西根夫人?"那人谦恭地问道。

"嗯?"

"我是斯寇少校,主入口的值勤官。我的工作是监视每个新来投诚的人,以及诸如此类的事情,并且收集他们带来的一切情报。半小时前,我们发现一个从首府逃出来的人,他拒绝自愿提供消息。我们已经证实无法对他进行审讯——如果我们对他使用吐真药,可能会令他身亡。他不断要求——实际上,是坚持——与你对话。他可能是一名刺客。"

考迪利亚的心怦怦直跳。她朝显示屏俯下身,好像她可以钻进去似的。"他身上带了什么没有?"她喘着气说,"例如容器之类的,大约半米高,有很多闪烁的指示灯?他的姓名,少校!"

"除了身上穿的衣服,他什么都没带。他看上去情况不妙。他的名字是华根,华根上校。"

"我立刻就到。"

"不,夫人!这个人一直在胡言乱语。可能很危险,我不能让你——"

她让他对着空空的房间自说自话。卓丝娜科维不得不奔跑着跟上她。考迪利亚用了不到七分钟就到达了主入口的安全检查室,然后在走廊里停下,调整呼吸,同时整理思绪。冷静。冷静。胡言乱语显然对斯寇少校是没有用的。

她抬起下巴,走进办公室。"告诉斯寇少校,就说弗·科西根夫人找他。"她对一名职员说。那人扬起眉毛,顺从地朝他的通讯控制台弯下腰。

等待了几乎相当于永恒的几分钟后,斯寇少校出现了——她在心里想象他通过门口的情形。"我必须见华根上校。"

"夫人,他很危险,"斯寇继续刚才没说完的话,"可能会做出非常的举动。"

考迪利亚恨不得掐住斯寇的喉咙,把原因灌进他的嘴里。不切实际。她深深地吸了口气,"那有什么办法?我至少可以通过监视屏看看他吧?"

斯寇沉吟着说:"这倒可以。这样有利于我们的辨认,而且还可以录像。很好。"

他把她带进另一个房间,用钥匙打开一台监视器。她喘着气,发出一声轻微的呻吟。

华根单独关在一间拘留室里,正在来回地踱着步。他穿着绿色军裤和染成棕色的白衬衣。与她上次在帝国作战部实验室见到的那位整洁、活跃的科学家相比,他的模样有了很大变化:两只眼睛都带着红肿,其中一只几乎无法闭合;伤口里露出猩红的颜色;行走时弯着腰;没有洗澡,没有睡眠,嘴唇肿胀……

"给他找一个医生!"当斯寇跳起来时,考迪利亚才意识到自己在咆哮。

"已经给他检查过了。他没有生命危险。只要通过了安全检查,我们就可以替他治疗。"斯寇固执地说。

"那么让他与我通话。"考迪利亚从牙缝里说,"卓丝,你去办公室,把阿罗叫来。告诉他发生了什么事。"

斯寇看上去有点不安,但仍然勇敢地坚持己见。过了漫长的几秒后,有人走进监禁区,交给华根一个通讯器。

他的脸终于出现在屏幕里。考迪利亚的反应跟他同样狂热。终于联系上了。

"华根!发生了什么事?"

"夫人!"当拿起通讯器时,他的手紧紧握在一起,颤抖着,"那些暴徒,无知的蠢材——"他发出最恶毒的咒骂,然后屏住呼吸,理清了思绪。

"头两天的战斗里,我们以为会没事。我们把人造子宫藏在帝国作战部里,但一直没有人来。我们在实验室隐伏下来,轮流睡觉。后来,亨利把他的妻子送出了首府,而我们都留了下来。我们试图继续秘密展开治疗程序——尽管也可以在被救出后再施行——但事情总是出人意料……

"就在我们几乎以为能安然度过的时候,他们却来了。就是前——昨天。"他用手搔了搔头发,仿佛要在现实与噩梦之间找到一些联系。在噩梦期间,时针跑得飞快。"弗·达瑞安的士兵。他们来找人造子宫。我们锁上了实验室,但他们破门而入。该死。我们拒绝供述,他们没有办法用吐真药审讯我们两个,只好施加酷刑。亨利被打得半死。他们就像街头恶霸,完全不把他当人看。所有的智慧、所有的教育、所有承诺都成了一纸空言,消散在无知低能者的枪管下……"眼泪从他的脸上缓缓滴落。

考迪利亚站起来,脸色苍白。在她的脑海里,实验室的场景已经出现过不下千次,但她从未看到亨利博士倒在地板上,也没有看到华根被殴打至昏迷。

"接着,他们闯入实验室抢走了所有的物品,包括全部治疗记录;亨利的全部工作都被付之一炬。他们不该这么做,这一点意义都没有!"他声音嘶哑、愤怒。

"他们有没有……发现人造子宫?然后把里面的东西倒出来?"她知道那是什么情景,她在梦里见过成千上万次……

"他们最后还是发现了,不过没有破坏,而是带走了它,然后就把我放了。"他摇了摇头。

"带走了……"她像傻瓜一样地重复道。为什么?他们带走了设备却留下了操纵设备的医生,这是什么意思?"我想,他们释放你是想让你找到我们,给我们带话。"

"那么我已经带到了,夫人。"

"你觉得,他们会把它带到哪里?"

弗·科西根的声音在她旁边响起:"皇宫,这最有可能。全部重要人质都被押在那儿。我立即派情报人员去。"他站起来,脸色阴沉,但步态稳健,"看来我们并不是唯一懂得制造压力的一方。"

第十五章

不到两分钟,弗·科西根就来到主入口的安全检查室,华根上校平躺在一张活动担架上,即将被送往医务室,基地最好的精神科医生正在赶来。考迪利亚苦涩地品味着官僚体系的效率。

对华根进一步的讯问,要等到医疗检查之后才能进行。弗·科西根利用这段时间让伊林和他的手下去应付新问题,考迪利亚则在医务室的等候区绕圈踱步。卓丝娜科维一脸担忧地望着她,没有傻傻地给予空洞的安慰。

精神科医生终于从治疗室里走出来,宣布华根的神智能够适应短暂的——他强调是短暂的——讯问。阿罗来了,后面跟着库德尔卡和伊林,他们一起走进了治疗室。华根躺在病床上,一只眼睛被罩住,身上插着输液管。

华根用嘶哑而虚弱的声音补充了一些可怕的细节,丰富了他起初向考迪利亚描述的情形。

伊林认真倾听着,"我们在皇宫的人证实,"当华根诉说完毕、沮丧地陷入沉默之后,伊林汇报说,"人造子宫是昨天被夺走的,已经送往靠近凯琳皇太后寝室的地方,被重兵把守着。我们的密探不知道那是什么东西,他们以为可能是某种装置,比如准备在最后关头毁灭皇宫和所有人的炸弹。"

华根哼了一声,然后咳嗽起来,身体缩成一团。

"他们有人照看它吗?"考迪利亚问了一个当前无人提及的问题,"医生、医疗技师,或是其他什么人?"

伊林皱了皱眉,"我不知道,夫人。我尽量问问吧,不过,每一次计划外的通讯都会威胁到我们密探的安全。"

"哦。"

"总之疗程被中断了。"华根嘟囔着,无意识地用手拨弄着床单的边缘,"这帮狗娘养的。"

"我知道你遗失了笔记,但能否……重构你的工作?"考迪利亚犹疑地问道,"如果你重新得到人造子宫,然后继续实验……"

"不可能恢复原样了,即使我们把它找回来。数据并非完全在我的脑子里,有一些属于亨利专有。"

考迪利亚深深地吸了口气,"据我所知,埃斯科巴的便携式人造子宫只有两周的电量。你上次充电是什么时候? 有没有更换过滤器和添加营养液?"

"电量可以维持几个月,"华根纠正道,"过滤器也不存在问题,但营养液的耗尽是最大的困难。以它新陈代谢的速度,在系统因废料堵塞之前,胎儿将会饿上几天。"

她避开阿罗的视线,直直地望着华根,而华根也用那只完好的眼睛回望着她,脸上显出的痛苦不仅仅来源于肉体。"你和亨利上一次为人造子宫补充营养液是什么时候?"

"十四天前。"

"还剩下不到六天。"考迪利亚恐惧地呻吟道。

"大概……大概是吧。今天是几号?"华根茫然地向周围看了看,他的神情令考迪利亚感到心酸。

"只有对它照顾不周时,这种危机才会出现,"阿罗插口说,"凯琳和格雷格的私人医生——难道他认识不到人造子宫的危机?"

"长官,"伊林说,"皇太后的私人医生在头一天的战斗里就已经身亡。我收到两份报告——基本上可以证实。"

"他们的疏忽会让迈尔斯就这样活活饿死,"考迪利亚惊慌地意识到,"甚至可能是有意而为之。"比如他们忠心耿耿的密探——如果他去英勇地拆除"炸弹"的雷管——也可能对她的孩子造成威胁。

华根在床单里扭动着身体。阿罗望着考迪利亚的眼睛,朝门口用力地点点头,"谢谢你,华根上校。你为我们付出了太多,不仅仅是职责上的。"

"去他的职责,"华根喃喃说道,"那帮狗娘养的……该死的恶棍……"

他们退出去,让华根自己一个人发泄。弗·科西根让伊林去完成他繁重的工作。

考迪利亚问阿罗:"现在怎么办?"

阿罗抿着嘴,棱角分明,眼神略带迷离,心里在盘算着。他跟我想的一样,考迪利亚猜测着,一个万般复杂的难题。

阿罗缓缓地说:"什么都没改变,真的。就和当初一样。"

"不,有变化。弗·达瑞安为什么要等到现在才动手?他在此之前不是忽略了迈尔斯的存在吗?现在是谁告诉他的呢?是凯琳吗?或许她已经决定合作。"

卓丝娜科维对这个结论感到沮丧。

阿罗说:"或许弗·达瑞安在玩弄我们。或许他会一直保留人造子宫,作为另一个重要的砝码。"

"人造子宫里是我们的儿子。"考迪利亚强调说,她望着那双半是茫然的灰眼睛。看着我,阿罗!"我们要谈谈这个问题。"她在走廊里拖着他走入最近的一个房间,然后把灯打开。这是医生的会议室。阿罗顺从地坐在桌边,等待着她,库德尔卡坐在他旁边。考迪利亚坐在阿罗对面。以前,我们总是坐在同一边……卓丝站在她身后。

阿罗谨慎地望着她,"说吧,考迪利亚。"

"你脑子里在想什么?"她说道,"在这件事情上,你究竟是什么态度?"

"我……我很懊悔,没有早一步发动袭击。现在进攻皇宫比进攻帝国军医院要难得多,就像袭击帝国作战部一样危险。而且……我不能改变已经做出的选择。我不能一面要求我的下属耐心等待,一面又让士兵冒着危险,把宝贵的资源投入到争取我自己的利益中去。迈尔斯的……情况,让我能在弗·达瑞安的压力面前赢得下属和士兵的忠诚。他们知道,我不会要求他们去冒我自己不愿承担的风险。"

"但是现在情况变了,"考迪利亚说,"现在并不是风险平摊。他们的亲人还有时间,而迈尔斯只有六天,还要减去我们现在争吵的时间。"时钟"滴答"跳动,一声一声地在她脑海里回响。

他没再开口。

"阿罗……一直以来,我有没有求过你什么?有没有利用过你手中的职权?"

似笑非笑的表情在他嘴角一闪而过。现在,他的视线全部落在她身上。"没有。"他轻声说。两人都紧张地坐着,身体倾向对方。他支起手肘,双手托着下巴;她双手平摊,控制着颤抖。

"我现在求你。"

"就目前的战略形势,"一阵犹豫后,他开口说,"现在是非常微妙的时期。我们正和弗·达瑞安的两名高级指挥官进行易帜谈判;太空军也即将表明立场。我们正处于把弗·达瑞安推翻、避免大规模作战的紧急关头。"

考迪利亚的思绪移开了一会儿,她想着有多少弗·达瑞安的指挥官愿意谈判,将他拱手出卖。时间将证明一切。时间。

弗·科西根继续说:"如果——如果按我的意愿开展谈判,我们将处于有利的位置,利用一次大规模的突袭救回大部分人质,令弗·达瑞安猝不及防。"

"我不是要求一次大规模袭击。"

"对。但是我要告诉你,一次小规模袭击可能会影响以后大规模袭击的成功——如果事情出错的话。"

"可能?"

"可能。"他昂起头。

"谈判要多长时间?"

"十天左右。"

"太长了。"

"是的,不过我会加快速度。你要明白——在这个关键时刻,如果我弄砸了这次机会,将有成千上万人为我的失误付出生命的代价。"

她非常明白,"好吧。我们现在暂时不考虑贝拉亚的军队。就让我自己去吧。或许再加上一两个助手,并注射抗吐真药——完全当作一件私人事务。"

他的手掌猛地拍在桌上,急喊道:"不行!天啊,考迪利亚!"

"你怀疑我的能力吗?"她挑衅地问。我自己都怀疑,不过现在不是说这个的时候。"你常常叫我'亲爱的船长',这是指宠物的名字,还是说真的?"

"我见过你非凡的成就——"

那么你也能见到我脸上坚毅的表情?

"——但你是不能失去的。天啊,这会把我逼疯的。要我等待,而不知道……"

"你也这么对我。等待,而一无所知。你每天都这么对我。"

"你比我坚强。你的坚强超出想象。"

"别捧我了。这没有说服力。"

他们都坚持己见。她能从他利刃般的目光里读懂他的思想。

"不,不能让你独自冒险。我不许你去,考迪利亚。绝对不允许。你想都别想。我不能同时失去你们两个。"

"这次你必须要答应我。"

他下巴紧绷,低着头。该说的都说了。库德尔卡担忧地坐在他旁边,视线在他们两人身上来回移动,一脸错愕。考迪利亚可以感觉到卓丝的手正握在椅背上,指节可能已经发白。

弗·科西根看上去就像趴在两块大石头之间。她不想看到他被碾成粉末。可在这一刻,他希望她自愿留在基地里,放弃冒险。

她摊开手,手指弯曲着放在桌面上,"如果我是你,我就会做出不同的选择——但没有人指定我做贝拉亚的摄政王。"

他叹息一声,"缺乏想象力,这是贝拉亚人的通病,亲爱的。"

考迪利亚回到阿罗的住处,发现皮奥特伯爵站在走廊里。他已经完全变了样,不再是那个疲惫不堪、把她留在山道上的老人。他现在一身高级制服,这是奖赏给退休弗氏贵族和年长高级官员的服装——优雅的裤子、锃亮的半筒靴,还有一件精心缝制的束腰外衣。伯沙瑞站在他身边,已经重新穿上通常的银棕色制服。他的手臂上搭着一件厚外套。考迪利亚断定皮奥特刚从寒冷的北方归来,他的外交使命是对弗·达瑞安控制的领地伯爵进行拉拢说服。除了弗·达瑞安控制的心脏地带,现在弗·科西根的人似乎可以在帝国的各个地方随意行动了。

"唔,考迪利亚。"皮奥特朝她致以非常正式的礼节问候,敌意已没有了。考迪利亚感到一阵高兴,她不知道自己备受折磨的心是否还有争斗的力气。

"日安,阁下。行程顺利吗?"

"很顺利。阿罗在哪里?"

"他到军情部去了,我想他在与伊林研究从萨塔那·弗·巴得到的最新情报。"

"哦?发生了什么事?"

"华根上校找到我们了。他身受重伤,几乎失去知觉,但还是从首府逃了出来——弗·达瑞安最终认识到他掌握了另外一个人质。他的军队从帝国作战部搬走了装有迈尔斯的人造子宫,把它运回了皇宫。我想我们很快就可以得知详情。"

皮奥特仰头发出一声尖锐、苦涩的笑声,"他们的威胁是白费力气。"

考迪利亚张着嘴,半天才说出话来:"你这是什么意思,阁下?"她其实完全明白他的意思,但却想让他自己承认。总之,真该死。要说就说出来吧。

他撇着嘴,半是不悦,半是微笑,"我的意思是,弗·达瑞安在无意中替弗·科西根家族做了件好事。我肯定他自己也没有意识到。"

如果阿罗站在这里,你就不会说这样的话,老家伙。这是你安排的吗？老天,她不能对他这么说话——"这是你安排的吗？"考迪利亚冷冷地问。

皮奥特的头猛地后仰,"我不和叛国者做交易！"

"他也是你们弗氏贵族中的一员。你总是说阿罗的改革太急进了。"

"你胆敢指责我——！"他怒不可遏。

他的愤怒让她红了眼,"我知道你是个潜在的凶手,为什么就不能是个潜在的叛国者？"

他狂怒不已,"你太过分了！"

"不,老家伙。我还没说够。"

卓丝被吓呆了。伯沙瑞的脸像石头一样没有表情。皮奥特扭着手,仿佛要去卡她的脖子。伯沙瑞望着他的手,眼睛里闪着奇异的光芒,游移不定。

"我几乎忍不住要告诉弗·达瑞安,把那怪胎扔出容器是他对我的最大帮助。"皮奥特说道,"但更开心的是,看到他以为自己拿了一张制胜的王牌,却不知道那根本没用。阿罗知道——我想他一定也很希望弗·达瑞安替他完成自己无法完成的工作。或者,是你迷惑了阿罗,让他去做一些愚蠢的事？"

"阿罗什么也没做。"

"噢,好孩子,我还以为你永远窃取了他的灵魂。他终究是个贝拉亚人。"

"好像是的。"她呆板地说,浑身发抖。皮奥特也在颤抖。

"总之这件事无关紧要。"他仿佛同时也在说给自己听,努力恢复自制力,"我还有更重要的事向摄政王汇报。再见,夫人。"他嘲弄地点了点头,转身离开。

"祝你好运!"她在后面喊道,转身冲入阿罗的寝室。

她在房间里来来回回踱了二十分钟,才渐渐找回了自信。卓丝缩在墙角的椅子里,仿佛想让自己变小一般。

"你不会真的认为皮奥特伯爵是叛国者吧,夫人?"当考迪利亚的脚步终于停下时,卓丝娜科维问道。

考迪利亚摇了摇头,"不……不。我只是想反击,让他感觉一下伤害的滋味。这地方在影响我,我已经变了。"她虚弱地陷在椅子里,仰头依在靠垫上。沉默了一会儿,她补充道:"阿罗是对的。我没有权力要求别人冒险。不,这么说不完全准确。应该说,我没有权力承受失败,并且我不再相信自己。我的锐气已经遗失在这片陌生的土地上。"我想不起来,想不起我的锐气是怎样遗失的。我与伯沙瑞就像是一对双胞胎:身体健康,但人格分裂,同样因贝拉亚而失去了战斗力。

"夫人……"卓丝娜科维扯了扯衬衣,低头望着腿,"我在皇宫里做了三年侍卫。"

"嗯……"她的心猛跳一下,咽下一口唾沫。出于以往的自律训练,考迪利亚把眼睛闭上了,"给我详细说说,卓丝。"

"是纳格力亲自训练我的。因为我是凯琳的贴身侍卫,他总是说,我是保护凯琳和格雷格的最后一道屏障——如果情况变得非常坏的话。他把皇宫的一切都告诉了我——他总是以此来训练我。我想,这些事情除我之外,他没有告诉过其他任何人。在危机演练里,我们有五条紧急逃生路线,其中两条属于普通安全通道,一条只有高级军官才知道,例如伊林;而另外两条——我不知道除了纳格力和埃扎皇帝,还有没有其他人清楚。但是我在想……"她舔了舔嘴唇,"一条向外的秘密通道应该相当于一条向里的秘密通道,你觉得是吗?"

"你总是令我惊讶,卓丝,就像阿罗所说。继续讲。"考迪利亚仍然没有睁开眼。

"就快说到关键了。如果我能够到皇宫外围,那我想我就能进入皇宫内部。如果弗·达瑞安在原来的保安措施基础上加强了防范——"

"那么你还能走出来?"

"为什么不可以呢?"

考迪利亚发现自己不得不重新学会呼吸,"你现在隶属于谁,卓丝?"

"纳格力——"她刚一开口,便醒悟地放低声音,"上校。但是他死了。我想,现在是伊林中校——上校。"

"让我纠正一下刚才的提问。"考迪利亚终于睁开了眼睛,"你愿意为了保护谁而面对生命危险?"

"凯琳。当然,还有格雷格。他们不可分割。"

"现在仍然是。"她迎向卓丝蓝色的眼眸,"凯琳把你转给了我。"

"让你做我的导师。我们认为你曾经是一名战士。"

"我不是,但这并不意味着我不会战斗。"考迪利亚顿了顿,"你愿意为谁付出生命,卓丝?"

"凯琳,"卓丝娜科维毫不犹豫地回答,"我希望至少能救出卡伦。不管你要什么,我都愿意交换,夫人。"

"嗯。"考迪利亚擦了擦嘴唇,坐在椅子里陷入了沉思。

首先看到目标,然后付诸行动。"这还不够,"考迪利亚最后摇摇头说,"我们需要一个……熟悉首府的人。他必须体格强壮,充作后备;还要精通武器,眼光敏锐。我需要一个朋友。"她的嘴角露出一丝微笑,"比兄弟还亲的朋友。"她站起身,朝通讯控制台走去。

"你要见我吗,夫人?"伯沙瑞中士问。

"是的,请进来。"

高级军官宿舍并没有让伯沙瑞感觉到窘迫,但当考迪利亚示意他坐下时,他的眉毛还是挤到了一起。她坐在矮桌对面阿罗通常坐的位置。卓丝又坐回角落里,沉默地望着他们。

考迪利亚打量着伯沙瑞,他也回望着她。尽管一脸的紧张,但伯沙瑞看上去还算正常。她可以感觉到,就像有第三只眼似的,伯沙瑞身上流淌着某种被压抑的能量——不断累积而无法释放,亟待在行动中爆发,以免反噬自身。她眨了眨眼,重新将注意力集中到他稍显安静的外表:一个身穿银棕色优雅制服的丑男人,疲惫不堪。

意外的是,伯沙瑞首先开口:"夫人,你听到埃蕾娜的消息了吗?"

她感到一阵羞愧,因为她几乎忘记了埃蕾娜,"恐怕没有最新的消息。有报告说当他们逃出弗·达瑞安军队控制的市中心酒店时,她是和海瑟蓓在一起的,另外还有很多别的人质。她没有被转移到皇宫或是其他地方。"埃蕾娜和凯琳不同,她不是考迪利亚秘密任务的关键。如果他提出请求,她能给予怎样的承诺?

"很抱歉听到你孩子的事,夫人。"

"我的怪胎,正如皮奥特所说。"她望着他。

"说到皮奥特伯爵,"他说道,然后停下来,双手交握,放在两膝之间,"我本想与上将谈一谈,但没想过和你谈。我应该想到你的。"

"随时都可以。"现在怎么样?

"昨天有人来找过我。在健身室里。他没有穿制服,也没佩戴领章或名牌。他说,如果我能刺杀皮奥特伯爵,就能换取埃蕾娜的生命。"

"好大的诱惑。"考迪利亚脱口而出,接着呛了一下,"那,他用什么来保证?"

"这问题我也想过。而且,我可能会被处决,但谁会去照顾一个叛徒的私生女呢?所以我认为这是个骗局。后来我回去寻找,但那人再也没出现。"他叹了口气,"现在看来,这几乎像幻觉一样。"

卓丝脸上露出担忧的表情,但幸运的是,伯沙瑞转过了脸,没有留意到。考迪利亚朝她微微一蹙。

"你一直都有幻觉吗?"考迪利亚问。

"没有,只是会做一些噩梦。我尽量不睡。"

"我……进退两难,"考迪利亚说,"你听到我跟皮奥特说的事了吧?"

"是的,夫人。"

"你知道时间期限吗?"

"时间期限?"

"如果不补充能量,人造子宫在六天之后将无法维持迈尔斯的生存。阿罗说迈尔斯不比他下属的亲人更危险。我不同意。"

"在他背后,我听过一些别的言论。"

"唔?"

"他们说这是骗局,说上将的儿子是个怪物,而且养不活。"

"我想他并不知道……有人会这么说。"

"谁会告诉他这些话呢?"

"少之又少。包括伊林也不会。"不过如果皮奥特听到的话,他肯定会开口。"气人!没有一个人,不管是哪一方,会对舍弃人造子宫产生片刻犹豫。"她想了想,又说,"中士,你隶属于谁?"

"我是对皮奥特伯爵立过誓的家臣。"伯沙瑞脱口而出。这时他从近处盯着她,嘴角露出一丝古怪的笑容。

"让我更正一下。我知道政府对擅离职守的家臣的惩罚很严重,但假如——"

"夫人。"他举起一只手。她停下来,屏住了呼吸。"你记得吗?在弗·科西根爵府前面的草坪里,我们把纳格力的尸体送上轻便飞行器,我的主人命令我服从你的命令,就像服从他一样。"

考迪利亚眉头舒展,说,"是吗……"

"他还没有收回那个命令。"

"中士,"她舒了一口气,"想不到你比律师还会钻空子。"

他的笑意更浓了,"从技术上说,你的命令就和皇帝的命令一样有效。"

"现在也是吗?"她开心地低声说,指甲不知不觉已掐进手掌里。

他向前探身,双手稳稳地握在双膝之间,"那么,夫人,你的命令是?"

车辆补给库是一个低矮的拱形建筑,它的阴影被运输办公室玻璃外墙透出的灯光分割得支离破碎。考迪利亚站在黑暗的电梯罐入口处等待着,卓丝在她身旁,二人透过矩形玻璃望着伯沙瑞。伯沙瑞正在里面与运输军官交涉。弗·科西根上将的家臣正在为他的主人预订一辆车子,伯沙瑞递过去的批条和身份证明完美无缺。运输军官把伯沙瑞的身份卡塞进电脑,再将伯沙瑞的手掌按在感应器的面板上,然后急促地发出一系列指令。

这个粗略的计划能行得通吗？考迪利亚忧心忡忡。如果失败的话，他们还有什么备用计划呢？她在脑里勾勒着方案，就像地图上标示的红色箭头：他们不能朝北走，而应首先向南，乘坐地面车进入下一个安全区域；然后掩藏引人注目的政府车辆，坐单轨列车朝西进入下一个领地；接着向西北到达下一个领地；之后向东进入弗·伊尼斯伯爵的中立区，这是双方都在进行外交角力的一个省区——皮奥特的评论在她记忆里回响："我发誓，阿罗，如果弗·伊尼斯不放弃两边通吃的策略，等战争结束，你一定要将他吊得比弗·达瑞安还要高。"——最后，他们将到达首府，然后是皇宫。这段旅程相当绕，至少是直线距离的三倍。

势必要耗费很多的时间。但她的心已经牢牢地指向了北方。

头一个和最后一个领地是行程中最困难的。对这次远征来说，阿罗的人可能比弗·达瑞安的人更难对付。她晃着头，仿佛要甩掉种种的不可能。

要一步一步来。她给自己打气说。每次一步。首先得离开坦纳利基地，这对他们来说不成问题。将无限的未来分成无数个五分钟的时段，然后一段一段地度过。

头一个五分钟已经完成了，一辆灵敏、华丽的军官座车从地下车库驶了出来。小小的胜利，就当作是对耐性和冒险的小小回报吧。但不知更大的耐性和冒险又能带来什么？

伯沙瑞仔细地检查着车辆，仿佛在怀疑它是否适合他的主人。运输军官不安地等待着，当上将的家臣把手放在舱盖上，对着上面的灰尘皱了几分钟眉头，然后勉强表示接受时，他仿佛大大地松了一口气。伯沙瑞将车子驶到电梯罐入口附近，将它停好，巧妙地挡住了军官的视线，让他看不见上车的乘客。

卓丝弯腰拾起背囊，里面装着杂七杂八的衣服，包括伯沙瑞和考迪利亚的山地"纪念品"，还有几种不同的武器。

"夫人！"库德尔卡中尉焦虑的声音从后面传来，"你在干吗？"

考迪利亚闭着嘴，一边在心里咒骂着，一边将气呼呼的表情转换成带着惊讶的微笑，然后转过脸，"嘿，库德尔卡，怎么啦？"

库德尔卡皱着眉头，看着她、卓丝娜科维和她们的背囊。"你先回答我。"他有点气喘吁吁——一定是发现他们不在阿罗的住处后，一直追了几分钟。

考迪利亚的笑容冻结了，脑子里浮现出警卫人员冲出来拘捕她的画面，"我们……要到城里去。"

他怀疑地撇了撇嘴，"哦？上将知道吗？伊林的外勤特工组在哪里？"

"他们在前面。"考迪利亚强作镇定。

她的狡辩反而增加了他的怀疑，但这种怀疑很快便消散了。"好吧，你们等一小会儿——"

"中尉，"伯沙瑞中士打断说，"你看看这个。"他指了指乘客舱。

库德尔卡俯下身察看，"什么？"他不耐烦地说。

当伯沙瑞张开手砍在库德尔卡的后脖子上时，考迪利亚朝后缩了缩。伯沙瑞用力将库德尔卡拖进车里，将他系在座位上。库德尔卡的头重重地撞在车厢的一角，这时考迪利亚再次缩了一下。库德尔卡的剑杖"砰"的一声掉落在地上。

"上车。"伯沙瑞发出紧张的低吼，同时飞快地向运输办公室扫了一眼。

卓丝娜科维把背囊扔进车厢里，跟在库德尔卡后面跳上车，挤开了他的长胳膊长腿。考迪利亚拾起剑杖,走进车里。伯沙瑞后退两步,敬了个礼,然后关上舱盖,登上驾驶舱。

车子开始平稳地行驶。当伯沙瑞在第一个检查点停下时,考迪利亚不得不控制住惊慌的情绪。但显然,皮奥特上将拥有随意通行权。能做一次皮奥特上将,这倒令人开心,但是在这种特殊时期,可能皮奥特也不得不打开后舱接受检查。幸运的是,最后那道门的守卫刚好忙于检查进来的大批货物搬运车,于是挥挥手让他们通过了。

考迪利亚和卓丝娜科维终于把躺卧的库德尔卡扶起来,夹在她们中间。库德尔卡已经清醒过来。他眨了眨眼,发出低低的呻吟。他的头、颈和上半身都动不了。考迪利亚希望他们没有弄断他什么。

卓丝娜科维的声音中带着紧张和担忧,"我们拿他怎么办?"

"我们不能把他扔在路上,他会跑回去把消息传开的。"考迪利亚说,"要是把他绑在某处的树上,可能又不容易被找到……所以最好先把他捆起来,别让他乱动。"

"我可以对付他。"

"我想他已经遭了不少罪。"

卓丝娜科维从背囊里拿出一条围巾,将库德尔卡的双手牢牢捆住——她对绑人确实有一套。

"他可能有用。"考迪利亚考虑着。

"他会出卖我们。"卓丝娜科维皱眉说。

"或许不会——只要我们还在敌人的领地,只要我们别无退路,唯有向前。"

库德尔卡的眼皮停止颤动,视线逐渐清晰起来。考迪利亚放心地留意到,他的两个瞳孔并没有放大。

"夫人——考迪利亚，"他清了清嗓子，"你们疯了吧？你们直接冲入弗·达瑞安的军营，只会让他手上增加一个控制将军的把柄。何况你和伯沙瑞都知道皇帝现在何处！"

"不是现在，"考迪利亚纠正说，"一周之前。我肯定，自那以后他又被转移了。我想阿罗不会因为弗·达瑞安手上的把柄而屈服，不要低估阿罗。"

"伯沙瑞中士！"库德尔卡向前倾过身，朝内部通讯器喊道。此时，前舱的声音也很响亮。

"怎么样，中尉？"伯沙瑞用单调的低音回答说。

"我命令你掉转车头。"

短暂的沉默。"我不再是一名帝国军人了，长官。我退出了。"

"皮奥特没有下过命令！你是皮奥特伯爵的人。"

更长的沉默。更低的声音："不，我是弗·科西根夫人的一条忠实的狗。"

"你忘记吃药了吧！"

考迪利亚不知道他们能走多远而不被发现，但此行必定路途多舛。

"算了，库德尔卡，"考迪利亚哄着他说，"支持我吧——为了运气，为了生活，也为了激情。"

卓丝娜科维凑过来，唇上带着尖刻的笑意，在库德尔卡的耳边说："从另一个角度看，库德尔卡，还有谁给你机会参加实战？"

库德尔卡从左到右反复打量着他面前的两个绑架者。当他们冲入即将到来的黎明时，地面车的引擎发出隆隆的响声。

第十六章

非法蔬菜。在货车一路的"吱吱"声响里,考迪利亚坐在一堆花椰菜和几箱草莓中间,陷入了沉思。这些南方的蔬菜瓜果,正被偷偷运往萨塔那·弗·巴出售。她怀疑在那堆货物下面,就是几周前和她一起旅行过的绿色卷心菜。

弗·达瑞安控制的首府,现在被忠于弗·科西根的领地重重围住。尽管不至于发生饥荒,但在萨塔那·弗·巴,随着寒冬来临,食物价格暴涨,因此穷人都想抓住机会多挣些钱。而眼前这个穷人就是如此,他没有反对在他的货厢中搭上几个不在名单上的乘客,当然,他是要收钱的。

这是库德尔卡想出的计划,他放弃了起初的抵触情绪,全心地投入到他们的战略策划中。另外,也是库德尔卡在弗·伊尼斯的领地找到了批发商店,然后领着他们在货运码头上徘徊,寻找愿意搭载乘客的货主。贿赂的款项则由伯沙瑞决定,尽管在考迪利亚眼里,这数目少得可怜,不过正好与他们现在扮演的乡下人角色相吻合。

"我父亲是个杂货商,"将计划说给他们听时,库德尔卡生硬地解释说,"我知道自己在做什么。"

看到他用谨慎的目光瞄着卓丝娜科维,考迪利亚困惑了一会儿,然后想起卓丝的父亲是一名军人。库德尔卡曾提起过他的妹妹和守寡的母亲,但直到此时考迪利亚才知道,他以前杜撰了父亲的出身。他们之间并非没有感情,他只是不想被取笑。库德尔卡否决了搭载运肉车的提议。"这很可能会被弗·达瑞安的人截住,"他解释说,"他们也许会想勒索司机几块牛排。"考迪利亚不知道这判断是根据军人还是杂货商的经验做出的,或许两者都有。不管怎么样,避免和恐怖的冰冻动物尸体一同旅行是再好不过了。

他们尽量穿上了与角色相衬的衣服。伯沙瑞和库德尔卡扮作两名最近出逃的军人,寻找着更有光明的前途。考迪利亚和卓丝则是两个陪同他们的农妇。女人们身上穿着非常古怪的衣服:一件破旧的山地上衣,搭配一些显然是从二手商店买来的高档服饰。

考迪利亚疲倦地闭上眼,尽管根本无法入睡。时钟一直在她脑海里跳动。他们花了两天才走了这么远。离他们的目标很近了,但离成功却很远……当货车停下在地面上刹住时,她突然重新睁开眼。

伯沙瑞灵活地穿过通道,走进驾驶舱。"我们在这里下车。"他缓缓地对司机说。他们依次从车上走下。他们的呼吸在寒风中形成一团团的雾气。这是黎明前的黑暗,在考迪利亚认为应该有光的地方只亮着几盏灯。伯沙瑞挥手告别运货车。

"我们不能一直坐车到达中央市场,"伯沙瑞咕哝着说,"司机说现在这个时间,当新来的货物运进去时,那地方遍布弗·伯恩的卫兵。"

"他们担心有人哄抢货物?"考迪利亚问道。

"毫无疑问,而且他们还想先动手呢。"库德尔卡说,"弗·达瑞安很快就会派军队进驻,以防黑市吸干配给系统的所有货物。"这时,库德尔卡忘记了自己扮演的贵族角色,显露出对黑市经济令人惊讶的全面把握。噢,不知道那个杂货商是如何教育他的儿子,使他能够考入竞争异常激烈的帝国军事学院的?考迪利亚一边在心里暗笑着,一边上上下下地打量街道。这里是老街区,陈旧的电梯罐,没有一座建筑超过六层,到处都是一片破旧。

伯沙瑞在前面领路,仿佛知道自己要去哪里。在他们经过的地方,街区的维护没有半点改善。街道和巷子都很狭窄,沟渠里散发出腐烂的味道,偶尔还吹来一股排泄物的气味。灯光越来越稀少。卓丝的肩膀耸了起来,库德尔卡则握住了剑杖。

伯沙瑞在一个狭小、昏暗的房门前停下,上面手写着两个字:"住宿"。"这里应该可以。"那扇古老的、铰链旋转门紧闭着。他推了推,接着敲了几下。过了很久,大门里的一扇小门打开了,一双怀疑的眼睛向外张望:

"什么事?"

"住宿。"

"这么晚?不太可能吧。"

伯沙瑞把卓丝推到前面,门里的光线照在她的脸上。

"哈,"门后的人咕哝着说道,"明白了……"然后响起链条的碰撞与金属的摩擦声,大门旋转着打开了。

他们全部挤进一条狭窄的走廊,走上楼梯,经过一张桌子和一道拱门,然后到达黑暗的前台。当旅馆招待得知他们四个人只要一间房时,他的脸显得更加阴郁了,但他没有提出疑问。显然,他们真实的绝望为贫穷的身份做了最好的注解。队伍里有两个女人,还有库德尔卡这个残疾,几乎没有人会把他们当成秘密特工。

他们住进楼上一个狭促、便宜的房间,库德尔卡和卓丝首先上床休息。当晨光从窗口渗进来时,考迪利亚跟随伯沙瑞下楼找吃的东西。

"我应该想到,在一个被封锁的城市里,我们需要带上干粮。"考迪利亚喃喃地说。

"情况还没有坏到那般地步,"伯沙瑞说,"嗯——你最好别开口,夫人。你的口音。"

"对。那么就由你来与那家伙交涉。我想听一听当地人的意见。"

他们在拱门外面的一个小房间里找到了旅馆的主人——不管他是谁,反正里面放着一张柜台和几套散乱的桌椅,看起来像是酒吧和餐厅的混合体。那个人勉强卖给了他们一些密封包装的食品和几瓶饮料,价格贵得离奇。他一边抱怨着配给的缺乏,一边刺探他们的情况。

"我几个月前就计划了这次旅行,"伯沙瑞向吧台倾下身,"但被该死的战争弄砸了。"

旅馆主人试探地问道:"噢?你从事什么买卖?"

伯沙瑞舔了舔嘴唇,眯着眼,陷入了沉思,"你看到楼上那个金发妞没有?"

"唔?"

"处女。"

"不可能,太老了。"

"噢,是真的。那个小妞气质出众。我们本来计划在冬节上把她卖给弗氏贵族,大赚一笔,但他们全都逃出城了。我想可以再试试卖给富商。但是她不喜欢。我向她保证过找一个真正的伯爵。"

考迪利亚用手掩着嘴,避免发出任何引起注意的声响。还好卓丝不在这里,没听到伯沙瑞胡乱编造的故事。天啊,贝拉亚的男人真的会购买特权,强行与毫无经验的女人发生关系吗?

旅馆主人朝考迪利亚看了一眼,"你让她单独和你的同伴待在一起,而把保姆带下来,难道不怕弄坏你的'货物'吗?"

"怕什么?"伯沙瑞说,"如果行的话,他早就动手了。但他曾被神经爆破枪击中,伤在下身,然后才因病退伍。"

"那你又为什么退伍?"

"伤人。"

根据考迪利亚的理解,这种情形不是勒令退伍就是被囚禁。对于长期制造麻烦的人来说,这是最终的命运。

"你还带上一个瘫子?"旅馆主人猛地抬起头,指着楼上的房间和里面的住客。

"他可是我们的智囊。"

"我看他没什么脑子,在这个时候来这里做生意。"

"是啊。我想如果将她剥了皮,砍成一段一段的,也能卖到比这里的肉更好的价钱。"

"那倒是没错。"旅馆主人粗鲁地哼了一声,望着考迪利亚面前的柜台里堆起的货物。

"不过,她太迷人了,我舍不得浪费。看来,在这事完结之前,我得找点别的事,消磨消磨时间。不知道有没人愿意雇一个肌肉发达——"伯沙瑞止住话头。他是不是用光了灵感?

旅馆主人颇感兴趣地打量着他,"哦? 我刚好眼前有点事,想找一个……跑腿的。我这个星期一直担心有人会抢先一步。你或许正是我所需要的。"

"唔?"

旅馆主人从柜台上俯过身,压着嗓子说:"弗·达瑞安伯爵的人提供了丰厚的奖赏,由帝国安全部负责,奖赏出卖消息的人。不管谁在这周内控制了城市,我通常都不会和帝国安全部的人混在一起。但是,街尾的房子里住了一个奇怪的家伙,他平时深居简出,除非需要购买食物,否则绝不露面。而且他买的食物数量远远超过一个男人所需……他的屋里一定藏了别人。所以,我一直在想,这家伙或许……对某些人来说值些钱。"

伯沙瑞皱眉沉思,"可能有危险。弗·科西根上将要杀回城,到时候一定会不遗余力地清查告密者,而你是有地址可查的。"

"你不是没有吗?如果你去告密,我可以分你十分之一的报酬。我想那家伙是条大鱼。他怕得要命。"

伯沙瑞摇摇头,"难道你没有闻到城里的气味吗?是失败的气味,伙计。弗·达瑞安的人相当可怕。如果我是你,就一定会慎重对待。"

旅馆主人失望地抿着嘴唇,"做不做随你,机会不等人。"

考迪利亚附在伯沙瑞耳边,低声说:"我们陪他玩一玩。看看是谁,可能是我们的同盟者。"她想了想,又补充道,"你说要二分之一的报酬。"

伯沙瑞挺直身,点了点头,"我们对半分。"他对旅馆主人说,"风险太大了。"

旅馆主人朝考迪利亚皱了皱眉,但不失敬意,他犹豫道:"我想,一人一半总好过一无所获。"

"你能带我去看看那家伙吗?"伯沙瑞问。

"或许吧。"

"来,女人,"伯沙瑞把货物放到考迪利亚手里,"把这些拿回房间里。"

考迪利亚清了清嗓子,尽量模仿山地人的口音:"你要小心,城里人都很狡猾。"

伯沙瑞朝旅馆主人露出警觉的讪笑,"噢,他不会欺骗一个老兵吧。"

旅馆主人报以紧张的一笑。

考迪利亚睡得迷迷糊糊的,当伯沙瑞回到房里时,她才猛然惊醒。伯沙瑞仔细地察看过走廊,然后关上了身后的门。他看上去表情严肃。

"怎么了,中士?你发现了什么?"那个隐藏的人可能是重要人物,要是他的价值相当于肯锡安上将怎么办?这个想法吓坏了她。如果有更为重要的事,她就无法坚持继续处理自己的私事……库德尔卡睡在地铺上,卓丝则在另一张小床上,这会儿两人都从睡梦中醒来,支着手肘倾听。

"是弗·帕特利尔伯爵及夫人。"

"噢,不。"她坐得笔直,"你确定吗?"

"嗯,是的。"

库德尔卡搔了搔头,"你和他们联络了吗?"

"还没有。"

"为什么?"

"这该由弗·科西根夫人来决定。我们要改变最初的计划吗?"

她想了想,问道:"他们状况如何?"

"还活着,隐藏得还好。但是——除了楼下那混蛋,可能还有其他人认出了他们。"

"有孩子的消息吗?"

他摇了摇头,"她的孩子还没有出生。"

"太迟了!她在两周前就该把它生下来。可恶。"她顿了顿,"你觉得我们可以一起逃出城市吗?"

"队伍里人越多,就越显眼,"伯沙瑞缓慢地说,"我见过弗·帕特利尔夫人。她太引人注目了,别人一定会发现的。"

"加入我们也不能改善他们的处境。他们已经躲藏了几个星期。如果我们此行取得成功,或许在回程时能带上他们,或者回去之后叫伊林派几个忠心的特工来协助……"该死。如果这是一次正式的袭击,那么她正是弗·帕特利尔所需要的。假如真是这样,她将毫不犹豫地实施援助。她思考着,"不,现在不能接触。但最好做些事,拉拢一下你楼下的那位朋友。"

"我已经这样做了,"伯沙瑞说,"我告诉他哪里可以卖到更好的价钱,而且不用担心事后算账。"

"你相信他?"卓丝娜科维怀疑地说。

伯沙瑞做了个鬼脸,"只要我能看得到他。我们待在此处期间,我尽量不让他离开我的视线。还有一件事,我在后面房间的广播里听到消息,弗·达瑞安昨晚已经登基称帝。"

库德尔卡咒骂道:"他终于露出狼子野心了。"

"但这有什么意义?"考迪利亚问,"是因为感觉自己强大,还是绝望的举动?"

"我想这是动摇太空军的最后一项策略。"库德尔卡说。

"这真的能拉拢更多的人吗?"

库德尔卡摇摇头,"在贝拉亚,人们真正担心的是混乱。以前经历过,非常恐怖。自从多卡·弗·巴拉击败各个军阀、统一了这个星球以来,统治权一向被视为秩序的基础。在这个地方,皇帝是个有实权的字眼。"

"我看未必。"考迪利亚叹息道,"我们先休息吧,或许到明天的这个时候,一切都会结束。"是希望还是绝望,视乎你怎么看待。她在心里已经计算了无数遍,用一天潜入皇宫,再用两天回到弗·科西根首府……不能再浪费了。她感到自己仿佛在飞,越飞越快。

这是取消任务的最后机会了。一场雾雨给城市的早晨带来了尘土的味道,考迪利亚从污秽的窗子望出去,光滑的街道上反射着街灯琥珀般的光晕。路上只有几个行人,都脚步匆忙,垂着头。

战争和冬季仿佛抽干了秋天的最后一口气,放回去的是一片死寂。鼓起勇气,考迪利亚对自己说,然后挺直背,领着她的突击队走到楼下。

柜台后面没有人。考迪利亚打算省去退房的手续,反正他们已经先付了钱。这时,旅馆主人跺着脚穿过前门进来了,只见他甩掉夹克上冰冷的水珠,死死地盯着伯沙瑞,嘴里高声咒骂起来:

"你!全是你的错,没胆的废物。我们错过了机会,妈的,现在别人得到了它。那些奖赏本该属于我,属于我——"

随着"砰"的一声,旅馆主人的谩骂戛然而止——伯沙瑞把他按在了墙上。当伯沙瑞野兽般的面孔向他俯过去时,那人的脚趾头不禁朝地板伸去。"发生了什么事?"

"弗·达瑞安的一支小分队找到了那家伙。他好像正带他们回去寻找他的同伙。"旅馆主人的声音里带着恐惧与愤慨,"他们抓了两个人,而我什么都没得到!"

"抓到他们了?"考迪利亚无力地重复道。

"现在正把他们带走,妈的。"

可能还有一丝机会。考迪利亚想。救还是不救,太难取舍了。她从背囊里掏出震荡枪,那人吓得目瞪口呆。"我们要试一试。卓丝,把剩下的武器取出来。中士,带我们去,走!"

接着,他们冲出街道——一般正常的贝拉亚人都会避免这种行为,因为这是违反宵禁的,会被安全人员逮捕。卓丝紧跟着伯沙瑞;库德尔卡拐着背囊,在后面警戒。考迪利亚希望雾气能更浓一些。

弗·帕特利尔的藏身之地位于两个街区之外,那幢破旧、狭窄的楼房与他们昨天的居所很相似。伯沙瑞举起一只手,小心地从拐角处探头窥视,然后缩回来。两辆安全部的地面车正停在小旅馆前面,挡住了入口。不过,对他们来说,这个地区的人少得出奇。库德尔卡在后面喘着气。

"卓丝娜科维,"伯沙瑞说,"你到那边去,占据交叉火力位置,覆盖地面车的另一头。小心点,他们会在门后布置枪手。"

是的,街头战术当然属于伯沙瑞的强项。卓丝点点头,检查一下武器,然后小心地拐过街角,甚至头都没回。一出了敌人的视线范围,她就悄无声息地跑起来。

"我们要占据一个更好的位置,"伯沙瑞自言自语道,再一次冒险从拐角探出头,"从这儿什么都看不见。"

"有一男一女在街上走,"考迪利亚尽力分辨,"他们停下来在门口说话,正好奇地观望全神贯注执行抓捕行动的警卫——我们要过去吗?"

"不能靠得太近,"伯沙瑞说,"他们的扫描器会察觉到我们的能量武器。中尉,你在这儿掩护我们。准备好等离子电弧枪,我们只能靠它来阻挡车辆。"

伯沙瑞将神经爆破枪藏在外套下看不见的地方;考迪利亚将震荡枪插在衬衣的腰带上,轻轻拉住伯沙瑞的手臂。两人朝街角走去。

这个主意非常愚蠢。考迪利亚心想,紧跟上伯沙瑞的步伐。如果要策划这样的袭击,我们应该在几小时前准备就位。或许应该在几小时前就把帕德玛和艾利丝救出来,但我们没有——帕德玛多久之前就被盯上了?或许我们会落入一个圈套,然后全部被捕?没有什么应该不应该的,把注意力集中到此时此刻吧。

当接近一个狭长阴暗的街口时,伯沙瑞放慢步子,把手臂搁在墙上,向她靠过来。他们离抓捕现场很近了,已经可以听到声音。通讯器里"噼噼啪啪"的电流声,在潮湿的空气里清晰可闻。

是时候了。虽然那个被卫兵按在地面车旁的黑发男人穿着破烂的衬衣和裤子,考迪利亚还是轻易地认出他就是弗·帕特利尔。他脸上的伤口流着血,嘴唇肿胀,带着服用吐真药后特有的笑容。笑容变成痛楚,然后又复原,他的傻笑变成了呻吟。

黑衣警卫正从旅馆的门里把一个女人拖出街道。警卫小分队的注意力全都集中在她身上。考迪利亚和伯沙瑞也一样。

艾利丝·弗·帕特利尔只穿着睡衣和长袍,脚上是一双平底鞋,黑色的头发蓬松散乱,垂下来遮住了苍白的脸。她看上去就像个美丽的疯女人。她显然就快要生了,黑袍遮不住白色睡衣下拱起的腹部。警卫粗暴地推着她,将她双手反扣。她的腿撑开着保持平衡,对抗着背后的推搡。

带头的警卫是一名上校,他检查了一下报告板。"没错,就是他们。伯爵及其继承人。"他的视线停留在艾利丝·弗·帕特利尔的腹部,然后点了点头,仿佛要验证无误,接着朝通讯器喊道:"撤退,士兵们,我们的任务完成了。"

"我们对这种事怎么处理,上校?"一名中尉朝弗·帕特利尔夫人走过去,将她的长袍高高撩起,然后不安地问道。他的声音里混合着迷恋和沮丧。在这两个月里,她胖了许多。她的下巴和胸部变得浑圆,大腿变粗,腹部向外凸起。那中尉好奇地用手指按了按那团柔软的白肉。她颤抖地在原地无声地站立着,对他的放肆怒目而视,眼里闪烁着惊恐的泪光。"我们接到的命令是除掉伯爵和他的继承人,但是不包括她。我们要坐下来等待生产吗?要不就把她挤扁,或是剖开?"他带着商量的语气说,"或者把她带回司令部?"

从后面扭住她的那名警卫咧嘴笑了笑,用髋部撞了撞她的后臀,脸上带着清晰无误的淫邪,"我们不必着急送她回去,对吧?我是说,这可是弗氏贵族女人,多好的机会呀。"

上校盯着他,厌恶地吐了口唾沫,"下士,不许胡闹。"

考迪利亚惊讶地发现伯沙瑞已经被唤起了杀意,眼睛闪着利光,嘴巴张开着。

上校把通讯器装回口袋,举起神经爆破枪,"不行,"他摇摇头,"我们要迅速完成任务。站到一边去,下士。"

奇怪的仁慈……

警卫熟练地向艾利丝的膝盖踢了一脚,将她放倒在地,然后退回去。她的手朝人行道摊开,根本来不及保护凸起的腹部免受强烈的碰撞。上校举起神经爆破枪,似乎犹豫着是瞄向她的头还是躯干。

"干掉他们。"考迪利亚在伯沙瑞耳边说,然后迅速掏出震荡枪,开火。

伯沙瑞不仅仅被唤起了杀意,而且陷入了某种疯狂状态。他的神经爆破枪和考迪利亚的震荡枪一起击中了那名上校,尽管是她先开枪。然后他移动几步,一团黑色的影子从停泊的车子后面掠过。他连发了几枪,蓝色的焰火将空气电离化。两名警卫应声倒地,剩下的则在他们的地面车后寻找掩护。

艾利丝·弗·帕特利尔仍然趴在地上,身体紧紧地缩成一团,试图用手臂和双腿保护肚腹。帕德玛·弗·帕特利尔还处于服用吐真药后的半昏迷状态,但他仍跌跌撞撞地朝她走去,双臂张开,显然也想保护她的肚腹。警卫中的一名中尉在地上打了个滚儿,迅速朝掩体跑去,同时将他的神经爆破枪指向这个疯子般的男人。

中尉停下来的瞄准造成了难以挽回的损失。卓丝娜科维的神经爆破枪的交叉火力和考迪利亚手上震荡枪的能量束穿过了他的身体——但慢了千分之一秒。他的神经爆破枪波束击中了帕德玛·弗·帕特利尔的后脑。蓝色的火花四下飞溅,黑色的头发瞬间变成橙红,帕德玛的身体剧烈地蜷成一团,倒在地上颤抖不止。艾利丝悲鸣一声,随即大口喘气。从她的手和膝盖的动作来看,在向他爬去或是爬离他的时候,她似乎突然僵住了。

卓丝娜科维的交叉火力取得了极大优势。最后一名警卫在试图打开装甲地面车的舱盖时被击毙。躲在第二辆车子里的司机选择了逃走。当车子加速通过拐角时,库德尔卡将等离子电弧枪调到最高能量,击中了那辆地面车。车子硬生生地刹住,倾斜着迸出几道火花,然后撞上了旁边的一幢砖砌建筑物。

对了,我这次的任务不是要完全保密的吗?考迪利亚头昏眼花地想道,朝前奔去。她和卓丝娜科维同时到达艾利丝·弗·

帕特利尔的位置。她们一起将这个颤抖的女人扶起来。

"我们得离开这里。"伯沙瑞说,从他的火力点直起身,朝他们走来。

"这还用说?"库德尔卡回应道,一瘸一拐地站起来,凝视着周围突如其来的壮观大屠杀。街道异样地寂静。很快就不会了。考迪利亚暗暗地想道。

"这条路。"伯沙瑞指着一条黑暗、狭窄的巷子说,"快跑。"

"我们是不是该试试那辆车?"考迪利亚指着一辆带窗帘的车子说。

"不。它容易被追踪,而且对我们要去的地方不太合适。"

考迪利亚不知道崩溃的艾利丝是否还能跑得动,但她把震荡枪插回腰带,托起了这名孕妇的一条手臂——卓丝扶着另一边,两人一起护送她朝伯沙瑞走去。至少库德尔卡现在不是队伍中最慢的一个了。

艾利丝仍在哭泣,但没有陷入歇斯底里。她只朝肩后望了一眼丈夫的尸体,然后就坚强地集中精神,尽量跑动起来。她脚步不稳,无法保持平衡,她的手臂围绕着腹部,试图减缓脚步的震动。"考迪利亚。"艾利丝喘着气说,终于认出了她,但是没有时间,也没有气力进行解释了。

他们还没走过三个街区,考迪利亚便听到刚才逃离的地方传出了警报声。但伯沙瑞似乎重新恢复了自制力,显得镇定自若。他们穿过另一条狭窄的巷子,考迪利亚发现他们来到了城里一个没有街灯的地方——实际上没有任何光源。她的眼睛紧张地望着浓雾中的阴影。

艾利丝突然停下脚步,考迪利亚也急忙站住,几乎将艾利丝拖离地面。艾利丝站了半分钟,弯下身体,不断喘着气。

考迪利亚发现,艾利丝的腹部变得坚硬如铁,她背上的长袍已经湿透。"你要分娩了吗?"她问道。她不知道自己为什么要问,因为答案显而易见。

"我已经痛了大概一天半。"艾利丝脱口说道——她似乎无法直起身体,"当那个混蛋把我推倒时,我想我的羊水破了,除非那是血——如果真是这样,我可能已经死了——现在痛得更厉害了……"她的呼吸变慢了,努力挺直腰。

"还要多久?"库德尔卡惊慌地问。

"我怎么知道?我以前又没生过孩子。"弗·帕特利尔夫人咬着牙说。炽热的怒气温暖了冰冷的恐惧,但还不够暖,只是暴风雪中的一支蜡烛。

"要我说,不会太久了。"伯沙瑞的声音从黑暗里传出,"我们最好找个地方。"

弗·帕特利尔夫人已经跑不动了,但仍努力地蹒跚而行,每隔两分钟就要停下来。然后是每隔一分钟。

"来不及了,"伯沙瑞喃喃说道,"你们在这儿等一下。"他消失在一条小巷里。这个地方的每条道路似乎都是小巷,冰冷发臭,狭窄得无法通车。他们在这座迷宫里总共碰到过两个人。见面时,他们在巷子里挤成一团,小心地侧身而过。

"你能不能做一些……控制之类的事情?"库德尔卡问道,更加忧心地望着弗·帕特利尔夫人,"我们应该……去找一个医生或是别的什么人。"

"那个傻傻的帕德玛就是为这出去的,"艾利丝咬着牙说,"我求他不要去……噢,天啊!"过了一会儿,她令人惊讶地继续说道,"下次当你快把内脏呕吐出来时,库德尔卡,我会建议你把嘴闭上,用力吞下去……这不是能够控制的反应!"她又伸直身体,剧烈地颤抖起来。

"她不需要医生,只需要一块平地。"伯沙瑞在黑暗里说道,"这边走。"

他领着他们穿过捷径,来到一扇木门前,它嵌在一堵古老、坚固的石灰墙上,原本是紧闭的。根据新掉下来的碎片判断,他刚才一定是将它踢开了。进去之后,他们重新把门紧紧关上,然后卓丝娜科维才敢从背囊里掏出手电筒。光线照亮了一个狭小、空旷、肮脏的房间。伯沙瑞快速地在周围绕了一圈。两扇内部的门很久以前就被弄开了,里面空无一人,没有声音,也没有亮光。"这里应该可以。"伯沙瑞说。

考迪利亚想知道下一步该怎么办。她现在知道胚胎移植的所有手术疗程,但是对于自然的分娩,她仅仅掌握了理论。艾利丝·弗·帕特利尔可能对生物学的了解比她还少,卓丝更不用说;而库德尔卡完全帮不上忙。"这里有人以前做过这种事吗?"

"我没有。"艾利丝咕哝道。他们的表情显然都给出了清晰的答案。

"你不是孤单一人。"考迪利亚果断地说。信心会带来松弛,总能起些作用。"我们都会帮忙。"

伯沙瑞带着奇怪的犹豫说道:"我妈妈以前在产房工作。有时她也把我拉去搭把手。并不需要太多的知识。"

考迪利亚抑制住扬眉的冲动。这还是她第一次听到伯沙瑞提起他的父母。

他叹了口气,显然从他们脸上的表情意识到,他自己成了唯一的希望,"把你的夹克给我,库德尔卡。"

库德尔卡脱下衣服,准备将它包在颤抖的弗·帕特利尔夫人身上,但伯沙瑞把自己的夹克围在弗·帕特利尔夫人的肩上,然后扶着她躺在地板上,把库德尔卡的夹克塞到她的臀部下面。躺下之后,艾利丝的脸色稍微好了一些,不再像刚才快要晕过去时那般苍白,但她的呼吸止住了,然后腹部肌肉紧绷,她又大叫起来。

"到我身边来,弗·科西根夫人。"伯沙瑞朝考迪利亚咕哝道。干什么?考迪利亚迷惑不解,但当他跪下来、轻轻掀开艾利丝·弗·帕特利尔的睡衣时,她明白了自己要干什么。

"婴孩的头还没有出来,"他说道,"但很快就会了。"

又一阵痉挛,他茫然地朝周围看了看,补充道:"我想你最好忍住叫唤,弗·帕特利尔夫人。他们正在外面搜寻我们。"

她理解地点点头,绝望地挥了挥手。卓丝握着她的手,将衣服的一角揉成一团,让她咬在嘴里。

子宫的痉挛一阵阵发作,艾利丝看上去备受折磨,她平静地喊叫着,不住地翻转,挣扎着用力呼吸,或者保持平衡。婴儿的头露出来了,能看到黑色的头发,但似乎一下又不动了。

"这要多久?"库德尔卡问,他本是询问的口吻,但一出口便成了担忧。

"我想他喜欢现在的位置,"伯沙瑞说,"他不想在寒冷里出生。"这个笑话让艾利丝放松了一点。她没有停止抽泣,但她的眼睛中露出感激的神情。伯沙瑞蹲伏着,深深地皱起眉头,在她身边盘坐起来,接着将一只大手按在她的腹上,等待下一次的痉挛。然后,他倾下身。

婴儿的头部在弗·帕特利尔夫人血淋淋的大腿间挤了出来。

"看。"伯沙瑞说,听起来相当满意。库德尔卡看上去很是惊愕。

考迪利亚用两只手握住婴儿的头部,随着另一次收缩,轻轻地将他的身体拉了出来。这个小男孩咳了两声,在肃穆的沉默里打了个喷嚏,然后开始呼吸。接着,他的身体变成粉红色,发出一声惊天动地的号啕。考迪利亚几乎将他掉落在地。

伯沙瑞忙说:"把你的剑杖给我,库德尔卡。"

弗·帕特利尔夫人激动地抬起头,"不!把他还给我,我会让他安静下来。"

"这与我想得不同,"伯沙瑞带着某种自尊说,"不过倒是个好主意。"当哭声继续时,他补充道。他拔出等离子电弧枪,调到低档,朝剑杖喷射了一会儿。是给它消毒吧,考迪利亚意识到。

在子宫的下一次收缩中,胎盘随着脐带流出体外,堆在库德尔卡的夹克上。考迪利亚入神地偷偷看了一眼,对于她来说,这个已经无用的器官有着深远的意义。时间。这次拯救耗费了太多时间。现在迈尔斯生存的机会还剩下多少?她是不是用自己的儿子换取了小伊凡的生命?实际,伊凡的个头并不小,难怪会给他母亲带来这么多麻烦。艾利丝应该觉得幸运,她的骨盆比通常的大很多,否则她不可能平安度过这个噩梦般的夜晚。

当脐带变成白色后,伯沙瑞用剑杖消过毒的锋刃切断了它,考迪利亚亲手给这个橡胶一样的东西打了个结。她把婴儿擦干,用他们多余的干净衬衣包起来,交到艾利丝伸展的手臂里。

艾利丝望着婴孩,捂着嘴失声哭泣,"帕德玛说……给我找最好的医生,他说……不会有痛楚。他还说要与我一同度过……我恨你,帕德玛!"她把孩子紧紧搂在怀里,声音突然变得温柔起来,婴孩的嘴找到了她的乳房,立即像梭鱼一样把它吸住。

"反应敏捷。"伯沙瑞评述说。

第十七章

"不行,伯沙瑞,我们不能带她到那儿去。"库德尔卡悄声说。

他们站在妓院前的一条巷子里。空气阴湿寒冷,一幢足足有三层楼高的厚墙建筑耸立在黑暗中。它涂有灰泥的表面相当粗糙,到处都是剥落的油漆,黄色的灯光从上方的百叶窗里透出来,一盏油灯在木门上忽明忽暗,那儿是考迪利亚能见到的唯一入口。

"不能把她留在这儿。她需要热量。"中士回答说。他用手臂架着弗·帕特利尔夫人。她依靠着他,脸色苍白,浑身颤抖。"现在很晚了,哪里都关了门。"

"这儿是什么地方?"卓丝娜科维问。库德尔卡清了清嗓子,"在大隔离时期,这里是萨塔那·弗·巴的中心,同时也是一名伯爵的府宅,我猜属于一名地位不那么显赫的弗·巴拉王子,所以它造得像堡垒一般。现在它是……一间旅馆。"

噢,看来这就是你常流连的青楼,库德尔卡。考迪利亚决定帮他掩饰一下。她对伯沙瑞说:"这儿安全吗?会不会像上一个地方那样到处都有告密者?"

"暂时还是安全的,"伯沙瑞判断说,"总之我们只需要几个小时。"他放下弗·帕特利尔夫人,把她交给卓丝娜科维,然后溜进门里和门卫攀谈起来。考迪利亚将小伊凡搂得更紧一点,把夹克盖在他身上,尽量使他保持暖和。幸运的是,在他们从那幢废弃的建筑逃到这里来的一路上,小伊凡一直睡得很安静。过了一会儿,伯沙瑞回来了,示意他们跟上去。

旅馆的门廊几乎就像一条石头隧道,墙上布满狭窄的裂缝,每隔半米就有一个洞。"以前,这是防御用的。"库德尔卡低声说,卓丝娜科维点点头。不过,今晚没有弓箭和滚油在等待他们。一个跟伯沙瑞一般高、但体型更庞大的男人在后面把门锁上了。

他们进入一个宽敞、阴暗的房间,这里已经改成某种酒吧或餐厅之类的场所。里面只有两个穿着长袍、神情沮丧的女人和一个伏在桌上打鼾的男人。一个奢侈的壁炉里正烧着木炭。

一个不知是向导还是老鸨的女人来到面前。她身材修长,无声地招呼他们走向楼梯。要是在十五年——或甚至十年前,她修长的双腿必定会迷住不少男人,但现在她只是一个瘦骨嶙峋的架子,衣着过时,披着一件有褶皱的洋红色长袍。伯沙瑞把弗·帕特利尔夫人抱起来,走上陡峭的楼梯。库德尔卡紧张地看了看周围,在发现无人窥视后,稍稍松了口气。

那女人领他们来到楼上走廊尽头的一个房间。"把床单换掉。"伯沙瑞咕哝着说,那女人点点头,然后离开了。伯沙瑞一直坚持抱着筋疲力尽的弗·帕特利尔夫人。几分钟后,那女人回来把皱巴巴的床单扒下来,给他们换上干净的亚麻布。伯沙瑞把弗·帕特利尔夫人放在床上,然后退开几步;考迪利亚的手臂里依然环抱着熟睡的婴儿,弗·帕特利尔夫人感激地冲他们点了点头。

老鸨——考迪利亚认为她是老鸨——深感兴趣地望着婴

儿,"刚出生的。挺大的嘛,嗯?"她的声音中带着试探。

"两周大。"伯沙瑞用厌烦的声音回答说。

那女人哼了一声,双手扶在臀上,"我做过接生的活儿,伯沙瑞。他最多出生两个小时左右。"

伯沙瑞古怪地看了看考迪利亚,脸上闪现担心的神色。老鸨抬起手抚平他紧皱的眉头,"你说怎样就怎样。"

"我们应该让她休息,"伯沙瑞说,"直到确定她不再流血。"

"是的,但要有人陪伴,"考迪利亚说,"以防她醒来时,在一个陌生的地方失去方向。"考迪利亚认为,对于一名贵族夫人来说,这地方绝对从来不曾涉足。

"我陪她坐一会儿。"卓丝娜科维自愿提出。她担心地朝老鸨瞪了一眼,那女人显然距离婴孩太近。考迪利亚不相信卓丝会被库德尔卡蒙混过去,以为他们闯进了一个类似博物馆的地方。弗·帕特利尔夫人也不会,只要她休息后恢复了神智。

卓丝娜科维拖过一张陈旧的扶手椅子,对它霉烂的气味皱了皱了鼻子。其他人退出了房间。库德尔卡去找洗手间,顺便买点食物。下面传来的浓烈气味提醒考迪利亚,这家妓院里没有一样东西流向市政排水沟。这儿也没有中央供热设备。老鸨看到伯沙瑞皱着眉,赶忙消失了。

一张沙发、几张椅子和一张矮桌占据了大厅尽头的空间,光线来自一盏有罩的、使用电池的红灯。伯沙瑞和考迪利亚倦怠地坐在那儿。消除了压力和战斗的紧张,伯沙瑞看上去似乎有点不自在。考迪利亚不知道自己看起来是什么样,但肯定不是最佳状态。

"贝塔殖民地有妓女吗?"伯沙瑞突然问道。

考迪利亚悚然一惊。他的声音如此疲惫,使提问听起来几乎像是随口说出的,但是伯沙瑞从来不会随意交谈。今晚的暴力事件对他不稳定的状态有多大影响?有没有加重他的精神压力?"嗯……我们有LPST,"她小心地回答,"我想他们承担同样的社会功能。"

"什么东西?"

"获许可的应用性治疗师。你得通过政府测试,然后才能获得许可证,同时至少需要精神治疗师学位,但禁止三性人从事这种职业。而当中雌雄两性人挣钱最多,他们很受游客的欢迎。这不是……一份高尚的社会职业,但也不低俗。我想在贝塔殖民地没有社会糟粕,只有一些中低等级的人。这种职业就像……"她停了一下,搜索着合适的词语,"理发师一样。以专业技术为个人提供服务,带一点艺术性,又有一点技术性。"

她一开始其实并不懂得怎样回答伯沙瑞的问题。他的眉毛挤到了一块儿,"只有贝塔人才需要该死的大学学位……有女人雇请他们吗?"

"当然。夫妇同时要求服务的也有。我们相当看重学习。"

他摇了摇头,犹豫着,然后横扫了她一眼,"我母亲就是个妓女。"声音里带着奇怪的冷漠,等待着回答。

"我……差不多能猜到。"

"不知道她为什么不让我流产。本来可以的,她做这事和妇产医生一样熟练。或许是年纪大了吧。她曾想把我卖给她的顾客。"

考迪利亚呛了一下,"现在……现在贝塔殖民地不允许有这种行为。"

"我对那段日子没什么记忆。到十二岁时我就逃走了——那时我的块头已经可以殴打她的顾客——然后就一直待在帮派里,直到十六岁。等到满了十八岁,我就去参军。所以现在就来了这里。"他的手掌相互摩擦着,仿佛在暗示他逃亡起来是多么快捷而灵活。

"相对而言,军队一定像是天堂吧?"

"本来是的,直到遇上了弗·特耶。"他茫然地望着周围,"那时这里有很多人,但现在却如此萧条。"声音有些飘忽,"我生命里的一大段都记不起来了。我就像是一块一块的……补丁。但有些事我想忘记,却做不到。"

她没有问下去,但是喉咙里却发出了"我正在听"的闷哼。

"我不知道我父亲是谁。在这里,私生子就和突变怪胎一样令人憎恶。"

"在贝塔殖民地,'私生子'这个词只是用来形容一个人的人品低劣,并没有现实的意义。"他为什么要告诉我这些?他对我有何期待?一开始他似乎很害怕,现在看上去则显得有些满足。我说对了什么吗?她叹了口气。

令她觉得安慰的是,库德尔卡回来了,带着面包和奶酪做的新鲜三明治,还有几瓶啤酒。考迪利亚喜欢啤酒,但她对这里的水源持怀疑态度。她猛灌下几口啤酒后,说:"库德尔卡,我们得重新安排我们的策略。"

他笨拙地站在她身边,认真地听着,"嗯?"

"我们显然不能带上弗·帕特利尔夫人和她的孩子,但也不能把她留在这儿:我们留下了五具尸体和一辆燃烧的地面车,弗·达瑞安的警卫很快就会搜到附近区域。只是因为他们暂时不知道弗·帕特利尔夫人已经分娩,所以一开始的时候仍会追寻一个孕妇,这就给了我们时间差。我们得分头行事。"

他犹豫一下,咬了一口三明治,说:"那么你和她一起吗,夫人?"

她摇摇头,"我必须去皇宫。因为我是唯一能决定——现在已经没有回头路了——什么时候该取消计划的人。卓丝是我的当然人选。我还需要伯沙瑞。"在某程度上,伯沙瑞也需要我。"所以只剩下你一个了。"

他的嘴唇抿成一条线,"你怕我拖累你们。"

"你并不是无可奈何的选择,"她高声说,"你的机敏使我们混进了萨塔那·弗·巴。我想你也能把弗·帕特利尔夫人带出去。你是她最好的帮手。"

"但感觉像是你们冲向危险,而我却抽身而退。"

"这是危险的幻想,库德尔卡。你想一想,如果弗·达瑞安的爪牙再抓到她,他们还会对她仁慈吗?对你、对孩子也一样。根本没有'安全'可言。"

他叹了口气,"我会尽力而为,夫人。"

"'尽力'是不够的。帕德玛·弗·帕特利尔也'尽力'了。你必须万无一失,库德尔卡。"

他缓缓地点了点头,"是的,夫人。"

伯沙瑞起身离开,去找几件衣服,好让库德尔卡扮演一名可怜的年轻丈夫和父亲。"顾客通常都会留下东西。"他说。考迪利亚不知他会不会在这里替弗·帕特利尔夫人找些街头妓女的装束。库德尔卡给弗·帕特利尔夫人和卓丝送过食物后,回来时脸上带着阴郁的表情,坐在考迪利亚身边。

沉默了一会儿,他说:"我想我现在明白卓丝为什么如此害怕怀孕了。"

"是吗?"考迪利亚说。

"弗·帕特利尔夫人的麻烦使我觉得自己……非常渺小。天啊,她看上去非常痛苦。"

"唔。不过痛楚只会持续一天，"她擦了擦身上的伤痕，"或几个星期。我不认为这是痛苦。"

"那是什么？"

"是一种……难以言喻的感觉。孕育生命。我们的孩子改变了我们……"

他困惑地摇了摇头，"我一点也搞不懂。我只想要正常的生活，就像别人一样。"

"这是你的本能，但这还不够。"

他哼了一声，"我不知道。我不知道……怎样与她相处。我很抱歉。"

"你们两个有矛盾，是吗？"

"没有。"

"你知道什么令我最烦恼吗，在这段行程中？"考迪利亚说。

"不……"

"我无法向阿罗说再见。如果……我遭到不测——或他遭到不测——那么我们之间就有一些东西永远弄不清，而且也没有办法解决。"

"唔。"他又缩了缩身体，蜷在椅子里。

她思考了一会儿，说："除了道歉之外，你能不能说一些别的话，例如，你觉得怎么样？最近还好吗？我能帮你吗？我爱你。等等。我想，在大多数的话语里，这些都是很经典的词句，表示你有兴趣开始一段对话，知道吗？"

他苦笑着说："我想她不会再与我说话了。"

"那只是你想罢了，"她向后仰着头，茫然地望着走廊，"假如那天晚上事情不是弄得那么糟，假如你没有惊慌，假如那个傻瓜伊冯·弗·哈拉斯不是突然出现，那一切都会不同。"太痛苦了，这一切本不该发生。"重新开始,没什么大不了。"阿罗经常这样说,然后把她抱在怀里。此刻想起阿罗是痛苦的。"你告别了朋友,第二天早上醒来,为得不到的爱情而痛苦……然后,你会怎么做,贝拉亚人会怎么做?"

"找一个中间人。"

"唔?"

"她的父母,或者我的父母,会聘请一个中间人。然后,嗯,他会安排好一切。"

"那你做什么?"

他耸耸肩,"在婚宴上准时出现,付账单。实际上,父母会替我们付账。"

难怪这男人处于失落之中。"你想和她结婚吗?"

"当然!但是……夫人,在这个喜庆的日子里,我只能做半个男人。她的家人会嘲笑我。"

"你见过她的家人吗?他们见过你吗?"

"没有……"

"库德尔卡,你知道自己在说什么吗?"

他显得相当害羞,"嗯……"

"中间人,哈。"她站起身。

"你去哪里?"他紧张地问。

"去做中间人。"她走出大厅,来到弗·帕特利尔夫人的门口,把头探进去。卓丝娜科维坐在房里,正看着熟睡的夫人。旁边的桌上摆着两杯丝毫未动的啤酒和一块三明治。

考迪利亚溜进房间,轻轻把门掩上。"你知道,"她嘀咕道,"优秀的战士不会放弃睡觉或吃饭的机会。"

"我不饿。"卓丝看上去也是一脸沮丧。

"想谈一谈吗?"

她犹豫了一下,从床上下来,坐到房间一角的一张靠背长椅上。考迪利亚在她旁边坐下。"今晚,"她缓慢地说,"是我第一次参加真正的战斗。"

"你表现得很好。你找到了自己的位置,反应——"

"不,"卓丝娜科维做了个厌恶的砍杀动作,"我没有。"

"哦?我觉得很好呀。"

"我跑到大楼后面,用震荡枪击倒了两名守着后门的警卫。他们没发现我。然后我到达了大楼拐角的位置。我看到那些人在街上折磨弗·帕特利尔夫人,污辱她、打骂她……这使我非常愤怒,于是换上了神经爆破枪。我想杀了他们。接着战斗开始了。但是……我却犹豫了。弗·帕特利尔伯爵就是因此而死。是我的错……"

"不对,姑娘!击中帕德玛·弗·帕特利尔的那家伙并不是唯一向他瞄准的人。帕德玛那时已经被吐真药弄得神志不清,他甚至没有寻找掩护。他们一定给他吃了双倍的药量,强迫他领着他们去找艾利丝。他可能会被其他人击中,或者倒在我们的交叉火力中。"

"但是伯沙瑞中士没有犹豫。"卓丝娜科维无力地说。

"是啊。"考迪利亚附和道。

"他也从来不为敌人感到……抱歉。"

"对。你呢?"

"我觉得不舒服。"

"你杀死了两个陌生人,难道还想感到快乐?"

"伯沙瑞是这样的。"

"是啊,他乐在其中。但即使按贝拉亚的标准,伯沙瑞也并不是一个疯子。你渴望成为怪物吗?"

"你这样叫他吗?!"

"噢,但他的确是我的怪物,是我忠心的猎犬。"她总是很难解释清楚伯沙瑞,甚至自己也搞不清。考迪利亚不知道卓丝娜科维是否听过地球上的一个古老词汇——替罪羊。伯沙瑞就是她的替罪羊。她清楚地知道他为她做了什么。"我其实很高兴看到你感觉难受。这种感觉是很宝贵的,卓丝。"

她摇了摇头,"我想或许我入错行了。"

"也许是。也许不是。想一想像伯沙瑞这样的军人做出的残暴行径。所有的社会暴力机构——军队、警察、安全部门——都需要心狠手辣的人去完成必须的暴力。只是必须的,不能再多。因此我们要经常反省,防止滥用暴力。"

"例如那个上校阻止他那名淫秽的下士进一步施暴。"

"对。"考迪利亚叹息道。

卓丝紧紧地皱着眉。

"库德尔卡以为你在生他的气。"考迪利亚说。

"库德尔卡?"卓丝娜科维微微抬起头,"噢,是的,他刚才也在这儿。他到底在想什么?"

考迪利亚微笑着,"就像你一样,他在想着你的烦恼。"她的笑容消失了,"我准备派他带上弗·帕特利尔夫人,尽量将她和孩子偷运出去。等她能够行走时,我们就分头行事。"

卓丝露出担忧的表情,"他将面临巨大的危险。要是找不到弗·帕特利尔夫人和小伯爵,弗·达瑞安的人今晚一定会暴跳如雷。"

是的,只要弗·帕特利尔伯爵还有后代,弗·达瑞安就无法高枕无忧。愚蠢的习俗,这使一个婴儿也对成年人产生了致命的威胁。"除非结束这场卑劣的战争，否则任何人都没有安全可言。告诉我，你还爱库德尔卡吗？我知道你已经度过了你的迷恋期，你看到了他的缺点。他自大，对身体的损伤难以释怀，而且极度担心自己的男性魅力受到影响。但他并不愚蠢。他还有希望。为摄政王工作使他拥有光明的前途——"假如接下来的四十八小时他们还活着的话。"你想拥有他吗？"

"我……现在对他难以割舍。我不知道怎么解释……我把贞操给了他，还有谁会要我？我真羞愧……"

"别这么说！等我们结束这次任务，你就会戴上荣誉的光环，男人们都排着队向你献殷勤。你可以有自己的选择。在阿罗的爵府里，你有机会见到最出色的人。你想要什么样的？将军？帝国部长？贵族？还是其他行星的大使？你唯一的问题就是挑选，因为贝拉亚的风俗只允许你每次拥有一个丈夫。一个笨笨的年轻中尉怎能指望与这些风流人物竞争呢？"

卓丝娜科维露出微笑，但对考迪利亚描绘的前景仍然有些怀疑。"谁说库德尔卡有一天不会成为将军？"她温柔地说，然后叹了口气，皱着眉，"是的，我仍然想要他。但是……我怕他会再次伤害我。"

考迪利亚认真想了想，"或许吧。阿罗和我总是互相伤害对方。"

"噢，你们怎么可能，夫人！你们是那么……完美。"

"想一想，卓丝。你能想象因为我的举动，阿罗现在处于什么样的精神状态吗？我能想象，真的。"

"哦。"

"但是痛苦……并不能阻止我拥抱生活。就此死去是没有痛苦的。痛苦，就如时间一样，是谁也阻挡不了的。所以问题是,作为痛苦的代价,你能从生活中赢得什么样的辉煌?"

"我不知道自己有没有听懂,夫人。但是……我的脑海里有一幅画面,库德尔卡和我一起走在沙滩上,没有别的人。那里很温暖。当他望着我时,他的眼里有我,真真切切地有我,而且他爱我……"

考迪利亚撅起嘴,"是的……这倒不错。来,跟我走。"

卓丝顺从地站起来。考迪利亚领着她回到大厅,半带强迫地令库德尔卡坐在沙发的一头,然后让卓丝坐在另一头,自己则处于两人的中间。"卓丝,库德尔卡有些话要对你说,不过因为你显然说的是另一种语言,所以他请我来做翻译。"

库德尔卡在考迪利亚身后窘迫地摆了摆手。

"这个手势的意思是,我宁愿毁掉下半生的幸福也不愿意做五分钟的傻瓜。好了,别管它,"考迪利亚说,"现在,我看看,你们谁先开始?"

一阵短暂的沉默。"我没有说我还扮演着你们双方父母的角色吗?那么先做库德尔卡的妈妈吧。嗯,儿子,你找到心仪的女孩子没有?知道吗?你已经二十六岁了。我知道你的暗示啦,"看到库德尔卡呛了一下,她补充一句,"我喜欢她的气质,以及她的内涵。这时库德尔卡说,是的,妈妈,有这么一位可爱的女孩。年轻、苗条、聪慧——库德尔卡的妈妈说,万岁!于是就请我——一位善良的邻居做你们的中间人。然后我去找你的父亲,卓丝。我说,有这样一位年轻人,帝国军队里的中尉,摄政王的私人秘书,战斗英雄,帝国司令部的高级人才——你父亲说,这还用问吗?我们当然同意。好极了。然后——"

"我想他说的不止这些!"库德尔卡打断道。

考迪利亚朝卓丝娜科维转过身,"库德尔卡的意思是,他认为你的家人不会接受他,因为他是一个瘸子。"

"不!"卓丝恼怒地说,"不是这样——"

考迪利亚举手制止,"作为你的中间人,库德尔卡,让我来跟你说。当某个人唯一的爱女坚强果断地说,爸爸,我想嫁给那个人,那么慈爱的父亲只好回答,好吧,亲爱的。我承认,她的三个哥哥可能很难被说服,他们会弄哭她,在后巷围攻你。不过,我想你还未向他们说过库德尔卡的坏话,是吗,卓丝?"

卓丝露出不自觉的憨笑,"没有!"

库德尔卡看上去似乎有点开窍了。

"所以,"考迪利亚说,"你仍然可以避免她哥哥的报复,库德尔卡,如果你拼力争取的话。"她朝卓丝转过身,"我知道他是蠢人,但我向你保证,他仍是孺子可教的。"

"我想说我很抱歉。"库德尔卡说,听上去有些痛苦。

卓丝身体僵硬。

"唔,再说一遍。"她冷冷地说。

"现在我们说到事情的关键了。"考迪利亚缓缓地说,神情严肃,"库德尔卡的真正意思是,卓丝,他对所做过的事毫不后悔。那一刻是美妙的,你是美妙的,而他还想再做一遍。然后一遍又一遍,只与你一人,一生一世,合法且不受干扰。是这样吗,库德尔卡?"

库德尔卡仿佛被吓呆了,"嗯——是的!"

卓丝眼睛发亮,"可是……那正是我想要说的!"

"真的?"库德尔卡从考迪利亚身后探出头。

看来,这种"中间人"的角色还是挺重要的,但同时也有其局限性。考迪利亚从两人之间站起来,幽默感油然而生,"你们只有一点儿时间,我建议你们接下来多做少说。"

第十八章

黎明前夕,妓院门前的小巷没有山里那般黑暗,雾夜的天空反射着周围城市发出的微弱黄光。她的朋友们的面孔是一片模糊的灰色,就像古老的照片。考迪利亚尽量不把他们想象成死人。

弗·帕特利尔夫人休息了几个小时,洗过澡,吃了些东西,现在虽然情况还不是太稳定,但已能自己行走。旅馆的女主人倒是令人惊奇地主动为她提供了几件端庄的服饰、一条及膝的灰色长裙和一件御寒的厚线衫。库德尔卡将全套军队装束换成宽松的裤子、旧鞋子,另外还有一件夹克,代替之前接生时弄脏的衣服。小伊凡在他的怀里裹着临时制作的尿布,身上围得暖暖和和的。他们看上去完全像惊慌失措的一家子,在战争爆发前逃出城市,投奔妻子远在农村的父母。考迪利亚在前往萨塔那·弗·巴途中见过成百上千这样的逃亡者。

库德尔卡打量着他的这支小分队,朝手上的剑杖皱了皱眉。虽然它就像一根手杖,但光滑的木柄、磨光的钢环和镶饰的把手使它看上去并不普通。库德尔卡叹了口气,"卓丝,你能设法把它藏起来吗?它的外观太引人注目了,而且在我抱着孩子时不仅没有帮助,还有些碍手碍脚的。"

卓丝娜科维点点头,蹲下身用衬衣把剑杖包起来塞进自己的背囊。考迪利亚想起上一次库德尔卡带着剑杖到妓院时的情形,紧张地凝视着眼前的黑暗,"在这个时候,我们会不会撞上什么人?当然,我们这副打扮并不像有钱人。"

"可能有人就为了你身上的衣服而杀你,"伯沙瑞阴郁地说,"因为冬天即将来临。但现在比平时更安全。弗·达瑞安的军队已经把这个地区的人强拉做'志愿者',到城市的公园里挖掘防空洞去了。"

"没想到他倒帮了咱们的忙。"考迪利亚咕哝着说。

"把公园翻个底儿朝天,"库德尔卡说,"这没有任何意义,就算修成了,也无法保护所有的人。但这个举动很能收买人心,而且还在民众的头脑中形成了弗·科西根是一个威胁的印象。"

"不过,"伯沙瑞掀开夹克,露出闪烁着银光的神经爆破枪,"这次我带了正确的武器。"

那么该分手了。考迪利亚与艾利丝·弗·帕特利尔夫人拥抱告别,艾利丝喃喃地说道:"上帝保佑你,考迪利亚。我诅咒维多·弗·达瑞安坠下地狱。"

"路上小心。我们在坦纳利基地见,好吗?"考迪利亚扫了一眼库德尔卡,"保全生命,打败敌人。"

"我们尽——我们会的,夫人。"库德尔卡说,神情肃穆地向卓丝娜科维敬了个礼。她缓缓地点了点头,表示理解。一切尽在不言中。两组人员在湿冷的黑暗里各奔东西。卓丝转头凝望,看着库德尔卡和弗·帕特利尔夫人消失在视线之外,然后才迈步出发。

他们从阴森的巷子里走入光亮的街道;荒凉的黑暗褪去了,迎面是偶尔路过、在早冬的清晨里忙碌的行人。每个人在街道穿行时似乎都刻意避开他人，考迪利亚感到稍许心安。一辆政府的警卫地面车从他们身边缓缓经过，她顿觉紧张，但它并没有停下来。

他们等了等，确认目标建筑物在早晨没有被锁上，然后穿过街道。这幢建筑是一座带有实用主义风格的多层大楼，是埃扎·弗·巴拉在三十年前权力渐长时期大兴土木的遗留物。它属于商业建筑，不归政府所有。他们穿过大厅，进入电梯，毫无阻碍地向下降。

到达地下室后，卓丝紧张地回头看了看，"现在开始要保持警惕。"当她弯腰撬开一条市政隧道的门锁时，伯沙瑞观察着周围的情形。卓丝领他们走下隧道，经过了两个拐角。这条隧道显然使用频繁，因为里面依然亮着灯。考迪利亚留意倾听着有没有不属于他们的脚步声。

一个出入口舱盖用螺钉固定在地板上。卓丝娜科维几下就把它撬开了，"用手悬吊在边缘跳下去，它不会超过两米深，但下面可能是湿的。"

考迪利亚滑进黑暗的圆孔，着地时溅起一片水花。她将手电筒打开，下面的污水油滑、乌黑，泛着微光，在合成塑料制成的管道里浸没了她的脚踝。伯沙瑞跟着跳下来。卓丝跪在他的肩膀上，将舱盖移回原位，然后在考迪利亚身边落下。"这条下水道大概有半公里长，走吧。"她低声说。这里离他们的目标不远了，考迪利亚并不着急赶路。

在半公里处，他们爬进了弯曲壁墙上的一个暗孔，然后转向一条更旧、更小的隧道，周围的墙壁由年代久远的红砖砌成，只能弯腰伏地爬行。考迪利亚知道，这对伯沙瑞来说特别痛苦。卓丝放慢速度，用库德尔卡剑杖上的金属包头敲打着隧道的顶壁。听到空洞的回响时,她停了下来,"是这里了。大家注意。"她解开剑鞘,小心地将剑刃插入泥砖的缝隙里。"咔嗒"一声,一块伪造的壁砖掉落下来,几乎砸到她的头上。她把剑收回去,说道:"上去。"然后爬进孔里。

考迪利亚和伯沙瑞紧跟其后。上面又是一条古老的下水道,但更狭窄,向上伸展的角度也更陡峭。他们蜷缩着身子,衣服擦着墙壁,爬进潮湿的隧道。卓丝突然抬起身,跨过一堆断砖,进入一间阴暗的柱状密室。

"这是什么地方?"考迪利亚低声问,"隧道里不该有这么大的房间……"

"旧马厩,"卓丝回答说,"我们现在位于皇宫的地底了。"

"我觉得这地方不算秘密吧。它的位置在旧建筑图纸里肯定会标出来。皇宫警卫一定知道这地方。"考迪利亚望着阴暗、发霉的墙壁,晃动的手电照出几根白色的柱子。

"是的,但这里是一个最古老的马厩的地窖。它不是多卡修建的,而是多卡的曾祖叔父修建的。他养了三百匹以上的马。两百年前的一场大火令它毁于一旦,然后又在同一地点重建。他们将残垣清理干净,把新马厩盖在东面顺风的地方。在多卡皇朝,那地方被改成了总参部。现在大部分人质都被关在那儿。"卓丝用力向前踏了几步,仿佛要证实地点准确无误,"我们现在位于皇宫主体的北端,在埃扎设计的花园下面。埃扎显然发现了这个古老的地窖,他在三十年前和纳格力设置了这条通道,其机密程度甚至连他们的贴身警卫也不知道。信任?哼!"

"谢谢你,埃扎皇帝。"考迪利亚嘲讽地说。

"等走出埃扎的密道,真正的冒险就开始了。"卓丝说。

是的,他们现在仍然可以中止计划,沿原路返回而不被人察觉。为什么这些人心甘情愿地把性命交给我？天哪，我讨厌命令别人。黑暗中有某种小动物飞跑而过，还有水珠从墙上不断滴落下来。

"看这儿，"卓丝娜科维说，用手电照着一堆箱子，"埃扎的贮藏品——衣服、武器、金钱。埃斯科巴入侵时，纳格力让我添置了一些女人和小孩的衣服。他害怕有什么不测，但骚乱并没有蔓延至此。你穿上这里的女人衣服可能只大一点点。"

他们换下已经弄脏的衣服。卓丝娜科维穿上干净的套装，这是皇宫高级侍女的制服，比一般的女仆要高贵许多。这身衣服很合适。伯沙瑞在背囊里重新取出黑色军装，穿在身上，并佩上合适的帝国安全部徽章。从远处看，他倒真像一名正规的警卫，尽管皱巴巴的制服经不起近距离审视。如卓丝所说，密封的柜子里贮放了一系列的武器，全部能量充足。考迪利亚选了一支新的震荡枪，卓丝也一样。她们互望了一眼。"这次不要再犹豫了，好吗？"考迪利亚喃喃地说。卓丝严肃地点点头。伯沙瑞在震荡枪、神经爆破枪和等离子电弧枪里各选了一支。考迪利亚希望，他在行走时不会发出碰撞的响声。

"你不能在室内使用那种武器。"卓丝娜科维反对他拿上等离子电弧枪。

"以防万一。"伯沙瑞耸耸肩。

考迪利亚想了一下，又拿起剑杖，将把手悬挂在皮带的圆环上。虽然它并非一件火力威猛的武器，但对此次行程来说，它已证明具有意想不到的妙用。就当作吉祥物吧。然后在背囊的最里面，考迪利亚掏出了她自认为最具威力的武器。

"一只鞋子？"卓丝娜科维讶异地问。

"格雷格的鞋子。我们见到凯琳时可以派上用场。我希望她还保留着另一只。"考迪利亚把它放入卓丝的弗·巴拉式上衣的内袋,这身衣服完全符合一名皇室内部雇员的身份。

准备工作完成后,卓丝领头再次走进黑暗。"现在我们正位于皇宫下面。"她低声说着,朝旁边拐了个弯,"我们从墙中间的梯子上去。这是后来才增加的,因为空间不多。"

考迪利亚吸了口气,跟在她身后攀爬,像三明治一样夹在两堵墙壁之间,尽量避免撞到两边。自然,这架梯子由木头制成。考迪利亚感觉筋疲力尽。她估算着楼梯的宽度,要将人造子宫抬下这架楼梯实在太难。她告诫自己要往好的方面想。为什么我要做这事?我现在就可以返回坦纳利基地,回到阿罗身边,让这些贝拉亚人永无休止地互相残杀,如果他们愿意的话……

在她上面,卓丝踏上了一个小型架子,它看上去像是一块简易平板。当考迪利亚走上去想站在她身旁时,卓丝挥手制止,让她关掉手电。卓丝触了触某个机栝按钮,一块墙面上的镶板在她们面前打开了。显然,在埃扎驾崩之前,这里的一切都维护得挺好。

向外面望出去,正是古老的皇宫寝室,他们原本期望里面空无一人。卓丝张着嘴,带着无声的沮丧和惊恐。

埃扎巨大的旧木床——那张他死在其上的木床被占据了。一盏昏暗的灯发出橙色的光,投射在床上的两个赤裸躯体上。尽管光线不足,但考迪利亚仍然立刻认出了圆脸的维多·弗·达瑞安。他摊开的身子占据了五分之四的床铺,粗重的手臂放肆地将凯琳皇太后搂在怀里。凯琳的黑发散落在枕头上。她睡在床上方角落的一小块地方,脸朝外,雪白的手臂压在胸口下面,几乎要从床上跌落。

我们找到了凯琳,但有个障碍。考迪利亚打了个寒噤,涌起一股想朝睡梦中的弗·达瑞安开枪的冲动。在找回迈尔斯的人造子宫之前,她不会莽撞行事。她示意卓丝关上镶板,低声叫下面的伯沙瑞走下去。他们沿原路返回。回到隧道里,考迪利亚望着卓丝,她正无声地流泪。

"她出卖了自己。"卓丝娜科维抽泣着,颤抖的声音里带着悲伤和厌恶。

"如果你能解释她有什么力量抗拒那个男人,我愿意洗耳恭听。"考迪利亚尖刻地说,"你期望她怎么做?自杀殉节?"

"要是我们早一点到达就好了,我可以——我们可以救她。"

"我们仍然可以。"

"可是她已经屈服了!"

"在我看来,她不像情妇,而像囚犯。我承诺过要把她救出去,我一定会履行诺言。"时间。"但首先得找到迈尔斯。我们试试第二个出口吧。"

"我们要通过更多受到监视的走廊。"卓丝娜科维警告说。

"没办法了。如果再等下去,他们就会睡醒,我们将碰到更多的人。"

"现在他们正在厨房里忙活,"卓丝叹气说,"有时我会去喝杯咖啡,尝几块热馅饼。"

唉,突击队的袭击可不是为了一份早餐。该下决心了。去,还是不去?是勇敢还是愚蠢在驱使她?不可能是勇敢,她怕得要命,同样的厌恶感她在埃斯科巴战争时也经历过。熟悉的感觉没有任何帮助。如果我不行动,我的儿子将会死去。虽然缺乏勇气,但她仍要继续。"好吧,"考迪利亚下定决心说,"没有更好的机会了。"

他们又一次登上狭窄的楼梯。第二块镶板在古老的皇帝私人办公室里打开了。令考迪利亚心安的是，里面仍然保持着一片黑暗，自从上个春天埃扎死去，这里被清理上锁之后，一直都未被动过。他的通讯控制台以及所有的保密设备都处于断线状态，机密已被清除，一如它的主人。窗外依然一片漆黑，冬天的早晨姗姗来迟。

考迪利亚跨过房间，库德尔卡的剑杖碰撞着她的小腿。它看起来确实奇怪，拴在她的腰间明显像一把剑。房里的办公桌上有一个很大的古董托盘，上面托着一个陶碗，这是皇宫里典型的摆设。考迪利亚把剑杖放在托盘上，然后庄重地端起托盘，就如仆人们通常所做的那样。

卓丝娜科维赞同地点点头，"水平端着它，位于腰和胸中间，"她悄声说，"保持腰杆挺直，她们以前总这么告诉我。"

考迪利亚点点头。他们盖上了身后的镶板，挺身进入北侧低矮的走廊。

两名皇室女仆和一名警卫。乍一看上去，即便在这个不平静的时刻，他们身上的装扮也非常自然。走廊西面尽头的楼梯脚站着一名下士警卫，伯沙瑞的安全部制服和军衔领章引起了他的注意。他们互相敬礼。当那名警卫想重新打量他们时，他们已经走过楼梯的拐角，走出了他的视线。考迪利亚控制着自己，努力约束试图奔跑的双腿。

他们转向一条上层的走廊。就在那儿，在那门后。根据告密者的报告，弗·达瑞安就把人造子宫放在那里，就在他的眼皮底下。或许他将它当作了人体盾牌：投到弗·达瑞安寝室的炸弹肯定会杀死幼小的迈尔斯。但是，贝拉亚人会把她发育不全的孩子当作人看待吗？

有一名警卫站在门外。他怀疑地盯着他们，将手扶在腰间的武器上。考迪利亚和卓丝娜科维从前面走过去，没有转头。伯沙瑞与他互相敬礼，但手势突然一变，夹住警卫的下颚将他的头猛撞在墙上。在他倒地之前，伯沙瑞接住了他。他们把门推开，将警卫拖了进去。伯沙瑞接替了警卫在走廊里的位置。卓丝无声地把门关上。考迪利亚环视狭小的房间，寻找着自动监视器。这个房间以前可能做过睡房，专门给服侍贵族的女仆居住，否则它不会有一个大得出奇的衣柜。它甚至还有一个窗口可以俯瞰阴暗的内庭。那个便携式人造子宫放在盖着衣服的桌子上，刚好位于房间的正中。它的指示灯仍然令人安心地发出绿色与黄色的光，代表警告的红色尚未出现。看到它，考迪利亚的嘴角露出半是苦恼、半是解脱的表情。

卓丝娜科维不安地环视着房间。

"怎么了，卓丝？"考迪利亚低声问。

"太容易了。"女孩咕哝道。

"我们的任务尚未结束。过完这个小时再说'容易'吧。"她舔了舔嘴唇，在潜意识里认可卓丝娜科维的判断。没办法了。抓起就走。现在他们的希望在于速度，而不是隐秘。

她把托盘放在桌上，伸手去抓人造子宫的提手，然后马上停下。有些不对劲儿……她靠近看了看读数。氧气监视器甚至没有运作，虽然它的指示灯显出绿色，但营养导管的水平读数是零——里面是空的。

考迪利亚张开嘴，发出无声的哀号。胃液在翻涌。她靠得太近，眼珠几乎贴在那些不合逻辑的虚假数字上。她的噩梦突然变成了现实——他们是不是把它摔在地板上，或是扔进了厕所？迈尔斯是被仁慈地快速夺去生命，还是被他们夺去维生装置、痛苦地折磨至死？或许他们甚至懒得查看……序列号。序列号!一个没有希望的希望,但是……她强迫自己模糊的视线聚焦,发热的头脑拼命地搜索记忆。她见过那个号码,就在华根和亨利的实验室里。这个序列号不相符。不是同一个人造子宫,不是迈尔斯的。是另外十六个人造子宫里的一个,用作陷阱的诱饵。

她的心沉了下去。还有多少个陷阱在等待她们?她想象自己在一个个人造子宫前面拼命奔跑,就像一个疯孩子在进行某种残忍的追捕游戏,不停地搜索……我会疯掉的。

不。不管真正的人造子宫在什么地方,它总会位于弗·达瑞安附近。这一点她能肯定。她在桌旁跪下,将头低下去等了一会儿,以消除因大脑充血而在眼前产生的黑点。它们遮住了她的视线,令她无法思考。她将桌上的衣服掀开。就在那儿。一个压力感应器。这个聪明的主意是弗·达瑞安想出来的?狡猾、邪恶。她打了个手势,卓丝随即把腰弯下了。

"这是陷阱,"考迪利亚悄声说,"只要抬起人造子宫,警报就会被触发。"

"如果我们解除警报——"

"不用,这是假诱饵。不是真的人造子宫。它里面是空的,随便装了些控制器,让它看上去似乎在运作。"考迪利亚忍住脑子里的撞击,尽量保持思维清晰,"我们最好沿原路撤回。先往下,然后再向上。我没想到在这里会碰到弗·达瑞安,但我肯定他知道迈尔斯在哪里。只需一个小小的老式讯问。我们在与时间竞赛。一旦警报响起——"

走廊里传来重重的脚步声,还有喊叫,然后是震荡枪"嗡嗡"的击发声。伯沙瑞怒骂着,从门口转身进来,"完了。他们发现了我们。"

警报响起时，一切都将完结。考迪利亚感到一阵晕眩。没有窗户，只有一扇门，而他们刚刚失去了唯一的出路。弗·达瑞安的陷阱终于发挥了效用。但愿该死的维多·弗·达瑞安被打下地狱……

卓丝娜科维抓起震荡枪，"我们不会投降，夫人。我们会战至最后一刻。"

"瞎说，"考迪利亚打断道，"我们的死亡在这里起不了作用，最多是干掉一些弗·达瑞安的走狗。这毫无意义。"

"你的意思是我们要放弃？"

"自杀的荣誉是一种不负责任的奢华。我们不会放弃。我们要等待更好的机会取得胜利，但如果被震荡枪或神经爆破枪击中，一切都将成为泡影。"当然，如果桌上的东西是真正的人造子宫……考迪利亚心感后悔，牺牲这些人换取她儿子的生命已经够疯狂了，但还没有疯到让他们死得毫无意义。她尚未被贝拉亚人同化。

"你会成为弗·达瑞安的人质。"伯沙瑞警告说。

"从他夺去迈尔斯的那一天起，我就已经是他的人质了。"考迪利亚悲伤地说。

尽管安全警卫已经做好开火准备，但是几分钟的谈判说服了他们的对手，房间里的人把武器扔了出来。安全警卫检查了一下能量阀，以确定无误，然后派了四个人依次进入这个小房间，对他们新俘虏的囚犯进行搜查。另外两名警卫等在门外，作为后备。考迪利亚没有移动，以避免激怒他们。当一名警卫发现她衬衣下鼓起的东西原来是一只童鞋时，他困惑地皱起眉头，然后将它放到了桌上的托盘旁边。

警卫长是一名身穿栗色和金色制服的指挥官，此时他正对着手腕上的通讯器喊道:"是的,我们控制了现场。这事要向陛下报告。不,他说过要叫醒他。你想向他解释为什么没有这么做吗?好,谢谢。"

警卫没有将他们带出走廊,而是等待着。刚才被伯沙瑞击倒的那名警卫被拖出去时仍然昏迷不醒。几名警卫抓住考迪利亚,让她张开手臂贴在墙上,双腿分开,然后命令伯沙瑞和卓丝依此照做。考迪利亚绝望地感到一阵昏眩。凯琳一定会前来——即使作为一名囚犯——一定会来找她。她所需要的只是与凯琳会面三十秒钟,或许用不了这么久。当我看到凯琳,你就死定了,弗·达瑞安。这几个星期以来,你可以走,可以说,可以发布命令,完全没有意识到大祸临头,但我将终结你的命运,正如你对我的孩子所做的那样。

等待的原因终于揭晓。弗·达瑞安亲自前来,他穿着绿色的军裤和拖鞋,上身赤裸,侧身穿过门口。他身后跟着凯琳皇太后,身上披着一件深红的天鹅绒睡袍。考迪利亚的心脏以双倍的速度跳动着。为什么是现在?

"噢,陷阱起作用了。"弗·达瑞安沾沾自喜地说,但当考迪利亚从墙边转身面对他时,他不禁发出一声惊呼,然后挥手制止了一名上前将她推回墙边的警卫。弗·达瑞安脸上的震惊变成豺狼般的狞笑,"天啊,它真的有效哩!好极了!"凯琳在他身后犹豫着,带着困惑的讶异盯着考迪利亚。

我的陷阱也起作用了。考迪利亚想道。望着我……

"实际上,陛下,"警卫长说道,显得不太开心,"它并没有起作用。我们不是在皇宫的外围抓到他们的。他们就这么潜进宫内——神不知鬼不觉。不应该发生这种事。如果我不是碰巧来找罗格的话,我们根本发现不了他们。"

弗·达瑞安耸了耸肩,巨大的胜利令他忽略了这些微不足道的失误。"对这个小妞使用快速吐真药。"他朝卓丝娜科维指了指,"我想你会找到答案的。她以前在皇宫的安全部门工作。"

卓丝娜科维扭头对凯琳皇太后怒目而视,眼里带着痛心的责备。凯琳下意识地将睡袍拉得高了些,盖住脖子。

"哈,"弗·达瑞安说,仍然在对着考迪利亚笑,"弗·科西根伯爵不会是弹尽粮绝了吧,以至于把自己的妻子也派上战场?他是不可能战胜我们的。"他朝他的警卫笑了笑,他们同样报以微笑。

混蛋,刚才应该在睡梦里结束他的狗命。"你对我的孩子做了什么,弗·达瑞安?"

弗·达瑞安咬着牙说:"一个企图利用怪胎继承皇权的外乡女人不可能在贝拉亚掌控权力。这一点,我可以保证。"

"你在打官腔吗,现在?我不想拥有权力,但是我反对接受白痴的统治。"

弗·达瑞安身后,凯琳的嘴唇伤心地扭曲着。是的,听我说,凯琳!

"弗·达瑞安,我的孩子在哪里?"考迪利亚重复问道。

"他现在是维多皇帝,"凯琳说道,视线在他们之间来回移动,"如果他能保得住皇位的话。"

"我当然能,"弗·达瑞安承诺说,"阿罗·弗·科西根的血统并不比我纯正。我会保护弗·科西根家族没能保护的一切。保护和保留真正的贝拉亚。"他摆了摆头,显然这个承诺是说给凯琳听的。

"我们还没有失败。"考迪利亚低声说,迎向凯琳的视线。就是现在。她从桌面上拿起鞋子,伸出手臂。凯琳睁大了眼睛。

她冲上前，一把将它拿在手里。考迪利亚的手一阵痉挛，就像一个垂死的选手在某场事关生死的竞赛里放弃了接力棒。极端的愤怒如火焰一般在她的灵魂里燃烧。我击中你的死穴了，弗·达瑞安。这个突然的举动令武装警卫霎时紧张起来。凯琳激动地检视着鞋子，握在手里抚摩着。弗·达瑞安困惑地扬起眉毛，从凯琳身上移开注意力，朝他的警卫长转过身：

"我们要把这三个囚犯监禁在皇宫里。我会亲自用吐真药审讯他们。这是个特殊的机会——"当凯琳把鞋子还给考迪利亚时，她的脸上显出殷切的渴望。

是的，考迪利亚心里说道，你被出卖了，被欺骗了。你的儿子还活着。你必须反抗，重新学会思考和感觉，不再做游离于痛苦之外的行尸走肉。这不是我带给你的礼物，而是诅咒。

"凯琳，"考迪利亚柔声说，"我的孩子在哪里？"

"人造子宫在先皇的寝室里，放在橡木衣柜的架子上。"凯琳回答说，凝望着考迪利亚的眼睛，"我的孩子呢？"

考迪利亚的心融化了，"我上次见到他时，他很健康，很安全——只要这个觊觎皇位的人，"她突然朝弗·达瑞安扭过头，"没有发现他的藏身之处。格雷格一直在想你，他让我捎来对你的爱。"她的话语就像钉子，刺入了凯琳的躯体。

这引起了弗·达瑞安的注意，"格雷格已经沉到湖底，和叛徒纳格力一起在飞机失事中送命了，"他吼叫着说，"最阴险的谎言就是你自己最想听的那个。别轻易上当，我的凯琳。我救不了格雷格，但我会替他报仇。我向你保证。"

是吗？等一等，凯琳。考迪利亚咬着嘴唇。不能在这里动手，太危险了。等待你最好的机会吧。等这个混蛋熟睡之后，至少——但甚至一个贝塔人在向入睡的敌人开枪时也会感到犹豫,更何况一名弗氏贵族。她的血管里流着贵族的血……

凯琳的嘴角露出一丝敌意的微笑,眼睛发着光。"可是这只鞋并没有沉下去。"她轻柔地说。

在考迪利亚的耳中,这要命的低音就如钟声一般响亮,而弗·达瑞安显然只听到了一个女人的悲伤。他朝鞋子扫了一眼,没有抓住里面蕴含的信息,然后摇了摇头,仿佛要回过神来。"你还会有另一个儿子,"他和蔼地向她保证,"我们的儿子。"

等待,等待,等待。考迪利亚在心里呐喊着。"不可能。"凯琳低声说。她后退几步,走到门口的警卫身边,突然从他打开的枪套里拔出神经爆破枪,将它指向弗·达瑞安,然后按下了开关。

惊慌失措的警卫急忙托起她的手。冲击波向外扩展,震裂了天花板。弗·达瑞安在桌子——房间里唯一的家具——后面摔倒在地,接着打了个滚儿。他的私人警卫出于本能反应,立即拔出神经爆破枪向凯琳射击。蓝色的火焰吞噬了她的头颅,凯琳的脸部肌肉痛苦地扭曲,瞬间已变得僵硬。她张开嘴,喊出最后一声无声的尖叫。等待。考迪利亚悲伤地想。

弗·达瑞安震惊万分,怒吼道:"不!"接着跌跌撞撞地冲过去,从另一名警卫手里夺过一支神经爆破枪。那名私人警卫意识到自己犯下了大错,随即把枪扔开,仿佛想洗脱嫌疑一般。弗·达瑞安朝他开了火。

房间在考迪利亚周围倾斜。她把手握在剑杖的剑柄上,剑鞘弹出去,飞向一名警卫的头部,她迅速用剑锋刺向弗·达瑞安握着武器的手腕。弗·达瑞安发出一声尖叫,鲜血飞溅,神经爆破枪从手中掉落。卓丝娜科维沉下身,接住掉下的神经爆破枪。伯沙瑞用致命的掌击砍向弗·达瑞安的脖子。考迪利亚猛地关上门,将走廊里冲来的警卫挡在外面。一阵震荡枪的冲击波撞入墙壁,卓丝娜科维手上接连闪出三道蓝光,了结了弗·达瑞安剩余的警卫。

"抓住他!"考迪利亚朝伯沙瑞叫道。弗·达瑞安浑身发抖,左手抓着只剩下半截的右手腕,已然没有反抗之力。他的鲜血染红了凯琳的睡袍。伯沙瑞用力按住弗·达瑞安的脑袋,神经爆破枪指着他的头顶。

"离开这里,"考迪利亚命令道,一脚把门踢开,"去皇帝的寝室。"迈尔斯在那里。弗·达瑞安的其他警卫正准备开火,但看到他们的主人后立即收回了枪。

"让开!"伯沙瑞吼道,他们从门里冲了出去。考迪利亚抓住卓丝娜科维的手臂,跨过凯琳的尸体——她象牙般的四肢零乱地散落在鲜红的地毯上,即使死亡也是美丽的。伯沙瑞和弗·达瑞安隔在她和警卫之间。警卫退回到走廊里。"从我的枪套里拔出等离子电弧枪,点燃这个房间。"伯沙瑞粗暴地向考迪利亚发出指示。是的。伯沙瑞在刚才的混战中夺回了电弧枪。

"你不能在皇宫里放火。"卓丝害怕地喘着气说。

毫无疑问,祖传的宝物和贝拉亚的历史遗物都贮存在皇宫这片区域。考迪利亚狂野地笑了笑,抓起武器,朝走廊猛烈开火。当冲击波向周围吐出灼热的火舌时,一切木制家具、木地板,以及年代久远的织锦全被吞噬进去。

烧,烧个干干净净。为了凯琳。以死亡告慰她的勇气与痛苦,燃烧吧,火焰——当他们到达埃扎皇帝的寝室门口时,她朝反方向开了火。这是报复你对我,还有我的孩子所做的一切。烈火应该可以暂时阻挡追击。她感到身体在飘浮,像空气一样轻。这就是伯沙瑞杀戮时的感觉吗?卓丝娜科维朝墙上的镶板走去。她现在表现稳定,她的手仿佛属于另一个身体,而不是那个满脸泪痕的人。考迪利亚把剑杖放在床上,朝贴墙而立的巨大橡木衣柜冲过去,一把拉开柜门。绿色和黄色的灯光在漆黑的内里闪烁。老天爷,但愿这不是另一个诱饵……考迪利亚用手臂抱起密封箱,将它拿到外面。这一次重量吻合,里面有液体流动。读数正确,序列号也对得上。这一个是真的。

谢谢你,凯琳。考迪利亚几乎要疯了。她什么感觉都没有——没有悲伤,也没有怜悯,尽管心脏仍在跳动,呼吸仍在继续。战斗的快感,这种永恒的冲动令人发疯。所谓战争瘾就是因此而来的。

弗·达瑞安还在挣扎,试图摆脱伯沙瑞的控制。他不停地发出咒骂:"你们是逃不掉的!"他不再晃动身体,而是转过头捕捉考迪利亚的视线,接着深吸了一口气,"好好想一想,弗·科西根夫人。你不可能成功的!你必须把我当作挡箭牌,所以不能将我击昏。而只要我意识清醒,我一定会拼死挣扎。我的人将包围你们,他们就在外面。"他的头猛地朝窗口摆动,"他们会把我们全部击晕,然后俘虏你们。"他的声音里充满诱惑,"现在投降吧,你们可以保住性命,还有那东西,如果它对你非常重要的话。"他朝考迪利亚手里的人造子宫点了点头。她现在的脚步比艾利丝·弗·帕特利尔更沉重。

"我绝对没有命令那个笨蛋弗·哈拉斯杀死弗·科西根的后嗣。"弗·达瑞安继续说。她保持沉默。鲜血快速地从他指间滴落。"只是他,以及他坚持改革的政治主张,威胁着贝拉亚的安全。你的儿子可以从皮奥特身上继承爵位。皮奥特的政治观点与我的相近。一切都是阿罗的罪过……"

不,有罪的是你。从一开始就是。滴落的鲜血和震惊让弗·达瑞安惯常流利的政治辩论显得有些滑稽。他似乎觉得,如果用对了字眼,他就可以用话语征服一切。考迪利亚认为他的确有这个能耐。弗·达瑞安不像弗·特耶那样是一个恶棍,也不像塞格皇子那般堕落腐化。然而邪恶仍然依附着他,这种邪恶不是来自他的恶行,而是他的"美德":他坚持保守主义的勇敢,还有他对凯琳的激情。考迪利亚感到头痛欲裂。

"我们并不知道是你在背后操纵着伊冯·弗·哈拉斯,"考迪利亚平静地说,"谢谢你告诉我们。"

这使他暂时闭上了嘴。他的眼睛不安地盯着门口,房门很快朝里破裂,被外面的烈焰点燃了。

"你如果杀了我,就不能把我当作人质。"他说道,骄傲地挺直身体。

"你对我毫无用处,维多皇帝,"考迪利亚坦率地说,"迄今为止,这场战争至少造成五千人的伤亡。现在又加上了凯琳。你到底想让它延续多久?"

"永远!"他脸色发白地咆哮道,"我会为她报仇的——为所有人报仇——"

错误的回答。考迪利亚想,带着一种古怪的悲悯。"伯沙瑞,"他立即出现在她身边,"把剑捡起来。"他依言照办。她把人造子宫放在地上,将手放在伯沙瑞握住剑柄的手上。"伯沙瑞,请你为我处决这个人。"她的声音在自己耳中听起来有一种奇怪的平静,仿佛刚才不过是叫伯沙瑞给她递上牛油而已。杀戮并不需要疯狂。

"是,夫人。"伯沙瑞拉长声音答道,然后举起了剑锋。他的眼里闪烁着喜悦的光芒。

"什么?"弗·达瑞安惊讶地叫喊道,"你是贝塔人!你不能——"

闪电般的砍杀切断了他的话语、他的脑袋和他的生命,干脆利落,尽管他脖子上的切口仍然有鲜血喷出来。他们处决卡尔·弗·哈拉斯那天,弗·科西根本该让伯沙瑞做刽子手。上身的全部力量,连同锋利无比的钢刃……伯沙瑞在尸体旁边跪下,将剑杖扔掉,双手抱在头上,考迪利亚困惑的思绪突然被拉回到身边的现实。弗·达瑞安死亡的呼叫仿佛是从伯沙瑞的喉咙里发出来的。

她在他身旁蹲下,突然感到害怕。凯琳拿起神经爆破枪向着这一切混乱开火时,她以为自己已经对害怕麻木了。考迪利亚估计,由于熟悉的场景,伯沙瑞被禁锢的记忆可能苏醒了。他想起了割断那名贝拉亚高级指挥官喉咙时的情形。她诅咒自己没有预见到这个可能性。这会伤害他吗?

"这扇门像地狱一样热。"卓丝娜科维在旁边说,她脸色苍白,身体发抖,"夫人,我们要立即离开。"

伯沙瑞大口喘着气,手依然按着头。考迪利亚离开他,盲目地在地上爬行着。她需要找一些可以防潮的东西……

有了,就在衣柜的底下。一个塑料袋里装着几双凯琳的鞋子,肯定是某个女仆放进去的。考迪利亚把鞋子倒出来,踉踉跄跄地走到床边,将弗·达瑞安的头颅从掉落的地方捡起来。头颅很重,但比不上人造子宫。她将袋口的细绳拉紧。

"卓丝,你状态最好。你带着人造子宫。别把它掉了。"即使她弄掉弗·达瑞安,考迪利亚想,他也不会受到进一步的伤害了。

卓丝娜科维点点头,拿起人造子宫和遗弃的剑杖。考迪利亚不确定她之所以要将剑杖带回去,是因为它刚刚被赋予的历史价值,还是出于对库德尔卡的物品的某种责任感。考迪利亚劝说伯沙瑞站起来。当镶板打开时,清凉的空气一涌而出,这会形成一条通气管,直到燃烧的墙壁向内坍塌,将入口阻塞。弗·达瑞安的人会百思不得其解,在灰烬里拨弄,寻找他们的踪迹。

下降的过程令人痛苦,逼仄的空间,还有伯沙瑞在她脚下的呜咽。她不能把袋子放在旁边,也不能放在前面,只好扛在肩膀上,用一只手爬行。她的手掌按在梯子的横档上,手腕剧痛。

他们落到隧道中后,她用力推着抽泣的伯沙瑞前行,不许他停下,直至重新回到埃扎旧马厩的地下贮藏室。

"他怎么样?"卓丝娜科维紧张地问道。伯沙瑞坐下来,把头埋在膝盖中间。

"他的头痛发作了,"考迪利亚说,"得过一会儿才能止住。"

卓丝娜科维的语气更加犹豫,"那你没事吧,夫人?"

考迪利亚忍不住笑出声来,直到卓丝露出害怕的表情才停住,"没事。"

第十九章

　　埃扎的贮藏室里还有一箱钱币,全是各式各样的贝拉亚通行货币;同时还有能证明卓丝身份的文件,其中一些还有效。考迪利亚将钱物收起来,派卓丝出外购买一辆二手地面车。她在贮藏室里等待着,直到伯沙瑞慢慢从痛苦中复原,可以行走为止。

　　如何离开萨塔那·弗·巴,是她计划里最薄弱的一环。考迪利亚觉得,或许她根本没想到他们能走到这一步。在这个地区旅行受到严格管制,因为弗·达瑞安打算将城市牢牢控制在手上,防止平民逃走。走铁路的话不仅需要通行证,还得接受多次检查。轻便飞行器是绝对禁止的,防空警卫很乐意打下天空中的任何一个目标。地面车则要经过难以计数的路障。步行对她这支负荷沉重、筋疲力尽的队伍来说又太慢。没有更好的选择。

　　过了不知多久,卓丝脸色苍白地返回来了,随后领他们穿过隧道,来到一条阴暗的小巷。城里满是脏兮兮的雪。在皇宫方向,一英里之外,一团厚厚的云层翻滚着,映衬出冬季灰蒙蒙的天空。显然,大火仍未受到控制。弗·达瑞安被斩首后,他的指挥系统还能运作多久?他死亡的消息泄露出去了吗?

根据她的指示,卓丝找到了一辆非常朴实的旧地面车,尽管他们有足够的资金购买市面上更豪华的车辆。考迪利亚认为到检查站时钱会派上用场。

但检查站并不如考迪利亚所想的那般可怕。实际上,第一个检查站是空的,可能守卫都撤回去参加救火或封锁皇宫周围了。第二个检查站则挤满车辆和不耐烦的司机。检查员动作马虎,神情紧张,心烦意乱,可能是听到了不知从哪里传来的谣言。一沓厚厚的钱币压在卓丝伪造得完美无缺的身份证明下,立即消失在守卫的口袋里。他挥手让卓丝通过,开车送她"生病的叔叔"返回家里。蜷缩在一张毛毯里的伯沙瑞看上去着实病得不轻,人造子宫也藏在毛毯下面。在最后一个检查站里,卓丝"重复"了有关弗·达瑞安死亡的传言,惊恐的守卫立即放弃检查,在军服外面套上一件平民外衣,从小巷里逃之夭夭了。

他们整个下午都在街道上迂回前行,一直行驶到弗·伊尼斯的中立区。此时,那辆老爷车的动力引擎坏了,终于趴窝不动。于是,他们丢弃了地面车,准备从铁路返回。考迪利亚催促着疲惫的队伍继续前行,仿佛在与脑子里的时钟竞赛。接近午夜时分,他们穿过边界,进入效忠摄政王的区域,然后向见到的首个军事据点——一个补给仓库——表明身份。卓丝花了几分钟跟夜班值勤官争论,说服他做三件事:第一,验证他们的身份;第二,让他们进入;第三,允许他们使用军事频道呼叫坦纳利基地传送放行的命令。之后值勤官突然变得效率非凡,一艘高速飞艇旋即前来迎接他们。

接近坦纳利基地时已是黎明时分,考迪利亚感到极度不安。就像她第一次从山区到达这里那般,她有一种被时间陷阱捕获的感觉。或许她会死去,被打下地狱,她永恒的痛苦将在这三个星期经历的事件中一次又一次地重演,永无休止。她浑身止不住地颤抖着。

卓丝娜科维关切地望着她。疲惫不堪的伯沙瑞在飞艇的乘客舱里睡着了。伊林的两名特工保持着沉默,看上去就跟他们在皇宫里干掉的弗·达瑞安的警卫毫无二致。考迪利亚把人造子宫紧紧地抱着,塑料袋放在两脚之间。她固执地不让这两样东西离开她的视线,尽管卓丝宁愿把袋子放到行李舱里。

飞艇利索地降落在着陆坪上,引擎低鸣了几声,然后沉寂下去。

"帮我把华根上校找来,现在就去。"当伊林的特工领着他们进入地下的会议室时,考迪利亚第五次重复道。

"是,夫人。他正在赶来的路上。"帝国安全部的特工再次向她保证。她用怀疑的眼光盯着他。

特工人员谨慎地解除了他们的武装。考迪利亚不怪他们。换了她,对这支军容不整、携带武器的队伍也不会毫无戒心。感谢埃扎的藏品,女士们的穿戴还算整齐,但由于没有一件服装适合伯沙瑞的尺寸,所以他仍然穿着发臭的黑色军服。幸运的是,凝结干枯的血迹并不明显。不过,他们每个人都脸色阴沉、疲惫不堪:考迪利亚在发抖,伯沙瑞的手和眼睑在抽搐,卓丝娜科维则好像要哭出来,沉默着一言不发,刚流出眼泪又骤然止住。

经过漫长的等待——其实也就几分钟,考迪利亚告诉自己说——华根上校终于出现了,同行的还有一名技师。华根身上穿着还没来得及脱下的绿色手术袍,步伐迅捷,恢复了旧时的作风,只有眼睛上的一只黑罩显示他曾经受伤。对他来说,这反而增添了魅力,凸显出海盗般的剽悍。考迪利亚希望这块黑罩不会一直罩在他眼睛上。

"夫人!"他露出微笑,考迪利亚察觉到,他费了一点儿时间才换了一副表情。他的一只眼睛透出喜悦,"你找到它了!"

"我希望如此,上校。"她抱起刚才拒绝让帝国特工触碰的人造子宫,"但愿还来得及。它现在尚未亮起红灯,但已经响起了警报蜂鸣。我把它关掉了,否则我会疯掉的。"

他端详着人造子宫,检查了主要的读数,"好,很好。营养供给值已经非常低,但并未耗尽。过滤系统仍在运作,尿酸水平很高,但还可接受——我想它状况不错,夫人。总之,迈尔斯还活着。但这次劫难对补钙治疗会产生多大的影响,还需要更长的时间才知道。我们这就回医院,一小时内就可以开始工作。"

"你还有什么需要?设备?"

他露齿笑道:"在你离开的第二天,弗·科西根伯爵就指示我建立了一间实验室。未雨绸缪,他说。"

我爱你,阿罗。"谢谢你,你们快去吧。"她将人造子宫交到他手里,华根迅速离去。

她坐下来,像个断了线的木偶。现在她可以任疲惫占据她的身体了,但还不能停下。她还有一项非常重要的工作要完成,不能交给这群令人厌烦的笨蛋特工——她闭上眼睛,对他们视而不见,让卓丝代替她回答他们愚蠢的问题。

欲望挑战着恐惧。她需要阿罗。她公开反抗了他,这有没有触犯他的尊严,削弱他的权威和贝拉亚男人过度的自大?她会永远失去他的信任吗?不,这种怀疑当然是不正确的。但是,他在同僚中的公信力,一种微妙的心理震慑力——她有没有将之摧毁?她的行为有没有产生不可预见的政治影响?她在乎吗?是的,她担忧地想。累成这样还要担心,真是要命。

"库德尔卡!"

卓丝的尖叫令考迪利亚睁开了眼睛。库德尔卡正一瘸一拐地走进保密会议室的大门。谢天谢地,他已经重新穿上了制服,显得神采奕奕,只是眼里的灰色瞳孔看起来不太正常。

考迪利亚欣喜地注意到,库德尔卡和卓丝的重聚没有发生冷战——年轻的中尉立即欣喜若狂地搂着这位身材修长、邋里邋遢的金发女郎,彼此交换着模糊不清、超越常规的问候语,诸如亲爱的、我的爱人、感谢上帝、甜心……等等。旁边的帝国特工不安地转过身,避开从他们脸上迸发的赤裸的情感。考迪利亚则乐在其中。这种问候朋友的方式远比愚蠢的敬礼来得亲切。

他们终于从彼此的怀抱里脱身,以便更好地看清对方,但双手依然紧握在一起。"你也回来了,"卓丝娜科维"咯咯"笑着,"你用了多长时间?弗·帕特利尔夫人有没有……"

"我们只比你们早两个小时回来。"库德尔卡屏着气说,尚未从热吻后的缺氧中恢复过来,"弗·帕特利尔夫人和小伯爵正在医院里疗养,医生说她是紧张和疲劳过度。她真了不起。在通过弗·达瑞安的检查站时,我们遇到了一些困难,但她坚持了下来。而你们——你们也成功了!我在走廊里碰到华根,他带着人造子宫——你们救回了伯爵的儿子!"

卓丝娜科维的肩膀松弛下来,"但我们失去了凯琳皇太后。"

"噢,"他抚着她的嘴唇说,"别告诉我——弗·科西根上将命令你们到达后立即向他报到,在面见他之前不许跟任何人说一个字。我这就带你们去。"他像赶苍蝇一样挥手赶开帝国安全部的人,这是考迪利亚一直想做的事。

伯沙瑞不得不扶着她。她将黄色塑料袋拿在手上。讽刺的是,她注意到塑料袋上面印着帝国首府一间最有名的女性成衣公司的名牌和商标。

"这是什么?"库德尔卡问。

"嗯,中尉,"那名帝国安全部特工插嘴说,"她拒绝让我们检查。依照规定,我们不能让她将袋子带进基地。"

考迪利亚打开袋口,拿给库德尔卡查看。他朝里瞥了一眼。

"妈呀!"当库德尔卡跳开时,那名帝国安全部的特工凑上前。库德尔卡挥手让特工退下,"我……我知道了,"他吞着口水说,"我想弗·科西根上将必定很想看到这个。"

"中尉,我的检查清单该怎么写?"那名帝国安全部特工说,考迪利亚看到他已快要哭出声来,"我必须登记,如果要把它带进去的话。"

"别难为他了,库德尔卡。"考迪利亚叹了口气。

库德尔卡又看了一眼,嘴角扭曲着露出狡黠的笑容,"好吧,就写上送给弗·科西根上将的冬节礼物,送礼人是他的妻子。"

"噢,库德尔卡,"卓丝取出他的剑杖,"我把它拿回来了。但剑鞘不在了,对不起。"

库德尔卡拿起剑杖,朝袋子里看了看,明白了当中的联系。他更加小心地捧着剑杖,"嗯……没关系。谢谢你。"

"我会把它拿回塞格林,重新做一个剑鞘。"考迪利亚承诺说。

帝国安全部特工给弗·科西根上将的首席参谋让开一条道。库德尔卡领着考迪利亚、伯沙瑞和卓丝走进基地。考迪利亚拉上袋口的细绳,任由袋子在手中晃动。

"我们到总参部去。一小时前,上将召开了一次保密会议。两名弗·达瑞安的高级军官昨晚秘密抵达。他们正在谈判投诚的事。最好的人质拯救计划关键在于他们的合作。"

"他们得知这个情况没有?"考迪利亚提起袋子说。

"我想没有,夫人。你改变了一切。"他咧嘴笑着答道,不平衡的步调迈得更大了。

"我想战斗是免不了的。"考迪利亚叹息说,"即使处于崩溃边缘,弗·达瑞安的阵营还是危险的。或许因为绝望还会更危险。"她想起了萨塔那·弗·巴市中心的那家酒店,据她所知,伯沙瑞的女儿还困在里面。次要的人质。她能说服阿罗调配一些资源去拯救那些次要的人质吗?唉,她或许并不能让所有士兵都放下手中的武器。但是我尽力了,上帝作证,我尽力了。

他们一直向下降落,到达坦纳利基地的中枢区域之后,走进一间高度警戒的会议室。一支手持重型武器的警卫分队威严地守在外面。库德尔卡做个手势,让他们通过。大门朝两边滑开,然后又在他们身后无声地关上。

考迪利亚仿佛闯进了一台戏里,所有的人都扭过头,从光滑的桌旁望着她。当然,阿罗坐在正中,伊林和皮奥特伯爵坐在他左右两侧。首相弗·达拉也在场,还有肯锡安和几名穿着绿色制服的高级军官。两个投诚者坐在另一端,旁边是他们的副官。人太多了。她只想单独和阿罗见面,不愿看到其他人。再忍一忍。

阿罗的视线停留在她身上,无声、苦恼,嘴角显出一丝自嘲的笑意。但她已重新燃起信心。这是对他的信任。没有冷酷。一切都会好起来。

皮奥特伯爵的手重重地拍在桌面上,"老天,你这女人,你到哪里去了?"他憎恶地骂道。

她朝他开口大笑,把袋子举起,"去购物了。"

有那么一瞬间,老伯爵几乎相信了她,矛盾的表情在他脸上交替出现:好奇、怀疑,然后在意识到被耍弄后又现出了愤怒。

"想看看我买了什么吗?"考迪利亚继续说,仍带着戏耍的口吻。她拉开袋子上方的封口,弗·达瑞安的头颅滚落在桌面上。幸运的是,它在几个小时前就不流血了。头颅脸朝上停留在皮奥特眼前,咧嘴露齿,干涸的眼睛圆睁着。

皮奥特目瞪口呆。肯锡安跳了起来,军官们发出惊叫。弗·达瑞安的一名投诚者从椅子上滑落在地,向后缩了几下。弗·达拉撅起嘴,双眉上扬。库德尔卡再次表现出对这个历史时刻过人的掌控能力,他把剑杖放在桌面上,作为进一步的佐证。伊林松了一口气,在震惊之余,露出胜利的笑容。

阿罗的表现堪称完美。他只是眼睛稍微瞪大了一会儿,然后用手托着下颌,越过父亲的肩膀望过来,脸上带着异乎寻常的平静,"当然,"他口齿清晰地说,"每一个弗氏贵族夫人都会到首府去购物。"

"我付出了很大代价。"考迪利亚承认说。

"那,也是一种惯例。"他嘴角露出一丝揶揄的笑意。

"凯琳死了。她在混战里被击中。我救不了她。"

他摊开手,"我知道了。"他再次抬眼迎向她的目光,好像在问:你还好吗?接着显然找到了答案:不好。

"先生们,请你们离开几分钟。我想与我的妻子独处片刻。"

众人拖着步子站起身,考迪利亚听到有人在嘀咕:"勇敢的人……"

弗·达瑞安的投诚者从桌旁退下,她的目光一直盯着他们。"先生们,我想当这次会议重新召开时,你们的投降将无条件依赖于弗·科西根伯爵的仁慈。这一点他应该还有所保留。"而我当然没有。她没说出口。"我厌倦了你们愚蠢的战争。就此终结吧。"

皮奥特从她身边走过,她朝他露出苦笑。他不安地做出一脸苦相,"显然,我低估了你。"他嘟囔着说。

"不许你再……咒骂我。还有,远离我的孩子。"

弗·科西根的眼神止住了她爆发的怒火。她和皮奥特互相点了点头,就像两名决斗士结束战斗时的鞠躬。

"库德尔卡,"弗·科西根望着肘边那个令人憎恶的物体说,"请你把这东西移到基地的殓房。我不想让它成为桌上的摆设。不管怎么样,要等到找全它的其余部分后才能将它埋葬。"

"你确定不想留着它,以吸引弗·达瑞安的军官加入我们阵营吗?"库德尔卡说。

"不,"弗·科西根断然说,"它已经充分发挥了作用。"

库德尔卡小心翼翼地从考迪利亚手里取过袋子,打开,将弗·达瑞安的头颅包进去,手指连碰都没有碰一下。

阿罗的视线移到疲倦的突击队员身上:卓丝娜科维一脸悲戚,伯沙瑞则在不停地抽搐,"卓丝,中士,你们去洗个澡,吃些东西。然后再去我的宿舍报到。"

卓丝娜科维点了点头,中士敬了个礼,然后随库德尔卡一起离开了。

当大门关上后,考迪利亚跌到阿罗怀里。他们站起来,几乎弄翻了椅子。他们抱得那样紧,以至不得不放松些才能吻到对方。

"不许你,"他喘气说,"再做出这样的举动。"

"只要你不让它成为必须。"

"成交。"

他稍微挪开一点她的脸,用双手捧着,眼神灼烧了她的灵魂,"我担心死你了,差点都忘记担心你的敌人了。我本该记得的,亲爱的船长。"

"我自己不能单独成事。卓丝是我的眼睛,伯沙瑞是我得力的臂膀,而库德尔卡则是我们的双腿。你要原谅库德尔卡擅离职守,是我们逼迫他去的。"

"原来如此。"

"他有没有说起你的堂弟帕德玛?"

"说了。"随着一声伤感的叹息,他陷入回忆之中,"帕德玛和我是疯子尤里对谢夫皇子的后代展开大屠杀后仅余的幸存者。那时我十一岁,而帕德玛仅有一岁大,还是个婴儿……之后,我一直把他当作小孩,总想照看他……现在只剩下我一个了。尤里就快要达成他的目标了。"

"伯沙瑞的埃蕾娜,她必须被救出来。她的重要性远远超过关在皇宫里的那些伯爵。"

"我们正在努力,"他承诺说,"这将列为首要任务。由于你除去了维多皇帝,"他顿了顿,慢慢露出微笑,"我怕你会吓坏我的贝拉亚子民,亲爱的。"

"为什么?他们不知道自己处于独裁者的统治之下吗?你知道弗·达瑞安最后的遗言是什么吗?他说,'你是贝塔人!你不能做——'"

"做什么?"

"这个,我想他能告诉我贝塔人不能做什么,如果他还有机会的话。"

"可怕的战利品,在路上带着它很是冒险。要是有人要你打开袋子怎么办?"

"我会照做。"

"你……没事吧,亲爱的?"在笑容下,他的声音显得很严肃。

"你的意思是,我失去控制了吗?是的,有一些。不止一些。"她的手仍然在颤抖,它已经抖了一天,后遗症尚未消失,"将弗·达瑞安的头带回来,这似乎……是必需的。实际上,我没想过将它挂在弗·科西根爵府的墙上,与你父亲的猎物摆在一起,不过这倒是个好主意。直到我走进这个房间以前,我想我尚未清楚地意识到自己为什么老是想着这些问题。如果我两手空空地走进来,告诉他们我杀死了弗·达瑞安,要求他们结束战争,那么除了你还有谁会相信我?"

"伊林,或许他相信。他见识过你的本领。其他人嘛……你说得对。"

"我想还有一个原因是,我从远古历史中获得了灵感。他们过去不是常常公开展示被杀的篡位者的尸体,以阻止潜在野心家吗?看来这是正确的。"

"帝国安全部特工告诉我你找到了人造子宫。它还在运作吗?"

"它在华根那儿,他正在检查。迈尔斯还活着,但损伤未明。嗯,还有,似乎弗·达瑞安就是操纵伊冯·弗·哈拉斯的幕后黑手。不是直接操纵,而是通过一些代理人。"

"伊林对此也有怀疑。"他的臂膀紧紧地围着她。

"至于伯沙瑞,"她说,"他状况不妙。反应过度。他需要实实在在的药物治疗。清除记忆是一种可怕的行为。"

"在那个时候,它救了他的命。那时我手中无权,只能与埃扎妥协。现在我可以做得更好。"

"你最好如此。他像一条狗一样跟随着我,而我也把他当做忠心的猎犬。我欠他的……难以计数。但是他吓坏我了。为什么是我呢?"

弗·科西根沉思着,"伯沙瑞……对自我没有清晰的认知,没有强大的精神内核。我第一次见到他时,他病得最厉害,他的人格处于分裂的边缘。如果他受过更好的教育,而且伤害不是那么重,他本来可以成为一名理想的间谍。他是一条变色龙,可以变成自己所需要的人。我认为这并非无意识的。皮奥特想要一名忠心的家臣,伯沙瑞如愿地扮演了这样的角色。弗·特耶想要一头猛兽,伯沙瑞就变成他的打手,以及牺牲者。我需要一名优秀的士兵,他就是一名优秀的士兵。你……"他的声音软下来,"你是我知道的唯一将伯沙瑞当作英雄的人,所以他就成为了你的英雄。他依附着你,因为你把他创造成比他的梦想更伟大的人物。"

"阿罗,这太疯狂了。"

"是吗?"他抚摩着她的长发,"但他不是唯一接受你影响的人,亲爱的船长。"

"我恐怕我的状况比伯沙瑞好不了多少。我把事情弄砸了,凯琳死了。让谁去告诉格雷格?如果不是为了迈尔斯,我早就放弃了。你要让皮奥特远离我,否则我发誓,下次一定会将他撕成碎片。"她的身体又在颤抖。

"嘘,"他轻轻地摇晃着她,"我想你可以把剩下的事情交给我处理,好吗?你还相信我吗?我们会从这些牺牲里获得好处。它不会白费。"

"我觉得自己很肮脏,很恶心。"

"是的。大部分正常人完成战斗任务后都会这么想。"他顿了顿,接着说,"但人的思维是可以改变的。改变是有可能的。"

"改变也是不可逆的,"她断言说,"但你不能用埃扎的方式。现在已经不是埃扎的时代了。你必须找到自己的方式,把贝拉亚重建成适合迈尔斯、埃蕾娜、伊凡和格雷格生活的世界。"

"如你所愿,夫人。"

在弗·达瑞安被杀后的第三天,贝拉亚首府被效忠摄政王的帝国军队攻陷。虽然并非一枪不发,但也没有考迪利亚所担心的那般血腥。只发生了两场小小的抵抗——在帝国安全部和皇宫——弗·科西根需要出动地面部队加以清除。经过激烈的谈判后,市中心酒店的人质安然获释。皮奥特给伯沙瑞放了一天假,去接他的女儿和她的养母,并把她们送回家。考迪利亚在回来后第一次睡了一整夜。伊冯·弗·哈拉斯接受弗·达瑞安的任命,指挥首府的地面部队。他在司令部大楼的太空通讯中心控制着最后一道防线,最后在遭遇战中因拒绝特赦而被自己人开枪打死。在某种程度上,考迪利亚对此颇感欣慰。对背叛的弗氏贵族的传统惩罚是示众,然后活生生饿死。上一任皇帝毫不犹豫地保留了这个残忍的传统。考迪利亚祈祷在格雷格的时代会废除这一习俗。

失去弗·达瑞安的控制后,他的叛军联盟迅速瓦解。费得斯托城一名极端保守的伯爵揭竿而起,宣称自己接任弗·达瑞安的皇位,但他的篡位只维持了不到三十个小时。在东部一个海滨领地,一名属于弗·达瑞安叛军的伯爵在被捕时自杀,一个反弗氏贵族联盟在混乱中宣布该领地成立共和国。一名出身于旁系家族的步兵中校被任命为新伯爵,他从未期待能得到这般荣誉,因此立即反对采取过激的行动对抗中央。弗·科西根让他和他的领地民兵去恢复那里的秩序,而没有派帝国军队进驻。

"你不能半途而废。"皮奥特以一种先见之明的口吻咕哝着说。

"每次一小步，"弗·科西根回答说，"我可以征服这个世界。你拭目以待吧。"

在第五天，格雷格回到了首府。弗·科西根和考迪利亚一起将皇太后身故的消息告诉了他。他先是不知所措，接着就开始号啕大哭。当他安静下来后，他们把他带进一辆地面车，让他从透明的车窗里视察几支军队——实际上，是军队在视察他，他的生存击破了弗·达瑞安的谣言。考迪利亚陪在他身边，他的沉默令她心痛。但从她的角度来看，这总比先让他检阅军队，之后再告诉他要好。如果要她忍受他不断寻找母亲的请求，那么在整个阅兵过程里，她肯定会发疯的。

尽管在混乱的环境中，仪式远不及通常那般隆重，但不久之后，还是举行了凯琳的公开葬礼。格雷格在一年内第二次被要求点燃柴堆。弗·科西根让考迪利亚引导格雷格拿起火把。自她在皇宫放火之后，这部分的葬礼仪式似乎是多余的。考迪利亚在柴堆里添加了一缕自己的头发。格雷格紧紧地依靠在她身边。

"他们也会杀掉我吗？"他低声问她，听上去没有惧意，只有一丝不正常的好奇。父亲、祖父、母亲，在一年里全部过世，难怪他会感到困惑，认为下一个会轮到自己。

"不。"她断然说，手臂紧紧地搂住他的肩膀，"我不会允许他们这么做。"上帝保佑，这个毫无根据的承诺似乎真的使他觉得安慰。

我会照顾你的小男孩，凯琳。当火焰升起时，考迪利亚想。这个誓言的代价比任何燃烧的祭品都昂贵，将她的一生都系在了贝拉亚。她脸上的灼热减轻了头部的痛楚。

考迪利亚感到自己的灵魂如同一只疲惫的蜗牛，装在呆滞的麻木外壳里。在葬礼余下的时间里,她一直像机器人一般,尽管周围烈火熊熊,但她毫无知觉。对她来说,各式各样的贝拉亚弗氏贵族只是一种冰冷、深奥的礼仪。毫无疑问,他们一定以为我疯掉了。她最终意识到,他们夸张的礼节代表着尊重。

这使她变得愤怒。凯琳忍耐的勇气没有深到称赞,弗·帕特利尔夫人的勇敢和艰难的分娩也只是获得肯定,而砍掉某个傻瓜的头颅却令她受到了无比尊敬,上帝啊——

当他们回到阿罗的宿舍时,他花了一个小时才令她平静下来,之后她又痛哭失声。阿罗百般安慰着她。

"你会利用这个吗?"当疲惫重新回到体内,她向他问道,"这个,这个……我的令人吃惊的新状态?"她非常厌恶自己的话语,嘴里一阵阵发酸。

"我会利用一切事物,"他平静地发誓说,"只要它有助于格雷格在十五年后长成一名正常、合格的皇帝,统领一个稳定的政府。我会利用你、我,以及其他不管什么人。我们付出了太多代价,失败是不能接受的。"

她叹了口气,把手放在他的掌心,"万一有什么意外,我要你捐赠我的遗体。这是贝塔人的传统——不浪费任何东西。"

他的嘴唇无助地扭曲着。他们面对面地把前额触到一起,彼此紧紧拥抱着对方。"不许你这么想。"

当她与阿罗以夫妇的身份被伯爵理事会正式指定为格雷格的监护人时,她对凯琳的沉默誓言变成了帝国的政策。作为摄政王,阿罗的监护权在法律上是理所当然的。首相弗·达拉专门花时间给她解释,清晰地指明她的新职务中不享有任何政治权力。不过,她有一些有限的特权,包括管理从皇室财产里分割出来的弗·巴拉家族的资产——格雷格以弗·巴拉伯爵的身份继承了它。另外,受阿罗的委托,她有权照顾皇帝的起居与教育。

"可是,阿罗,"考迪利亚愣愣地说,"弗·达拉强调我不能拥有权力。"

"弗·达拉……并非一贯明智。这么说吧,他没有意识到有些权力并不具备强制性。不过,你拥有某些权力的时间不会太久。格雷格年满十二岁,就会到预备军校里学习。"

"但他们是否知道……"

"我知,你知,这就够了。"

第二十章

考迪利亚的第一道命令是将卓丝娜科维重新指派给格雷格,以满足他执拗的要求。由于伊林的坚持,阿罗最终搬进了皇宫。当卓丝和库德尔卡在冬节后一个月结婚时,考迪利亚的心才平静下来。

考迪利亚把自己当作两个家庭的中间人。出于某些原因,库德尔卡和卓丝都拒绝了她的贺礼,但仍表示衷心的感谢。基于对贝拉亚风俗了解的缺乏,考迪利亚欣然将婚礼的筹备工作交给了雇请来的一位有经验的老妇人。

考迪利亚经常见到艾利丝·弗·帕特利尔,她们互相拜访。虽然不一定是宽慰,但小伯爵伊凡仍然帮助艾利丝从肉体伤痛中缓慢恢复过来。他长得很快,但总是挑三拣四。考迪利亚后来意识到,这是因为他母亲太过宠爱他。考迪利亚认为,伊凡本应有三四个弟妹来分散她的注意力。快快长大吧,到了十八岁,你就可以参加令人生畏的帝国军事学院的入学考试。

艾利丝·弗·帕特利尔已经从失去帕德玛的痛苦中复原,她决定要安排好伊凡的生活,事无巨细。当卓丝把披着婚纱的照片拿给她看时,艾利丝显得异常兴奋。

"不,不,不!"她抗议地叫道,"那些花边不行——会让你看上去像一头毛茸茸的大白熊。丝绸,亲爱的,你需要的是长长的丝绸——"她说个不停。卓丝没有母亲和姐妹,她找不到一个更有经验的婚礼顾问。于是,弗·帕特利尔夫人最后把婚纱列入了她的礼物单。为了确保尽善尽美,他们的婚礼另加了一幢"度假小别墅"——其实是东部海滨的一座大房子。夏天快要来临,卓丝的沙滩梦即将成为现实。考迪利亚微笑着,给这女孩买了睡衣和长袍,上面镶着一层一层的花边,以满足她的愿望。

阿罗借出了结婚礼堂:皇宫的红色宴会大厅及相邻的舞厅。那个舞厅里有漂亮的镶嵌地板,它躲过了大火的肆虐,使考迪利亚大大松了一口气。阿罗和考迪利亚决定担当证婚人,理论上,这个举动让伊林对保安问题头痛不已。考迪利亚私下认为,让帝国安全部的特工充当婚宴侍者会使事情得到圆满解决。

阿罗看了看宾客名单,然后露出微笑,"你知道吗?"他对考迪利亚说,"每一个阶层都派了代表——医疗、教育、工程、企业。要是在一年前,这是不可能发生的。杂货商的儿子与低级军官的女儿,他们的婚礼是用鲜血换来的,但明年他们就可以享受和平。"

"皮奥特的所有朋友都娶了贵族夫人,那些可怕的老女人会不会抱怨这是社会变革太过分了?"

"只要艾利丝·弗·帕特利尔表示支持,她们就不敢。"于是,婚礼继续依计划推进。喜宴的前一周,库德尔卡和卓丝产生了逃跑的想法,他们对每一件事情都失去了控制。不过,皇宫的事务人员完全能轻松地料理一切。年长的仆人们忙得团团转,还不忘开玩笑:"上将搬进来后,除了服侍那些来赴宴的沉闷的参谋,我还以为我们没有别的事情干了。"

喜庆的一刻终于来临。一个由涂成各种颜色的麦粒组成的圆圈摆在红色宴会大厅的地板上,外面环绕着一颗星星,按照贝拉亚的传统,星星的角的数目是可变的,每一个角都会站上双方的父母或是重要的证婚人:在这场婚礼上,它有四个角。新婚夫妇将站在圈里面,宣读他们的誓词,而无须神父或地方官员在场。事实上,有一个所谓的"教练"站在圈外,替那些怯懦的新人宣读誓词,以便他们重复朗诵。两位紧张的新人由自己的朋友引领着走进圈中。这非常实用,考迪利亚想,而且显得隆重。

阿罗脸上带着欢笑与炫耀,将考迪利亚引入分配给她的星星一角,就如摆放了一束鲜花,然后他走到了自己的位置上。弗·帕特利尔夫人坚持让考迪利亚穿上一套新晚装——一条拖地的蓝白色长裙,点缀着红色的花边,正好与阿罗庄重的红蓝色军礼服相称。卓丝自豪而紧张的父亲同样身穿红蓝色制服,站到了属于他的一角。在考迪利亚看来,军队象征着集权,但平等主义的精神却最先在军队普及,这的确有些不可思议。阿罗称其为西塔甘达人的"礼物"——他们的入侵首先使得军官的晋升不受出身限制,而这种变化的冲击波横扫了整个贝拉亚。

卓丝娜科维的父亲是一名军士长,他的身材比考迪利亚想象中的要矮得多——或许是因为卓丝母亲的基因,或许是由于良好的营养,或许是两者结合,才使他的每个孩子都长得比自己高。她的三个哥哥也是军人,军衔由上尉至下士不等。他们已经请了假来出席婚宴,此时正站在圈外观礼的人群里,库德尔卡兴奋的妹妹也在其中。库德尔卡的母亲占据了星星的最后一个角,脸上挂着泪水和笑容。她身上穿着一件色彩艳丽的蓝色礼服。考迪利亚认为,她的装束同样是艾利丝·弗·帕特利尔的杰作。

库德尔卡挂着重新配上外鞘的剑杖,首先由伯沙瑞中士引领着走到前面。伯沙瑞中士穿着皮奥特的银棕色家臣制服中最闪亮的一套,正低声地给新郎提供可怕而有用的建议,例如"如果你真的想吐的话,把头低下去会好一些"。这个建议使库德尔卡的脸色变得更绿,刚好与身上那套弗·帕特利尔夫人会毫不犹豫加以否决的红蓝色制服形成鲜明对比。

所有人的头都转了过来。噢,天啊,艾利丝·弗·帕特利尔对卓丝婚纱的建议完全正确。她掠过众人的视线,就如一只航行的小船划出美妙的弧线,一个修长、清爽和完美的形象——雪白的丝绸、金黄的秀发、湛蓝的眼睛、白、蓝、红三色鲜花——当她走去站在库德尔卡身旁时,有人才突然察觉到他的身材原来也挺高。艾利丝·弗·帕特利尔穿着银灰色的礼服,在圆圈边上松开卓丝的手,就像是某个狩猎的女神放出一只白色的鹰隼,任其翱翔,然后落在库德尔卡伸展的手臂上。

库德尔卡和卓丝完成了他们的誓词,中途没有出现口吃或昏倒的情形。当他们的姓被公开宣布时,他们都刻意隐藏了困窘:克莱门特与卢德米拉。

"我的哥哥们以前常常叫我'卢拉',"在昨天的排练中,卓丝对考迪利亚说,"这是'泥巴'的谐音。"

"对我来说,你永远是卓丝。"库德尔卡保证说。

作为证婚人,阿罗用一只穿着靴子的脚拨开围着他们的麦粒,让他们走了出来。音乐响起,宴会开始了。

食物精美,音乐动人,还有醇香的美酒……这一切都是贝拉亚的传统。在皮奥特敬完第一轮酒后,考迪利亚走到库德尔卡身旁,嘀咕说根据贝塔人的研究,酒精会有损男人的性能力,于是他将手中的酒换成了水。

"残酷的女人。"阿罗在她耳边笑着说。

"才不是,我是为卓丝好。"她回敬道。

考迪利亚被正式引见给卓丝的哥哥。他们充满敬畏的眼光令她咬紧了牙根。当一个喋喋不休的兄弟被父亲挥手被迫住嘴后,她的下颚才稍稍松弛下来。"安静,祖斯!"当新娘正对手动式武器的话题发表评论时,军士长对他的儿子说,"你从来没有在战斗中使用过神经爆破枪。"卓丝眨了眨眼,然后露出微笑,她的眼里闪烁着光芒。

考迪利亚截住了伯沙瑞,自从阿罗与皮奥特分家以后,她已经很少见到他了。

"埃蕾娜怎么样?她现在回家了吗?海瑟蓓夫人完全康复没有?"

"她们都很好,夫人。"伯沙瑞点点头,露出微笑,"我在五天前回去看过,陪同皮奥特伯爵去看他的马。埃蕾娜已经会爬了。你把她放在地上,转眼之间她就挪到其他地方……"他皱起眉头,"我希望海瑟蓓能看紧一点。"

"她在战争期间一直把埃蕾娜照顾得很好,我想这点问题难不倒她。勇敢的女人。她其实也应该获得一枚勋章。"

伯沙瑞紧皱着眉,"不知道他们为何对她如此吝啬。"

"唔,不过我想,她知道如果有任何需要,都可以来找我。随时都行。"

"是的,夫人。不过我们暂时还过得去。"语气里带着一丝自尊,"弗·科西根·萨尔洛的冬天非常安静,对小孩的成长正合适。"但是与我成长的环境不同——考迪利亚几乎可以听见他这样说。"我的意思是她拥有舒适的一切。"

"你自己呢,觉得怎么样?"

"医生给我开的新药很不错。总之,我的头不再感到像充满雾气一般难受，而且我在夜晚还能入睡，但我不知道它是怎样起作用的。"

显然，这是工作的原因。他似乎显得放松、平静，几乎脱离了崩溃的边缘。他看了看餐桌，突然问道："他不是该去睡觉的吗？"

穿着睡衣的格雷格正趴在餐桌底下，想避开旁人的视线，偷偷拿几块香甜的点心。考迪利亚立即冲了过去，以防他被某个粗心的宾客踩到脚下，或被急坏了的警卫捉住。一群侍卫跟随面如白纸的西蒙·伊林冲了进来。幸运的是，伊林紧张的心只悬了大约六十秒。当那群喘着粗气的大人朝格雷格扑来时，他缩到了她的衣摆下。

卓丝留意到伊林拿起了通讯器，脸色立即发白，条件反射地询问道："发生了什么事？"

"他是怎么离开的？"伊林朝格雷格的保姆质问道。保姆结结巴巴地解释着，说以为他睡着了，而且没有离开自己的视线。

"他并没有离开，"考迪利亚插口说，"这里是他的家。他至少应该被允许在里面自由走动，要不你派那么多废物警卫守着大墙做什么？"

"卓丝，我能参加你的婚礼吗？"格雷格抱怨地问，希望有一个更高权威的人帮他解除伊林的禁令。

卓丝看了伊林一眼，他显然不赞同。考迪利亚毫不犹豫地解开了这个死结，"是的，你可以参加。"

于是，在考迪利亚的监督下，贝拉亚的皇帝和卓丝跳了一支舞，吃了三个雪糕，然后心满意足地被带回房间入睡。他需要的只是十五分钟，可怜的孩子。

宴会继续，人人兴高采烈。"跳一曲，夫人？"阿罗在她身边满怀希望地邀请说。

她敢试一试吗？他们正在弹奏节奏简单的镜舞，她再怎么错也不会显得太离谱。她点了点头，阿罗将杯中酒一饮而尽，领着她走入光滑的舞池。踏步、滑动、挥手，她好像进入了一个未曾发现的新领域。她自己试了几下高难度的滑步，阿罗流畅地跟进。他们不断地跳动，直至音乐终结。

当华根上校在帝国司令部呼叫考迪利亚时，这个冬天的最后一场雪已经在萨塔那·弗·巴的街道上融化了。

"是时候了，夫人。我已经完成了所有程序。胎盘已经长了十个月，它的机能正在衰退。人造子宫不能再维持了。"

"最迟到什么时候？"

"明天。"

那个夜晚她难以入眠。第二天一早，阿罗、考迪利亚、皮奥特伯爵和伯沙瑞一起前往帝国军医院。考迪利亚根本不想让皮奥特伯爵参与。他们至今还未消除的对抗使阿罗感到痛心。至少，他把责任归咎于皮奥特，而不是她。随便你吧，老家伙。没有我你就没有未来。我的儿子将点燃你葬礼上的柴堆。不过，她为能再次见到伯沙瑞而感到高兴。

华根的新实验室占据了帝国军医院新建大楼里的整整一层。当他们返回萨塔那·弗·巴后，考迪利亚经常到那间旧实验室里察看。有一次她发现华根接近于崩溃，无法工作，一查问，原来是害怕亨利的亡灵，于是她立即命令华根将实验室迁往新大楼。他说，每次走进那个房间，亨利博士血腥的死亡场景都会在他的记忆里回放。他无法走近亨利被杀时跌倒的地方，只能远远地绕过去。一点小小的声音也会令他心惊胆战。"我是一个理性的人，"他嘶哑地说，"不会相信这种荒唐的迷信。"所以，考迪利亚帮他在实验室地板上放了一个火盆,给亨利烧了一些祭品,并且让华根相信,迁移实验室是因为他得到了晋升。

新实验室宽敞明亮,再也没有亡灵的骚扰。当华根领她进去时,考迪利亚发现一群人正在里面等待着:指派给华根研究人造子宫的工程师,感兴趣的平民产科医生——包括里特博士——迈尔斯将来的儿科专家,还有外科手术医生。警卫也做了更换。现在连父母来看望也需经过重重检查。

华根显得很忙碌,对自己能够担当重任感到愉快。他仍然戴着眼罩,但他向考迪利亚保证会尽快抽时间去做完最后阶段的治疗,以恢复正常的视力。一名技师将人造子宫推出来,华根让他暂时停下,仿佛在思考如何展示这一充满戏剧性的动人高潮,而考迪利亚本以为这不过是一件非常简单的事。华根把它转变成一场对同事发表的技术演讲,他分析了营养液中荷尔蒙激素的成分,解释了读数,描述了胎盘在人造子宫里分离的过程,然后再列举了人造子宫与自然分娩的异同。有一些区别华根没有提到。艾利丝·弗·帕特利尔应该来听一听。考迪利亚想道。

华根抬起头,看到考迪利亚在望着自己,忙下意识地中止了演讲,向她露出微笑,"弗·科西根夫人。"他朝人造子宫的密封阀指了指,"你愿意为我们揭晓吗?"

她伸出手,犹豫了一下,视线寻找着阿罗。他就站在人群的外缘,表情庄重、严肃。

阿罗大步走向前,"你确定吗?"

"如果你能打开一个野营冷却器,我想这就没什么难度。"他们每人握住一边的插销同时将它拉开,然后撕开防菌密封条,抬起了上面的盖子。里特博士走上前,手里握着一把振动手术刀,从营养饲管厚厚的粘垫里切进去。他的动作非常精巧,完全没有触及下面的银色羊膜,然后将迈尔斯从他最后的生物包囊里分离出来。在迈尔斯发出第一声令人惊讶的啼哭之前,他们清理了他的口腔和鼻孔。阿罗的手臂环绕着她,力气大得让她生痛。他发出压抑的笑声,声音很低,犹如一下呼吸。他咽下一口唾沫,眨了眨眼,将他痛苦与喜悦并存的表情置于严格的控制之下。

生日快乐。考迪利亚在心里说。好美的颜色……

不幸的是,令人满意的只有颜色。迈尔斯与伊凡形成了鲜明对比。尽管比伊凡九个半月的妊娠期多了几个星期,但足月的迈尔斯出生时却只有伊凡的一半大,而且更加虚弱。他的脊柱显然还未发育成形,双腿缩上去,固定在一个弯曲的角度,但毫无疑问,他绝对是一个"男性"伯爵继承人。他的第一声啼叫非常微弱,远远不及伊凡愤怒、饥饿的吼叫。她听到身后的皮奥特失望地发出了嘘声。

"他有足够的营养吗?"她问华根,声音里包含着指责。

华根无助地耸耸肩,"他能吸收的都给了。"

儿科医生和他的助手将迈尔斯放在一盏加热灯下面,然后开始为他检查。考迪利亚和阿罗分站在两旁。

"这儿的弯曲能自己恢复,夫人,"儿科医生说,"但是下部的脊椎必须尽早动手术。你是对的,华根——为了更好地保证他的大脑发育,他的髋臼不得不受到影响,所以他的脚才会被限制在那个奇怪的位置上。需要动手术拆散他的那些骨骼,然后重新组合起来,之后他才能开始行走。我不推荐在头一年就对他施行脊椎手术,应该让他先增长一些体重和力量——"

外科医生检查了一下婴儿的手臂,突然骂了一声,一把抓过他的诊断显示器。迈尔斯轻轻叫了一下。阿罗贴着裤缝的手握成拳头,考迪利亚的心沉了下去。"老天!"外科医生叫道,"他的肱骨刚刚折断了。你说得对,华根,他的骨骼异常脆弱。"

"至少他还能形成骨骼。"华根叹息说。

"你们要小心,"外科医生说,"特别是头部和脊椎。如果其余的骨骼都和肱骨一样脆弱,我们将不得不采取某种加固措施……"

皮奥特在地上跺了一脚,朝门外走去。阿罗抬起头,双唇紧闭,随他走了出去。考迪利亚一直在哭泣,但医生承诺今天会对迈尔斯加倍看护,避免他受到进一步损伤,然后她尾随阿罗走出了房间。

皮奥特在走廊里来回踱着步。阿罗站在旁边,一动不动。伯沙瑞沉默地望着他们。

皮奥特转身看到她,"你!你欺骗了我。这就是你所谓的'完美修复'?呸!"

"这的确有效。迈尔斯毫无疑问比以前好了很多。没有人承诺说会十全十美。"

"你和华根都对我说了谎。"

"我们没有,"考迪利亚否认说,"我一直尽量向你解释华根的实验概要。他已经实现了报告中所说的要带给我们的期待。你好好回忆一下吧。"

"我知道你们想怎么样,但是不可能。我刚才已经对他说了,"他指了指阿罗,"这是我的忍耐极限。我不想再看到那个怪胎。永远不想。如果他能活下来,只要他活着就会令我作呕,不许将他带进我的大门。上帝作证,女人,你糊弄不了我。"

"我才不在乎!"考迪利亚厉声说。

皮奥特扭着嘴,发出无声的咆哮。他转过身,把目标转向阿罗,"还有你,没有骨气的东西,如果你的哥哥还活着——"皮奥特的嘴突然合上,但太迟了。

阿罗面如死灰,这种神情考迪利亚只见过两次,每一次都是在他与死神擦肩而过的时候。皮奥特曾嘲笑过阿罗的火爆脾气,但直到现在,考迪利亚才意识到皮奥特虽然见过自己儿子发火,但从未看到过阿罗真正的愤怒。皮奥特似乎有些察觉,他低着眉,瞪着眼,身体几乎差点失去平衡。

阿罗紧握着手,垂在身后。考迪利亚看到那双手在颤抖,指节发白。他扬起下颚,声音低沉:

"如果我的哥哥还活着,他一定会出类拔萃。你和我都是这么想的。尤里皇帝也有同样的看法。所以从那以后,你不得不转而扶持那场血腥宴会后的残留物——疯子尤里的屠杀小分队漏过的儿子。我们是弗·科西根家族,"他的声音飘得更远,"我的第一个孩子必须活下来。我不会辜负他。"

这个冰冷的声明就如同砍向腹部的致命一刀,与伯沙瑞握着库德尔卡剑杖的劈杀同样凶狠,而且下手的部位非常精确。老实说,皮奥特在这场争吵中本来不该降低声音的。他的呼吸声中带着怀疑和痛苦。

阿罗的脸色沉了下去,"我不会再次辜负他。"他低声地纠正自己说,"你不可能有第二次机会,阁下。"他的手在背后松开,然后扭了扭头,将皮奥特将要进行的反击挡了回去。

两次被压制了发作,皮奥特明显为自己的挫败感到恼火,他朝周围看了看,想重新寻找一个目标发泄他的郁闷。他的视线落在伯沙瑞身上,伯沙瑞正面无表情地观望着。

"还有你。你从开始到结束都插手其中。我儿子是不是把你安插在我的家里做间谍？你效忠谁？你到底是服从我还是他？"

伯沙瑞的眼睛里泛起一丝奇怪的亮光，他对着考迪利亚抬起头，"她。"

皮奥特怔怔地呆了几秒钟才回过神来，"很好，"他最后气急败坏地说，"她可以得到你。我不想再见到你丑陋的脸，不许你再回弗·科西根爵府。埃斯特哈兹会在黄昏前把你的私人物品送走。"

他转过身，大步离去。在经过拐角时，他回望了一眼。

阿罗发出一声非常微弱的叹息。

"你说他这次当真吗？"考迪利亚问，"他好像说得斩钉截铁。"

"政府需要我们保持联络。他知道这一点。先让他回家清静一段时间，然后我们再作考虑。"他淡淡一笑，"只要我们还活着，就不可能脱得了干系。"

她想到了孩子。他的血肉现在把他们联系在一起——她和阿罗，阿罗和皮奥特，皮奥特和她自己。"只能如此了。"她朝伯沙瑞歉疚地看了一眼，"对不起，中士。我不知道皮奥特能解雇发誓效忠的侍卫。"

"嗯，从理论上说，他不可以，"阿罗解释道，"伯沙瑞只是转移给家族的另一名成员。你。"

"噢。"这正是我一直想要的，我自己的猛兽。我应该怎么做，把他藏在我的壁橱里？她搔了搔鼻梁，然后看着自己的手，它曾经在剑杖上握着伯沙瑞的手。"迈尔斯将需要一名侍卫，是吗？"

阿罗饶有兴趣地抬起头，"没错。"

伯沙瑞突然看上去满怀希望,考迪利亚屏住呼吸,"侍卫,"他说,"和后援。如果……让我做的话,没有人能伤害他,夫人。"

"这将是……"不可能、太疯狂、危险、不负责任。"……我的荣幸,中士。"

他的脸像火把一样发着光,"我现在就可以开始吗?"

"为什么不呢?"

"那么我在那儿等你。"他朝华根的实验室点点头,然后从门口走出去。考迪利亚靠在墙上,望着他离开——她希望刚才不愉快的场面没有给医生造成紧张。

阿罗呼了一口气,把她搂在臂弯里,"你们贝塔人有没有巫师在孩子的命名日赠送礼物的童话?"

"我们的孩子很幸运,对吧?"她依偎在他的肩膀上,"我不知道皮奥特想怎么利用伯沙瑞,但我打赌伯沙瑞一定会保护我们的孩子,不管他受到什么威胁。这也算是我们给孩子的一份奇怪的生日礼物吧。"

他们回到了实验室,留心倾听医生讲述迈尔斯所需的特殊照料,这些事情将要在实施第一阶段的治疗前安排妥当。他们把迈尔斯裹得严严实实,然后打道回府。他是那么小,一团小小的血肉,比猫儿还轻,考迪利亚终于把他抱在怀里了。自从他离开了她的身体,这还是他们第一次肌肤相亲。她产生了片刻的恐慌。把他放回去,让他再长十八年,我应付不了……孩子或者是祝福,或者不是,但生而不养绝对是不应该的。甚至连皮奥特也懂这个道理。阿罗为他们母子俩推开了门。

欢迎来到贝拉亚,儿子。你要面对的是:一个富有和贫穷的世界,一段动荡和稳定的历史。一个生日——两个;一个名字,迈尔斯意味着"战士",但是别被它代表的力量所压倒;一个扭曲的社会,他们仇视不健全的人;头衔、健康、权力,还有它们所引起的一切憎恨与羡慕;被打碎和重组的身体;上一代留下的朋友与敌人;一个来自地狱的祖父。儿子,你要忍受痛苦,也要寻找欢乐;你要追求自己的价值,因为这个宇宙不会主动为你提供;你要永远有所追求。你要活着,活着,活着。

终　章

弗·科西根·萨尔洛，五年后。

"该死，华根，"考迪利亚上气不接下气地说，"你可没告诉我那小淘气是一个激进分子。"

她疾步跑下楼梯，穿过厨房，走到外面的平台。她的视线越过草坪，搜寻树林，扫描在夏日阳光下闪烁的湖泊。没有动静。

阿罗穿着一条陈旧的军裤和一件褪色的衬衣，从房子后面转过来，看到她后摊开手掌，做了个"没有运气"的手势，"他不在这儿。"

"他也不在里面。上面下面都没有。小埃蕾娜在哪里？我打赌他们俩在一起。我不许他在没有大人的陪同下到湖边玩耍，但不知道……"

"应该不在湖里，"阿罗说，"他们已经游了一个上午。单是照看他们就把我累得够呛。我计算了一下，他在十五分钟里爬上码头然后跳进水里总共十九次。同样的举动他重复了三个小时。"

"那他一定在山上。"考迪利亚断定。他们转过身，一起朝山顶走去。山道两边栽种的灌木和花丛既有土产的，也有从地球进口以及来自外星球的。"其实,"考迪利亚喘着气说,"我曾经祈祷过有一天他能自己行走。"

"积蓄了五年的能量一下子释放出来,"阿罗分析道,"在某种程度上,这说明所有的挫折并没有变成失望。我曾经为此担心过。"

"是的。不知你注意到没有,自从上一次手术后,他就不再说话了。开始我还挺高兴的,但你说他会不会变成哑巴呀?该死的医生,什么都不说。"

"我想,唔,他的语言能力与运动机能最终会达到平衡的,如果他能继续生存的话。"

"我们都是成年人,他只是一个孩子,我们应该有能力照顾他。可是不知为什么,我总觉得他让我们手忙脚乱的。"她在山顶停下。皮奥特的马厩就在下面的山谷里,马厩由好几座漆成红色的木石建筑构成,附近还有一个用栅栏围起来的小牧场,以及种着鲜绿地球草的草坪。她看到了马,但没有发现小孩的踪影。伯沙瑞从一间屋里走出来,接着又进入另一间屋子。远处传来了他隐隐约约的呼喊:"迈尔斯阁下?"

"噢,亲爱的,我希望他没有骚扰皮奥特的马,"考迪利亚说,"你真的认为这一次我们能够和解吗?仅仅因为迈尔斯终于能行走了?"

"昨天吃晚餐的时候,他不是很客气吗?"阿罗说,显得信心十足。

"昨天吃晚餐的时候,我也很客气。"考迪利亚耸了耸肩,"他还指责我把你的儿子饿成了一个小侏儒。我能有什么办法?这孩子宁肯玩弄食物也不愿意将它吃下去。我只是不知道是否该增加一点荷尔蒙,华根医生说它可能会导致骨骼脆弱。"

阿罗脸上现出一丝狡诈的笑意,"我的确认为,与豌豆交谈、朝面包进军命令它投降是很有创意的想法。你可以想象它们就是穿着帝国军服的小兵。"

"是吗?你根本帮不上忙,只顾着笑,就不能像一名称职的父亲那样吓唬他进食吗?"

"我哪里笑了?"

"你的眼睛在笑。他也是知道的,还朝你跷起大拇指。"

当他们靠近马厩时,刺鼻的气味不可避免地飘散过来。再次出现的伯沙瑞看到他们后,抱歉地挥了挥手,"我只看到埃蕾娜。我让她从阁楼下来。她说迈尔斯阁下不在那儿,但他就在这附近。对不起,夫人,他说想去看那些动物的时候,我没有意识到他的行动会那么快。我向你保证很快把他找回来。"

"我希望皮奥特组织一次旅行。"考迪利亚叹了口气。

"我还以为你不喜欢马呢。"阿罗说。

"我的确讨厌它们。但是我想,这能使老头子与他交谈——人与人之间的交流,而不是把他当成盆栽植物,况且迈尔斯对这些愚蠢的动物很感兴趣。但是,我不喜欢在附近游览。这地方太过于……皮奥特式了。"陈腐、危险,你必须步步为营。

话音刚落,皮奥特便从古老的草料库里走了出来,身上裹着长袍。"啊,你们在这儿,"他语气平淡地说,显得和蔼可亲,"没想到你们也来看新出生的小母马。"

他的口气是那么平淡,考迪利亚不知道他想要什么答案,但她抓住了机会,"我想迈尔斯肯定会喜欢。"

"唔。"

她朝伯沙瑞喊道:"你去把——"但伯沙瑞的视线越过她,嘴角带着慌乱。她急忙转过身。

皮奥特一匹最大的马,没有缰绳、马鞍和笼头,也没有其他可以抓住的装备,疾跑着冲出马厩。一个黑发、瘦小的男孩像刺果一样粘在它的鬃毛上。迈尔斯显得既得意又害怕。考迪利亚几乎晕过去。

"我的进口种马!"皮奥特惊恐地喊道。

出于纯粹的本能,伯沙瑞从枪套里拔出震荡枪。他站着一动不动,不知道该不该开枪,更不知道该往哪里打。如果马被击倒,压在它的小骑手身上——

"嘿,中士!"迈尔斯微弱的嗓音急切地喊道,"我比你还高!"

伯沙瑞朝他奔去。那匹雄马吓了一跳,转过身一阵快跑。

"——而且跑得比你更快!"声音随着马蹄声越飘越远。雄马拐过马厩,跑出了他们的视线。

四个大人急忙紧跟。考迪利亚没有听到叫喊。当他们转过拐角后,发现迈尔斯正躺在地上,而那匹雄马则在稍远的地方低头吃草。见到他们,雄马怀着敌意喷了喷鼻,抬起头,挪动几下脚步,然后又继续吃草。

考迪利亚在迈尔斯身旁蹲下,他已经自行坐起,挥手让她走开。他脸色苍白,右手紧握着自己的左臂,脸上带着熟悉的痛楚。

"你看到没有,中士?"迈尔斯喘着气说,"我会骑马了,真的。"

皮奥特朝他的马走去,停住脚步向下看了看。

"我不是说你没有这个能力,"中士急忙分辩说,"我是说你没有得到允许。"

"哦。"

"这里断了吗?"伯沙瑞朝他的手臂点点头。

"嗯。"男孩叹着气说,眼里含着痛苦的泪珠,但是牙关紧闭,不让声音里发出一丝颤抖。

中士咕哝着,卷起迈尔斯的袖子,触摸他的前臂。迈尔斯"嘶"地抽了一口气。"唔。"伯沙瑞拉着他的手转了转,调整着位置,然后从口袋里掏出一张塑胶封套,包在他的前臂和手腕处,然后悬吊起来,"这会使它保持固定,直到医生来帮你处理。"

"你能不能……把那匹可怕的马关起来?"考迪利亚对皮奥特说。

"它一点也不可怕。"迈尔斯说,从地上爬起来,"它很迷人。"

"你是这么想的吗,嗯?"皮奥特粗鲁地说,"你怎么形容它?你喜欢棕色?"

"它跑得非常轻快。"迈尔斯热切地解释说,一边跳起来模仿。

皮奥特的注意力被吸引了。"可不是嘛,"他说,听起来有点困惑,"它是我最出色的雄马……你喜欢马?"

"它们很好玩儿,奇妙无比。"迈尔斯用脚尖支在地上旋转着。

"我可没办法使你父亲对它们产生兴趣。"皮奥特用狡黠的眼光望着阿罗。

谢天谢地。考迪利亚想。

"坐在马背上,我可以和任何人都跑得一样快,真的。"迈尔斯说。

"我很怀疑,"皮奥特冷淡地说,"如果你刚才就是例子的话。如果你想骑马,就得用正确的方法。"

"那快教我吧。"迈尔斯立即说。

皮奥特扬起眉。他的眼光朝考迪利亚扫过去,然后酸酸地笑了笑,"如果你母亲同意的话。"他晃了晃脚,一副自鸣得意的样子,他知道考迪利亚对这些动物非常憎恶。

考迪利亚咬着舌头,脑子飞快地转动。阿罗意味深长的眼光似乎有所暗示,但是她无法理解。这是不是皮奥特想把迈尔斯除去的新方法?把他带出去,让他坠马,被踩踏,伤筋断骨?但是还有一种可能……

要冒险,还是要安全?在迈尔斯终于获得自由行动许可以来的几个月,为了不使他的身体受伤,她已经耗尽全部精力,而他也花了同样的精力试图摆脱她的看管。要是这样的对抗再继续下去,他们俩总有一个要疯掉。

如果她无法保证他的安全,或许最好的办法就是教会他战胜危险。他灰色的大眼睛散发着渴望,无声地向她请求:同意,同意,同意……这股热情几乎可以熔化钢铁。为了你我可以不顾一切,但是我阻止不了你伤害自己。去吧,孩子。

"好吧,"她说,"如果有中士陪着的话。"

伯沙瑞朝她投来的目光中带着惊讶与责备。阿罗抚摸着下巴,眼睛发亮。

"太好了,"迈尔斯说,"我可以有自己的马吗?就要那匹行不行?"

"不,那不行。"皮奥特恼怒地说,然后很快又心平气和地补充道,"要一匹小马吧。"

"大马。"迈尔斯说道,望着他的脸。

"只能是小马,"她插口道,皮奥特尚未意识到他是多么需要这份支持,"一匹温柔的小马。一匹温柔、矮小的马驹。"

皮奥特撅起嘴,向她投来挑衅的目光。"或许你能逐渐过渡到大马。"他对迈尔斯说,"如果你表现出色,就可以得到它。"

"我可以现在开始学习吗?"

"首先治好手臂。"考迪利亚严厉地说。

"我不用等它痊愈吧?"

"你不要在周围乱跑,把东西打破!"

皮奥特半眯着眼睛打量考迪利亚,"实际上,正确的驯马术由练套马索开始。在开始练习之前,不许你用手臂。"

"真的?"迈尔斯带着崇拜的口吻说,"那其他——"

在考迪利亚回去寻找摄政王的随行私人医生时,皮奥特已经重新把马套上——相当有效率,考迪利亚想道,不知他是不是用口袋里的糖果来做诱饵的——并向迈尔斯解释如何用简单的方法给马套上笼头,套马时要站在马的哪一边,而牵马的时候又应该要朝什么方向。这个小男孩个头只到皮奥特的腰际,他像海绵一样吸收着知识,仰望的脸庞上写满热切的期盼。

"要打个赌吗,这个周末谁会拿着那条套马索?"阿罗在她耳边嘟囔着说。

"才不。我得承认,在固定脊椎的几个月里,迈尔斯的确学会了如何施展魅力,用最有效的方法控制关心他的人,然后达成他的意愿。他是我见过的最能操控人的小怪物,却又令你浑然不觉。"

"我不认为老伯爵能交上好运。"阿罗表示同意。

她朝眼前的这一幕笑了笑,然后严肃地看了他一眼,"当我父亲完成贝塔航天勘测任务回到家时,我们常常一起制作模型飞机。通常需要做两件事才能使它们飞起来——我们必须托着它起跑,然后将手松开。"她叹了口气,"学会在适当的时候松手是最难的部分。"

皮奥特、他的马、伯沙瑞和迈尔斯渐渐走出视线,进入了马厩。迈尔斯比划着手势,发出连珠般的询问。

当他们朝山上走去时,阿罗握着她的手说:"我相信他有一天一定会高飞翱翔,亲爱的船长。"